KB172156

일억오천만 대 일

일억오천만 대 일

초판 인쇄 · 2019년 5월 26일
초판 발행 · 2019년 5월 31일

지은이 · 주요섭
엮은이 · 정정호
펴낸이 · 한봉숙
펴낸곳 · 푸른사상사

편집 · 지순이 | 교정 · 김수란
등록 · 1999년 7월 8일 제2-2876호
주소 · 경기도 파주시 회동길 337-16(서패동 470-6)
대표전화 · 031) 955-9111~2 | 팩시밀리 · 031) 955-9114
이메일 · prun21c@hanmail.net
홈페이지 · http://www.prun21c.com

ⓒ 정정호, 2019
ISBN 979-11-308-1436-0 03810
값 26,000원

저자와의 합의에 의해 인지는 생략합니다.
이 도서의 전부 또는 일부 내용을 재사용하려면 사전에 저작권자와 푸른사상사의 서면
에 의한 동의를 받아야 합니다.

이 도서의 국립중앙도서관 출판예정도서목록(CIP)은 서지정보유통지원시스템 홈페이지
(http://seoji.nl.go.kr)와 국가자료공동목록시스템(http://www.nl.go.kr/kolisnet)에서 이용하
실 수 있습니다.(CIP제어번호 : CIP2019020177)

일억오천만 대 일

주요섭 장편소설

정정호 엮음

푸른사상
PRUNSASANG

주요섭 朱耀燮 (1902~1972)

올해 2019년은 소설가 주요섭의 탄생 117주년, 타계 77주년이 되는 해이다. 주요섭은 작가 생활하는 동안 영문 중·장편소설 각 한 편을 포함하여 수십 편의 단편소설, 한 편의 중편 그리고 네 편의 장편소설을 창작했다. 그러나 그동안 국내 한국문학 학계와 문단에서 주요섭에 관한 관심과 논의는 「사랑손님과 어머니」 등 주로 단편소설에 국한되었다. 주요섭의 단편소설들은 대부분 선집으로 엮여 여러 곳에서 지속적으로 출판되었다. 이에 비해 주로 신문과 잡지에 연재되었던 네 편의 장편소설 중에서는 『구름을 잡으려고』(1935) 등 일부만이 단행본으로 출판되었다. 편자는 그의 다른 장편소설에도 관심을 가지고 읽고자 단행본을 찾아보았으나 찾을 수가 없었다. 1950년대 말에 발표된 그의 나머지 장편소설 두 편은 단행본으로 출판되지 못하고 아직도 연재되었던 월간 문예지 『자유문학』에 파묻혀 있었다. 이에 편자는 잡지에 숨겨져 있어 알려지지 않은 장편소설들을 단행본으로 세상에 내놓아 햇빛을 보게 하고 싶었다.

비교문학에 관심을 가졌던 편자는 오래전 미국에서 영문학 공부를 할 때 문학 연구와 비평의 기초 작업으로 서지목록 작성과 정본(定本) 텍스트 편집의 중요성과 그 출간에 관한 기본 지식을 습득할 기회가 있었다. 이번에 편자는 첫 작업으로 『자유문학』에 연재되었던 『일억오천만 대 일』(1957~1958)을 복사하여 입력하고 각주를 달아 비록 최종적인 결정판 정본(definitive text)을 목표로 단행본으로 처음으로 내놓는다. 이 소설은 이조 말기 청일전쟁(1894~95)를 전후로 북한의 평안도 지방의 두 가족의 영고성쇠에 관한 이야기이다. 한국 현대소설을 좋아하고 작가 주요섭에 관심을 가진 독자들과 연구자들에게 이 소설이 주요섭 문학에 대한 새로운 논의가 시작되기를 기대한다.

작가 주요섭이 지금까지 제대로 평가받지 못한 이유는 무엇일까? 그는 일찍이 1920년대에 상하이와 미국에 유학하여 영어에 능통해서 영문소설을 두 권이나 출간했고, 일제강점기 베이징 푸렌대학교에서 8년간 영문학 교수로, 그리고 말년에는 경희대학교 영문학 교수로 지냈다. 또한 영자신문사 사장, 국제PEN 한국본부 회장, 한국문학번역가협회장 등 한국문화와 한국문학의 해외 소개를 중심으로 사회활동을 매우 활발히 했다. 아마도 이런 이유로 주요섭이 소설 창작에만 몰두한 전업작가로서의 삶을 살지 못했다고 할 수 있다. 그러나 이를 평가절하한다면 그것은 지나친 순수주의가 아닐까?

장편소설 『일억오천만 대 일』은 혼란의 시대였던 조선 말기부터 1910년 치욕의 '한일합방'을 거쳐 1919년 3·1만세운동에 이르기까지 식민지 시대 평안도 중심의 조선 인민들의 삶을 생생하게 그린 역사 다큐소설이다. 이 소설은 허구로 창작된 소설 작품이지만 당시의 한반도의 황폐한 문물 상황을 소중하게 그려낸 역사서지의 의미를 가진다. 이 소설은 어떤 역사, 지리서보다도 조선 말기와 일제강점기 조선 식민지 착취와 근대화의 궁핍하고 비루한 모습을 제대로 보여준 진실에 가까운 사실주의 소설이다. 올해 2019년은 3·1독립선언과 만세운동 그리고 상하이 대한민국 임시정부 수립 100

주년이 되는 해이다. 이런 맥락에서 우리는 이 소설을 다시 읽어야 할 것이다. 이제 '역사적 상상력'을 작동시켜 작가 주요섭이 우리의 부끄러운 척박한 역사를 역동적으로 소설화하는 작업의 의미가 무엇인지 곰곰이 생각해볼 때이다.

주요섭 장편소설의 배경인 조선 말기와 일제강점기에 관한 이야기들이 우리 시대에 일반 독자들에게 쉽게 수용되지 않을 수 있다. 어려운 민주화와 산업화 시대를 거친 뒤 문물 상황이 크게 변하고 물질적으로 풍요로운 현재 디지털 혁명 시대 우리의 문학적 감수성이 많이 변한 것도 사실이다. 그러나 과거와 역사를 망각하는 국민은 미래의 전망을 기대할 수 없다. 인간은 무엇보다도 역사적 존재이기 때문이다. 주요섭의 장편소설『일억오천만 대 일』과『망국노 군상』은 모두 조선 말기에서 일제강점기 해방에 이르는 우리 최근세사의 암흑과 고난의 황폐한 시대를 다루고 있다. 최근의 한반도 정세는 또 다른 난국에 빠져 있다. 70년 이상 남북한 분단 체계가 계속되었고 최근 주변 대국들의 다툼이 심상치 않다. 그들 사이에서 우리 민족의 자주독립과 한반도 평화통일에 대한 굳은 의지가 어느 때보다 필요한 시점이다.

편자는 이번 주요섭의 장편소설 발굴과 편집 작업을 위해 여러분들에게 도움을 받았다. 송은영 박사, 정일수 선생, 이병석 군, 허예진 양 등의 도움이 컸다. 국립도서관에서 오래된 신문, 잡지를 뒤져서 복사하는 작업 외 입력, 교정, 각주, 연보와 작품 목록 작성 등에 이르기까지 지루하고 고단한 작업 과정에서 그들의 도움이 없었다면 편자는 이 일을 끝내지 못했을 것이다. 이 자리를 빌려 고마움을 전한다. 그리고 이 소설에 많이 나오는 일본어와 중국어 표현에 대해 친절하게 응답해주신 교수님들께도 감사드린다. 그리고 소설가 주요섭 선생의 장남으로 현재 미국 동부 뉴저지주에 계시는 주북명 선생의 따뜻한 격려와 지속적인 협조에도 깊은 감사를 드린다.

　끝으로 어려운 출판계 사정에도 불구하고 미간행 한국문학 작품 발굴 사업에 대한 사명감으로 주요섭 장편소설 『일억오천만 대 일』의 발간에 선뜻 나서주신 푸른사상사의 한봉숙 사장님의 결단과 편집부 여러분의 노고에 큰절을 올린다. 아무쪼록 이번에 처음으로 세상의 빛을 보게 된 주요섭 장편소설 『일억오천만 대 일』이 국내 독서계 나아가 문단과 학계에 널리 알려지고 읽히고 논의되고 연구되어 전지구화 시대인 21세기에 세계시민 주요섭의 문학이 재평가받을 수 있기를 기대해본다.

2019년 3월 1일

서울에서 3 · 1독립선언서가 선포되고

3 · 1만세운동이 시작되고

상하이에서 4 · 11 대한민국 임시정부가 수립된

100주년을 맞으며

정정호 씀

차례

일러두기

1. 소설 원문은 연재되었던 월간 문예지 『자유문학』(1957.6~1958.4)에 실린 그대로 표기한다.
2. 띄어쓰기는 현대 어법에 맞게 수정한다.
3. 한자만 표기된 경우 괄호 속에 한글을 써준다.
4. 문맥상 명백한 오자나 탈자인 경우 바로잡는다.
5. 문장의 끝에 마침표가 누락된 경우는 모두 마침표를 넣어준다.
6. 대화는 " "로, 생각이나 강조, 외국어는 ' '로, 단행본은 『 』, 단편소설, 논문, 수필은 「 」, 영화, 연극, 노래는 〈 〉로 표시한다.
7. 이해하기 어려운 고어(古語)와 외래어 또는 방언이나 설명이 필요한 어휘는 각주로 설명한다.

제1부 一억五천만 대 일

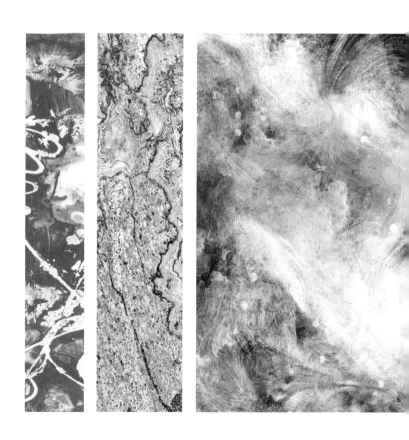

1

봉투를 집어 든 그의 가슴은 철렁하였다.

봉투를 급히 뜯으려고 하는 그의 손까락들은 사시나무 떨 듯하였다. 이 편지 내용이 생명을 고취해주는 격려문인지, 혹은 그 반대로 절교장인지 알 수 없는 그의 마음은 조급하고 초조하여서 급히 뜯으려고 하면 할수록 더 손만 떨리어서 뜯어지는 것이 느저가기만 했다.

─엊저녁 그녀의 태도는 확실히 달랐었다─하는 생각이 그의 마음속에는 환희의 기대보다도 절망감이 더 우세하게 지배하고 있었다.

편지는 무척 간단하였다. 서너 줄밖에 더 안 되었다. 그러나 그는 몇 번이나 되풀이해 읽고 또 읽었으나 그의 눈 신경이 뇌신경에 통해주는 소식을 뇌신경이 똑바로 해석해주기를 거부하거나 혹은 신경이 마비되어 있는 것 같았다. 수십 번을 되풀이해 읽고 난 그의 눈은 그 짧은 편지 한중간쯤에 씌여 있는 석 자에 머물러서 떠날 줄을 몰랐다.

"불구자"라는 석 자! 그는 이 석자를 입안으로 되노이고 또 되노이였다. 입안으로 여러 차례 되노이니까 입술이 움즉이기 시작하고 이어서 성대까지 기능을 발휘하기 시작하여 "불구자, 불구자, 불구자, 불구자" 하고 목소리가 더 커가며 반복되었다. 점점 더 거칠어지기만 하는 목소리로 한참 부르짖고 나니 이 부르짖음은 자기 성대에서 나오는 것 같지가 않고 어떤 고양잇놈들이 사방 둘러싸고 그를 놀려주고 비웃는 것처럼 들리었다.

그것은 다시 남녀 합창으로 돌변하여 그의 머리 속에는 그녀는 물론 그녀 외에도 수십, 아니 수백 명 남녀들이 기를 쓰고 합창하는 모습이 떠올랐다.

기차 기적 소리가 유난히도 크게 그 합창 소리를 뚫고 그의 귀 신경을 자극시켜주었다. 치치푸푸 소리도 불구 불구 불구 소리처럼 들리고 좀 더 멀리서 덜커덕, 덜커덕 하는 바퀴 구는 소리까지가 불구자 불구자 불구자 하고 되노이는 것처럼 들리었다.

그는 눈을 즈리¹ 감고 두 손바닥으로 양쪽 귀를 막았다. 그러나 이 불구자라는 비웃음, 아니 저주 소리는 더욱더 크게 들리고 그 템포가 더욱더 빨라 갔다.

그는 후닥닥 일어섰다. 눈을 즈리¹ 감은채로 단간 방을 절뚝절뚝 걸어 헤매면서 "응, 자 보아라, 실컷 보아라, 나는 불구다." 하고 울부짖었다. 두 주먹을 불끈 쥐고 이리저리, 마치 권투 연습식으로 휘둘르다가 껑충 뛰며 주먹을 올리는 바람에 쨍 하는 소리와 함께 전구가 깨지고 방은 캉캄해졌다.

그는 아모렇게나 나딩굴었다. 그의 몸과 마음은 어둠만이 사로잡고 말았다. 거센 봄바람이 창문 창우지²를 푸들 흔들고 문을 덜컥덜컥 흔들었다.

이윽고 모진 광풍은 거센 비로 변하여 시컴한 창문을 사정없이 두드릴 때 그의 고통도 광풍 폭우처럼 뒤흔들리고 있었다. 얼마 후 바람은 자고 조르륵 비³가 된 때 그의 광란했던 감정도 눅으러져서 하염없이 흐르는 눈물로 변하였다.

그가 안해경을 처음 만난 것은 햇수로 이 년이나 달수로는 석 달밖에 더

---

1 즈리 : 지긋이.
2 창우지 : 창호지의 평안북도 방언.
3 조르륵 비 : 물줄기가 가는 비.

안 되었다. 처음 만난 장소는 서울 장안에서도 제일 크고 제일 유명한, 그러니 조선 十三도[4]를 통털어서 제일 웅장하고 유명한 조선 요리집 명월관이었다. 크리스마스와 새해 중간 그 어떤 날 오후였다. 강매련 박사의 금의환향 환영 만찬회가 명월관 전체를 독점하고 열렸던 것이었다.

배달민족 여성에게는 사상 최초인 여자소학교인 근화학당 제一회 졸업생 三명 중 한 사람인 강매련 양은 미국 유학을 가서 십여 년 만에 박사 학위를 따가지고 귀국한 것이었다. 강 박사의 모교이면서 그동안에 조선 유일의 여자대학으로 발전된 근화대학당의 교감으로 부임하는 그이었으므로 이 환영회는 주최자인 근화대학당뿐 아니라 기미년 三 · 一 독립만세 덕택으로 창간이 가능하게 된 민간 신문 二개사와 수삼개의 조선인 사회단체들이 모두 합세하여서 열린 거국적 만찬회이었다.

황보창덕은 남학생이었으나 그의 누님 애덕 양이 근화대학당 졸업반이었기 때문에 이 누님 덕택으로 이 굉장한 환영회의 말석 한자리를 차지할 수 있었던 것이었다. 누님의 강청에 못 이겨 수집음을 무릅쓰고 참석하기는 했으나 내빈의 절대다수가 근화대학 학생을 제외하고는 중년층 이상 제제다사[5] 지도자급 인물들이었기 때문에 창덕이는 일부러 맨 뒷자리, 사람이 차지 않고 비여 있는 곳을 택하여 혼자서 댕공하니 앉아 있노라니 면구스럽기 한이 없었다.

홀연히 그의 눈앞에는 오색이 영롱한 꽃다발들이 우 몰려와 앉았다. 빨강, 자주, 노랑, 오렌지, 분홍 등 가지각색 스에타를 입은 여학생들 칠팔 명이 제각기 스켓[6]을 든 채로 몰려와서 바로 창덕이 마즌편에 줄리리[7] 앉았다. 이 처녀들의 옷차림이나 일거수일투족 또는 말투로 보아 그들은 근화대학

---

4 十三도 : 조선 고종 33년(1896)에 지방 제도의 개정에 따라 구획한 13도. 전라남북도, 충청남북도, 경상남북도, 경기도, 황해도, 강원도, 평안남북도, 함경남북도를 이른다.
5 제제다사 : 여러 선비가 모두 뛰어남을 이르는 말.
6 스켓 : 스케이트.
7 줄리리 : 줄줄이(줄을 이어 일렬로)

생이라는 것을 누구나 간파할 수 있었다. 스켓을 제각기 식탁 밑으로 쑥쑥 들이밀고 나서는 그들의 명랑하고 쾌활하며 영어를 간혹 섞어 이야기하는 소리는 종달새 모여 들어 떠드는 것같이 느껴졌다. 바로 눈앞에 전개된 이 휘황찬란한 눈요기 요리상을 받은 창덕이는 더욱더 부끄럽고 어색해져서 고개를 푹 숙이고 수저만 놓여 있는 식탁만을 드려다보고 있었다. 그러나 가끔 곁눈질로 이 재잘거리는 여학생들을 힐끔힐끔 살펴보았다.

쉴 새 없이 생글생글 눈웃음을 웃으며 두 볼에 보조개가 패어졌다 메어 졌다 하는 한 얼골에 창덕의 눈은 저도 모르는 사이에 잠시 정거되었다. 그 녀의 시선과 한순간 딱 마주쳤다. 창덕이는 황겁히 시선을 떨어뜨리었으나 그의 가슴에는 두방망이질이 시작되었다.

사회자가 무슨 말인지 시작하는 모양이었으나 창덕이가 앉아 있는 위치 에서는 거리가 상당히 먼 까닭도 있으려니와 그의 정신은 딴 데 팔려 있으 므로 그의 귀에는 웅웅하는 목소리가 간신히 들릴 뿐 무슨 말을 하는지 내 용을 포착하지는 못했다. 더구나 누님이 어느새 와서 자기 옆자리에 앉는 것도 얼른 인식하지 못할 만큼 그의 생각은 딴 데 가 있었다. 더구나 그는 사회석과는 등지고 앉았기 때문에 사회석 쪽을 보려면 고개를 돌려야만 되 므로 거북하기도 하려니와 그의 흥미와 관심은 개회사나 축사에보다도 약 동하는 보조개에게 있었다. 이 보조개의 소유자가 그 가느란 눈을 더 가늘 게 뜨고 사회석을 주시하는 틈을 타서 창덕이는 자조자조 힐끗 그 옆 얼골 을 도적해 보았다. 용기를 내서 약간 오래동안 주목하고 있다가 그쪽 눈동 자가 힐끗 이쪽으로 쏠리는 듯한 기색이 보이면 그는 얼굴 시선을 돌렸다가 는 잠시 후에 또 그 보조개 뺨에 시선을 묶으곤 하였다. 그러자 그는 그 가 느란 눈이 사회석을 노려보면서 깜박 깜박 깜박 육칠 차례 계속해서 깜박거 리는 것을 보고 이상스런 흥분을 느끼였다. 동물의 눈이 규칙적으로 깜박 거리는 것은 육체의 자아 방어와 보호를 위한 본능적인 것이어서 신경의 지 시를 받지 않는 근육 반사작용에 불과한 것이지만 한꺼번에 계속해서 오, 륙번이나 깜박인다는 것은 의식적인 행동임에 틀림없었다. 이 분홍 스에타 입은 여성이 의식적으로 여러 번 눈을 깜박거린 동기에 대하여 창덕이는 아전인수 격인 독단을 내리고 행복감에 휩쌓이었다.

박수, 연설, 박수, 연설이 자꾸만 계속되기 때문에 창덕이에게는 지루하기만 하던 회순도 주빈인 강매련 박사의 답사로써 끝나고 음식 접시가 들어오기 시작하였다. 수십 명 되어 보이는 뽀이들이 분주하게 드나들긴 했으나 사, 오백 명도 더 될 내빈인지라 말석인 창덕이 앞 식탁까지는 언제나 차례가 돌아올런지 몰라서 군침만 삼키고 시장끼가 갑짜기 심해졌다. 그러나 막상 음식이 오고 보니 수다한 처녀들과 마주 앉은 창덕이는 기가 질려서 젓까락 든 손이 떨리기만 할 뿐, 조심 조심 조금씩 집어다 맛이나 보는 정도인데 마즌편에 앉은 종달새들은 어떻게도 동작이 빠른지 음식 접시는 번쩍번쩍 바닥이 났다.

"얘, 이거 좀 먹으려므나." 해가면서 척척 집어다 주는 누님이 옆자리에 안 계셨더라면 저녁을 굶을 뻔했다.

"언니, 언니가 밤낮 자랑하던 그 남동생이 바루 이분이구려." 하고 한 여학생이 물었다.

"응, 그래, 참 내가 멍텅구리 노릇을 했군. 소개두 안 하구. 얘, 이 학생들은 모두 다 내 후배인데 낯낯이 다 수재들이다." 하고 창덕이에게 말한 애덕이는 다시 여학생들에게

"얘, 이름은 창덕이, 현재 에비슨 의과전문학교 본과 일학년생⋯⋯."이라고 소개하는 말이 채 끝나기도 전에

"어머나! 언니 남동생이야말루 진짜 수재로군요! 의전 본과생이라니, 아, 그 참!" 하고 호들갑을 떠는 여학생은 보조개가 쉴 새 없이 패우고 메우고 하는, 분홍 스에타 입은 학생이었다.

"언닌, 참 동생 잘 두었우." 하고 몇몇 여학생이 동시에 말했다.

마지막으로 과일이 들어왔다. 접시마다 사과, 배, 건시, 귤 등이 제격대로 쌓여 있기는 하나 여기저기 띠엄띠엄 놓아진 접시들은 멀기도 하려니와 손님 열 명에 한 알씩이나 돌아갈까 말까 하게 보였다. 그러니 서로 눈치만

보고 있을 밖에!

"과일은 너이들이나 먹어라. 한 알 가지고 세 쪽으로 나눠두 부족하겠다." 하는 애덕이의 말이 떨어지기가 무섭게 손들이 우루루 과일 접시로 총돌격했다. 그 토실토실한 여러 개의 손이 한곳으로 모이는 것을 보는 창덕이는 정신이 아찔하도록 홀렸다. 그러다가 그의 눈은 귤 한 개를 집은 손을 딸아가서 그 귤껍질을 맵시 있게 벗기는 붓끝 같은 손고락에 혼이 팔려 있었다. 그런데 바로 그 손고락들이 귤 절반을 짝 쪼개더니 반쪽을 바로 창덕이 코앞으로 쑥 내미는 것이었다.

"자, 의전 수재님, 한쪽 드세요." 하는 목소리는 천사의 목소리처럼 창덕이에게 들리었다. 이 목소리의 주인공의 얼골을 힐끗 치어다보는 창덕이의 눈은 하늘하늘 떨면서 얼골이 홍당무가 되었다. 속눈섭이 유난히 긴 실낫 같은 웃는 눈, 춤추는 보조개! 창덕이는 혼 나간 사람처럼 멍하니 그 얼골을 바라다보고 있었다.

"얘, 어서 받아라, 일껀 주는 건데. 역시 혜경이가 제일이야, 인사성이 있거던." 하고 말하는 애덕이가 귤 반쪽을 대신 받아 창덕이에게 전했다. 창덕이가 그 귤 반쪽을 한입에 넣고 우물우물하는 동안에 마즌편에 앉었던 오색 스에타 둘은 상 밑으로부터 제각기 스켓을 꺼내 들고 와 일어서서 참새떼같이 재잘거리며 우루루 몰려나갔다. 치어다보는 창덕이의 눈에는 분홍 스에타의 뒷모습만이 유난히 띠었다.

책을 들여다보아도 육체의 눈에는 활자, 삽화, 도표 등이 감각되면서도 마음눈에는 속눈섭 긴 웃는 눈매와 춤추는 보조개, 분홍 스에타 귤껍질 베끼는 손고락들이 꼬리에 꼬리를 물고 지나가고 있었다.

창덕이는 한강 인도교 한중간 쇠 난간을 집고 있는 자기를 발견하였다. 저쪽 아래 스켓 링들에 거의 가득 찬 스케터들, 그중에도 특히 여자들 모습에서 그 어떤 자태를 찾아내려고 애쓰고 있는 창덕이었다.

─이 웬수의 왼다리! 이 다리만 병신이 아니었드래두 나두 스켓을 탈 수

가 있을걸 – 하는 생각으로 자기 왼쪽 다리를 새삼스리 원망하고 있는 그였다. –스켓 지치려구 나왔다가 링에서 우연히 만나, 한참 지치고 나서 군고구마 파는 데루 가서 요기할 때 그녀를 우연히 또 만나, 그리구 엇슬했을 때 전차를 탈 때 그녀와 또 우연히 한 전차에 타서는 안 된다는 아모런 이유로 없을 것이 아닌가–

날이 어둑신해왔다. 링물은 차차 비기 시작하였다. 그의 눈은 링을 떠나 전차 종점을 향해 꾸역꾸역 올라오고 있는 수많은 남녀들을 열심히 바라다보고 있었다. 특히 분홍 스에타를 발견하려고.

그는 분홍 스에타를 보았다. 그는 절룩거리는 거름이나마 최대 속력을 내서 전차 종점을 향하여 달려갔다. 전차 종점 정류장에는 스켓을 멋지게 어깨에 걸친 남녀들로 혼잡을 일으키어 경전(京電) 종업원 몇 명이 줄 세우노라고 필사의 노력을 하고 있었다. 창덕이가 정류장 가까이 다달았을 때에는 벌서 두 가닥의 사람 줄들이 길게 뻗어져 있었다.

앞 뿌라귀[8] 줄 한중간쯤 끼어 있는 분홍 스에타를 그는 발견했다. 곧장 가서 알은체를 하고 새치기해 같이 서보고 싶은 생각은 굴둑 같았으나 참아 용기가 안 나서 그 줄 맨 꽁무니에 가서 얌전히 줄래 섰다.

전차 한 대가 와 멋었다. 전차 안에는 벌서 전등이 켜져 있었다. 종점인 만큼 승객은 다 내리는 것이었으나 타려고 기다리고 있는 사람 수효에 비해서는 엄청나게 적은 수효였다.

처음에는 승객들이 질서정연하게 올라탔으나 전차 속이 거의 가득 차게 되자 두 줄은 와르르 문허지고 앞뒤 입구에는 혼란이 극하게 되었다. 창덕이도 전차 가까이로 가기는 했으나 사람벽을 꿰뚜르고 나갈 힘은 모자랐고 그냥 이리저리 밀리면서도 분홍 스에타가 전차에 올으나 못 올으나를 살피기에 여념이 없었다.

앞뒤 입구에 사람들이 매달린 채 전차는 떠났다. 정비원들이 못 탄 사람

---

8   뿌라귀 : 뿌라구니. 사람들이 길게 줄을 선 곳에서 구부려저 돌아간 자리.

들을 다시 줄에 세우노라고 분주한데 창덕이는 분홍 스에타를 가까이 발견했다. 그의 가슴은 뭉클했다. 그러나 다음 순간 그는 실망하고 물러서고 말았다. 분홍 스에타는 혜경이 혼자만 입으라는 법은 없을 것이다.

연거푸 사흘을 오후마다 한강에 나가보았으나 번번히 그는 실패했다.

─설사 딱 마주친다구 한들, 그래 내가 어쩔 것이란 말인가?─ 하고 생각되니 어이없기도 한 일이었다. 더구나 학년말 시험 날짜도 임박했으니 모든 잡념을 없애고 공부에만 열중하여야 하겠다고 결심했다.

이월 하순이었다. 창덕이는 누님으로부터 금년도 근화대학 졸업생 학예회 초대권을 한 장 받았다. 누님이 졸업반이었다. 애덕이가 창덕이보다는 오 년이나 맏이이었으나 여자라는 조건 때문에 학교 입학이 늦었던 데다가 기미년 三월 一일 운동 때 감옥사리 일 년여를 사노라고 학업이 중단되었었기 때문에 二十五세나 나는 노처녀로써 금년에야 졸업하게 된 것이었다.

강당은 초만원이었다. 남자석 여자석이 엄연히 구별되어 있었것만도 좌석 양 가와 복도 사이와 뒷면에는 혼선이 되어 있었다. 창덕이는 복도에 면한 한 자리를 겨우 구하여 앉았다.

"아─ 수재 의대생님두 오셨네요." 하는 여자 목소리가 목 뒤에서 났다. 힐끗 도라다보니 보조개가 춤을 추고 있는 것이 보이었다. 사탕 봉지가 수복히 쌓인 대바구니를 한옆에 낀 혜경이는 냉큼 창덕이 옆으로 오더니 사탕 봉지 한 개를 창덕이 무릎 우에 삼분 놓고 앞으로 나갔다. 사탕 봉지를 드는 창덕이의 가슴은 뭉클하였다. 알룩달룩한 드롭스 사탕을 세루항 종이[9]에 쌓기 때문에 사탕 알이 빤히 들여다보이고 옴으린 꼭지에는 가는 빨강 리봉으로 맵시 있게 비끄러맨 것이었다. 그는 몰롱몰롱하는 사탕 봉지 감촉을 손까락에 느끼면서 콩나물 시루처럼 총총하게 앉아 있는 내빈들 틈을 요리조리 뚫고 나아가는 혜경이의 뒷모습을 황홀하게 바라다보고 있었다. 그러나 그 다음 순간 그는 흠칫 놀랐다. 그의 얼골에는 열이 확 올으고, 쥐구

9 세루항 종이 : 셀로판 종이. 무색투명한 포장용지.

멍을 찾고 싶은 무안감을 느끼었다. 저쪽 앞에 하이카라 머리가 기름에 반즈르 한 어떤 양복 입은 신사가, 혜경이가 주는 사탕 봉지를 한손으로 받으면서 다른 손으로는 일 원짜리 지폐 한 장을 주는 것이 아닌가, 혜경이는 쌩긋 웃으면서

"땡큐." 하지를 않는가!

―그녀는 나를 촌띠기인가 아닌가를 테스트해본 것인가? 아니, 졸업반 학생 친척에게는 그저 선사하고 내빈에게서만 돈 받고 파는 것인가? 아니, 나한테만 특별한 호의를 보여주는 것인가? 이십 전 어치나 될가 말가한 사탕을 일 원에 팔다니? 그렇니깐 네까짓 학생이 웬 돈 일 원이 있겠니 하구 동정하여 준 것일가? 아니, 동정이 아니라 모욕이다―

그때 그가 만일 일 원 돈을 가지고 있었던들 성큼 일어나서 혜경을 딸아가서 돈을 주었을런지도 몰랐다.

―이 사탕 봉지를 도루 갖다 주구 말까? 그러나 이 사람 많은 데서, 창피하게스리―창덕이는 이리저리 망서리는 동안에 식은 시작되며 사탕 팔던 학생들은 어느새 자취를 감추고 말았다.

학예회가 끝난 후 누님과 함께 집으로 도라가면서 창덕이는 옆 포켓 속에 든 드롭스 봉지를 만지작거렸다. 봉지는 매끈매끈하고 알맹이들은 손고락 움직임에 따라 요리조리 옮아 다니는 것이었다.

"그래 재미있던?" 하고 묻는 누님 말도 얼른 알아듣지 못하고 무턱대고

"응." 하고만 대답했다. 저 자신도 그 "응"이 긍정하는 표시였는지 반문하는 표시였는지 분간할 수가 없었다.

"싱겁다, 애." 하는 누님 말에 또다시

"응." 하고 대답하였다.

집에 다달아 자기 방으로 들어간 창덕이는 드롭스 봉지를 꺼내 들고 이윽히[10] 드려다보았다. 문밖에 인기척이 나는 것 같아서 그는 황황히 사탕 봉

---

10 이윽히 : '그윽이'(은근하고 간절하게)의 방언.

지를 설합 속에 넣었다. 잠시 귀를 기우려 인기척이 없는 걸 확인한 그는 설합 쇠를 잘깍 채웠다.

三月 초순에 근화대학당 졸업식은 학교 근처에 있는 예배당에서 거행되었다. 창덕이는 누님이 졸업장 받는 식이니까 동생 된 의무로 식에 참석하는 것이라고 스스로 다짐 주면서도 내심으로는 누님이 졸업장 타는 구경보다도 그 어떤 다른 기대와 욕망이 더 큰 것을 부인할 수 없었다.

식이 끝나자 그는 예배당 대문 가까서 서성거리고 있었다. 누가 무어라고 하면 누님과 함께 가려고 기다리고 있는 것이라는 핑계는 미리부터 준비해가지고 있는 것이었다. 하급생 한 패가 예배당 층층대가 메게[11] 밀려 내려오더니 그중 한 학생이 툭 튀어 나와 창덕이께로 가까이 오면서

"누님은 곧 사은회루 가니깐 기다려야 소용없어요." 하고 말했다. 긴 속눈썹 눈매에 미소가 가득하고 보조개가 흐물흐물하는 것을 그는 보았다. 그는 무어라고 중얼거리면서 그녀와 나라니 대문 밖으로 나섰다. 혜경이는

"어머나, 왜 다리를 다치셨어요?" 하고 놀란 음성으로 물었다.

"예, 그저…… 좀…… 그……." 하고 창덕이는 우물쭈물 넘기었다. 그리고는 이어서 똑똑한 목소리로

"아, 참 지난번 외상을 가파들여야 텐데요." 하고 말했다.

"무슨 외상?"

"그 왜, 그 학예회 날 밤, 드롭스."

"하아, 그래요? 그걸 외상으루 생각하셨어요?"

"외상이지 무업니까."

"그럼 가파주세요, 지금 당장."

"이 길바닥에서?"

"누가 돈으로 가푸랬어요?"

---

11 메게 : 가득 차 메울 정도로.

"그럼은 점심으루 가파라 이 말씀이군요."

"호호호, 쎈스가 참 좋으신데, 외상 값이니까 금리까지 붙혀 받아야겠지만 반만 가푸세요."

어느덧 그들은 전차길에 나섰다. 그들 둘은 약속이나 했는듯이 한강행 전차에 올라탔다. 그리고는 또 약속이나 했는 듯이 남대문 역 앞에서 내렸다. 혜경이는

"아니, 학교루 또 가세요? 아직 봄 방학이 안 됐읍니까?" 하고 물었다.

"아니오, 저쪽으루 가야지오. 점심을 나누어야 빚 반을 갚는 것이 아닙니까."

둘이서는 남대문 역 이층 식당으로 올라갔다. 역 구내 식당은 한산하였다.

양식 런치를 주문하고 식탁에 마주 앉아 창덕이는 무슨 이야기고 하기는 해얄 텐데 웬 일인지 지금 자기 머리는 세멘트 콩크리트가 되어버렸는지 화제가 생각나지 않아서 초조하고 민망하기만 했다.

"과학을 전공하는 학생들두 간혹 극장엘 가시나요?" 하고 먼저 화제를 꺼낸 것은 혜경이었다.

"간혹이 아니라 매일밤 가지오. 요새 〈동도(東道)〉[12]가 상영되구 있지오. 우미관[13]에서." 하고 창덕이는 말했다.

"예, 참 좋다구덜 하더군요. 손수건 한 다스쯤 가지구 가야 된다구들 그러드군요?"

"여대생들이 극장엘 가두 괜찮은가요?"

12　동도(東道) : 원제는 *Way Down East*로 그리피스(D.W. Griffith) 감독이 1920년 제작한 무성 흑백영화. 자세한 사항은 구인모의 「근대기 멜로드라마 서사 형성의 한 장면 : 영화와 영화설명 〈동도(東道)〉를 중심으로(A Scene from the Formation of a Melodrama Narrative in Modern Times)」, 『한국민족문화』, 2013 참고.

13　우미관 : 1912년 일본인 히야시다(林田金次郎)가 서울 관철동에 세운 영화관으로 단성사와 조선극장이 자리 잡기 전인 1910년대에 가장 활발히 활동하였으나 6·25 때 소실되었다.

"몰래 가니깐 더 재미있지오. 선생님 몰래, 부모님 몰래."

"서양 활동사진을 좋아하서요, 일본걸 좋아하서요?"

"아무거나 다 좋지오. 서부 활극에 미쳤을 시절은 지나갔구요, 쎈치한 것이 좋아요. 일본 것두 그 진진바라[14]는 질색이구. 요시에 주연은 참 좋구요."

"챕풀린은 어때요?"

"그 연속물보다는 낳지오만."

"연속물이 왜 나빠요. 죽었나 살았나 하구 그 다음 주일까지 기다리는 그……."

"아이, 그만두세요. 그야 의례히 살구, 마지막엔 결혼하구 할 께 빤한걸요. 그래두 남중학생들은 아마 그런 게 제일 재미나 하든가 보드군요."

바로 그날 밤 일곱 시에 우미관 앞에서 맞나기로 약속하고 난 남녀는 묵묵히 점심을 먹고 헤여졌다. 집에 도라온 창덕이는 책을 펼 생각도 없이 설합 쇠를 열고 드롭스 봉지를 꺼내서 그 매끈매끈한 종이 봉지를 만지작거리면서 혜경이의 손목 감촉을 공상하며 누어 있었다.

행복―.

"행복"이란 말은 자전에서나 볼 수 있다고 하던 어떤 책을 읽었던 기억이 소생했다. 그러나 지금 그는 바로 이것이 행복이 아니고 무엇일까 하고 생각하였다. 한겻[15] 오후가 이렇게도 길리라고는 뜻밖이었다. 안절부절을 못하고 시계만 몇백 번 들여다보고 있는데 네 시가 되도록 누님은 도라오지 않았다. 그는 부엌으로 내려갔다. 누님이 병이나 나면 마지못해 밥을 대신 지어본 일이 더러 있었으나 이처럼 자기가 기다리기가 진해서[16] 자진[17] 밥을 지어본 일은 여태 한 번도 없었었다.

창덕이는 고향인 평양서 고등보통학교까지 마추고 서울로 올라와서 에

---

14 진진바라 : '진진(津津)하다'의 어근 '진진'에서 나온 말로 매우 재미있다는 의미. 당시 유행했던 영화의 한 장르로 주로 무사들의 칼싸움 영화를 가리킨다.

15 한겻 : 반나절. '한낮(낮의 한가운데)'의 방언(평남).

16 진해서 : 지쳐서.

17 자진 : 자기 스스로.

비슨 의과전문학교에 입학되자부터 그전에는 기숙했었던 애덕이와 함께 어떤 집 뜰아래 단채 집 하나를 세로 얻어 들어 자취하고 있었다.

활동사진 〈동도〉를 감상하는 창덕이와 혜경이는 그 여배우의 연기와 기구한 일생에 홀딱 반하기도 했거니와 그보다도 청산유수처럼 거침없이 주어섬기는 변사(辯士)[18]의 해설에 오곡간장이 다 녹았다. 더구나 눈보라 치는 사이로 남자가 여자를 찾아 울부짖는 장면에 일으러서는 체면이니 무어니 다 잊어버리고 혜경이는 손수건을 몇 번이나 쥐어짜도록 눈을 닦았고 창덕이는 두 뺨으로 흘러내리는 눈물로 교복 칼라가 흠뻑 젖고 말았다.

길에 나서서도 그들 둘이는 뻐근한 감격을 색이지 못하여 묵묵히 한참을 걸었다. 바로 가까운데 전차길이 있는 것도 잊어버린 양 그들은 어둑진한 골목길을 오래오래 걸었다. 얼마를 걸었는지 가로등이 환하게 비치는 큰길에 나서게 되자 혜경이는

"어머나, 좀 봐! 참 실례 막심했어요. 발 다치신 것까지두 깜앟게 잊어버리구 이렇게 멀리……. 여기서라두 전차를 타구 가셔야지요."

"난 괜찮은데요. 밤새도록 걸어두…."

"아니야요. 발을 다치셨는지, 다리를 다치셨는지 몰라두 오래 걸으문 상처에 해롭지 않아요. 그런 건 저보다두 의대생께서 더 잘 알 텐데. 자, 어서, 전차를……." 하면서 혜경이는 전차 정류소 쪽으로 거름을 돌리면서

"댁이 어데지오?" 하고 물었다.

"혜경씨, 댁은?"

"저이 집은 바루 요긴걸요. 아이 참, 저는 제 다리 핑핑한 것만 믿구 창덕씨 발 아풀 건 미처 생각두 못 했으니…… 댁이 전차길에서 멀대문 아주 택씨루……."

---

18 변사 : 활동사진 해설가. 무성영화 시대에 스크린이 진행되는 동안 극의 진행과 등장인물의 대사 및 감정 등을 관객에게 설명했던 사람. 변사의 등장은 1900년대이며 미국과 유럽 등지에서는 변사의 역할이 미미했으나 동양, 특히 일본과 한국에서는 중요한 역할을 했다. 한국에는 1910년부터 변사가 등장했다.

"전차길에서 얼마 안 됩니다. 혜경 씨 댁이 요 근처라니까 제가 모셔다드려야지오. 서양식 예의가 그렇다지 않아요?"

"호호! 꼬마 과학자님두 꽤 짜신데. 제 집은 바루 저 골목 안이야요. 발 아푸신데 서양식 예의는 당분간 집어치우시구…… 여기서 빠이빠이하겠어요."

"활동사진 구경을 한 번 더 약속하신대문 여기서 빠이빠이하지오."

"어머나, 드롭스 외상 값 십 배루 더 가프셨는데……."

"이제부터는 제 써비스 외상 좀 받아주세요. 방학 때 실컨 구경 다녀야지오. 더구나 누님의 감독이 없는 동안."

"누님께서?"

"내일 아침 차루 고향엘 가십니다."

"아아니, 근화여고에 취직되시지 않았어요?"

"그러니까 잠시 단녀서 개학 전에 올라오시지오."

"그래요. 그런데 이 주일에야 어데 명화가 있어요? 내 주일이문…… 조선극장¹⁹에서 하는 건 서부 활극이구……."

"일본 껀 어때요. 영락좌²⁰에 좋은 것이 상영 중이지오."

"진진바라……."

"왜 진진바라라구 다 나쁜가요? 하기는 사무라이(武士) 혼자서 수십 명과 칼쌈해서 언제던지 혼자 이기기만 하니까 엉터리이긴 하지만두 그래두 그 사무라이 정신, 즉 자기가 섬기는 상전에게 대해서는 시비곡직을 불문하구 목숨 걸어 충성을 다 하는 그 정신은 우리가 배와야 한다구 생각합니다. 또 그 로닌(浪人)²¹들의 로맨틱한 모습…… 또 그리구 일본 활동사진에는 언제나 그 경치가 좋지 않습니까."

"글세요, 그래두 진진바라는 너무나…… 저 거시기 경보(京寶)²²에서는 무

---

19 조선극장 : 1922년 경성의 인사동에 세워졌던 극장. 1937년 6월 화재로 소실되어 현재는 그 터(종로구 인사동 130)만 남아 있다.
20 영락좌(永樂座) : 일제강점기에 일본 영화를 주로 상영한 영화관으로 추정된다.
21 로닌(浪人) : 무가정권 시대에 녹을 잃고 매인 데 없이 떠돌던 무사.
22 경보(京寶) : 경보극장. 1929년 마포 도화동에 도화관으로 개관. 1993년 폐관.

얼 하드라……."

"혜경씨, 한 번만 저한테 저주서요."

혜경이는 할 수 없다는 듯이 고개만 까득 하고는 돌아섰다.

"그럼, 모레요, 모레 여섯 시 반까지 영락좌 앞에서요." 하고 창덕이는 소리 질렀다.

혜경이는 그냥 고개만 까득까득 하면서 총총거름으로 얼마 가더니 골목 속으로 사라져 버리고 말았다.

일본 활동사진만 전문으로 늘리는 영락좌 이층 객석은 의자가 아니라 일본식 다다미 방이었다. 이날따라 일본 사람 조선 사람 할 것 없이 대만원이 되여서 혜경이와 창덕이는 거의 반시간이나 일즉 들어왔기 때문에 중앙에 둘이서 함께 앉을 수가 있었다. 그러나 계속해서 부득부득 미는 관객들 때문에 조이고 또 조이어서 혜경이와 창덕이는 좌우 앞뒤로 꼭 끼어서 혜경이 윈편 무릎이 창덕이 바른편 무릎에 얹히어야만 되게 이르렀다. 혜경이의 바른편에 앉은 남자는 양복을 입었기 때문에 일인인지 한인인지 얼른 분별할 수 없었으나 그가 무릎을 꿀고 앉지 않고 가치다리하고 앉은 것을 보니 한인에 틀림없었다. 이 옆읫 남자도 자꼬만 밀리어서 그의 무릎이 혜경이 무릎 우으로 올라오군 하므로 혜경이는 그것을 피하여 더욱더 창덕이께로 닥아오기 때문에 결국 창덕이에게 한 반쯤 안기게 되어버렸다. 창덕이의 윈편에는 일본옷 입은 여인이 앉았는데 그들 식대로 두 종아리를 엉뎅이 아래 몰아넣어 꿀어앉았기 때문에 창덕이의 윈편 무릎은 자유스러웠다. 혜경이는 어찌 생각하는지 모르나 창덕이로써는 혜경이의 말큰말큰 하는 몸이 주는 감촉과 체온과 체취가 그의 전 신경을 황홀하게 만들어주었다.

이날 상영되는 활동사진은 역시 시대극(時代劇)이어서 칼싸움이 위주인 것이었으나 그 중간쯤 가서 화면에는 괴이한 광경이 낱아나기 시작하였다. 마치 혜경이가 활동사진 구경에는 지루해 빠지고 바른쪽 남자의 살이 자기 살에 꼭 다아 있는데 대한 불쾌감을 창덕이의 어깨 탄력과 체온으로 메꾸어주는 그 상태에서 다시 화면으로 흥미를 전환시키기 위하여 일부러 꾸며놓기나 하는 듯이 흥미진진한 장면들이 지나갔다. 이 장면 장면은 매혹적이면서도 그로테스크하고, 소름끼치고, 무섭고, 불쌍하고, 가련한 장면들의 전개였다.

어떤 타이군(大君)이 기생 첩에게 미쳐서, 이 기생은 정적(政敵)이 자기 목숨을 해하려고 보낸 자객인 줄을 모르고, 그 미모와 아양에 탐혹되어서 이 요녀의 환심을 사기 위하여 자기 조강지처를 칼로 베어 죽이었다. 그리고는 이 기생과 단둘이 달콤한 재미를 보려고 모든 부하들을 다 물리치고 심복 뱃사공 한 명만 데리고 침침칠야에 뱃노리를 갔다. 타이군이 욕정을 억제 못하여 요녀를 끼고 딩구는 찰라 홀연히 배 머리에는 여우 한 마리가 낱아났다. 이 여우는 뽀죽한 주둥이로 기생의 목을 물어 죽이었다. 격분한 타이군은 긴 칼을 뽑아 여우에게 겨누었으나 그 여우는 금시에 한 여인의 자태로 변하였다. 이 여인은 삼단 같은 머리를 산산히 허트리고 그 해골 같은 얼골 입에는 비수를 가로 물고 있었다. 이것을 본 타이군은 본처의 유령이 낱아난 줄 알고 공포에 질리어 부들부들 떨다가 그만 물에 빠져 죽었다.

여우가 낱아나서 기생 목을 무는 장면에 벌써 혜경이는 흙 하고 느끼면서 창덕이의 가슴에 얼골을 파묻고 오들오들 떨기 시작했었다. 창덕이도 전율을 느끼며 혜경이의 몸을 으스러지도록 껴안고 이 장면들이 다 지나갈 때까지 느추어주지를 못하였다.

길에 나선 두 남녀는 그적께와는 아조 별다른 흥분과 공포를 떨쳐버리지 못하며 손목을 꼭 쥐고 어두운 골목길을 걷고 또 걸었다. 둘이 다 아모 말도 못 하고 무작정 걷기만 하던 그들이었다. 침착을 먼저 회복한 창덕이가 살펴보니 그들은 혜경이네 집이 있다는 골목 근처까지 다달은 것을 발견하였다. 혜경이는 자기 집 골목도 인식하지 못하고 있는 것을 창덕이가

"댁이 이 골목 안이지오." 하고 깨우쳐주자 그제서야 꿈꾸다 깨난 사람처럼 휘휘 도라다보더니 고개를 끄덕이었다.

"댁까지 바래다드리지오." 하는 창덕이의 말에

"아니오." 하면서 혜경이는 손목을 살작 빼고 어두운 골목 안으로 들어섰다. 그러나 금시에

"아이 무서!" 소리를 치면서 호독독 뛰여나와 창덕이의 팔을 부뜰었다. 혜경이는 전신을 떨고 있었다. 창덕이는 말없이 혜경이의 어깨를 꼭 끼고 천천히 골목 안으로 들어섰다. 천천히 가기는 하지만 자기 왼다리가 절기 때문에 혜경이의 발거름도 고르지가 못하고 비틀거리었다.

"아, 다리 상처가 더하시군요, 아니 의과 대학생이 제 다리 상처 하나 빨리 고치질 못해요, 왜?" 하는 혜경의 목소리는 떨리었다.

창덕이는 대답할 말이 궁해졌다. 묵묵히 혜경의 어깨를 느추어주고 더 천천히 걸었다. 조곰 더 가더니

"다 왔에요." 하면서 혜경이는 꽤 묵직한 대문 앞에 오똑 섰다.

"미안해요, 그럼 안녕!" 하고 돌아서는 혜경이를 창덕이는 달려들어 가로막고 정면으로 혜경이를 포옹했다. 그는 제 힘껏 그녀를 포옹하고 서서 그녀의 뺨에 입술을 대고 나서는 그녀의 입술을 더듬었다.

"아, 아, 아." 하고 속삭이는 그녀는 얼골을 이리 돌리고 저리 돌리고 했으나 결국 창덕이의 입술은 혜경이의 입술을 찾아 찰떡같이 붙었다.

찰라 같으면서도 영원 같았다. 시간이 멈추어지고 유성의 운행마저 정지되었다.

혜경이는 맥이 풀렸는지 전신이 그만 확 풀어졌다. 그래도 그냥 더 끌어안고 입술을 비비대든 창덕이는 뺨에 습기가 젓는 것을 감각했다. 그는 얼른 입술을 떼고

"울긴 왜?" 하고 속삭이었다.

"아, 제발, 그만 가주서요, 네! 창덕 씨 제발, 아, 하."

"미안합니다." 하고 속삭이며 그는 그녀의 몸을 탁 해방시켜주었다. 그녀는 홱 돌아서서 자기 집 담에 기대서면서

"가세요." 하고 속삭였다. 창덕이는 바보처럼 멍하니 서 있었다. 혜경이는 손수건을 꺼내 눈과 얼골을 닦고 나서 대문을 뚜드리었다. 창덕이는 어

쩐지 겁이 나서 절룩절룩 몇 거름 뒤거름쳤으나 혜경이는 돌아다보지도 않고 그냥 대문을 때리고 있었다. 창덕이는 홱 돌아서서 도망치듯 골목을 나오고 말았다.

창덕이가 아침, 점심때, 저녁 무시로 혜경의 집 대문 밖을 배회한 지 수십 번 만에야 겨우 혜경이를 만났다. 혜경이는 놀란 토끼눈으로 창덕이를 한동안 응시하더니 보조개가 춤을 추면서

"웬일이세요?" 하고 천연스럽게 묻는 것이었다.

"보구 싶어서!" 하는 말이 혀끝까지 돌았으나 창덕이는 그 말을 못 하고 멍하니 그녀를 바라다보았다. 혜경이는 그의 앞을 지나 걸어가려고 했다. 그는 혜경이와 발거름을 맞추었다.

"어마나, 아직 완쾌되지 못했군요. 무리를 하기 때문에 그래요. 나단니지 말구 쉬면서 철저히 치료를 하세요."

창덕이는 역시 말이 궁했다.

큰길에 나서자 혜경이는

"어데루 가시는지?" 하고 물었다.

"어데 산보나 같이 갔으문 해서……." 하고 창덕이는 이제서야 입을 뗐다.

"그 다리를 가지구 산보라니오. 제발 몇 일이라두 쉬구 치료하구 나단니지 마서요, 다리 완쾌되기 전에 저 다시 만나주지 마서요."

"그럼 오늘 밤 활동사진이나?"

"아, 싫어요…… 몇 일이 걸리디래두 다리가 완쾌되거던 그때 만나 실컷 싸돌아다녀요. 네. 아니 그러나 제 집으루 찾아오시면 안 돼요…… 대관절 어델 얼마나 다치셨어요. 며칠이나 쉬시면 완쾌될 자신 있어요? 개학하는 날까지엔 다 완전히 나흘까요? 그럼 그때까지 다릴 쓰지 말구…… 자, 지금 두 택시를 타구 가세요."

"그래두 어데서 만날 약속이나……집에 와서는 안 된다니……."

"글쎄요, 개학 전날까지 완치될 자신이 있어요? 아, 그럼, 저…… 아침 아

홉 시까지, ……아니 인천행 둘째 번 기차 떠나기 직전까지 남대문 정거장에서요." 하고 말을 마친 혜경이는 더 대화할 필요가 없다는 표정으로 조르르 큰길을 건너가 버리고 말았다.

개학하기 전날 오후, 인천 월미도 바위 우에 앉아서 창덕이는 고백하였다. 자기의 다리병신은 일시적 상처 때문이 아니고 여섯 살 적에 대수롭지 않게 도랑에 넘어진 것이 연유가 되어서 그때부터 종신 절름바리가 되었노라고 그는 혜경이에게 고백했다. 그리고 그때 그 경미한 부상이 자기를 평생 불구자로 만든 원인은 그 당시 의술이 발달되지 못한 데 원인이 있었고 또 그러기 때문에 자기의 다리 부상이 자기로 하여금 의과 전공을 택하게 된 동기 중에 하나이라는 것까지 죄다 털어 이야기했다. 그는 길게 이야기를 늘어놓는 동안 혜경이를 정면으로 보지 않고 바다 물과, 수평선과, 구름과, 갈매기와, 기선과, 범선을 보면서 떠듬떠듬 천천히 이야기한 것이었다.

혜경이도 단 한 번도 창덕이를 둘러보지도 않고 한마디의 질문도 없이 먼 바다만 하염없이 내다보면서 그린 듯이 앉아 듣는 것이었다. 창덕이가 잠시 이야기를 중단하고 혜경이의 동정을 살펴보기 위하여 곁눈질해 보군했으나 혜경이는 마치 바위의 한 부분이 되어버린 양 꼼짝달싹 않고 바다만 내다보고 있는 것이었다.

이야기를 다 끝내고 나서 혜경이의 반응을 보려고 고개를 돌려 똑바로 보았으나 그녀는 고개를 돌리지 않고 눈만 깜박깜박 자꼬 계속하여 깜박이면서 그린 듯이 앉아 있었다. 창덕이는 면구스러워서 한숨을 길게 쉬이고 바위 우에 벌떡 누어버렸다.

그날 인천서 서울까지 동행해 오면서의 혜경이의 태도는 지금 와서 회상해보기도 싫었다.

봄비는 그치고 날이 개인 후까지도 눈물을 걷우지 못했던 창덕이는 그래도 우름보가 마르도록 울고나니 마음이 좀 후련해진 것 같았다.

다리를 절기 시작한 이래 十四년 동안 그는 이 저주 받은 왼쪽 다리 때문에 울기도 하고, 격분하기도 하고, 낙망하기도 한 때가 한두 번이 아니었었다. 그러나 오늘처럼 이렇게 다시 헤어 나갈 수 없는 것처럼 보이는 절망의 구렁텅이에 빠져본 일은 지금이 처음이었다.

누님이 고향 소식을 한 보재기 싸가지고 와서 펴놓는 것도 창덕이에게는 아모런 흥미도 자아내지 못하였다.

학교는 다시 개학을 했고, 급제생보다 낙제생이 더 많은 그 어려운 시험에 무난히 통과되어 二학년으로 진급되었으나 학교에 부지런히 나가기는 했으나 다른 동급생들이 노골적으로 의시대는 만족감과 우월감을 그는 노나 가지지 못했다.

─응! 공부만 하자, 더욱더 열심히 공부만 하자, 그래서 성공하자, 크게 성공해가지고 자 보아라 하고 혜경이 앞에서 뽐내보는 것도 복수가 되겠지 ─ 하고 그는 몇 번이고 주먹을 부르쥐고 결심해보았으나 문득문득 무시로 떠오르는 그 속눈섭 긴 눈이 깜박깜박 하는 것과, 춤추는 보조개가 선히 떠올라서 증오감보다도 그리움이 앞서는 그의 심경을 억누르기가 어려웠다. 혹 길을 가다가도 혜경이 몸매 비슷한 여성이 눈에 띄이면 그의 가슴은 뭉클해지고, 자기 절름바리가 부끄러워서 당치도 않은 쇼윈도를 들여다보는 척하고 오래오래 서 있으면서 자기의 행동이 그 얼마나 처량하고 비겁한가 하고 통절히 느껴지기도 했다.

그는 거리에 나단니기가 싫어졌다. 그는 강의가 다 끝나서 학생들이 다 가버린 뒤에도 그 혼자 교실에 남아 앉아서 연구에 몰두하기로 노력하고 있었다.

2

토요일 오후 늦게였다.

다른 학생들은 반나절 수강만 끝내고는 뿔뿔이 다 나가버렸다. 황보창덕

혼자만이 교실에 그냥 남아 있어서 사람의 뼈 모형을 노트에 옮겨 그리고 있었다. 큰 뼈, 작은 뼈 할 것 없이 모두 다 그 이름을 적어 넣으면서. 자기도 무슨 이유로 이런 일까지 하고 있는지를 모르면서 뼈 한 개 한 개의 부피와 길이를 자로 재서 일일히 기입하고 있었다.

"야, 이 사람, 궁상맞게……." 하는 고함 소리에 창덕이는 고개를 들어 창밖을 내다보았다.

박광해의 희멀겋고 둥근 얼굴이 창으로 드려다 보며 버룩버룩²³ 웃고 있었다. 창덕이는 연필을 던지고 기지개를 하며 일어섰다.

"아니, 자네가 날 다 찾아올 때가 있나? 오늘 해가 서쪽으루 뜨진 않았는데" 하고 말하는 창덕이는 자기 딴에는 퍽 유쾌한 모습을 보이려고 하는 것이었으나, 그의 표정이나 목소리는 부자연하기 한이 없었다.

"야, 이 화창한 초여름 저녁에 뼈다귀 하구 씨름이나 하구 있다는 건, 이 무슨 살풍경인가! 아무리 독학자루 유명해진 자네지만 이건 지나치네……자, 그만두구 나와. 내 오늘 한잔 톡톡이 낼께" 하고 광해가 말했다.

"허허 참 경성제국(京城帝國)대학 법학부 수재인 자네가, 이 시시껄렁한 사립 전문학교 학생하구 함께 몰려다닐 수가 있나? 난 괜찮지만, 자네 위신상……."

"이 사람, 개수작 작작하구 어서 나와. 오늘 학비가 왔어. 학비 받은 날 눈 꼭 감구 한잔 해야지 않나……."

그들은 먼저 선술집으로 들어갔다.

술청에 도사리고 앉아 있는 주모는 나이 오십이나 되어 보이는 뚱뚱한 여인이었다.

꾀죄죄 때 묻은 무명 두루막을 입고도 갓은 제법 좋은 것으로 단정하게 차린 늙은이 서넛은 취하였는지 언성을 높여가며 제각기 자기 조상 뼈다귀 자랑 승갱이를 하고 있었다.

---

23 버룩버룩 : 입을 크게 벌리고 자꾸 흡족하게 웃는 모양(북한어).

학생 제복을 입고 사각모를 쓴 두 청년이 들어오는 것은 자기네 술자리에 파흥을 시켜준다고 못마땅하게 생각하는지 그들, "개 팔아 두 양 반"이라는 별명으로 불리우게 된 양반들이 토끼눈으로 힐긋힐긋 보는 것이었다.

얼굴 주름살에 비하여 너무나 새깜안 주모의 머리에는 동배기름[24]이 자르르 흘렀다. 앞머리 한가운데 골이 너무 하얗게 들어나 있기 때문에 돼지비게를 연상시켜줄 만큼 머리를 팽팽 빗어서 족진 뒤통수 매듭에는 은비녀가 되는대로 꽂혀 있어서 머리를 흔들면 그 은비녀가 금방 쭉 빠져 떨어질 것처럼 보이었다. 뚱뚱한 얼골을 싱글벙글 웃음으로 가득 채운 주모는 사발에 술을 붓고 있었다. 때가 깜앟게 묻은 힌저고리 소매를 두세 겹 걷어 올려 늘어난 구동색 팔목은 남에게는 들리지 않는 그 어떤 장단에 박자를 맞추는 것처럼, 제법 율동적인 동작으로 술동이와 사발 사이로 왔다 갔다 하여 두 사발 가득 골고루 술이 담겨졌다.

박광해는 술 사발을 성큼 받고 나서 주저하고 있는 창덕이에게 어서 들자고 눈짓을 했다. 광해는 술 한 사발을 꿀꺽 꿀꺽 들이키고는 "크으" 소리를 내며 얼골을 찡그리면서 빈 사발을 주모 앞에 턱 내려놓았다. 그리고는 빨강 옷칠이 군데군데 떨어져 나간 나무 저깔을 들고 쇠고기 한 점을 집어 석쇠 우에 놓았다.

술 두어 목음만 마신 창덕이는 "크으" 소리는 없이 얼골만 찡그리면서 비지 않은 사발을 왼손에 옮겨 쥐고 나서 쇠고기 한 점을 집었다.

"아, 여보게, 그게 뭔가? 첫 사발부터 졸금졸금……." 하면서 술청 위 주모를 힐끗 치어다보는 광해는

"사발 비지 않구 안주를 들문 져 아주머니 눈독에…… 허 그만, 허허허……." 하고 허풍을 떠는 것이었다.

소학교 시절부터 줄곧 기독교 미쑌 계통에서 경영하는 사범학교 물만 내리 먹어온 창덕이는 술에는 언제나 근신해왔을 뿐 아니라, 여태 술의 진미

---

24 동배기름 : '동백기름'의 오기.

를 모르고 있었다.

선술집에서 나온 두 학생은 일본인이 경영하는 구루마 이동식 '오뎅' 집을 두서너 군데 거쳐서 참새고기 안주 술집을 잠시 들렀다. 술이 꽤 취한 그들이 본정통 뒷골목 어떤 카페에 들어설 때 날은 이미 어두어 있었다.

광해는 창덕이보다 술을 삼사 배나 더 마셨으나 그의 기분은 더욱더 상쾌해갔고, 그 반비례로 창덕이는 많이 못하는 술이면서 마시면 마실수록 기분이 우울해가기만 했다.

카페 문 안으로 들어서니 담배내, 술내, 분 냄새가 뒤섞여 코를 먼저 환영해주었다. 소년군 제복을 입고 빈대떡 모자를 썼다고 하기보다 살작 올려놓은 뽀이가 "하나꼬 상" 하고 소리 질러 두 손님의 내림을 당번 여급(女給)에게 알려주었다.

"이리 오서요." 하고 일본말로 인사하는 여급은 양장도 하지 않고 순 일본옷을 입은 일본 여자였다.

푹신한 쏘파에 엉뎅이를 대자마자 창덕이는 팔고뱅이²⁵를 탁자 위에 세우고 두 손바닥에 얼굴을 묻었다.

일본 술 두 '도꾸리',²⁶ 술잔 두 개, 그리고 붕어과자 한 접시를 탁자 위에 벌려놓고 난 여급은 어데 딴 정신이 팔렸는지 초조스럽게 광해에게 술 한 잔을 권하고 나서는 거들떠보지도 않는 창덕이 앞에 놓인 잔에 술을 부었다. 그리고는

"잠깐 실례" 하고 일어로 말하고는 횡 가버리고 말았다.

술 한 잔을 비고 난 광해는 푹신한 쏘파에 푹 잠겨 앉아서 '해태'표 담배 한대를 피여 물고는, 탁자 위에 수구리고 있는 창덕이의 머리를 물끄러미 드려다보고 있었다. 이윽고 그의 입가에는 미소가 나부끼었다. 련민인지 멸시인지 잔인인지 통쾌인지 똑이 분간할 수 없는 이상야릇한 미소이었다.

---

25 팔고뱅이 : 팔꿈치
26 도꾸리 : 목부분의 좁고 긴 일본 술병.

아마 이런 모순되는 감정의 칵텔일런지도 모를 일이었다.

당번 여급인 '하나꼬'는 어느 딴 빡스[27]에 그의 '나지미'[28]가 와 있는지 다시는 코빽이도 보이지 않았다. 어떤 양장한 딴 일본인 여급이 와서 창덕이의 옆자리에 앉았다. 그녀는 창덕이의 어깨를 두드리면서

"한 잔 드시지오." 하고 일어로 권하였다. 고개를 번쩍 든 창덕이는 다 식은 술 한 잔을 꿀걱 마시고는 도루 손바닥에 얼굴을 묻었다.

"웨 그러서요?" 하고 묻는 여급은 광해가 내민 잔에 술을 쳤다.[29]

"자네는 조선어를 아는가?" 하고 묻는 광해의 물음에 여급은 고개를 살랑살랑 흔들었다. 광해는 비운 술잔을 여급에게 주고 술을 부어준 후에

"황보 군." 하고 고즈낙히 불렀다.

창덕이는 대답도 않고 머리를 들지도 아니 하였다.

"무어 그리 심각하게 생각할 필요는 없어. 여보게 그래 이 세상에 계집이 하나뿐인가? 바루 이 카페 하나만 가지구 봐두 말이야. 왜년 조선년 할 것 없이 우리 남자들의 비위를 맞춰주느라구 가진 아양을 다 떠는 계집들이 옥시글득시글하지 않는가! 유독 한 계집에게 채웠다[30]구 울구불구 하는 건 졸장부지."

이렇게 말하고 있는 광해의 입과 묵묵부답인 창덕의 머리를 번가라 보고 있던 여급은 흥미가 없는지 삽분 일어서서 딴 데로 가버리고 말았다.

"인간도처에 유주막이오, 남아도처에 유계집이란 말야, 하하하!" 하고 광해는 크게 웃었다.

두 손에 얼굴을 파묻고 있는 창덕이에게는 광해의 수작이 한편 귀에 거슬리기도 하면서 또 한편으로는 자기 기분을 전환시켜주려고 노력하는 것이 고맙게 생각되기도 했다.

---

27 빡스 : 작은 방.
28 나지미 : 잘 아는 사람, 단골손님(일본어)
29 술을 치다 : 술을 잔에 따라 붓다.
30 채우다 : '채다', '차이다'의 북한어.

광해라는 친구는 죽마지우(竹馬之友)이기는 하나, 서울로 유학 온 뒤에는 별로 자조 만나지도 못했던 사이였다. 그러던 지금 자기의 심적 고통을 어떻게 이렇게 잘 파악하고 있을까 하는 의혹을 품을 마음의 여유가 창덕이에게는 없었다. 하여튼 이 친구의 강권에 못 이겨 과도한 분량의 알콜을 몸에 부어 넣었기 때문에 그의 신경이 무디어졌는지 알 수 없었다. 하여간 이 친구가 이처럼 가려운 데를 꼭 집어 글거주는 것이 고마웠고, 자꾸만 반복되는 그의 말을 듣고 나니, 그의 말이 옳은 것같이 생각되기도 했다.

"자, 어서 이 도꾸리 술이나 다 비우세." 하면서 광해는 창덕이의 머리를 처 들었다.

"카페라는 데는 오래 앉았을 곳이 못 돼. 까닥하다간 박아지 쓰기가 일수이니. 자 우리 얼근한 김에 좀 더 근사한 데루 가자구. 돈 몇 푼만 앵겨주문 우리 맘대루 실컷 주무를 수 있는 계집들이 구데기 끌듯 하는 데가 바루 한마장 저쪽에 있지 않는가, 허 허…… 어 취하는걸……."

'신마찌'라고 하는 데를 구경하는 일은 창덕이로써도 처음은 아니었다.

에비슨 의과전문학교 입학시험 합격 발표를 본 바로 그날 저녁, 합격자들의 자축만찬회를 끝내고 난 몇몇은 진고개[31] 일본 상가(商街) 밤거리 구경을 나섰다. 그 좁듸좁은 상가를 지나 맨 끝까지 갔다. 거기서 갑작이 굉장히 넓어지고 좌우 쪽에는 일본식 삼사층 주택들이 즐비한 것을 발견하였다.

"야, 여기는 아마 총독부 고관들 사택 지대인가 부다." 하고 한 학생이 감탄하는 어조로 말했다. 출입문 설주 위에 빨간 불을 켜놓은 파출소가 바로 머지않은 데 있는 것을 보아도 이 지대는 고관 사택촌에 틀림없다고 창덕이도 생각했다. 좌우 쪽 가로등 설비도 밝고 화려할 뿐 아니라 즐비한 고층건

---

31 진고개 : 충무로 2가 전 중국대사관 뒤편에서 세종호텔 뒷길에 이르는 고개. 남산의 산줄기가 뻗어 내려오면서 형성된 그리 높지 않은 고개라, 비가 오면 흙이 질퍽거린 데서 이름이 유래했음.

물들이 하도 으리으리하기 때문에 선뜻 발을 들여놓기가 주저스러웠다.

"예꺼정 왔다가 그냥 갈수야 있나. 구경 좀 하자. 저 파출소 순사한테 내쫓기는 한이 있드래두……." 하는 한 학생의 말에 용기를 얻은 그들은 천천히 거름을 옮기었다.

특별 파출소도 파출소러니, 고관집이면 대문마다 의례히 파수병이이나 순사가 지키고 있으려니 하고 생각했는데 첫 집 앞에 일으러보니 파수병은커녕 육중한 대문도 없이 길가에 그냥 넓은 현관이 있고 그 현관문이 쫙 열려 있는 것이 이상했다. 더구나 바루 이때 서너 사람의 술 취한 신사들이 비틀거름으로 아모 꺼리낌 없이 그 열어 제친 현관으로 들어가는 것을 그들은 보았다.

슬적 지나가면서 드러다보았다. 일본 '기모노'를 입은 노파 하나가 이 취객들을 친절히 마지하면서 어서 올라오시라고 환영을 하는 것이 아닌가.

"야 이게 모두 요리집이루구나." 하고 누가 말했다.

"어마어마한 요리집인데." 하고 또 누가 대꾸했다.

"우리 같은 건 명함도 못 들일 고급 요리집이다." 하고 말하는 소리를 들으며 멍하니 바라보고 서 있누라니, 아까 현관 안 왼쪽으로 들어갔던 신사들이 낄낄거리며 도로 나오고 있었다. 노파는 뒤따라 나오면서, 왜 노다 가시지 그냥 가시냐고 부뜨는 것이었다.

신사들을 노쳐버린 노파는, 멍하니 서서 바라다보고 있는 시골뜨기 학생들에게 손짓을 하면서

"좀 들 들어와봐요. 이쁜 색시가……."하였다. 한 학생이 불쑥,

"흥, 여기가 색주가[32]로구나." 하고 고함을 질렀다.

창덕이는 벌에게 쏘인 사람처럼 돌아서서 허겁지겁 도망쳐 갔다.

－아귀들이 사는 지옥－ 하는 생각이 그에게 소름을 끼얹은 것이었다.

---

32 색주가 : 色酒家. 술과 색(여자)를 겸하여 파는 술집.

그것은 한 十년 전 일이었다. 장대째[33] 꼭대기에 있던 소학교 건물이 불에 홀딱 타버린 후 창덕이가 다니는 학교는 대동문[34] 근처 널다리꼴 예배당에서 몇 달간 임시 수업을 계속하게 되었었다.

새방성[35]에 살고 있던 창덕이는 학교에 가려면 서문을 지나 서문거리 동쪽 끝까지 가서 좁은 골목으로 가게 되었다. 서문거리 끝에서 대동강 쪽으로 뚫린 좁은 골목은 닭전골이었다. 이 골목으로부터 북쪽으로 대동문 거리까지 사이에 엿전골이니 신전골이니 죽비전골이니 하는 골목들이 있었다. 이 골목들은 몹시 꼬불꼬불하기는 했으나 그 어느 골목을 잡아 가더라도 학교에 도달할 수 있는 것이었다.

창덕이는 어렸을 때인지라, 매일 한 골목으로만 다니지 않고 그날 맘 내키는 대로 이 골목 저 골목 골라 다니었다.

그런데 그 어느 한 골목 한중간쯤 가면 가게 같은 구조인 건물들이면서도 물건은 통 벌려놓지 않은 집들이 수십 채 있었다. 더구나 그의 호기심을 끈 것은 이 집들은 개개 다 문에 푸른 뺑끼칠을 한 것이었다.

하로는 나이 이십이 다 된 상급생과 함께 이 골목을 지나가게 되었다. 창덕이는 푸른 뺑끼칠한 집들을 지나가면서

"이 뺑끼칠한 집은 무얼 하는 집이가?" 하고 상급생에게 물어보았다.

"요 새끼, 넌 그런 걸 알아선 못써." 하고 상급생은 톡 쏘았다.

알아서는 못쓴다고 하니 호기심은 더 커졌다.

"피, 내가 몰라 물었나? 멜[36] 하나 볼라구 그랬지." 하고 창덕이는 넘겨짚었다.

"꼭대기에 피두 안 마른 놈이 알긴 뭘 알아." 하고 상급생은 머리를 땅 때리었다.

---

33 장대째 : 장대현(章臺峴). 평양 만수대 남쪽에 있는 언덕.
34 대동문 : 평양직할시 중구역 대동문동 대동강 기슭에 있는 고구려 평양성의 동문.
35 새방성 : 평안남도 대동군 고산리의 서남쪽 승침동 뒤에 있는 마을.
36 멜 : 뭘 또는 무엇을.

창덕이의 호기심은 더 한층 커졌다. 그날부터 그는 학교에 오가는 길을 꼭 이 골목을 택하여 이상한 집에 어떤 사람들이 드나드나 보려고 했다. 몇 일을 그랬으나 그는 그 집으로 드러가는 사람이나 나오는 사람을 통 보지 못하였다.

하로는 동급생 하나와 동행하게 되었다. 창덕이는

"얘, 이 집들은 뭘 하는 집인가?" 하고 물었다.

"멍텅구리 바보. 걸 몰라? 이건 모두 색주개야." 하고 동급생이 말했다.

"색주개가 무어냐?"

"색주개가 색주개지 뭐야." 하고 대답하는 동급생은 아노라고 뽐내기는 했지만 색주가가 무엇인지는 모르는 것이 분명하였다.

그날 하학 후 집에 가자, 다짜고짜로 할머니에게

"할만, 색주가가 뭐야?" 하고 물었다. 할머니는 웬일인지 경풍하듯이 놀랐다.

"너 그런 소린 어데서 들었니?" 하고 버럭 소리를 지르는데 할머니가 이 때처럼 무서운 얼굴을 하고 있는 것을 그는 본 일이 없었다. 그러니 그의 호기심은 무서움보다도 더 커져서

"우리 학교 가는 길 골목에 색주개가 수두룩한걸." 하고 말했다.

"무어 요놈아. 너 밤에 뭘하러 그런 델 다녔니?"

뚱딴지 같은 말이었다. 밤에 간다구? 그럼 그 푸른 칠한 집들은 야시(夜市)[37]인 게로구나 하고 그는 생각했다.

"응, 야시구만. 난 한번두 가보진 못했어." 하고 그는 말했다.

"아니, 아니, 야시가 아니구, 그건 마귀들이 사는 집이란다."

창덕이의 등골로는 어름물이 흘렀다. 마귀에 대한 무서운 이야기는 주일학교에서뿐 아니라 학교 성경시간에도 귀에 못이 박일 정도로 들어온 그이었다.

---

37 야시 : 야시장(夜市場).

그 다음 날부터 그는 그 골목에는 발을 들여놓지 못했다.

그러나 그 후 몇 달 후에 민 선생님이 학생 한 명의 밑구멍을 찢겨 놓았다는 죄로 면직을 당하던 날, 상급생들의 말을 엿들어 색주가는 마귀보다도 더 무서운 것이라는 것을 알게 되었다.

어렸을 때 이러한 경험이 있었기 때문에 창덕이는 그날 밤 마귀보다도 더 무서운 색주가를 피하여 다라났던 것이었다.

그러나 광해의 뒤를 따라온 이날 밤, 창덕이는 무서움보다도 호기심이 더 앞섰다. 나이가 두세 살 더 먹은 탓이기도 하려니와 술이 취한 탓도 있을 것이오 또 자기를 배반한 여성에게 대한 일종의 복수욕이 발동하기도 했을 것이었다.

그들은 활작 열어 제친 집 한 채 문 안으로 들어섰다. 왼편 마즌 벽을 치어다보니, 일본 여자들의 사진이 수십 개 아래위로 줄지어 걸려 있었다. 술이 취한 탓인지 그의 눈에는 그 가지각색 모습 얼굴들이 개개 다 절세미인으로 보이었다. 멍하니 치어다보고 있노라니

"어서 오십시오." 하는 일본말 여자 목소리가 등덜미를 때렸다. 그러자 이어서

"올라가시지오." 하는 소리가 솔깃하게 들리어 왔다.

"우리는 요보상[38]인데" 하고 광해가 일어로 대꾸했다.

일본인 노파 '나까이'[39]는

"아니 웬 학생님두. 여기서야 무슨 나이찌징(日本內地人)[40]이니, 센징(鮮人)이니 차별이 있을 리가 있읍니까? 다 잘 알구 있으면서 공연히 그러지 말구 골라잡으시오." 하고 간곡히 권하는 것이었다.

"하하, 그럼 실물을 보여주어야지. 저까짓 사진만 보구서야 어데……."

---

38 요보상 : 일본인들이 조선인을 멸시하여 부른 호칭.
39 나까이 : 요릿집이나 유곽에서 손님을 응대하는 하녀(일본어).
40 나이찌징 : 일본인을 가리키는 말.

하고 광해는 유창한 일어로 빈정댔다.

　광해는 보통학교 때부터 줄곧 공립학교만 다니고, 고등보통학교를 졸업한 후에도 일본 학생만이 공부하는 중학교 五학년에 편입했었고, 또 지금 경성제대에서도 일본인 학생이 七十퍼센트 이상을 차지하고 교수 강사가 모두 일본인, 교과서까지도 전부 일문(日文)으로 된 것을 쓰고 배우고 있었기 때문에 그의 일본말은 왜놈 뺨 때릴 만큼 유창하였다.

　"호호 자, 그럼 실물……." 하면서 그녀는 뽀얀 유리를 끼운 바른편 창문을 드르르 열었다. 창덕이는 놀랐다.

　수십 명 일본 여자 창녀가 제각기 재간껏 짙은 화장을 하고 뺑 둘러앉아서 구경을 시키는 것이 동물원처럼 보였다.

　광해는 열린 창문턱에 척 걸쳐 앉아서 한번 죽 훑터보더니

　"미인은 하나두 없는걸, 허 허……." 하고 떠들었다. 노파 '나까이'가 무어라고 대꾸를 하긴 했다. 그러나 창덕이는 그 말뜻을 포착하지 못했다. 그가 비록 사립학교만 다녔으나 일어 실력이 부족해서 못 알아들은 것은 아니었다. 그는 공포에 사로잡혔기 때문이었다. 창녀 전부가 한결같이 머리에 올린 그 높고 거창한 '히사시가미'[41]가 그의 눈에는 이쁘게 보이기보다 도리어 그로테스크하게 보이었다. 게다가 회박처럼 짙게 분 바른 얼굴은 모두가 해골처럼 보이었다. 더구나 창덕이의 눈이 잠시 머문 한 창녀가 삽뿐 일어서는 찰라, 그의 눈에는 이 여인 모양이 비수를 입에 물고 나타났던 영화에서 본 그 여자보다도 더 무섭게 보이고 소름 끼치는 것이었다.

　창덕이는 질겁을 하여 뛰어 나갔다.

　"어이, 어이, 황보." 하고 소리 지르며 광해가 쫓아 나왔다. 창덕이는 방향도 잡지 못하고 무작정 뛰어가다가 광해에게 붙잡혔다.

　"이 사람아. 이렇게 옹졸해서야…… 왜년이 싫으문 저쪽으로 가세. 쪽찌

41　히사시가미 : 머리털을 가지런히 하여 흐트러지지 않게 잡아 묶고 앞머리를 쑥 내밀게 빗은 머리 모양.

고, 트레머리[42]한 우리 아가씨들한테루."

창덕이는 광해에게 끌리어 큰길을 떠나서 뒷골목으로 들어섰다.

인육시장[43]은 같은 인육시장이면서도 골목 하나 사이를 두고 천양지차가 있는 것이었다. 골목이 여지없이 좁았다. 납작 집들이 초라할 뿐만 아니라 실물들이 방 안뿐 아니라 거리에 아주 나서서 손님을 경쟁하여 끄는 것이었다. 여름날 참외 집어보고 냄새까지 맡아보고 마음대로 골라 잡슈 하는 식이었다.

창덕이는 어리둥절하면서도 호기심은 강해가며 야릇한 자포자기까지 느껴지는 것이었다. 그는 그의 소매를 잡아끄는 한 창녀를 와락 떠밀고 나서

"자 봐라. 난 불구자다. 불구자 병신, 자 나는 술이 취해 비틀거리는 거가 아니구 절름발이다. 절름발이, 꼽새, 곰배팔이[44]……." 하고 소리소리 질렀다. 일부러 꼽새, 곰배팔이를 하고 서서 절룩거리면서 "작년에 왔던 각설이 죽지두 않구 또 왔네, 한 푼 줍쇼, 호호호……." 하고 떠들어댔다. 울긋줄긋 가진 복색을 한 창녀들이 깔깔 웃어댔다.

아까부터 웃지 않고 새침하게 서서 입술을 잘근 잘근 씹으며 노려보고 있던 한 창녀가 갑짜기 달려들어 창덕이의 품을 얼사안고

"자 그러지 말구 저리루." 하면서 떼밀었다.

"흥 이런 병신두 좋은가 너는?" 하고 말하면서 그는 이 여자의 분홍 저고리에 왼 정신이 끌리었다. 그는 밀리고 밀리어 문턱을 넘고 비둘기장 같은 단간방 문턱에 펄석 주저앉았다.

창덕이는 정신이 들었다.

목이 몹시 갈했다.[45] 바로 머리맡에 자리끼[46]가 한 대접 놓여 있었다. 엎드

---

42 트레머리 : 가르마를 타지 않고 뒤통수의 한복판에 틀어 붙인 여자의 머리 모양.
43 인육시장 : 人肉市場. 매음부들의 몸을 파는 곳을 비유한 말.
44 곰배팔이 : 팔이 꼬부라져 붙어 펴지 못하거나 팔뚝이 없는 사람을 낮잡아 이르는 말.
45 갈하다 : 목이 타고 마른 듯하다.
46 자리끼 : 밤에 자다 마시기 위해 머리맡에 준비해둔 물.

린 채로 그 한 대접 물을 꿀꺽꿀꺽 다 마시었다. 기분이 상쾌해졌다.

와글와글 끌는 좁은 골목에 가지각색 화장과 옷의 무지개 속에 있었던 기억이 있는데 지금 그는 좁디좁은 방에 엎드려 있는 자신을 발견하였다.

사방이 쥐죽은 듯 고요했다.

오촉 전등 희미한 아래, 자기 바로 옆에 분홍 저고리에 힌 치마를 입은 소녀가 잠들어 있는 것을 그는 보았다. 분홍 저고리가 그의 가슴을 뛰놀게 하였다.

저고리 끈은 글려저 있고, 그는 못 볼 것을 본 듯이 눈을 돌렸다. 그러나 그는 금시 다시 눈을 돌려 저고리 사이로 삐어져 나온 유방을 보았다. 그의 손은 자석에 끌리는 거처럼 그 유방을 살작 덮었다. 온몸이 자릿자릿하였다. 소녀는 응 소리를 내며 창덕이를 꼭 껴안았다.

"야 난 병신이다. 절름발이……." 하고 그는 소리를 버럭 질렀다.

"집어쳐요." 하고 속삭이면서 그녀는 그의 가슴을 파고 기어들었다.

삽시간에 일은 끝났다.

십년 공부 나무아미타불이 되어버린 셈이었다. 공드려 쌓아 올리었던 종교적인 도덕률이 순간적인 지진(地震)으로 인하여 와르르 무너져버리고 만 것이었다.

관념과 상상의 세계는 실존세계와는 판이한 것이었다.

그러나 싱겁기가 한이 없었다. 성(性)에 눈뜬 지 삼사 년간이 그렇게도 신비스럽고 아기자기한 줄로만 공상해왔던 것이 이렇게도 싱거울 줄은 뜻밖이었다.

허무하였다. 터무니없는 노릇이었다.

─혹시나 나는 이 행위에도 불구자가 아닌가?─ 하는 의혹이 생겼다.

그는 벌떡 일어나서 옷을 주어 입었다.

잠이 든 줄로만 역였던 창녀가 눈을 뜨고 빤히 치어다보고 있었다.

"왜 그러서요?" 하면서 창녀는 반신을 일으키어 창덕이의 다리를 끌어안았다. 내려다보니 그녀의 얼굴은 요물처럼 보였다. 밉기도 했다. 그는 그녀에게 안긴 다리 하나를 빼서 그녀를 찼다. 그녀는 외마디 소리를 지르면서 호닥닥 일어섰다.

창덕이는 문 고르쇠를 잡았다.

"흥 병신 같으니. 못 가요 못 가. 화대두 않 내구⋯⋯."

"화대?"

"예, 어서 내요. 내구 갈래문 가두 좋아요. 먼저 선금 받는 법이지만 너무 취했길래⋯⋯."

"예 있다." 하고 소리 지르면서 창덕이는 지전 한 장을 꺼내 액면을 보지도 않고 그냥 던져주었다.

그는 문을 열고 나섰다.

현관문이 열리지를 않았다. 창녀가 쪼르르 따라 나오더니

"비키세요. 제 열어드릴께." 하고 말하였다. 이 목소리는 조금 전과는 딴판으로 삭삭하고도 정이 드는 목소리이었다.

현관문을 반쯤 만 연 그녀는 막아서서 그의 몸을 안으면서

"또 오서요. 네 전복관 강선자를 찾으세요."

구역질나는 고약한 냄새가 그의 코를 찔렀다. 그는 아모 말 없이 창녀를 밀어버리고 문 밖에 나섰다.

거리는 싸늘하고 고요하였다.

"또 오서요. 네." 하는 창녀의 애절한 호소를 귀등으로 들으면서 그는 절룩절룩 걸었다.

얼마나 걸었는지? 사람이라고는 통 못 맞났다.

언듯 구수한 곰탕 냄새가 그의 코를 자극했다.

설설 끓른 설렁탕 한 그릇을 게 눈 감추듯 하고 난 그는 멀리 가지 않아 전차길에 나섰다. 행인은 뜨문뜨문 있었으나 전차는 보이지가 않았다. 방향을 살피노라고 두리번두리번 해보니, 마즌편에 병문[47] 한 채가 눈에 띠이

---

47 병문 : 인력거방. 인력거꾼들이 모여 손님을 기다리는 대기소.

었다. 그는 길을 건너가 병문을 드려다 보았다. 인력거가 서너채 나라니 앉아 잠자고 있었다. 그는 옆방 문을 두드리어 인력거꾼을 깨웠다.

인력거에 높이 올라앉아 인적이 별로 없는 대로를 질주하니 기분이 상쾌했다.

─흥, 인력거를 타구 다니는 건 내게는 아직 일은데…… 오 년 후 육 년 후라면 몰라도…… 그러나…… 나는 결국 개업할 작정인가?─ 하고 생각하면서 그는 고개를 좌우로 흔들었다.

생전 처음 대문을 타고 넘어 들어간 황보창덕이는 살금살금 기다싶이 하여서 자기 방으로 드러갔다.

누님이 깔아놓은 채 주인을 기다리고 있던 자리 속으로 그는 기어 드러갔다.

정신이 몽롱해왔다.

"인제 왔니?" 하는 누님 목소리가 들리는 것 같았다.

그는 이불로 머리까지 뒤집어썼다.

문 여는 소리가 들리었다.

"너 이게 웬일이니?" 하는 누님의 문소리는 부드러우면서도 걱정이 가득 찬 목소리였다.

그는 대답이 궁했다.

"아니 그져…… 그 광해군을 오래간만에 맞나서 한 잔 두 잔 하는 바람에 그만……." 하고 나서는 누님이 더 따지지도 않는데 웬일인지 자진해서 거짓말을 한참 늘어놓았다. 어떻게도 능청맞은 거짓말이 술술 풀려나오는지 그는 자기 거짓말 재주에 스스로 놀라면서 고개는 움추린 채로 중언부언 늘어놓았다. 누님의 얼굴을 보지 못하니 누님이 납득되었는지 안 되었는지는 알 도리가 없었다.

"피곤할 텐데 잠이나 푹 자라." 하고 다정한 목소리를 보낸 누님은 전등불을 끄고 밖으로 나갔다.

잠이 쉽사리 오지 않았다.

모두가 꿈같기만 했다.

그러나 이때까지 지켜왔던 정조를 일개 창녀의 몸에 유린당하다니 하는 생각이 나자 기가 막히고 후회스럽기 한이 없었다.

— 나는 이제는 총각이 아니로구나— 하고 생각하니 부끄럽고 서글프기 한이 없었다. 자기 몸뿐 아니라 영혼까지가 한꺼번에 더럽혀진 것처럼 생각되었다.

몸이 갑짜기 그닐그닐[48]하는 것 같고 피부 속으로 수만 마리 개미 떼가 아물아물 기어가고 있는 것 같은 불유쾌한 기분이 났다.

— 지금이라두 깨끗이 씻어버려야지 — 하는 생각이 불현듯 났다. 그는 잠시도 지체할 수가 없어서 후덕덕 일어났다. 목욕탕이 벌써 열렸을지 안 열렸을지도 고려에 넣지 못하고 그는 그의 전신을 얼른 씻어야만 되겠다는 욕망에 사로잡이었다.

목욕탕에는 그가 맨 첫 손님이었다. 옷을 벗고 보니 자기 몸에는 근본적인 어떤 변화가 생기지 않았을까 하는 공포에 가까운 생각이 그의 정신을 엄습하였다. 탕으로 들어가기 전에 그는 큰 체경[49] 앞에 서서 전신을 비치어 보았다.

저도 모르는 사이에 그의 눈은 맨 먼저 국보[50]로 갔다. 아모리 자세히 드려다보아도 변한 것 같은 흔적이 보이지가 않았다. 그것이 도리어 그에게는 이외이었다. 정조를 지킬 때와 정조를 깨트려버린 후 그 아모런 변화도 없다는 것은 믿을 수 없는 일이라고 그에게는 생각되었다. 그는 다시 넙적다리, 종다리, 발끝까지 세세히 살펴보고 다시 더듬어 올라서 사타구니, 배, 가슴, 목, 얼굴, 머리끝까지 삿삿히 세심히 살펴보았다.

출입문이 드르륵 열리는 소리에 그는 무엇을 도둑질하다가 들키기나 한

---

48 그닐그닐 : 벌레가 기어가는 것처럼 살갗이 자꾸 또는 매우 근지럽고 저릿한 느낌.
49 체경 : 體鏡. 몸 전체를 비추어 보는 큰 거울.
50 국보 : '국부'의 오기로 보임.

것같이 당황하게 탕 문을 열고 드러섰다.

탕 물은 수정같이 맑았다. 그냥 뛰어 들어가고 싶었으나 오랜 습관이 우세하여 그는 나무 대야 하나 가득 물을 퍼서 사타구니와 발만 대강 씻고 탕 물 속에 몸을 담갔다.

뜨거운 물이 이렇게도 육체뿐 아니라 마음까지에 안도감을 주는 것은 그에게 첫 경험이었다. 이 뜨거운 물이 그의 더럽혀진 피부 세포 세포를 일일히 부드럽게 어르만저주는 것같이 느껴졌다.

그러면서도 안심은 않 되어 맑은 물속에 맑앟게 보이는 몸을 유심히 살피면서 다리를 폈다 가드라졌다[51] 하고, 팔도 이리저리 움지겨보며 전신을 살살 쓸어보기도 했다.

몸에서 무슨 변화를 발견했드라면 무척 놀랐을 것이라는 생각은 미처 나지 않고 아무런 변화도 발견할 수 없는 것이 도리어 그를 낙망시키는 것이었다.

인생이 전 생애를 통하여 단 한 번 통과하는 경계선을 넘어선 그의 몸이 이처럼 고대로 있다는 것은 믿을 수 없는 것이었다. 그러면 지나간 밤 생겼던 일은 모두가 꿈이었던가? 꿈이었다면 그 얼마나 다행한 일일까!

그러나! 그의 피부에는 아모런 변화도 발견되지 못하면서도 그의 신경에는 중대한 변화가 일어나고 있는 것을 그는 인식하였다. 어제 밤, 아니 오늘 새벽 일이었을런지도 모르나 정조를 깨트리고 나서도 싱겁기만 하였던 그 경험이었건만 자기는 성행위에까지도 불구자가 아닌가 하는 공포까지 느꼈던 그 경험을 당장에라도 반복해보고 싶은 욕망이 불붓듯 일어나고 있는 자신을 발견하였다. 자기 근육을 자기 손으로 문질으는데도 자기 손이 여자의 손인 양 자릿자릿한 욕망이 만족을 강요하고 있는 것이었다. 지금 이 순간에 있어서는 강선자가 아니라 입에 비수를 문 그 일본 여자가 나타나도 그는 맹수처럼 달려들고 싶어졌다. 그뿐 아니라 이때까지 신성불가침인 천

---

51 가드라지다 : 안쪽으로 바짝 굽히다.

사처럼 치어다보이기만 하던 혜경이의 모습에서까지도 그는 짐승 같은 성욕만을 느끼는 것이었다.

─흥 어데 두고 보자. 내 언제구 무슨 수단으로던지 네년 몸을 더럽혀줄 테니.

그는 자기 자신의 이런 생각이 무서워졌다. 그는 이 무서운 광란 상태를 떨쳐버리려고 탕에서 뛰어나오고 말았다. 그는 타올을 들고 전신 마찰을 시작했다. 뜨거운 물속에서 싯뻘겋게 삶아진 피부가 쓸아려서 견딜 수 없도록 까지 타올로 자기 피부에 무자비한 고문을 가하였다.

참으로 이상한 일이었다. 어제까지와는 아주 딴판인 심경이었다. 오늘부터는 거리에 지나가는 생면부지의 여인에게까지도 것잡기 힘든 성욕을 느끼는 자신을 그는 발견하고 놀라지 않을 수 없었다. 또 돈만 가지면 천한 어떤 여인이고 간에 능욕할 수 있다는 자신까지 느끼게 된 그였다.

─내가 이처럼 음탕한 놈이었든가─ 하고 스스로 책망도 해보았다. 그러나 개 눈에는 무엇만 보인다는 식으로 지금 그의 눈에는 여자만 보이는 것이었다. 그리고 또 이상한 것은 지금 자기는 생마⁵²가 되어버렸는데 이 사실을 길에서 맞나는 아는 사람이나 동창생들이 통 눈치를 채지 못할 뿐 아니라 여자들까지 심지어는 누님까지도 도무지 눈치를 채지 못하는 것이 참으로 이상하였다.

저녁상을 물리자마자 그는 누님에게는 거짓 핑게를 대고 길거리로 나섰다.

한번 저즐러놓은 터라 그는 매일 밤 이 창녀, 저 창녀, 심지어는 일본 창녀까지 샀다. 돈만 가지면 백인종인 러시아 계집까지도 살 수 있다는 사실에 통쾌감을 느끼었다. 막상 러시아 여자들에게로 가까이 가보니 얼굴도

52 생마 : 색마. 색에 미친 사람.

모두 추물일 뿐 아니라 고약한 노린내가 분내보다도 더 끼치기 때문에 '히야까시'[53]만 하고 나와버리고 말았다. 또 반듯이 한 창녀와 긴 밤을 다 새어야만 된다는 법도 없었다.

잠시 잠시로 끝내면 하로 저녁에도 제각기 다른 육체를 세 차례, 네 차례 맛을 보면서도 돈은 덜 들고 집에도 일쪅암치 돌아갈 수가 있으니, 누님의 꾸중도 들을 일이 없어서 좋았다.

그의 정열의 샘은 쓰면 쓸수록 더 솟아나는 것 같았다.

"너 요새 신판이 왜 이 꼴이 돼가니?"

하고 어떤 날 밤 누님이 물어보았다.

"왜 내가 어때서요?"

"갑짜기 꼴이 아니다. 내 말이 못 믿어우면 면경을 좀 자세이 드려다보아라. 아주 중병환자 같은 얼굴이다. 네 얼굴이."

창덕이는 슬그머니 겁이 났다.

겁만 난 것이 아니라 그는 병에 걸린 자신을 발견했다. 거리 약방에서 파는 매약을 얼마간 복용해보았으나 고름이 멎지 않고 아픔도 가시지가 않았다. 곁에서 가끔 보던 코 떨어진 거지 얼굴이 세삼스리 클로즈업되었다. 경성제대 부속병원 동 八호실을 견학 갔던 일은 벌써 수 년간이었었다. 그때 그가 보았던 이글어진 얼굴들이 미친 웃음을 그에게 새삼스리 던지면서 획획 지나갔다.

갑짜기 그의 마음은 초조해졌다. 진고개 어떤 일본인 약방 쇼윈도에 진열되어 있는 그로테스크한 얼굴 모형과 태아(胎兒)들의 모습을 드려다보며 자학에 만족감을 느끼는 자신을 그는 발견하였다. 자기가 다니는 의과전문학교 부속병원이 있기는 하나 그는 부끄러워서 그리로는 얼씬하지도 못했다.

자포자기하게 된 그는 그냥 매일 밤 이 창녀 저 창녀에게로 가서 병을 전

---

53 히야까시 : 놀림, 희롱(일본어).

염시키는 데 어떤 원시적인 통쾌감을 느끼었다. 그러나 자기가 병을 전염시키고 도라다니는지 자기가 계속 전염 받으면서 도라다니는지, 어느 쪽이 승리하는지 그는 결정지을 수가 없었다. 매약을 암만 먹어도 그의 병은 차도는커녕 점점 더 악화되고 있다는 사실을 그는 부정하지 못하게 되었다.

병원으로 가서 의사의 치료를 받아야만 되겠다고 자신에게 수없이 따지기는 하면서도 막상 병원 문 앞까지 가서는 용기를 잃고 그냥 지나가기를 여러 번 했다. 동족 의사에게는 참아 제 꼴을 보일 수가 없었다.

죄와 벌! 죄값으로 받는 벌은 당연하니 그냥 벌을 감수하는 것이 속죄의 길이 아닐가 하고 생각되기도 했다. 코가 문청 떨어져나간 흉악한 얼굴을 가진 거지꼴이 바로 자기 자신의 모습이라는 착각을 일으키게 된 어느 날 밤 그는 자기 자신도 인식하지 못한 채 멀리 용산 방면으로 거름을 옮기었다. 일본인 병원으로 찾아가면 망신이 덜 되리라는 생각에서였다.

이튿날 오후 방과 후에 창덕이는 곽응권 교수 연구실 문을 녹크하였다. 오전 강의 때 곽 교수가 자기를 잠간 맞나자고 했었기 때문이었다. 그는 종일 곽 교수가 자기를 따로 맞나자고 한 이유에 대해서 여러 가지로 생각해 보았었다. 곽 교수 담당 과목 중간고사에 낙제를 한 것일가? 사실에 있어서 그가 지나간 한 달 동안 밤마다 엽색에 미쳐 돌아갔기 때문에 공부는 등한해졌다는 사실을 자기로써도 인식하고 있는 것이었다.

현미경 앞 둥글 의자에 앉은 채 고개만 돌린 곽 교수는

"그 문 닫구 가까이 오게." 하고 말하였다.

창덕이는 문을 가만히 닫고 도수장에 끌려가는 소의 기분 그대로 곽 교수 앞으로 가까이 갔다.

"요새두 공부 열심히 하는가? 얼굴이 무척 수척했으니 밤새와 공부하는 게지!" 하는 곽 교수의 물음이 창덕이의 가슴을 철렁하게 하였다. 그는 대답을 얼른 못 하고 눈을 내리뜨고 자기 구두 콧등만 풀어지도록 노려보고 서 있었다.

"에헴." 하고 헛기침을 한 곽 교수는

"나는 자네 할아버지와는 막역한 사이도 사이이려니와 자네가 이 학교에 입학할 때부터 남다른 관심과 기대를 갖고 자네를 주시해왔네. 그런데……." 하고 잠시 말을 멈춘 곽 교수는 '마꼬'표 담배 한대를 꺼내 천천히 피여 물었다. 그리고는 다시

"그런데 말야, 지금 나는 이 전문학교 교수의 자격으로써가 아니는 자네 할아버지를 대변해서 할 말이 좀 있어."

창덕이는 읍하고[54] 선 채 눈을 내리뜨고 묵묵히 듣고 있었다.

"여보게 날 좀 치어다 보게나."

창덕은 마지못해 고개를 들어 곽 교수 얼굴을 치어다보았으나 시선이 마주치자 놀랜 토끼처럼 시선을 떨구고 말았다.

"황보 군, 어 자네는 세포학(細胞學)에 취미를 붙혀본 일이 없나?"

"별로 안즉……."

"흠, 취미에 맞지 않으문 생각해볼 필요두 없지만, 이 의학이라는 것은 범위가 하 넓어서 그 어느 것 한 가지만을 붙잡아 연구한다는 결정을 짓기는 참 어려운 일이지만…… 생리(生理)학이나, 유전(遺傳)학이나, 생식(生殖)학 같은데 대한 책을 더런 읽어본 일이 있나? 학교 강의 밖에서 말야…… 왜 대답하기가 거북한가? 그럼 범위를 좁혀서 우리 인간이 이 세상에 태어날 적에 어떠한 경로를 밟아서 생명이 붙게 되는지를……."

창덕이는 부지중 얼굴을 붉히었다.

"의학도로써 이러한 학구적인 문제에 직면한다는 건 아직까지두 연구태도가 확립되지 못했다는 증거야. 순전히 학구적인 면에서 이야기할 때 말일세. 한 남자가 한번 성교 때 쏟아놓은 정액(精液) 속에 정충(精虫)이 몇 마리가 튀어 나오는지 물어본 기억이 있겠지?"

창덕이의 얼굴은 더욱더 붉어지고 고개도 더욱더 숙여졌다.

---

54 읍하다 : 두 손을 맞잡아 얼굴 앞으로 들어 올리고 허리를 앞으로 공손히 구부렸다가 몸을 펴면서 손을 내리다. 인사하는 예의 하나.

"허, 아마 어데서 읽었거나 들었을 꺼야. 허나 내가 한 번 더 정확하게 일깨어주지. 남자가 한번 사정하는 정액 속에는 무려 一억五천만 이상의 정충이 한꺼번에 쏟아져 나오는 거야. 그리구 이 一억五천여만의 생명이 말일세 몇 분 못 가서 죽어버리지 않구 생명을 건지려고 하면 말이야 인간의 체구와 비교해서 말하자면 四천 리 이상 장거리 마라톤 경주를 해서 一착을 해야만 되는 것이거던……."

담배 한 목음 빨고 말 한마디 하고 해온 곽 교수는 꽁초를 참대 물주리[55]에 끼어서 다시 입에 물면서,

"四천 리 이상의 원거리 경주를 단 몇 분 안에 뛰어가서 여자의 난구(卵球) 속으로 기어 드르가는 놈은 살고 그 남어지는 모두 다 죽고 만단 말야. 그러니까 생존 경쟁 중에두 가장 치열한 경쟁이지, 않 그런가?"

창덕이의 고개는 점점 더 숙어지기만 했다.

"내가 이런 말을 왜 하는고 하면 자네가 지금 한 개의 생명체로 존재할 수 있도록 된 것은 一억五천만 정충 중에서 단 한 놈이 승리한 결과라는 점을 새로히 인식해주기 바래서 하는 말이야."

"저는 쌍둥이래요." 하고 불쑥 말하고 난 창덕이는 얼굴이 더 빨개졌다.

"어 참, 그렇지. 그러니까 자네는 우리 같은 외동이들 보다는 더 아슬아슬한 투쟁을 해서 생명을 쟁취한 것이란 말야. 헌데 자네 짝은 지금 어데 있나?"

"몰라요."

"모르다니? 제 쌍둥이 형제가 어데 있는질 몰라?"

"부모님께서 통 말씀을 안 하시니깐요. 제가 쌍둥이라는 걸 알게 된 것도 동네 털보 할아버지에게 들어서 안걸요." 하고 말하는 그의 머리속에는 자기가 이때까지 자기 쌍둥이의 거처를 대수롭지 않게 생각해온 것이 이상스럽게 생각되었다.

---

55 물주리 : 물부리의 잘못. 담배를 끼워서 빠는 물건.

곽 교수는 담배 불을 꺼버리고

"내가 지금 이 말을 자네에게 하구 있는 이유는 과연 어데 있다구 짐작되나?"

번개처럼 어떤 한 생각이 그의 머리속에 나타났다. 그는 고개를 들어 곽 교수의 얼굴을 정시하였다.

"제 생명 한 개가 그 얼마나 귀중하다는건 저에게 깨쳐줬읍니다." 하고 말했다.

"흠, 역시 똑똑하거던 또 그리구 이런 것두 생각해보아야지. 만일 말일세 그 一억五천여만 마리 정충 중에서 자네가 될 정충이 패배하구 딴 놈이 승리를 했다구 가정한다면 말이야, 그놈은 지금 자네처럼 몸이 따로따로 떨어진 쌍둥이로 태나지 못하구 싸이앰 쌍둥이[56] 모양으루 등이 맞붙어 가지구 나와서 일평생을 병신으루 남의 구경거리루 살게 되었을 가능성이 전연 없었다구 볼수두 없지. 그렇잖은가? 그리구 또 똑같은 승리자들 중에두 말일세, 부속병원 고직이 김 서방 같은 육손으루 태나는 수두 있구 말야 이건 승리하구두 자궁 속에서 죽어버리거나 낳자마자 죽어버리는 애기들두 수두룩하지 않은가? 별 기기괴괴한 기형(畸形)이 많지만 그중 몇 가지만 들어두 인간의 내장(內臟)은 몸속에 생겨야만 살 수가 있는 법인데 몸 밖에 생기기 때문에 죽구 마는 것, 혹은 머리는 통 없이 몸만 발달되는 것, 혹은 한 개만 필요할 뿐 아니라 꼭 한 개만 가져야 살 수 있는 심장(心臟)을 무슨 터에 두 개씩이나 발달시켰기 때문에 죽고 마는 기형아, 세눈백이, 폐가 없는 육체, 그리구 또 죽어버리는 기형은 면하구 두 남녀 생식기를 한 몸에 갖구 태나기 때문에 일평생을 독신으로 늙을 수밖에 없는 기형아들…… 어, 이만정도루 해두지."

곽 교수는 새로 담배 한 대를 또 피어 물었다.

"또 그리구 말이지. 자네 조부께서나 춘부장께서 매독 환자가 아니었

---

56 싸이앰 쌍둥이 : 샴 쌍둥이. 기형적으로 몸의 일부가 붙어서 태어난 일란성 쌍둥이.

기……."

창덕이는 헉 하고 비명을 발했다. 그는 그 자리에서 그냥 자즈러져 없어져버렸으면 싶었다.

곽 교수는 무엇이라고 말을 계속하는 모양이었으나 창덕이에게는 그 말귀를 알아들을 경황이 없었다. 정신이 아찔하였다.

그는 자기가 사시나무 떨듯 정신을 떨고 있는 것을 인식하면서 청신경이 다시 회복된 것을 느끼었다.

"그리구 문둥이 집에 태나지 않은 것두 감사해야지." 하는 말귀를 창덕이는 알아들을 수가 있었다.

곽 교수가 담배 한 대를 다시 피여 무는 것을 보는 창덕이는 자기가 꽤 오래동안 청각의 기능을 잃어버린 채 서 있었었다는 것을 깨달았다.

"매독은 자기가 저질은 죄값으로 자기뿐 아니라 자손들까지 벌을 받는 것이지만 문둥이는 환자에게는 아무런 잘못두 없는 참 어굴한 병이거던……. 그건 그렇구 또 자네 이 학교 입학시험 경쟁율이 몇 대 일이었지?"

"이십대 일이었었읍니다." 하고 대답할 수 있을 만큼 창덕이의 마음은 수습되어 있었다.

"그리구 현재 우리나라 전문학교 학생 수가 얼마나 되는가?"

"글세요. 서울에는 한 백 명밖에 않 되는되요."

"음, 일본 유학 간 학생까지 합쳐서 삼백 명이 될까 말까 할 건데. 우리 조선 인구가 몇 명이지?"

"三千萬입니다."

"그러면 지금 자네는 우리 민족 몇 명의 대표자인가?"

창덕이는 고개를 푹 숙인 채 한참 동안 잠잠했다.

읍하고 서 있던 그의 두 손이 떨어져나가 탄탄하게 쥐어진 두 개의 주먹으로 변했다. 그의 눈에서는 눈물이 뚝뚝 떨어지기 시작했다.

"선생님!" 하고 외치면서 고개를 번쩍 든 창덕이의 두 눈으로는 눈물이 쉴 새 없이 흘러내리고 있었다. 목이 매인 목소리이었으나 분명하게

"선생님 감사하옵니다. 깨다랐읍니다. 예, 맹서하겠읍니다. 저 하나 때문에 희생된 수억의 생명과 또는 저와 같은 특전을 입지 못하는 수천만 겨레를 위하여 저는 헌신 노력하기로 맹서하였습니다."

담배 재가 무릎에 떨어지는 것도 인식하지 못하는 곽 교수는 창밖 하늘만 내다보고 있었다. 그는 뜻 모를 미소를 하늘 위 한 조각 흰 구름에게로 던지고 있었다.

창덕이는 창녀 생각만 해도 몸서리가 쳐졌다.

그는 여성에게는 소경이 될 결심을 했다. 그는 병원에 매일같이 다니며 열심히 치료를 받아 임질만은 완쾌되었다는 의사의 확인을 받았다.

그 기쁨!

그러나 피검사만은 번번이 플러스가 나오는 데는 그는 기가 막히는 정도가 아니라 공포에 사로잡히게 되어버렸다.

그는 계속 치료를 받으면서도 성병에 대한 의서를 남몰래 열심히 읽기 시작했다. 읽으면 읽을수록 그에게는 무서움과 고통과 참회가 더 늘어가고만 있었다. 한 사람의 방탕으로 인하여서 죄 없는 자손에게까지 그 불치병을 유전시킨다는 것은 형벌로는 너무 과한 형벌이라고 생각되었다.

그런데 그에게는 이미 때가 늦은 것이었다.

그는 평생 결혼을 단념할 수밖에 없다고 느껴졌다. 매독 유전을 받은 자녀들은 사산되기가 쉽고, 살아 나와서 몸에는 아모런 증세도 나타나지 않는 경우라 할지라도 머리가 바보천치로 태나는 것이 십상팔구라는 통계를 그는 책에서 읽었다. 그는 책을 읽어 내려가다가 몸서리를 치군 했다.

매독은 절대로 근치될 수 없는 병이라는 대목도 그는 읽었다. 그 어떤 학자가 이 무서운 병 치료약을 발명하기 위하여서 수십 년을 하루같이 침식을 잊고 연구와 실험을 거듭하기 무려 六백여 차례, 六백六번채 실험에서야 겨우 자신을 얻었다는 것이었다. 과연 끈기 있는 과학자라고 감탄했다. 그러나 그가 발명한 그 六〇六호도 아주 완전한 약은 못 되고 다른 약과 겸용하여야만 당분간이라도 피검사에 마이너스가 나올 수 있다는 것은 그가 다니며 치료받는 일본인 전문의사의 입을 통해서도 들었고 또 자기도 그런 겸용 치료를 받고 있었다.

피 시험에 한 번 마이너스가 나왔다고 해서 근치된 줄로 착각하고 그냥 내버려두었다가는 十년, 二十년, 아니 五十년 후에라도 균이 뇌를 침범하여 정신병자가 되는 수가 십상팔구라고도 책에 기록되어 있었다.

병원 입원실이라기보다도 경찰서 유치장처럼 꾸며진 동 八호실 한 방에 갇혀서 "나는 나포레옹이노라." 하고, 아니 "나는 와쎌만[57]이다." 하고 호통치면서 절룩거리며 돌아가는 자기 늙은 모습이 현실처럼 그의 안팎에 나타나 보이는 것이었다.

그는 가슴을 쥐어뜯었다.

머리로 벽을 쾅쾅 떠 바닷다.

─내가 벌써 미처버린 것이 아닌가?─

그는 재밤중이었것만 용산까지 달려가서 병원 문을 수십 차례나 뚜드리어서 잠든 의사를 깨웠다.

창덕이는 결심했다. 자기 자신 피 속에 지꾸지게도 잠복해 있는 균을 깡그리 말살시킬 수 있는 약을 자기 스스로가 발명해내고야 만다고 그는 결심했다.

그뿐 아니라 환자 자신에게는 아무런 과오가 없음에도 불구하고 불치병에 걸려 신음하는 문둥병 환자들의 어굴함을 구원해주는 약도 발명해내겠다고 결심했다.

그러나 그가 이러한 특수한 연구에 착수하기에는 그의 실력이 아직 너무나 빈약하다는 것을 그는 깨달았다.

그는 강의 시간 외에도 교실과 도서관에 파묻혀 있기 시작했다.

---

57 와쎌만 : 독일의 세균학자 바서만(August Paul von Wassermann). 매독 진단에 획기적인 발전을 가져오게 한 '바서만 반응'을 발견하였다.

그리고 곽 교수에게 특청해서 곽 교수 연구실에 자주 드나들며 사숙하고, 현미경과 더브러 씨름하는 도수도 날이 갈수록 늘어가고 있었다.

병(病)든 족속

3

개가 미친 듯이 짖어댔다.

끼륵, 끼르륵, 끼륵 하는 거위 울음소리도 점점 더 커갔다.

개 짖는 소리는 갑자기 꺼이, 꺼이, 꺼이 하는 겁질린 울음소리로 변하였다.

"불이야! 불이야!" 하고 울부짖는 남녀의 처절한 목소리가 아주 가까운 곳에서 들려왔다.

작으마한 능지기름¹ 종지에 가는 노끈 심지를 꽂아, 켜놓았던 불을 훅 끄고 난 아버지는 문을 박차고 밖으로 뛰어나갔다.

아직 돌도 차지 않은 순덕이도 짐승 소리가 무서웠는지, "불이야." 소리가 무서웠는지, 갑자기 방이 어두워진 것이 무서웠는지 악을 쓰고 울기 시작했다. 어머니가 얼른 젖을 물렸으나 한 두목을 빨다가 만 순덕이는 젖꼭지를 문 채 다시 울기 시작했다.

"쉬, 쉬, 울지 마라라! 소리 내면 큰일이다. 불한당(不汗黨)이야 불한당!" 하고 어머니는 달랬다. 마치 돌도 차지 않은 젖먹이가 말을 알아들을 줄로

---

1 능지기름 : '피마자기름'의 방언(황해).

생각하는 듯이.

'불한당' 소리에 놀란 것은 애기 순덕이보다도, 애덕이와, 옹덕이와, 창덕이었다. 이 세 어린이는 마치 약속이나 한 듯이 이불을 뒤집어썼다. 홋이불이 무슨 큰 보호나 해주리라고 믿는 듯이.

어머니는 손가락으로 애기 입을 막았다.

캄캄한 밤이었다.

여러 개의 횃불이, 마당에 밝음과 그림자를 엇바꽈² 얼른 얼른 비치더니, 개 울음소리는 뚝 끊기고 거위들도 잠잠해졌다.

이불 속에서, 누님이나 형보다도 더 오들오들 떨고 있는 창덕이의 꼭 감은 눈 안막에는, 망아지만큼이나 큰 세파드 개 세 마리가 자기 머리 위로 넘나들고, 시뻘겋고 삐죽한 주둥이를 흔들면서 자기에게로 마구 달려드는 다섯 마리의 거위 모습이 뚜렷이 떠올랐다. 그 개와 거위들은 문천댁 대문직이었다.

문천댁은 새방성 동리에서는 제일 큰 "고래 등 같은" 기와집이었다. 그집 대문간 한 방만도 창덕이네 초가집 전체보다 적을 것이 없었고, 사랑채는 형 옹덕이가 갓 입학한 진실소학교 건물보다도 더 웅장하게 보이던 것을 창덕이는 기억하고 있었다. 그는 할아버지의 신부름³으로 문천댁에 한번 가본 일이 있었다. 그 육중한 대문을, 젖 먹든 힘 다해서, 겨우 밀어 열고 문턱 안에 두 발을 드려놓기가 무섭게 컹컹 짖으며 달려드는 개와, 끼록끼록 하며 달려드는 거위 위세에 그는 짓눌리어 악 소리를 치며 주저앉아버렸었다. 개들은 번가라 그의 머리 위를 껑충껑충 넘나들고, 거위들은 차례로 달려들어 그의 다리와, 팔과, 머리까지 사정없이 툭툭 쪼았다. 그는 무섭기만 해서 뛰지도 못하고, 발악도 못 하고, 발버둥 치고, 손을 저으면서 흑흑 느끼기만 했다. 그는 그 자리에서 꼭 죽는 것같이 겁이 났다.

---

2 엇바꽈 : 엇바꾸어. 서로 어긋나게 바꾸어.
3 신부름 : 심부름.

그 댁 할아버지의 기침 소리가 크게 났다. 그러자 그렇게도 사납게 덤비던 개와, 거위들이 갑자기 기가 죽어 조용해지고, 할아버지가 나오는 것을 본 짐승들은 큰 죄나 지은 듯이 슬금슬금 피해 중간문 안으로 가버리고 말았다. 이때야 비로소 악을 쓰고 울기 시작한 창덕이는, 문천댁 할아버지 품에 안겨서 그 집 사랑방으로 들어갔다.

약과와 과질⁴이 담긴 작으마한 소쿠리가 그 앞에 놓여지자, 그의 울음은 금시 가셔버리고, 볼이 메도록 욱여넣고 쩔쩔 맸다. 과질에 붙은 튀긴 밥알들이 그의 입과 양쪽 볼에 붙었다. 오른쪽 볼에는 흰 밥알이 한 알, 왼쪽 볼에는 붉은 밥알이 한 알 달라붙었다.

참으로 별미었다.

그러나 창덕이로서는 이 문천댁 문 안을 들어서보는 일은 그날이 처음이요 마즈막이었다.

한동안 사위⁵가 쥐 죽은 듯이 고요했다. 창덕이는 홋이불을 제쳤다. 온몸에 땀이 화락 배 있었다.

아버지가 들어섰다.

"죽일 놈들!" 하고 그는 중얼거렸다.

"아부님은?" 하고 어머니가 물어보았다.

"제발 빌어서 겨우 못 가시겐 했다. 그래두 상게⁶두 마당에서 서성거리구 계신걸. 들어오실 생각은 않구." 하고 아버지가 대답했다.

횃불 빛이 마당 전체에 환하게 비치면서, 웅성웅성하는 남자들 목소리와, 육중한 발자욱 소리가 골목에 가득 찼다. 금시 횃불 빛이 없어지고, 발자욱 소리도 멀어졌다.

좁은 골목 하나를 사이에 둔 문천댁에서는 여인들의 애절한 곡성이 어둠

---

4   과질 : '과줄(강정, 다식, 약과, 정과 따위를 통틀어 이르는 말)의 방언. .
5   사위 : 사방의 둘레.
6   상게 : '아직'의 평안도 방언.

을 뚫고 흘러 나왔다.

창덕이는 잠이 들고 말았다.

새방성 동리 어구에는 삼백 년도 더 되었으리라는 고목 버드나무 한 그루가 서 있었다. 어른의 두 아름이 너끈히 될, 원 줄기는, 한 절반 속이 비어, 비스듬히 누어 있는데, 그 한 구통이에서 돋아난 곁가지 하나가, 꽤 굵게 꼿꼿이 서서, 싱싱하게 가지를 많이 뻗고 살아 있었다. 여러 해 전에 벼락 맞아서, 원 줄기가 한 절반 타고 넘어졌다고들 말을 했다. 곁가지가 새끼 친 무수한 작은 가지에는 손이 닿는 데까지에, 흰 헝겊, 노란 헝겊, 빨강 헝겊 부적들이 수없이 매어져 있었다.

버드나무 옆에는, 온 동리 공동 소유인, 큰 떡돌이 놓여 있었다.

이날 아침 이 버드나무 응달에는 동리 할아버지들이 여느 날보다는 무척 일찍, 모여 들었다. 두툼한 망석[7]을 깔고, 그들은 혹은 신 벗고 들어가 가지다리하고 앉고 혹은 신 신은 채 가장자리에 엉덩이만 대고 앉아 있었다. 허리춤에 두 손을 찔르고, 서 있는 노인도 있었다.

버들꽃이 눈보라처럼 휘날리고 있었다.

여느 날 같으면, 발길에 채우기도 하고, 돌팔매를 맞아가면서도, 짖궂게 형 뒤를 따라, 형이 다니는 학교까지 졸졸 따라갔다가 와야만 직성이 풀리던 창덕이도 이날, 아침에는 형 뒤를 따르지 않고, 버드나무 옆 떡돌 위에 냉큼 올라앉았다. 다른 날 같으면, 사람 먹는 떡을 치는 떡돌에 올라가면 못쓴다고 호령호령하였을 할아버지들이었으나, 이날만은 모두 이야기에 취하여 창덕이 같은 것은 그 존재도 인식하지 못하는 모양이었다.

화제의 주인공은 문천댁 할아버지였다.

"글쎄, 원. 세상이 어찌되려는 거요! 이런 대체(大處)[8]에꺼정[9]두 불한당 패가 제집 드나들듯 하니 내, 원." 하고 말하는 것은 어제밤 피해자인 문천댁

---

7   망석 : 網席. 멍석.
8   대체(大處) : 도회지.
9   꺼정 : '까지'의 평안도 방언.

할아버지였다. 아직 머리가 별로 세지 않았을 뿐 아니라, 주름살도 앞이마에 내천자(川)가 가로놓여 있을 따름, 피둥피둥한 얼굴이었다. 방 안에서나, 밖에 나갈 때나, 의례히 관[10]을 쓰고 다니는 그이었다. 코밑에나 턱밑에나 수염이 별로 나지 않고, 왼쪽 볼 한중간에 생긴 녹두알만 한 까만 점에만, 긴 털 두 가닥이 빳빳하게 솟아나 있었다. 코는 주먹코, 귀는 복귀.

"아이구 말두 마슈. 관찰사는 무엇 불한당보다 나올 것이 있쉔까?" 하고 말하는 사람은 턱 밑에 길고, 숫하게 자라난 허연 수염을 머리 땋듯 꽁꽁 땋아 가지고 다니는 노인이었다.

"난 불한당한테 모주리 항두질[11] 맞구, 불알 두 쪽만 달구 쪼끼어 온 사람이니꺼니, 관찰사두 무서울 꺼 없어. 그런데, 참, 어제 밤엔 미안하게 됐쉐다. 그애 애비가 한사쿠 말리는 통에 그만." 하고 창덕이 할아버지가 말했다. 그의 할아버지는, 이렇게 여러 노인이 모인 자리에서 볼 때에는, 키가 더 한층 크게 창덕이에게는 보였고 기운도 제일 세 보였다.

둥글넓적한 얼굴이 주름살투성이인 데다가, 호걸다운 웃음을 터뜨릴 때에는, 좌우 눈 가장자리 주름살은 유독히 더 패우군 하였다. 수염은 숫이 적어 성긋성긋했으나, 그것이 창덕이에게는 좋게 보이었다.

문천댁 할아버지가 말했다.

"말두 마슈, 그것두 한두 놈뿐이문야 나두 그까짓 거 문데 없디만, 수무 놈두 더 되나 봅데다. 황보장에두 별도리가 없었을꺼요, 나이도 나이고 우리 그 영악한 개, 거위꺼정두 모두 찍 소리두 못하구 숨어 있었는걸."

개와 거위가 혼이 났다는 이야기가 창덕이에게는 무엇보다도 고소한 소식이었다.

'그 불한당이 그 집 개를 혼내주려 매일 밤 와주었으면' 하고 그는 생각했다.

---

10 관 : 검은 머리카락이나 말총으로 엮어 만든 쓰개. 신분과 격식에 따라 여러 가지가 있었다.

11 항두질 : 강도를 당함.

"아니, 대수(太守) 영감, 그게 말이라구 합네까? 내 나이가 그래 어떻단 말이요. 여보, 이래배두 상게 두 좁쌀 두 섬은 거뿐히 지구 다니는데. 그리구 여기 이 떡돌을 옮겨놓을 때만 해두, 젊은 놈 열보다두 내가 홈차서 더 힘을 쓰디 않았쉔까. 내 젊었을 시절엔 그 쌍놈의 불한당 패 때문에 피 바가지나 조이[12] 뺏겼다 만서두, 상게두 기운은 딩딩하웨다." 하고 창덕이 할아버지는 풍을 떨었다.

'또 할아버지가 웃통을 벗을 때가 왔구나' 하고 창덕이는 생각했다. 아니나 다르리, 누가 청하지도 않는데, 창덕이 할아버지는 저고리를 홀떡 벗었다. 그의 가슴과, 등에는 칼 맞았던 흠집이 여러 군데 뚜렷이 나타나 있었다. 여기 모인 노인들 대개는 이 흠집을 두세 번씩이나 보아왔으므로 별 흥미를 느끼지 않았다. 그러나 나무꼬치 같이 빼빼 마르고, 키가 제일 적은 노인은 처음 보았는지 그 작은 눈을 재주껏 크게 뜨고, 자세히 드려다보면서, 혀끝을 여러 번 찼다.

"그렇게 악착스리 항거해 싸우구두 결국 몽땅 다 빼앗기구 말 바에야 무슨 소용이람." 하고 문천태수가 말했다. 그리고는 다시 "그런데 말요. 관찰사두 양고자[13]는 무서워하는데, 이 불한당 패는 양고자두 무서워하질 않으니 탈이거던. 우리 집 대문 밖에다가 '미국인 소유'라고 색인 비석을 세워놓은 다음부터는 나졸 한 놈 얼씬 못 했구, 또 그 노일전쟁 복새통에두, 그 지독한 아라사[14] 병정이나, 왜병이 한 놈두 감히 범접을 못했는데 글쎄 이 탕두[15] 놈들은, 내 참." 하고 말했다.

"아니, 그게 무슨 소리왠까? 대원군 시절에는 양고자 텬주쟁이[16]들두 막 잡다가 참형에 처했다는데." 하고 말하는 사람은 키가 제일 적고, 제일 빼빼 마른 노인인데 그 새까만 얼굴은 덜 익어 마른 바가지처럼 조록조록했

일
억
오
천
만
대
일

12 조이 : 좋이. 거리, 수량, 시간 따위가 어느 한도에 미칠 만하게.
13 양고자 : '서양인'의 평안도 방언.
14 아라사(俄羅斯) : 러시아의 음역어.
15 탕두 : 강도의 방언(평북).
16 텬주쟁이 : 천주교인.

다.

"허, 소식불통이시로군. 그땐 그때구 지금은 지금이디. 그게 몇 해 전 일이더라? 와, 그 민 감사가 김 목사랑 박 장노랑, 몇 몇 야소교인[17]을 잡아 가두었던 일이. 그때 민 감사가 야소교인을 잡아 가두자, 선교사 마포삼열[18] 목사가 민 감사에게 항의를 했는데, 그 세도 당당한 감사가 말을 들을 리가 있쉔까. 그래 마포삼열이가 당나구 타구 한양으루 올라갔디요. 얼마 있더니 소문이 오는데, 마 목사가 상감님을 뵈옵고 피양감사 참요장(斬腰狀)을 들구 내려온다구 했디요. 이 소식을 마 목사가 오기 전에 몬츰[19] 받은 감사가 기겁을 해서 죄다 놔주질 않았쉔까! 그 뒤루는 민 감사두 양고자래문 슬슬 기었디요."

"아, 그거, 참, 삼 년 묵었던 테쯩이 다 쑥 내려간 것거티 씨언하웨다. 그런 걸 진즉 알았드라면 나두 예수나 믿을껄. 그 민가 놈 지금 생각해두 니빠티[20]에서 신물이 납네다." 하고 말라꽁이가 얼굴을 찡그려가며 말했다.

"민씨네 망해 싸디요. 아, 글쎄 돈푼이나 있는 줄 알기만 하문 불문곡직 잡아다가 꿇려앉히고, '이눔, 네가 네 죄를 알디' 하구 호령을 하면 잡혀간 사람은 무조건 '예이, 황공하오이다. 백 냥을 바치오리다.' '아니, 이눔. 네가 네 죄를 알디.' '예이, 백이십 냥을……' '이눔 내다가 곤장 구십 대만 때려라.' '아, 아, 아니오. 이백 냥을 바치겠습니다.' 그저 이 꼴이었디요." 하고 보똘이 할아버지가 말을 하고 침을 탁 배알았다.

"뭐, 우리 거튼 건 본시부터 탕두질 당할 게 없었으니께니, 감사구 불한당이구 겁날 건 없지만, 야소교는 믿어두는 게 도흘 것 같더군요." 하고 말하는 노인은 얼굴에 궁끼가 꾀죄죄 흐르는 개똥이 할아버지이었는데, 언제

---

17 야소교인 : 예수교인.
18 마포삼열(馬布三悅) : 새뮤얼 모펫(Samuel Austin Moffet, 1864~1939). 1890년에 조선에 와서 46년간 장로교 선교사로 활동하며 평양신학교를 세우고 숭실전문학교 교장을 지냈다.
19 몬츰 : 먼저.
20 니빠티 : 잇바디의 평안도 방언. 이빨(치아) 사이에서.

병(病)든 족속

나 틀이 낡아 뿌얘지고, 구멍이 뚫린 감투를 쓰고 다니는 사람이었다.

"건 왜?" 하고 말라꽁이가 물었다.

"얼마 전에 말입니다. 최 진사가 갑짜기 머리 깍구, 신수[21] 내다 불살라버리구 나서, 야소교 예배당엘 부지러니 다니길래, 양고자 덕이나 입으려구 그러는 줄 알았떠니, 아 글쎄 어끄제 만났는데 최 진사가 나보구 '형님, 형님두 예수 믿습세다.' 하거든요. 여태 누구 보구나 해라 아니면 하게 하던 최 진사가 나 겉은 걸 보구두 형님이라구 하구 또 넴을 하니, 사람이 그렇게 변할 수가 있겠우까? 그거 참 히한합데다."

"암만 그리도 난 야소교 믿는 건 반대웨다. 쌍놈 보구 넴두 해주구, 형님이라구까지 불러주는 건 도흘디 몰라두, 생판 남남인 남녀가, 내우[22]두 하디 안하고, 한 네배당에 모여서, 네벤지 내밴지 보는 것두 해괴망칙한데 남의 네펜네보구 누님 누님 하는 건, 내, 원……."

"아니, 그거보다도, 난 상투 깎으라는 거 데일 질색이야."

"아니! 여보, 상투 깎는 건 뭐 예수쟁이만 깍는 줄 알더까? 상감님께서도, 벌써 십여 년 전에 머리를 깍으시구 단발령(斷髮令)꺼정 내리서서 우리 백성들두 다 깎으라구 그러썼대는데."

"아니야, 그건 왜놈 협박에 못 이겨서, 뜻에 없으신 일을 할 수 없이 하신 거디요."

"그렇구말구요. 고종황데께옵서, 농상[23]을 순종께로 물려주신 것두, 그게 다 왜놈 아, 그 무어라드라 참 울치 이등박문[24]이라는 놈이 협박하기 때문에 선위하신 거랍데다. 내, 원……."

---

21 신수 : 神獸. 신령스러운 짐승들(용, 해태, 봉황 등). 여기서는 신수를 새긴 작은 상 (부적).

22 내우 : 내외(內外). 남녀 사이에 서로 피하는 것.

23 농상 : 용상(龍床). 임금이 정무 볼 때 앉는 평상. 왕위를 가리킴.

24 이등박문 : 이토 히로부미(伊藤博文, 1841~1909). 일본 에도 시대부터 메이지 시대에 활동한 정치가. 조선통감부 초대 통감으로 한국 병탄의 기초를 구축하였다. 1909년 러시아 방문 중 안중근 의사에게 저격당하여 사망하였다.

"그르티요. 이건 나 혼자만이 아는 니얘기인데요. 고종께서 아, 그 어데라구 하드라, 아, 호아라구 하던가?"

"호아? 왜 효아는 아닌가? 그건 나두 알구 있는 거요 해아[25]라고 하는 나라야요 해아에서 만국 평화회가 열렸는데 고종께서 왜놈 몰래 밀사를 보내셨다가 그만 들켰대요. 그래서 왜놈이 강제루 선위시킨 거래요."

"아니, 그러니 임금님께서두 왜놈한테 쩔쩔 매시다니 이 나라 꼴은 다 된 것이 아니웬까!"

"망했디오, 망해요. 벨수 없디요. 새루 등극하신 순종께서도 농상에 앉으시긴 했디만, 권리는 한 푼 못 쓰시구, 이등박문인가 뭔가 하는 그 왜놈의 꼭두각시 노릇이나 하구 계신답데다."

"자, 그러니 벨수 없이 망했디요."

"우리 백성이 깨야 된디요. 요 얼마 전에 아주 애숭이터럼 젊은 사람이 연설을 하는데, 우리가 살아나려면 상감님이나 대신들만 믿구 있지 말구 우리 백성들이 모두 다 깨서 개화되어야 한다구 하더랍데다."

"아, 노형두 그럼 쾌재덩 연설[26] 들었쉐다가레."

"내가 딕접 듣던 못하구, 애 애비가 듣구 그러드구만요."

"난 내가 딕접 들었디요. 그 청년 말 참 잘 합데다. 그저 청산류수같이 말이 술술 나오는데 듣는 사람을 대국[27] 요술쟁이 공기 놀리듯 합데다. 웃게두 하다가는 울게두 하구. 그리구 하는 말이 모두 학박사입데다. 입에 거품을 물고, 주먹으로 가슴을 쾅쾅 때리문성 연설을 하는데, 감복 안 당할 사람이

---

25 해아 : 헤이그. 1907년 고종은 이상설, 이준, 이위종을 네덜란드 헤이그에서 열린 만국평화회의에 밀사로 파견하였다. 이들을 통해 일본의 부당한 간섭을 호소하고 조선(대한제국)이 회의 참가 통보를 못 받은 것을 항의하는 밀서를 전달하고, 1905년 을사조약이 일본의 강압이었음을 폭로하려 하였다. 그러나 당시 영일동맹으로 동맹국 관계였던 영국과 일본의 방해공작으로 결국 좌절되었다. 이로 인해 이준은 그곳에서 화병으로 객사하였고, 고종은 그 책임을 지고 폐위당했다.

26 쾌재덩 연설 : 민족 지도자 도산 안창호(1878~1938)가 평양 대동강변 정자 쾌재정(快哉亭)에서 행한 민족 계몽을 위한 명연설.

27 대국 : 大國. 조선시대 우리나라가 중국을 높여 부르던 말.

어데 있간쉐까! 바루 그날 밤 머리 깎구, 집에서 쫓겨난 청년들이 부지기수
디요."

"그 청년이 바루 우리 강동(江東) 안 생원 맏아들이디요. 강동에서 큰 인
물이 많이 나디요." 하고 말하는 사람은 선산을 강동 근처에 둔 늙은이이었
다.

"아니, 원, 강동 사람이라니? 밸 빠딘 소리 춤 작작하우. 강세(江西) 사람
이 갑자기 어떻게 강동 사람이 되갔오? 안창호가 강세 약수를 먹구 자라서
그렇게 웅변이라우." 하고 말하는 사람은 강서서 얼마 전에 이사해온 사람
이었다.

"흥, 약수물 마신다구 영웅이 된답데까? 명당(明堂) 자리에서 나야 영웅
이 되디."

"강세가 와 명당이 아니웨까?"

"강세가 무슨 명당이야? 동명성왕묘²⁸가 그래 어데 있쉔까?"

"그럼 낙낭고분²⁹은. 또 어데 있쉔까?" 하고 말하는 강서 사람은 노기가
등등했다. 강동에 선산을 둔 노인은

"아니, 이 사람이 시비를 거는 건가?" 하고 목에 핏대를 울려가며 소리
질렀다.

"시비는 누가 만츰³⁰ 걸었쉔까? 괘니 뼈기지 말라구 돼먹디 못한 것이."

"이 쌍놈의 새끼. 우에 돼먹지 못했단 말가?" 하고 대드는 노인은, 강서
노인 멱살을 잡았다.

창덕이는 재미가 났다. 늙은이들 싸움이 버러지면, 아이들 싸움보다 훨
씬 더 구경꺼리가, 그에게는 되었던 것이었다.

"아니, 이거 놓디 못해! 오봉산이 맛 좀 볼래!" 하고 호통치는 사람은 바
루 창덕이 할아버지였다.

---

28 동명성왕묘 : 동명왕릉. 평양시 역포구역 무진리 왕릉동에 위치.
29 낙낭고분 : 낙랑고분. 황해도와 평양 근교에 흩어져 있는 낙랑군의 고분.
30 만츰 : 맨처음.

－에 쌈 다 글렀다－ 하고 창덕이는 낙망했다. 그러면서도 그는 신이 났다. 언제 보아도 자기 할아버지가 힘이 제일 센 것같이 보이기 때문이었다.

"여보시들, 강동이 어떻구, 강서가 어떻구 시비할 께 무어 있오? 이제 우리 백성이 어떻게 되구 말가 하는 거 그것이 문데디. 그 청년두 그만 미국으로 가구 말았대문서." 하고 말라꽁이가 말 참견을 하여, 화제를 바꾸려 했다.

창덕이는 냉큼 떡돌에서 내리뛰었다. 싸움이 버러지려다가 안 나게 되고 마는 것을 본 그에게, 할아버지들의 이야기는 이미 흥미가 없었다. 보똘이네 집으로 가서 따재먹기[31]나 하다가, 저이끼리 한바탕 싸와나 보면, 직성이 풀릴 것 같았다.

"어떻게 되긴 어떻게 돼. 왜놈에게 멕히웠으문 난 됴캈구만." 하고 보똘이 할아버지가 말하고 나서, 깊은 한숨을 쉬었다.

아무도 말을 못하고 잠시 묵묵히 있었다.

"썩을 대로 썩어빠진 이 나라. 그 누가 떠맡은델 별수 있겠쉔가? 아무가 맡더래두 우리에겐 하루 세 끼 조팝[32]은 과하구, 피쌀밥이라두 먹을 수 있두룩만 다스려주문 그것으루 만족이디요." 하고 말라꽁이가 침묵을 깨뜨렸다.

다시 묵묵하였다.

어색하도록 모두가 말문이 매켔다.

"그거 다 국운이디요, 인력으로 어찌할 수 없디요." 하고 문천태수가 말했다.

"그료티요. 개인이구 나라구 모두 팔제(八字) 소관이니까요." 하고 강서 사람이 맞장구를 쳤다.

"그러니 우리 힘으로는 어쩔 도리가 없구. 어차피 먹힐 바에는 힘 센 놈

---

31 따재먹기 : 땅따먹기, 땅재먹기, 땅빼앗기 놀이
32 조팝 : 조밥의 북한어.

한테 먹혀야 되디요." 하고 문천태수가 또 말했다.

"거 옳은 말씀이우다. 청일전쟁, 노일전쟁 다 겪구 보니, 청국 병정이나 노국 병정이나, 모두 왜병 앞에서는 고양이 앞 쥐 한가집데다." 하고 말라꽁이가 말했다.

"그거두 그렇구, 그 되놈[33] 쫓아내준 생각을 하문, 일본의 은혜가 백골난망이디요." 하고 보똘이 할아버지가 말했다.

"암, 그렇구말구. 청일전쟁 나기 전부터, 그 대국 놈 행패야말루 언어도단이었디요. 지금 생각해두 니빠리에서 신물이 나는데." 하고 창덕이 할아버지도 동감이었다.

"그래두 그건 그렇디가 않디요. 이미 붙을 바엔 미국에 붙는 게 데일 상책이웨다. 내가 겪어보니꺼니 말이오. 청일전쟁이 터질 때, 나는 하두 급해서 집이니 가장즙물[34]이니, 돈이니, 비단이니, 다 팽개티구, 양덕 쪽으루 피난을 갔드래시요. 돌아와 보니 글쎄 청병[35]이 그랬디 왜병이 그랬는디, 종이 한 장 안 남기구 몽땅 도둑해가구 말았어요. 그런데 말요, 그 후에 알아보니꺼니, 경창문[36] 안 미국 선교사 집에서는 피난두 않가구 그냥 뻗치구 있었는데, 되놈이구, 왜놈이구 간에 한 놈 얼씬 못하더라구 하딜 않카시요! 양고자는 말할 것두 없구, 그 근처 한인들두 그 미국 사람 집으로 피난 갔던 사람들은 아무 고생도 않구 아주 펜안히 지냈읍데다. 그 말을 듣구 나서 나두 불야불야 머리깎구, 예수 믿구, 우리집 대문 앞에 '미국인 소유'라고 새긴 비석을 해 세웠디요. 그랬더니 노일전쟁 때 참 덕 봤어요. 피난 않 가구 집에서 그냥 배기는데, 피 천 한 푼 손해 않 봤쉐다. 노국 놈두 왜놈두 얼씬두 못하던걸요, 글쎄."

이렇게 장관설을 늘어놓는 문천댁 할아버지의 말은, 집 대문 밖에 '미국

---

33 되놈 : 중국인을 낮추어 부르는 이름(대국놈).
34 가장즙물 : 가장집물(家藏什物). 집에 놓고 쓰는 온갖 살림 도구.
35 청병 : 淸兵. 청나라 군대.
36 경창문 : 景昌門. 고려시대 궁궐문의 하나로 평양에 있다.

인 소유'라고 새긴 비석을 세워놓은 한 가지 일 이외에는 모두가 생통 거짓
말이었다.

　그것이 모두 거짓말이라고 하는 것을 알 만한 사람은 문천댁이 이 새방
성에 기와집을 짓기 몇 해 전부터 살아온 창덕이 할아버지 혼자뿐이었을런
지도 모른다. 그러나 창덕이 할아버지가 방금 이 이야기에 도취되어 잊어
버렸거나, 혹은 딴 생각에 골몰하여 유심히 듣지를 않았는지 또 혹은 폭로
하지 못할 어떤 사정이 있었는지 폭로하지 않고 그냥 넘겨버렸다.

　문욕봉이가 새방성 일대에서는 제일 웅장한 기와집을 지은 것은, 청일
전쟁이 끝난 그 이듬해이었다.

　청일전쟁 발발 당시 그는 나이 거의 사십에 가깝도록 장가도 못 들어서,
상투를 틀지 못하고, 딴 머리를 머리에 감고, 수건으로 동여매고, 팔도강산
다 돌아다니논 장돌뱅이 노총각이었었다. 그가 마침 평양에 들렸을 때 평
양 성내는 피난 나가는 사람들로 뒤끓고 있었다.

　부자집 여인들을 태운 사인교(四人轎)와, 이인교는 길이 메게 대동강을
향하여 가고 있는 것을 그는 봤다. 대동강 위에 떠 있는 배라는 배는, 그것
이 장작 나르는 배건, 새우젓 배건, 노리배건, 심지어는 그 조그만 매생이[37]
까지도 동이 나버릴 정도로, 부녀자들을 태우고 상류로 상류로 저어 올라
가고 있었다. 대동문 선창에서 부터 능나도 좌우쪽을 지나 주암산 코숭이[38]
에까지 배가 가득 차 있었다.

　칠성문 밖 흥부 쪽으로 가는 길에는 구렁이 감긴 것처럼 보이는 엽전 고
리를 포개고 또 포개서 진 당나귀와, 조락말 방울 소리에 소란했다. 소달구
지까지도 세가 나서, 동촌 서촌 남촌으로부터 모여든 소달구지에 뒤지[39] 의

37　매생이 : 노로 젓게 된 작은 배.
38　코숭이 : 산줄기의 끝.
39　뒤지 : 뒤주. 쌀 등 곡식을 담는 나무로 만든 통.

거지 등속이 가득 가득 실리어 성 밖으로 꾸역꾸역 길이 메게 나가고 있었다.

가난한 사람들도 남부여대하고, 대동강변 소로를 끼고, 또는 칠성문 밖 감부기로 가는 언덕 위에 하얗게 덮여 있었다. 제아무리 가난한 집에서도 과년한 처녀와 젊은 며느리들은 걸려서라도 피난을 시키기에 바빴고, 그거나마 할 수 없는 여자들은 남복을 하고 다니기 시작했다.

총각도 처녀와 꼭 같은 머리를 치렁치렁 땋고, 당기까지 드리고 다니던 시절이라, 옷만 가라입히면 캄풀라지가 가능했던 것이었다.

그들 절대 다대수는 그야말로 '낫 놓고 기역 자도 모르는' 문맹이었다. 그러나 임진왜란과 병자호란 때 민간이 겪은 참담한 이야기는, 대에 대를 이어 기억하고 있는 그들이었다.

이러한 수라장을 바라다보면서 문욱봉이는, 수중 무일푼이요, 혈혈단신인 자기 꼴이 이런 때에는 도리어 다행이라고 생각되었다. 그냥 남아 있으면서 빈집 찾아 도둑질이나 하며, 전쟁 구경이나 하는 것이, 그에게는 상팔자라고 그는 생각했다.

동남쪽으로부터 쫓기어 온 청병은 대동강을 건너와서는, 배를 전부 강변에 끌어 올려놓고, 모란봉[40]과 을밀대[41] 요새로 집결하였다. 그렇게도 황망히 쫓기어 온 그들이면서도, '격강이 천리'[42]라는 말을 그대로 믿었는지 평양 성내에 들어서서는, 모두가 다 강도와 색마로 변하였다.

피난가고 텅 – 빈 기와집 한 채를 제집처럼 차지하고, 틀어 앉은 문욱봉

---

40 모란봉 : 평양시 모란봉구역 동부 대동강 오른쪽 연안에 있는 산. 예로부터 이름난 명승지로 본래 금수산이라고 하였는데 산의 생김새가 마치 모란꽃처럼 생겼다고 하여 모란봉이라 부르게 되었다.
41 을밀대 : 평안남도 평양 금수산 밑에 있는 대와 그 위에 있는 정자. 평양 시내를 내려다볼 수 있다.
42 격강이 천리 : 隔江이 千里. 강 건너편이 천 리만큼 멀다, 즉 가까운 거리에 있는 사람끼리도 서로 오가지 않으면 먼 곳에 있음과 같다는 뜻.

이는, 내버리고 간 쌀, 된장, 고치장으로, 삼십여 년간 출출하기만 했던 배를 실컷 채왔다. 평생 처음 비단옷도 맘대로 입을 수 있었다. 이만한 집이면 실어내고도 남았을 엽전 꾸레미들 광 땅속에 파묻었을려니, 하는 생각이 나지 않는 것은 아니었으나, 그것은 전쟁이 다 끝난 후, 피난민이 미처 돌아오기 전에 슬쩍 해버리는 것이 상책일 것이라고, 단꿈까지 꾸고 있는 그이었다.

그러나 그의 이러한 혼사가 단 하루에 끝나고 말았다. 갑자기 우루루 달려든 청병 한 소대가, 그의 가슴에 총뿌리를 대고 무어라고 '쌀라 쌀라' 했다. 겁이 질린 문욱봉이는 벌벌 떨면서 자기는 그 집 주인이 아니라는 표식으로 고개만 도리질하고 서 있었다. 청병들은 그를 꽁꽁 묶어서 방 한구석에 혼자 남겨두고 나서 집 안팎을 벌컥 뒤지기 시작했다.

좀 있더니 무엇이 못마땅한지, 청병들은 '타마나가비'[43]를 연호하면서 그에게로 도루 왔다. 그는 그 말이 무슨 뜻인지 알 수 있었다. 그들은 문욱봉이 결박을 풀어주고는, 그에게 좁쌀, 수수, 기장쌀, 모밀 등 몇 자루를 잔뜩 지워 가지고, 밖으로 끌고 나갔다. 청병들도 문욱봉이를 감시하는 한 사람만 내놓고는, 모두 한 짐씩 지고 길을 떠났다.

청군은 을밀대와 모란봉 요새를 본거로 하고 기자림 일대에 진을 쳤다. 문욱봉이를 비롯하여 수백 명 한인 장정들은 청군 보급을 나르는 용병이 되어버리고 말았다. 문욱봉이가 짐을 지고 모란봉 꼭대기까지 올라가보니, 대동강 건너 모래밭에는 새까만 군복을 입은 일본군으로 뒤덮여 있었다.

밀물이 거의 다 빠질 무렵이라고 생각되는데 언듯 보니 반월도가 물 밖에 나와 있었다. 왜군 한 떼는 능나도와 반월도 중간 여울을 타고 건너오고 있었다. 모란봉과 을밀대에서는 청군이 총을 비 오듯 내리 쏘았으나, 여울을 건느기에 골몰하는 일본 병정들은 그냥 절벅절벅 정강에까지밖에 더 않 잠기는 얕은 여울을 걸어 건너오고 있는 것이었다.

---

43 타마나가비 : 만주인의 욕설.

모란봉에서 기자림으로 내려갔다가, 짐을 지고 을밀대로 올라갔다가 다시 기자림으로 내려갔다 오기 몇 행보를 하고 나서, 비 오듯 흐르는 땀을 닦으며, 강 쪽을 내려다보았다. 반월도는 그새 다시 물속에 감겨버리고 일본군은 강 건너서 진을 치고 있었다. 이미 건너온 일본 병정들은 청류벽 기슭에 숨어버린 모양으로 이쪽에는 하나도 보이지 않았다. 청군도 총 쏘기를 멈추고 대기 태세를 취하고 있었다.

문욕봉이가 을밀대까지 한 행보 더 온 때, 을밀대를 지키는 청병들은 성(城)에 뚫린 총구에 총 끝을 내 대고 연성 불질을 시작했다. 왜병들이 아마 장경문 쪽이나 기린굴 쪽으로 기어오르고 있나 보다, 하고 그는 생각했다. 을밀대 성곽에 뚫린 총구는 백 개도 채 못 되는 것이었다. 그리고 을밀대 남쪽 철벽 바루 아래에는 소나무가 빽빽하게 서 있었기 때문에, 사람이 아니라 호랑이가 기어다녀도 보이지 않으리라고 문욕봉이는 생각했다.

총구 밖으로 총을 쏘고 난 한 청병이 살그머니 몸을 일으키어 고개를 성 위까지 내밀고 절벽 아래를 굽어 내려보고 있었다. 아마 자기가 쏜 총알이 적병에게 명중되었는가 아닌가를 확인하려는 모양이었다.

'윙' 소리가 나더니, 그 청병은 머리에 총알을 맞고 뒤로 자빠졌다. 문욕봉이는 얼결에 땅에 납짝 엎디었다. 그의 바루 옆에 엎드린 한인 용병 하나가,

"대국놈, 참, 미련두 하군." 하면서 깔깔 웃었다. 총소리가 무서워서 엎디기는 했으면서도 문욕봉이도 따라 웃었다.

동료 한 사람 골이 헤져서 죽은 꼴을 보는 옆 청병들은 '타마나가비'를 연호하였다. 그러더니 청병 하나가 무슨 생각이 났는지 자기가 썼던 솔 말린 군모를 훌떡 벗었다. 그는 그 군모를 총구 위 성위에 조심조심 올려놓았다.

'앵' 소리와 함께 그 모자는, 모진 광풍에 불려 떨어지듯, 그 모자 주인 발 아래로 날아 떨어졌다. 그 청병은 '타마나가비'를 반복하면서, 그 모자를 집어 도로 성 위에 올려놓았다. 금시 또 '앵' 소리가 나며 그 모자는 발 아래로 떨어졌다. 이것을 본 옆의 청병들이 모자를 벗어서 성 위에 얹어놓았다. 번

번히 그 모자들은 총알에 맞아 떨어졌다. 떨어지면 집어 올려놓고, 올려놓으면 총알 맞아 떨어지고.

"왜놈두 참, 미련하기 짝이 없군!" 하고 한인 하나가 말하자, 그 말을 들은 한인들은 모두 대소했다. 청병들도 따라 웃으면서 연성 떨어진 모자를 집어 성 위에 올려놓았다. 어린이들 소꼽놀이 같다고 문욱봉이는 생각했다.

저녁노을이, 기자림에 하나 가득 찬 푸른 소나무 숲 위를 황금빛으로 수놓기 시작할 때, 총성은 끊어지고 말았다.

한인 용병(그것이 그들의 자원으로 된 것이 아니라, 모두 강제로 이끌어 온 것이기는 했으나) 중에는 청어[44]를 얼추 할 줄 아는 사람이 여럿이 있었다. 그들이 자연 통역 겸 십장이 되었다. 이들 통역 겸 십장 지휘 아래서, 한인 용병들은 청군에게 저녁 식사 날라다주는 일에 바삐 돌아가게 되었다.

맷돌만큼씩이나 크고, 둥굴넓적하고 부피 있는 밀가루 떡이 돌덩이처럼 딴딴해진 것을, 한 소대 당 한 개씩 분배해주고, 기자묘 아래까지 내려가서 묘 옆에 있는 기자정(井)에서 물을 길어 나르는 것이 일이었다. 이 일이 그다지 고된 것은 아니었으나 그러나, 대국 말을 약간 지꺼릴 줄 안다고 뻐기면서 자기들은 일하지 않고 남만 부리는 것이 아니꼽고 밉쌀스러웠다.

어두워졌다.

해가 지는 것과 거의 동시에 달이 뜨기는 했으나, 소나무 숲이 너무나 무성했기 때문에 청병 진지는 상당히 어두웠다. 밀가루 떡 조각에 파와 생무 반찬으로 저녁을 마친 청병들은 보초도 별로 세우지 않은 채, 풀밭에 아무렇게나 누워서 잠이 들었다. 여기저기서 드르릉 드르릉 하는 코고는 소리가 나기 시작하자 귀뚜라미 우는 소리가 무색하게 되었다.

─도망가야지─ 하는 생각에 사로잡힌 문욱봉이는 배를 땅에 바싹 대고 슬금슬금 기기 시작했다.

---

44 청어 : 만주어.

기자림 동쪽 골짜기 근처까지 겨우 기어온 그의 발을 꽉 붙드는 손이 있었다. 등골로 어름물이 흘러 내렸으나 그는 감히 비명을 발하지 못하고 꾹 참았다. 그러나 그가 부지중 '흙' 소리라도 내었는지 '쉬' 하고 옆에서 주의 주는 소리가 났다. 소리 나는 곳을 바라다보았으나 그의 눈에는 사람 형태가 띄지 않았다. 도깨비에게 홀린 것이나 아닌가 하는 공포심에 그의 몸은 푸르르 떨었다. 그러나 '호랑이에게 물려 갈 때라도 정신은 바싹 차려야 된다'는 격언을 기억하고 있는 그는 제 재주껏 정신을 바짝 차리고 유심히 노려보았다. 쪽 벌거벗고 땅에 납짝 엎드린 사람 모습이 여기저기 보이기 시작했다.

"이 쌍놈의 새끼, 어서 옷 벗으라구." 하고 누가 옆에서 속삭이었다. 욕봉이는 허겁지겁 저고리와 잠뱅이[45]를 벗었다. 아무리 어두운 속에서라도 흰 옷은 유표[46]하리라는 생각이 그제서야 났다. 옷을 벗고 나서 다시 유심히 살펴보니, 달이 중천에 떠오른 양, 달빛이 부채살처럼 숲속으로 새어 들어와서 명암이 꽤 뚜렷하게 나타나 있는 것을 그는 발견했다.

"누구 왜말 통하는 사람 없을가." 하고 한 사람이 속삭였다.

"웨 그러우?" 하고 한 사람이 속삭이로 물었다.

"됴흔 수가 있디요. 왜말을 할 줄만 알문."

"무슨?"

"돈두 벌구, 원수두 갚구. 뽕두 딸 겸, 님두 볼 겸."

"어뜨케?"

"당신네는 청병이 됴쉔까.[47] 왜병이 됴쉔까?"

아무도 대답하는 이가 없었다.

"되놈이 그지간 얼마나 못되게 굴었오! 전쟁 시작하기 전부터두 말요. 우리 다 당해보디 않았쉔까?"

---

45 잠뱅이 : '잠방이'(가랑이가 무릎까지 내려오도록 짧게 만든 홑바지)의 북한어.
46 유표 : 여럿 가운데 두드러진 특징이 있음.
47 됴쉔까? : 좋습니까?

이 말에는 욕봉이도 전적으로 동감이었다. 그는 장물뱅이로 팔도강산 다 돌아다니면서, 청인 영사관 관리들이나 장사아치까지도 얼마나 한인을 무시하고, 개돼지 취급하듯 해왔다는 사실을 도처에서 발견했었던 것이었다. 더구나 오늘 지금 그는 종 대접을 받고 있는 것이 아닌가. 왜놈이나 왜군은 아직 겪어보지 못했으니까 좋다 그르다 할 근거가 없는 것이었다.

"원수두 갚구 돈두 벌구 싶구 한 사람은 날 따라 오슈." 하고 속삭인 사람은 살살 기어 올라가기 시작했다. 모란봉 쪽으로 기어가는 것이었다. 모란봉 쪽으로 가까이 가는 것은 섭⁴⁸을 지고 불로 들어가는 것과 마찬가지 일이라, 겁이 슬그머니 났다. 옆의 몇몇 벌거벗은 사람이 소나무 잎 그림자가 치는 어두운 곬을 따라, 기어 올라가고 있었다. 어쩌자는 영문인지 똑이 알 수는 없었으나, 남들이 같이 행동하고 있고, 또 돈도 벌 수 있다는 꼬임이 그를 솔깃하게 만들어주었다.

바람소리에도 놀라고, 발자욱 소리가 들리는 것 같아서 놀라기도 하고, 코고는 소리에도 놀라고, 제 숨소리에도 놀라고, 몇십 번이나 납짝 엎디어 숨을 죽이군 했으나, 결국 그는 모란봉과 을밀대 사이 골짜기 위까지 도달하였다. 그의 벌거벗은 몸은 땀으로 목욕하고 있었다.

여나문 명⁴⁹의 벌거벗은 장정들은 땅에 엎드린 채로 고개를 들어 오솔길을 주목하였다. 소나무가 좀 성긴 사이로 뚫린 오솔길은 달빛을 담북 받아 꽤 밝은 편이었다. 그들의 신경은 눈과 귀로만 집중되어 있었다.

얼마나 오래 그리고 있었는지? 몇 삼 년이나 기다리는 것 같은 심경이었다.

달이 서쪽으로 기우리는 모양. 소나무 잎 그림자가 소복히 오솔길을 가리워버렸다.

한 사람이 속삭이었다.

---

48 섭 : '섶'의 옛말. 땔나무를 통틀어 이르는 말.
49 여나문 명 : 여남은 명. 열을 조금 넘는 수의 사람.

"왜말 통하는 이가 누구요?"

"나 여기 있우다." 하고 한 사람이 대답했다.

"이리 가까이 오슈. 나캉 나란히 기여 갑시다. 왼편으루."

앞서 기는 두 사람은 금시 소나무 그림자보다 더 어두운 굴속으로 사라지고 말았다.

문욕봉이는 초조해졌다. ─예까지 이껀 따라왔다가 돈버리에 한몫 끼지두 못하구 도루 청병에게 붙들리게 된다면─ 하는 생각이 치밀어 오는 것을 느낀 그는 기어가기 시작했다.

굴속은 먹물 뿌린 것처럼 캄캄하였다.

"자, 인젠 다 일어들 나시우." 하고 앞장선 사람이 속삭였다. 그 속삭임이 가까운 벽에 메아리처럼 반응되었다.

"아, 여기가 현무문[50]이구만." 하고 욕봉이가 말했다. 그의 목소리가 약간 컸던지 굴속 같은 좁은 문 속 공기가 흔들리었다. 그는 납짝 엎뎄다. 다른 사람들도 욕 한마디도 못하고 납짝 업데었다.

신경은 귀로만 집중되었다. 바람에 흔들리는 솔잎 소리밖에는 그들 일행의 숨소리만이 들리었다. 숨소리가 왜 이렇게 모두 큰지! 이윽고,

"당신 정말 왜말 통하리요." 하고 한 사람이 속삭이로 다지었다.

"걱정 말아요."

"그럼 우리 이 문을 엽시다. 밖으루 밀어야 되디요. 문을 열구 나서 당신은 왜말로 말을 잘 해야 돼요. 청병은 다 잠들어 있다구. 잠잔다는 걸 왜말루 뭐라고 합니까?"

"아니, 이 사람이 날 못 믿어워, 초시[51] 시험을 치를라구 하는 건가?"

"아니, 뭐, 그런 게 아니라, 좌우간 말 잘해야 되니까요."

"그건 염려 말라니까요."

---

50 현무문 : 평양의 북쪽에 있는 성문.
51 초시 : 이조시대 과거의 첫 시험.

"자, 엽시다. 그럼. 모두 다 이 문짝으로 모여요. 자 밉시다. 하나, 둘, 셋."

여나문 명 장정이 그 조그만 문짝을 겹겹으로 어깨에 대고 일시에 밀어 보았으나, 문은 음직도 안 했다.

"좀 더 힘을 내 봅세다가레. 이 문만 열리문 우리 부귀영화는 떼논 당상이디요. 자, 다시, 하나, 둘, 셋, 예짜!"

문은 우지직 했으나 열리지는 않았다.

"자, 한 번 더 힘을 냅세다. 우물쭈물하구 있다가 청병에게 들키면 돈벌이커녕 총살입니다. 총살. 자, 하나, 둘, 셋, 어기차, 어기차!"

삐거걱 하고 밖으로 열리는 문과 함께 칠팔 명 벌거벗은 사나이들은 쓸려나가 나동그라졌다. 아찔해진 정신을 가까스로 수습해가며 욕봉이는 문밖으로 향해 벌벌 기어나갔다. 문밖에서는 벌써 왜말을 할 줄 안다는 사람이 무어라고 '하따라, 마따라' 주절거리고 있었다. 그 순간 아직도 기고 있었던 욕봉이는 거센 군화의 세례를 전신에 받았다. 억센 가죽 군화의 물결이 그의 머리, 목, 가슴, 배, 다리를 막 밟고 지나갔다. 그는 비명을 발했으나, 그 비명은 현무문 안에서 요란하게 들려오는 총소리에 무색하게 되고 말았다.

욕봉이는 어찌다가 밀리어 낭떨어지 밑으로 내리굴렀다. 내리굴르면서 어디를 다쳤는지 모르나 군화에게 밟히지만 않는 것으로 다행하였다.

"와! 와!" 하고 소리 지르는 돌격 소리와, 콩 복듯 하는 총소리가 천지를 뒤집어 흔드는 것 같았다. 욕봉이는 일어날 의욕조차 잃어버리고, '귀 떨어지면 이 다음 와서 줏어가자' 식으로 그냥 마구 굴러 내려갔다.

수백 년 년륜을 가진 기자림 노송 줄기줄기가 총알에 맞아 곰보가 되어 버리는 일이 이 밤에 생긴 일이었다. 모란봉과 을밀대 두 요새 사이에 있는 골짜기 측면으로부터 갑자기 좌충우돌하는 일본군 기습에 혼비백산한 청국군은 무질서하게 패주하기 시작하였다. 칠성문 채 못 미쳐 성을 넘어 다라나던 청군 사령관이 전사하는데 더 한층 사기를 잃어버린 그들은, 무작정 후퇴하였다.

무릎치기밖에 더 안 되는 얕은 보통강[52]을 건너간 청군은 사람 키보다도 더 길게 자라난 수수밭 속으로 들어가 숨었다. 이 수수밭 속에서 청일 양군은 동이 트도록 백병전을 연출하였다.

동이 틀 무렵 일본군은 청군을 추격하여 대타령과 용악산 쪽으로 달려가고 있었다.

문욱봉이가 제정신을 든 때 그는 고노꼴 밑 어떤 초가 단간집 안방에 고꾸러져 있는 자신을 발견했다. 폭 벌거벗은 몸 그대로! 어처구니없는 노릇이었다. 기가 막히는 일이었다. 화가 나는 일이었다. 분통이 터질 일이었다. 그러나 할 수 없는 일이었다.

쥐 죽은 듯이 조용하였다.

심한 기갈증이 그를 엄습했다.

집 세간 나부랭이가 그냥 팽개쳐 있는 것으로 보아, 밤새 황황히 피난 나간 집이 분명하였다. 바로 방바닥에 때가 꾀죄죄 흐르는 고이적삼[53]이 구겨져 있는 것을 그는 봤다. 그는 그 옷을 주섬주섬 줏어 입었다.

부엌으로 가보았다. 질항아리 밑에 좁쌀이 약간 남아 있었다. 물동이는 빼빼 말라 있었다.

좁쌀을 박박 긁어서 바가지에 담았다.

그 근처에 우물이나, 개천이 있는지 없는지 그는 몰랐다. 하여튼 바가지를 들고 밖으로 나섰다.

해는 꽤 높이 올라왔으나 길에는 어리친 개 한 마리도 얼씬하지 않다.[54]

---

52 보통강 : 평안남도 평원군 공덕면과 동송면에 있는 강룡산에서 발원하여 평안남도 서부지역의 중앙을 남류하면서 대동강으로 흘러드는 강.
53 고이적삼 : 고의적삼. 여름에 입는 홑바지와 저고리.
54 어리친 개 한 마리도 얼씬하지 않았다 : 속담. 아무도 얼씬하지 않는다는 말.

여기저기 아무렇게나 누워 있는 시체만이 유표하게 눈에 띄었다. 끔찍스러웠다. 무서웠다. 그는 될 수 있는 대로 시체에서 외면하고 무작정 걸었다. 보통 강변에 다달았다.

강이 매우 좁고 얕았으나, 물보다도 시체가 더 많이 눈에 띄었다. 그는 질겁하여 홱 돌아섰다. 두리번거려보았으나 우물이 보이질 않았다.

물을 본 그의 갈증은 견댈 수 없도록 더 강해졌다.

그는 강 쪽으로 다시 돌아섰다. 강에는 물보다도 시체가 더 많았다. 그러나 목은 더욱더 말라 들어왔다.

그는 눈을 즈리 감았다. 감은 눈 속에도 시체는 번하니 보이었다. 그러나 그 시체 밑에는 물이 있다. 눈을 꽉 감은 채 그는 엉거주춤 앉았다. 눈 감은 채 바가지를 내밀어보니 시체는 손쉽게 밀리어갔다. 그는 바가지로 물을 펐다. 눈감은 채 일어서서 돌아섰다. 눈을 떠보니 손에 든 바가지에는 물이 담겨 있었다. 그는 물을 마셨다. 속이 후련했다. 좁쌀 게가 흥근히 떠오른 물을 다 마시고 나니, 물에 젖은 좁쌀알이 입안으로 기어 들어왔다. 그날 좁쌀알을 질강질강 씹으면서 그는 다시 강께로 돌아섰다. 시체가 너더분히 떠 있는 강이었다. 그는 자기 자신이 미워졌다. 송장에 물든 물을 마시다니! 구역질이 났다.

그는 다시 돌아섰다. 여기저기 두리번거려보니 멀지 않은 곳에 다 찌그러져가는 초가집 한 채가 있는 것이 눈에 띄었다. 아까 어째서 그 집이 눈에 띄지 않았는지 이상한 일이었다. 그는 그 집을 향하여 달려갔다. 가까이 가보니 안방 문 부엌 문이 다 열어제친 채로 있었다. 안방을 기웃해보니 아무도 없었다. 그는 부엌으로 들어갔다. 부엌 안에는 솥가지는 넉넉히 있었으나 물은 없었다.

그는 밖으로 나갔다.

"도둑이야!" 소리가 바로 그 등 뒤에서 났다. 그는 목소리 나는 쪽을 돌려다 볼 경황도 없이, 바가지를 든 채 보통벌[55]을 향해 달아났다. 보통벌 하나 가득 빽빽하게 서 있는 수수대 이삭들이 미풍에 흔들리고 있는 것을 그는 봤다. "숨을 곳은 바로 여기다." 하고 수수 이삭들이 고개짓하고 있는 것처럼 그는 보았다.

그는 첨벙첨벙 시체와 물을 밟아가며, 보통강을 단숨에 건너, 수수밭 깊숙이 들어가서야 우뚝 서서, 숨을 돌리었다. 목구멍에서는 쇠 비린내가 났다. 돌아서서 강 쪽으로 내다보니 수수가 하도 빽빽하게 서 있어서, 단 세이랑 저쪽은 보이지가 않았다. 그는 펄썩 주저앉았다.

몸과 마음의 안정을 회복한 그는 강 하류 쪽으로 천천히 걸음을 옮기었다. 그는 회색 군복을 입은 청병 시체 하나가 엎으러져 있는 것을 보았다. 가슴이 또 섬찍했으나, 시체 얼굴이 보이지 않는 것이 다행이었다. 그래도 그 시체 가까이는 가기가 싫어서 발을 다음 이랑으로 옮기면서, 슬금슬금 그 시체를 곁눈질해보았다.

그는 멈칫 섰다.

그는 자기 눈을 의심했다. 그는 눈을 부비고 다시 보았다.

수숫대 사이로 흘러내리는 강한 햇빛에 반사하는 찬란한 금빛! 시퍼렇게 죽은 청병 손가락에 끼어 있는 금가락지! 틀림없었다. 금을 본 그는 송장에 대한 무서움도 없어졌다.

횡재.

그는 시체 옆에 쭈구리고 앉아 바가지를 땅에 내려놓았다. 금에 탐이 난 그는 시장끼도 잊어버리고 말았다. 그는 한손으로 시체의 손목을 쳐들었다. 어름같이 차고 딱딱했으나 금가락지에만 전 신경이 쏠린 그는 아무 다른 감촉은 느끼지 못하였다.

—팔젤 고치는데— 하고 중얼거리면서 그는 금가락지를 뺐다. 가락지는 너무나 쉽게 쏙 빠졌다. 죽은 손을 내려뜨릴 때 비로소 그는 등골로 소름이

---

55 보통벌 : 보통강 구역에 펼쳐 있는 벌.

흐르는 것을 느끼었다.

그는 홱 돌아섰다.

자기 손바닥에 고스란히 놓인 금가락지를 들여다보고 또 들여다보면서, 그는 행복에 가득 차 있었다. 부지중 그는 금가락지 쥔 손을 꼭 쥐고 휘휘 둘러보았다. 금가락지를 도둑맞은 그 송장이 금시 달려들어서 자기 등덜미를 덮치는 것 같은 착각을 느끼었다. 그는 황급히 바가지를 집어 들고, 두서너 고랑을 넘어갔다. 돌아다보니 빽빽한 수숫대에 가리어 송장은 보이지 않았다. 그는 바가지에 들어 있는 젖은 좁쌀을 헤치고, 그 속에 가락지를 들었다.

얼말 가지 않아서 그는 송장 한 개를 또 발견했다. 그의 눈은 이 송장의 손으로 먼저 쏠리었다. 그러나 아까 그 시체와는 달리, 이 송장은 두 손을 배위에 가지런히 올려놓고, 반듯이 누워 있었다.

그의 눈은 그 송장 얼굴에 머물렀다.

흙! 하고 그는 흐느끼었다.

시체의 얼굴은 눈을 뻔히 뜨고 욕봉이를 응시하고 있는 것이었다.

배 위에 놓였던 시체의 손이 움직이었다. 욕봉이는 달아나려고 했으나, 그의 다리가 말을 들어주지 않았다. 다리는 제자리에 붙은 채 떨어지지 않고, 와들와들 떨리기만 했다. 그의 눈은 움직이는 시체의 손에 고착되어 있었다. 시체의 손은 가슴을 지나 목 위로 올라가더니, 입에다 바싹 대고 무엇을 먹는 시늉을 했다. 시체의 입술을 덜석덜석 하면서, 눈은 꺼벅꺼벅하였다. 모기 소리만밖에 더 안 한 목소리로 송장은 '쏼라 쏼라' 했다.

무엇이고 먹을 것을 좀 달라는 소리리라고 짐작은 했으나 욕봉이에게는 얼른 무어라고 대답할 마음의 준비가 아직 덜 되어 있었기 때문에 묵묵히 고개만 설레설레 흔들었다.

청병의 손은 다시 가슴으로 내려가더니 군복 코트 단추 사이로 들어갔다. 금시 그 손은 은으로 만든 마제(馬蹄)[56] 한 개를 들고 나왔다. 바른손으로 마제를 높이 쳐들은 청병은 왼손을 입에 가까이 대고 먹는 시늉을 했다.

은마제!

그것 한 개만 한국 돈으로 환산해서 서른 냥이라는 것을 장돌뱅이로 뼈가 굵은 욕봉이는 잘 알고 있었다. 우선 받고 볼 일이었다. 그는 마제를 덥석 웅켜쥐고 빼았다 싶이 하여 바가지 속에 감추었다.

누워 있는 청병은 두 손을 모아쥐고, 부처님께 빌기나 하는 것처럼 삭삭 부비기 시작했고, 그의 눈에는 애걸하는 표정이 역력히 나타났다.

욕봉이는 젖은 좁쌀 한줌을 집어내서 청병에게 보이면서,

"밥이 아니구 날좁쌀인데." 하고 말했다. 청병이 욕봉이의 말을 알아들었을 리 없으련만, 욕봉이의 손에 들린 좁쌀을 보고, 청인의 눈에는 생기가 번쩍 돌았다. 그의 눈은 감사의 표정으로 변하면서 고개를 조악거리었다.[57] 욕봉이는 좁쌀 한줌을 청인 손바닥을 쏟아주었다. 청인은 그 젖은 날좁쌀 한줌을 번개처럼 입안으로 틀어넣었다. 이것을 본 욕봉이는 저도 갑자기 시장기가 강해지는 것을 느끼었다. 그도 얼른 좁쌀을 한입 물고 씹어보았다. 달콤쌉쌀하기는 했으나 맛이 있는 것은 아니었다. 쌀은 무슨 쌀이건 간에 끓여 먹어야 할 것이다.

그는 바가지 아래 손을 디밀고 불 때는 시늉을 했다. 청인은 고개를 조아리면서,

"스디, 스디."[58] 하고 말했다.

용봉이는 다시 손짓으로 기다리라는 시늉을 했다. 청인은 다시

"스디, 스디."했다.

그날 하루 종일, 그리고 그날 밤, 달 밝은 밤, 밤새도록, 그는 수수밥 한

---

56 마제 : 말굽.
57 조악거리다 : 고개를 앞뒤로 깜찍하게 까딱거리다(북한어).
58 스디, 스디 : '그래, 그래'의 뜻.

덩어리 바꿀 수 있는 금은광을 이 수수밭 속에서 발견했다.

수수밥이나 옥수수떡을 도구로 한 탐광꾼이 수십 명에 달했으나, 그 수십 명을 다 만족시켜줄 수 있는 금부치와 은마제가 이 수수밭 속에 풍부하게 있었다.

청일전쟁이 끝나자마자 욕봉이는 문천읍으로 갔다. 개화인 모양으로 머리를 빡빡 깎고 그는 문천읍에 나타났다. 거기서 그는 장돌뱅이로 돌아다니면서 수년간 침 흘려두었던 처녀를 아내로 삼았다. 나이 이십 년이나 아래인 처녀였으나 돈의 힘은 연세 차이보다 더 컸다.

젊은 아내를 데리고 평양으로 온 욕봉이는, 새방성에서는 제일 훌륭한 기와집을 짓고 살기 시작했다.

그는 전적이 문천태수였노라는 허풍을 떨었고, 그의 젊은 아내는 수청 들던 기생을 머리 얹어 애첩으로 삶았노라고 뽐내고 다녔다.

몇 해 못 가서 아라사와 일본이 전쟁하게 되었다는 소문을 들은 그는 불야불야 예수교에 입교하고 자기 집 대문 밖에 '미국인 소유'라는 비를 세워놓아, 노일전쟁의 참화를 가만 앉아서 모면한 것이었다.

4

"대한제국 만세!"

"금상 폐하 만세!"

만세 소리가 평양 시내에 가득 찼다.

한손에는 촛불 켠 조이[59] 초롱을 들고, 한손에는 태극기를 든 학생들이 만세를 거듭 부르면서 거리거리를 행진하고 있었다. 새방성 진실학당 소학부

---

59 조이 : 종이.

재학생들은 학교에서 행진을 시작하여 경창문 께로 한참 가다가 보통문[60] 거리에서 바른편으로 꺽이여, 상수구리, 하수구리, 상수리를 지나 장대째 언덕 서쪽 골짜기 좁은 길을 빠져나가고 있었다. 거기서 그들은 신창리 창 전리를 돌아 염전리를 지나서는 남문 못 미처 있는 영문 거리로 접어들어 관찰사 청사까지 가서 순종 황제께 배알할 참이었다.

순종이 등극하자마자, 오동지 섯달[61] 추위를 무릅쓰고 서순(西巡)을 떠나 개성, 황주를 거쳐 평양에 들렀던 것이었다. 평양서 하로밤 감영에 머르면서 평양 민간 유지들을 만찬에 초대하여 민심을 무마하고저 했다. 이 기회에 성내 사립, 관립을 막론하고 전체각급 학생이 총동원되어서 환영 시가 행진을 하는 것이었다. 『천자』니 『통감』이니 하는 순 한문 교과서를 암송시키는 데만 주력하는 단간방 서당 훈장들이 선두에 나선 목적은 아전에게 곱게 보이기 위해서 나선 것이었고, 개화한 한인 유지 혹은 미국인 미숀 계통에서 운영하는 사립학교 당국자들은 이 기회를 이용하여 일반 국민에게 민족사상과 자주독립 정신을 고취해주기 위한 목적으로 대대적으로 참가시켰다.

진실소학교 이등생(二等生)[62]인 형 웅덕이는 이날 오후 한나절 내리 태극기를 만든다, 초롱을 만든다 장한 듯이 부산나게 돌아다니고 있었다. 어머니까지 무엇에 그리 신이 났는지 형 시중만 들어주노라고 풀을 쑤어준다, 초를 사다준다, 야단법석이었다. 이것이 창덕이에게는 못마땅한 것이었다. 학교에는 왜 형만 보내고 자기는 안 보내주어서 오늘 밤 같은 멋진 시가 행진에 한몫 끼우지 못하게 만들어주는지 부모가 원망스러웠다.

형이 학교 가던 첫날 일을 회상해보아도 둘째 아들인 창덕이 자신은 언제나 누구에게나 푸대접을 받고 불공평한 대우를 받고 있다는 불평을 금할

---

60 보통문 : 평양시 신양리에 있는 고구려시대의 성문.
61 오동지 섯달 : '동짓달'과 '섯달'의 북한어. 혹독하게 추운 음력 11월과 12월을 아울러 이르는 말.
62 이등생 : 2학년생.

수 없었다.

두 살 맏이인 형만이 머리 깎고 책구럭[63] 들고 길에 나서는 것이 학교에 못 가는 창덕에게는 벨이 꼴렸었다. 그는 형 뒤를 졸졸 따라갔다. 형은 무슨 심뽀인지 창덕이를 때리고 발길로 차기까지 하여 뒤따라가지 못하게 하였다.

창덕이가 먼 발께로 따라가니까 웅덕이는 돌을 던져 때리려고 했다. 날아오는 돌을 요리조리 피해가면서까지 그는 형 뒤를 졸졸 따라갔다.

그러나 학교까지 다 가보니 거기에 꾸역꾸역 모여드는 소년들은 모두가 다 중머리인 것을 그는 발견하였다. 자기 혼자만이 머리꼬리를 딴 채로 온 것이 부끄러운 생각이 났다. 그는 그만 울먹울먹하면서 머리꼬리를 휘여잡고 집으로 줄달음쳐왔다. 다짜고짜로 어머니에게 머리를 깎아달라고 졸랐다.

"너두 핵교 입학할 때 깎아주마."
하고 어머니는 말했다.

창덕이는 마당 봉당에 딩굴면서, 발버둥치며 울었으나 소용없었다. 도리어 어머니에게 매를 맞고 있는데, 할머니가 창덕이를 빼앗아 데리고 밖으로 나가 엿 한가락을 사주었다.

엿을 먹는 동안에는 단맛에 홀려서 딴 생각이 없었으나 다 먹고 나니 머리꼬리가 다시 거치장스러워졌다. 보똘이네 집으로 가서 놀 생각도 귀찮아졌다.

안방을 기웃해보니 반지그릇[64]이 방바닥에 내려놓여 있는 채 어머니는 계시지 않았다.

창덕이는 가위를 들고 집 뒤로 가서 제 손으로 뒤머리 바싹 꼬리를 싹둑 잘라버렸다.

---

63 구럭 : '망태기'(물건을 담아 들거나 어깨에 메고 다닐 수 있도록 만든 그릇)의 평북 방언.
64 반지그릇 : '바느질그릇'의 함경도 방언.

꼬리만 잘린 더벙머리로 나돌아다니다가 동무들의 놀림감이 되어서 훌쩍거리며 집으로 왔다가 어머니에게 또 매를 맞았다. 어머니는 왜 형만 고와하고 창덕이 자기는 미워하고 때리기만 하는지 부애도 나고 서럽기도 했다.

점심때가 되면 아버지 점심 진지를 가지고 종노 가개까지 심부름 가는 일은 창덕이의 특권이었었는데 이날에는 그 특권을 어머니가 독단으로 박탈하고 할머니가 대신 가지고 갔다. 어머니에게 이렇게 미움만 받을 바에는 차라리 죽어버렸으면 싶어지기까지 했다.

─내가 그만 죽어버려! 그러면 작년에 동생이 갑자기 죽었을 때처럼 어머니가 땅을 치면서 통곡하겠지. 동생두 미워서 때리기만 하더니. 죽으니까 괜히 때리기만 했다구 후회하면서 자꾸 울던데. 맛난 것 재대루 멕이지두 못하구 명주옷 한 벌 못 입혀본 걸 두고두고 넉두 하면서 머리를 쥐어뜯으며 울던데. 나두 죽으문 엄마가 그렇게 울겠지. 얼마나 고소할까?─ 하고 생각하는 그는 갑자기 자즈러지게 놀랐다.

그는 밝음이 무서웠다.

그는 어둑신한 구석으로 가서 쫑구리고 누웠다.

작년 여름 장마 때 죽은 동생의 퉁퉁 부어올라 멀뚱해진 얼굴과 눈방울을 치떴기 때문에 흰자위만이 유난이도 들어났던 그 무시무시한 꼴이 지금 너무나도 선명하게 그의 마음눈에 떠오른 것이었다. 더구나 "그렇게두 좀 업어주라구 타일러두 고 새끼가 종내 말을 안 듣더니만 그만 죽이구 말았구만." 하고 넉두리하던 어머니 목소리가 새삼스럽게 똑똑하게 그의 고막을 두드려대는 것이었다. 어머니가 '고 새끼'라고 한 말은 창덕이 자신을 지적하는 것이라는 것을 그 당시에도 그는 잘 알고 있었었다. 그러나 그때에는 귀찮기만 하던 동생이 죽어 없어진 것이 시원하게 느껴질 뿐 아무런 양심의 가책도 느끼지 않았던 것이었다. 그런데 반년이나 지나간 오늘에 와서 어머니가 "좀 업어주라구 타일러두 고 새끼가 종내 말을 안 듣더니만 그만 죽이구 말았구만." 하고 원망하던 그 음성이 죽은 동생의 목소리로 변해가지고 그의 귀청을 사정없이 때리는 것이었다.

창덕이는 눈을 꼭 감았다.

그러나 그는 그 비참한 날을 한 번 더 되사는 고통을 강요당했다.

그날은 지루하기 짝이 없던 장마 날이었다. 초가지붕은 며칠째 단 한 시간도 말라본 일이 없어서 쳐다보기에도 무겁기 한이 없었다. 비가 좀 뜸한 뒤에도 쉴 새 없이 뚝뚝 떨어지는 낙수물은 가을날 해바라기 꽃 못지않게 노랬다. 영[65]이 썩어서 내리는 이 노란 낙수물이 옷에 들면 그 옷은 잿물에 삶아도 물이 빠지지 않는다고 낙수를 맞으며 드나들지 말라고 어머니는 수없이 타일렀다. 방안 흙벽에 군데군데 뾰죽뾰죽 내민 집오라기에는 파란 곰팡이가 쓰러 있었고 새까맣게 때가 낀 삿자리도 맨발로 밟으면 끈적끈적하고 때가 발바닥에 묻었다. 비 맞은 일이 없는 옷도 후즈근했고 마음까지도 축축하고 끈끈해졌다.

식구는 모두 어델 갔는지 창덕이와 어머니와 젖먹이 애기와 그리고 그 꼬지처럼 말라빠지고도 배만은 맹꽁이처럼 똥똥한 동생만이 집에 있었다. 창덕이는 비를 맞으며 나돌아다니는 것이 언제나 재미있었다. 그래서 어머니 몰래 밖으로 나가면 저고리만 입고 아래도리는 가리지도 않은 동생은 한사코 따라왔다. 어머니께 들키면 벼락이 내리는 일이었다. 비가 잠시 멎은 후에 뜰로 나가도 어머니는 동생을 꼭 업고 놀라고 되뇌이었다. 이 동생은 몸이 성한 날보다도 앓는 날이 더 많았다. 그래서 큰누나인 애덕이는 매일 동생을 업어주어야만 했다. 그러니까 하필 이날 애덕이가 몸을 피해버린 것은 동생 업어주는 데 진력이 나서 살짝 어데로 나가버린 것인지도 모를 일이었다.

어머니는 자꾸만 창덕이더러 동생을 업어주라고 하지만 혼자 놀아도 곤곤하고 땀이 나는데 그 맹꽁이배가 등에 찰삭 붙으면 더욱더 무겁고 눅눅하

---

65 영 : '이엉'(초가집의 지붕이나 담을 이기 위하여 짚이나 새 따위로 엮은 물건)의 준말.

기가 한이 없었다. 더구나 동생은 곰팡이가 낀 옥수수 속 한 토막을 꽉 끌어
쥐고는 쭉쭉 빨다가 창덕이 목에다 대고 꾹꾹 눌러주군 하는 데는 더 참아
낼 도리가 없었다. 그 강낭 속을 빼앗으려고 하면 동생은 기를 쓰고 울고 그
의 우는 소리가 어머니 귀에 들리기만 하면 욕은 창덕이 혼자만 먹는 것이
었다. 한번은 동생이 잠이 든 것처럼 생각되어서 슬그머니 내려놓았더니
어머니가 부지깽이를 들고 뛰어나왔다. 창덕이는 부리나케 동생을 도루 업
었다. 그러나 어머니가 부엌으로 도루 들어가는 것을 본 그는 동생을 내려
놓고 부애가 나서 진탕에다 뉘고 데굴데굴 굴리었다. 동생이 또 울면 나중
에는 어찌 되건 혼자서 대문 밖으로 뛰어 다라나버릴 심산이었다. 그런데
뜻밖에도 데굴데굴 구는 동생은 좋다고 히히 웃었다. 동생의 몸은 물론 얼
굴, 머리까지 온통 진흙투성이를 만들어주는 것이 복수심을 만족시켜주는
데다가 동생이 히히 웃으니까 그 웃는 소리만 듣는 어머니는 잘 데리고 논
다고 칭찬하고 있을 것을 생각하니 웃읍기도 하고 재미도 났다.

그 이튿날 새벽 동도 트기 전에 동생은 숨을 거두웠다. 꿈결에 어머니의
통곡 소리에 잠은 깼으나 그렇게 귀찮기만 하던 동생이 죽고 말았다는 소식
에는 속이 시원할 따름이었었다.

그런데!

지금 웬일인지 창덕이는 자기가 동생을 죽인 살인범이라는 범죄 의식에
사로잡힌 것이었다.

―그날 내가 동생을 끝까지 업어주었드라면 동생은 죽지 않지 않았을
가? 내가 그를 죽였는가? 업어주지 않기 때문에―

그는 몸을 떨었다.

"네가 날 죽였지 응 네가 날 죽였지!" 하는 동생의 원망 소리가 들려오는
것 같았다. 그는 두 손으로 귀를 꽉 막았다. 눈도 감고 귀도 막았건만 그의
눈에는 눈동자가 위로 솟은 동생의 눈이 뻔히 보이고 "업어주지 않았기 때
문에 난 죽었다. 죽었다. 너 땜에 난 죽었다." 하고 되뇌이는 목소리가 그의
귀청에서 떠나가지 않았다. 이 비난이 동생의 목소리인지 어머니의 목소리

인지 자기 자신의 목소리인지 분별할 수가 없었다.

갑자기 "날 살려줘, 날 살려줘!" 하는 동생 목소리가 들려왔다. 죽은 동생이 자기 가슴 위에 타고 앉았다는 생각과 갑갑함을 그는 느끼었다.

"내 살려주께, 응 내 살려주께, 엉야 살려준대두!" 하고 그는 빌었다. 그러나 그가 비는 소리가 제 귀에 들리지도 않고 가슴에 내리누르는 동생도 물러가지를 않았다.

"얘, 얘, 얘, 창덕아." 하고 겁에 질려 소리 지르는 어머니 음성에 그는 정신이 들었다.

어머니는 그의 어깨를 그냥 흔들면서 "고맛 매 맞았다구 대낮에 잠꼬대까지 하다니." 하는 어머니의 목소리를 창덕이는 똑똑이 들었다.

한껏이 다 기운 때 창덕이는 문밖으로 나섰다. 명랑한 오후였다. 그는 살구나무 가지가지에 뒤덮인 잎 사이사이로 다닥사니처럼 달린 살구 알이 콩알만큼 컸구나 하는 것을 인식하면서 대문 밖으로 나섰다.

그는 방향 없이 걸어갔다. 얼마 후 그가 서문 밖에까지 다달을 것을 발견하고 그는 무의식중에도 종노께로 발을 옮긴 것을 깨달았다.

서문 바로 밖에 있는 길가 냉면집에는 사람이 하나 가득 차 있었다. 웃목에서는 모밀 맷돌질을 연성[66]하고 있고 부엌은 수증기로 자옥하게 차 있었다. 때가 진득진득 묻은 옷을 입은 한 사나이가, 감투도 망건도 쓰지 않고 맨상투 바람으로 국수통 위에 번듯 누어서 두 발로 사다리를 올려 밀며 천천이 내려오고 있는 것이 창덕이에게는 언제나 호기심을 자아내는 광경이었다.

절구공이처럼 생긴 몸둥이 끝이 홈통 속으로 기어들어가자 홈통 밑으로는 토수래[67] 실 같은 국수발이 스르르 흘러 내려와서 설설 끓는 물속으로 목욕하러 들어가는 것이었다. 국수사리가 연성 흘러내리는 광경을 보고 서

66　연성 : 자꾸, 계속해서.
67　토수래 : 삼베 옷감을 일컫는 함경도 방언.

있는 창덕이는 갑자기 시장기를 느끼었다.

아버지한테 가면 곁노리 국수 한 그릇쯤은 의례 사 먹여주실 것이었다. 조금 전까지도 머리꼬리를 제가 잘라버린 것 때문에 아버지한테도 또 매나 맞지 않을가 하는 걱정이 있었으나 지금에는 매가 무서운 것보다도 국수 생각이 더 간절했다.

아버지한테는 매를 맞고 않고 머리를 기계로 박박 깎고 난 창덕이는 금방 자기도 학생이 된 기분이 났다.

그 이튿날부터 그는 형 웅덕이를 먼발치로 따라가서는 교정 안까지 들어가군 했다. 교실에는 못 들어갔지만 열어놓은 창문을 통해 새어나오는 선생님들의 말을 엿들었으나 무슨 소리인지 통 알아들을 수가 없어서 흥미는 별로 없었다. 그러나 텅 빈 교정이나마 한 바퀴 휘 돌고 나와야만 직성이 풀리는 것이었었다.

시가 행진이 있는 저녁 엿슬해서,[68] 형이 초롱과 기를 들고, 어깨를 들먹거리며, 호기 만장하여 가는 뒤모습을 물끄럼히 바라다만 보고 있는 창덕이는 부애가 치밀었다. 기도 초롱도 들지 못하고 뒤따라가는 것은 흥미도 없으려니와 한풀 꺾이는 것 같았다.

ー나두 어서 커서 학생이 돼야지ー 하고 그는 다시금 생각하였다. 늦은 봄 대운동회가 있을 적에도 이런 생각이 났었었다.

초롱과 기를 든 형의 모습이 어둠 속으로 사라지자 창덕이는 우울해졌다. 형만 위해주는 어머니가 다시금 원망스러웠다.

그러나 할머니는 어머니와는 달랐다. 할머니는 공평하셨다. 그는 할머니한테로 가서 졸랐다.

"이 치운 날 건 뭘 할라구 따라갈라구 그러니! 뜨스한 방에서 잠이나 자디." 하고 말은 하면서도 조이 초롱을 얼른 한 개 만들어주셨다.

---

68 엿슬해서 : 어슬해서, 조금 어두워서.

창덕이는 좋아라고 초롱을 들고 나서는데 할머니가 붙들었다.

"이 추운데 쯧쯧. 자 이거나 끼구 가거라. 맹질[69]날 줄라구 했더니." 하면서 솜 두둑이 둔 새 토수[70]를 창덕이 팔목에 끼워주었다. 머리에는 남바위[71]를 씨우고 귀를 푹 가리우고 끈을 목 밑에 바싹 매주셨다.

촛불이 행여 꺼질세라 초롱을 든 손은 놀리지 않고 왼팔만 활개 치면서 그는 학교로 향하여 걸음을 빨리 했다. 학교 채 가기 전에 학생 행열은 벌써 신작로 위에 나서 있었다. 허겁지겁 달려간 창덕이는 행열 틈에 끼워보려고 이리저리 왔다 갔다 했다. 그러나 석 줄 정연히 서서 걸어가는 행열은 군악대 행진곡에 발맞추어 군대식 행보를 하고 있었으므로 행진하는 학생들은 (창덕이 형은 아니면서도) 그를 끼워주려 하지 않았다. 그는 할 수 없이 열 밖으로 악착같이 따라갔다.

장대째 서쪽 골짜기에 들어서자 길은 여지없이 좁아졌다. 이곳은 순 주택 지대이었는데 길 왼쪽에는 뚜껑 덮지 않은 하수도가 거의 한 길이나 패와 있었고 바른쪽에는 구경꾼이 겹겹이 서 있었기 때문에 석 줄 행열도 겨우 뚜르고 나가는 형편이었다. 하수도가 있는 쪽에도 대문마다 온 식구가 다 나와 서서 빼곡빼곡 차 있었다.

창덕이는 하수도 있는 쪽으로 들어섰다. 위태위태했지만 입을 악물고 행열 속으로 발을 들여놓았다 내놓았다 하면서 밟고 밟히며 따라갔다. 그러노라니 그는 행열에서 자꾸자꾸 뒤떨어질 수밖에 없었다.

갑자기 행열이 창덕이 쪽으로 쏠리는 듯하더니 그의 왼발이 미끄덕 그는 꽁꽁 얼어붙은 하수도 아래로 곤두박질해 떨어졌다.

그는 누가 볼세라 얼른 일어서기는 했으나 손에는 초롱 손꼭지만 쥐고 있는 자기를 발견했다. 하여튼 그는 기어오르려고 했다. 그러나 그는 도로

---

69 맹질 : 명절.
70 토수 : 토시를 한자를 빌려서 쓴 말.
71 남바위 : 추위를 막기 위해 머리에 쓰는 쓰개. 겉의 아래 가장자리에 털가죽을 둘러 붙였고 앞은 이마를 덮고 뒤는 목과 등을 덮는다.

미끄러지기만 했다. 길 위에 붙잡을 수 있는 나무 등걸 하나 없으니 혼자 기어오르기는 틀렸다. 길 위에서는 초롱불들이 우쭐우쭐하며 지나가고 있고, 만세 부르기에 정신이 팔린 학생들은 창덕이가 하수도에 빠져서 고생하는 것을 모르고 그냥 자꾸자꾸 지나갔다.

행열이 다 지나가자 길은 캄캄해졌다. 구경꾼들도 헤어지기 시작했다. 창덕이는 얼결에 소리를 꽥 질렀다. 지나가던 사람들이 깜짝 놀라 내려다보았다. 어떤 어른이 내밀어주는 손을 붙들고 창덕이는 겨우 기어 올라왔다. 다 올라와 깨달으니 갓신 두 짝이 다 벗어지고 그는 버선발이 되어 있었다. 하수도 밑에 굴러 있을 신을 집어달라고 할 수도 없을 뿐더러 창피하다는 생각만이 앞서서 그는 버선발로 걷기 시작했다. 그 꼴을 하고 행열 뒤를 따라갈 수는 없고 집으로 향하여 그는 걸음을 옮기었다. 왼쪽 다리가 새큰새큰 했다.

거기서 집까지는 오리는 착실히 되었다.

아까 제등 행열을 따라 갈 적에는 그 수많은 초롱이 길을 환하게 밝혀주었었지만, 쪼각달이나마 나오지 않은 이 밤, 얼어붙은 길은 보이지 않는 함정투성이이었다. 눈이나 덮였어도 좀 나으련만 강 어름판인 길은 미끄럽기가 한이 없었다. 새큰거리는 다리를 질질 끌며 버선발로 걷자니 몇 걸음 못 가서 미끄러져 넘어지기도 하고, 움푹 한데를 헛드디어 어푸러지기도 하고, 돌을 차고 꼬꾸러지기도 했다.

인적이 거이 끊겼기 때문에 호젓한 어둠 그 자체가 무서울 뿐 아니라 발자욱을 뗄 때마다 달걀귀신이 발뒤축에 와 붙는 것 같기도 하고 몇 걸음 앞에 명태귀신이 기다리고 있는 것 같기도 하여, 머리가 주볏주볏하였다.

"예수 사랑하심은……." 하고 그는 찬송가를 부르며 잘록잘록[72] 걸었다. 형이 밤낮 부르는 찬송가 몇 절을 자연 배워두기도 했었고 예수가 사랑하는 사람은 마귀가 범접하지 못한다는 말도 그는 누차 들었던 것이었다.

---

72 잘록잘록 : 한쪽 다리가 짧거나 아파서 걸을 때 조금씩 저는 모양.

"날 사랑하심, 날 사랑하심, 날 사랑하심, 성경에 쓰셨네—"를 계속 부르면서 그는 새큰거리는 다리를 끌며 허둥지둥 걸었다.

집 대문을 밀어 제치면서야 그는 "와." 하고 울음을 터뜨리면서 대문 안에 주저앉았다. 어떻게나 혼이 났던지 삼동 추위에도 불구하고 그의 몸은 땀에 흠뻑 젖어 있었다.

자리에 눕자마자 그는 잠들어버렸다.

얼마 동안이나 잤는지?

그는 자기 자신의 신음 소리에 잠을 깼다.

왼쪽 다리가 뻬적지근하고 발목은 흘흘 쏘는 것이었다. 그러나 그는 입을 악물고 꼭 참았다. 아프다고 엄살했다가는 형 웅덕이에게 놀림받을 것이 아픈 것보다 더 싫었기 때문이었다.

이튿날 아침 창덕이가 너무 늦잠 잔다고 깨우는 할머니가 창덕이의 왼편 발과 무릎이 똥똥 부어 오른 것을 발견했다. 할머니는 그를 들쳐 엎고 근처 점쟁이 집으로 갔다.

그날 침을 어데다가 몇 대나 맞았는지 창덕이의 기억에는 남아 있지 않았다.

까치설날이 되었으나 창덕이는 자리에서 일어나지 못하고 있었다. 침을 수십 대나 맞고도 부은 것이 내리지 않는 것을 본 할머니는 그 동리에서는 귀신같다는 한의 한 분을 모셔다가 창덕이 발목과 무릎에 부앙[73]을 붙였다. 부앙을 몇 자리나 붙였는지 창덕이는 몰랐으나 뼈속까지 아리고 아픈 감각에 흑흑 흐느끼면서 전신을 뒤틀며 한참 동안 신음했다. 아픔이 갑자기 가시자 그는 이내 잠이 들고 말았었다.

잠이 깨자 그는 지짐(빈대떡)을 지지는 소리를 들었다. 큰 솟뚜껑을 뒤집어 걸어놓은 앞에 어머니가 앉아서 돼지기름을 발라가며 지짐 지지고 있는

---

73 부앙 : 부항. 부항단지에 불을 넣어 공기를 희박하게 만든 다음 부스럼 자리에 붙여 부스럼의 고름이나 독혈을 빨아내는 일.

모습이 그의 속눈에 번히 떠올랐다. 또 동구밖 떡돌에는 온 동리 남자들이 총출동하여 떡을 치고 있을 모양이 눈에 보이는 듯했다. 절편, 이차떡,[74] 조차떡,[75] 기장떡! 김이 문문 나는 흰 밥, 노란 밥을 큰 놋주걱으로 푹푹 퍼서 떡돌 위에 얹어놓으면, 상투 바람인 남자들은 번가라 떡메로 밥을 내리치면서 "쉬쉬!" 하고 소리를 지를 것이다. 보똘이 할머니가 의례 동의 옆에 앉아서, 떡메에 맞아서 넙적하게 늘어난 밥 위에 연성 물을 뿌려가면서, 밥이 골고루 메에 맞게 만들도록 하기 위하여, 늘어난 부분을 번개처럼 날쌔게 척 집어넣고 있을 것이리라. 보똘이 할머니의 그 날샌 손은 창덕이에게는 언제 보아도 신기했고 또 아슬아슬하였다. 상투쟁이 머리 위로 한껏 올라갔던 떡메가 급속도로 내려오고 있는데 그녀의 손은 그 육중한 떡메에 맞아 아스라질 것 같았으나 어느새 늘어난 밥만 떡반이 된 가장자리는 떡메 내리맞을 자리에 올려놓여 있고, 그녀의 손은 물 동의에 내려와 있군 하는 것이었었다.

한 남자가 한참 치고 나면 몸에 열이 나서 웃통을 벗어버린다. 그리고는 손바닥에 춤을 튀 받아 부비고는 다시 떡메를 든다. 떡틀 위 떡 반 밥 반인 무데기에서도 김이 무럭무럭 오르고, 떡메 쥔 사람 몸에서도 김이 올랐다. 한 사람이 피곤해지면 떡메를 다른 사람에게 넘겨주고는, 씩씩거리면서, 담배 잎과 호박 잎을 반반 섞은 잎담배를 장죽에 피어 문다.

떡 오래 치기 내기를 하게 되면, 언제나 창덕이 할아버지가 이기군 했었다. 지나간 팔월 추석날 떡 칠 때에도 자기 할아버지가 승리하는 것을 목격했었다. 그는 할아버지가 오늘도 "쉬쉬" 해가면서 떡메를 연성 내리치고 있는 모습을 더 똑똑이 연상해보려고 눈을 감았다.

누나나 형처럼 세배는 다니지 못했으나, 할머니가 연성 갖다가 주는 지짐, 밤, 잣, 대추, 건시는 그가 작년 설날 하루 종일 세배 다니며 벌었던 것보다 훨씬 많은 분량이었다.

---

74 이차떡 : '인절미'의 평안도 방언.
75 조차떡 : 차조의 가루로 만든 떡.

애덕이 누나로 말하면, 보통 때에도 군것질할 것이 생기면, 자기 혼자 다 먹어치우지 않고, 꼭 남겨가지고 와서, 동생들에게 나눠주군 하는 것이었었기 때문에 이날 그녀가 번 것을 가지고 와서, 창덕이 앞에 내놓는 것은 신기한 일은 아니었다. 그러나 형 웅덕이는 달랐었다. 어느 때도 먹을 것이 생기면, 자기 몫은 어느새 먼저 밀어 치우고는 창덕이 것까지 막 빼앗아 먹기에 조금도 주저하지 않는 웅덕이었었다. 그런데 이번 설날에는 웅덕까지도 가끔 집에 들려서, 설빔으로 입은 새 조끼 좌우쪽 주머니가 불룩하도록 넣어가지고 온, 잣과 밤을 꺼내서는 그냥 주는 것도 아니고, 너무나 친절하게 제가 까서 창덕이 입에 넣어주기까지 하는 것이었다.

그날 밤 창덕이는 설사했다. 변소엘 가자니 추운 것보다도 무서움이 더 앞서서, 참고 참다가 결국 요에다 싸버리고 말았다. 그는 쿨쩍쿨쩍 울기 시작했다. 잠귀도 밝고, 코도 예민한 할머니가 깼다.

"원, 새끼두 이게 뭐가?" 하고 입으로는 욕을 하면서도 손으로는 창덕이 요를 갈아주고, 엉뎅이를 걸레로 닦아주고, 제일 큰 놋요강을 들어다가 그의 머리맡에 놔주었다. 그리고는 불야불야 부엌으로 가서, 솥 밑 껌정이를 한 숟갈만큼 긁어서, 그것을 무우엿에다 개가지고 창덕이에게 억지로 먹이었다.

창덕이네 집에서는 가을마다 무우엿을 고아두고 겨우내 약으로도 쓰고 밤참으로 먹기도 했다. 겨울밤이면 의례 밤마다 자정이 넘도록 "고추 양념의 밤, 엿 들이요 에헤에이 밤 엿!" 하고 목청 좋게 웨치면서 엿을 팔러 다니는 행상이 많이 있었고 엽전 한 푼으로 다드미 방망이만큼이나 굵고 긴 엿 한가락을 살 수가 있었다. 그러나 엿을 자주 사 먹는 것은 집에서 곤 무엿보다는 엄청나게 비싼 것이었다.

가을에 집에서 물엿을 고면서 싱싱한 무우채를 쳐서 섞어 고아두면 그것은 언제나 꺼내 먹을 수가 있었고 또 먹으면 먹을수록 별미였다.

몸은 비록 자리에 누워 있었으나 창덕이는 마음은 밖으로 밖으로 줄달음

치고 있었다. 동무들과 함께 제기도 차고, 팽이도 돌리고, 연줄에 사개[76] 먹이기 위하여 사방 돌아다니면서 사기그릇 깨진 조각을 주어 모았다. 깨진 사기조각을 차돌 위에 놓고, 마치로 때리고 때려서 가루로 만들었다. 그 가루를 풀에 개서 헝겊 조각에 담아가지고 차돌이 아버지의 연줄 사게 먹이는 데 열중했다.

대보름날 연날리기 마지막 시합이 있을 때엔 창덕이는 차돌이 아버지 편이 되었다. 두 개의 네모난 연이 까맣게 높고 먼 하늘에서 나비 놀듯 할 때에 창덕이의 눈은 연에보다도 차돌이 아버지 얼레로 쏠리군 했다. 차돌이 아버지가 그의 얼레를 가로 누여 줄을 풀어주다가, 선뜻 얼레를 바로 세워 잡으면, 그의 연은 높이높이 날아 올라갔다. 적수의 연보다 얼추 높이 올라간 때, 차돌이 아버지가 얼레를 뉘였다 세웠다 하고 솜씨 있게 다루면, 그의 연은 끗떡끗떡하면서 오르내리다가, 급기야 적수 연줄에 줄이 가 닿는다. 이렇게 되면 쌍방은 무한정하고 줄을 풀어준다. 이때 창덕이가 꼭 쥔 주먹 속에는 땀이 고인다. 적수의 연줄이 끊어져서 그 연이 훨훨 날아갈 때 창덕이는 저도 모르는 사이에 '와와' 소리를 지르면서 눈 위에 손을 얹고, 그 연이 보이지 않게 될 때까지 바라다본다.

꼬리 달린 올챙이 연은 창덕이 자신도 자신 있게 띄울 수 있었다. 올챙이 연을 띄우고 있다가도, 어데서 패배한 네모난 연이 그의 머리 위로 가까이 지나가면, 그는 올챙이 연줄을 끊어 내버리고, 네모난 연만 쳐다보면서 따라간다. 그 연이 어떤 집 지붕에 내려앉으면 그는 '닭 쫓던 개' 꼴이 되고 만다. 그러나 그 연이 근처 버드나무나 포풀라[77] 나무 꼭대기 가지에 걸리기만 하면 그는 자기 또래 쪼무래기들과 다투어가면서, 다람쥐처럼 그 나무 위로 기어오르군 했었다.

---

76 사개 : '사'(부레풀에 사기나 유리의 고운 가루를 타서 만든 것. 연줄을 질기거나 세게 하는 데 쓰인다)를 가리키는 말. '개미'라고도 한다.
77 포풀라 : 포플러(poplar).

창덕이 설사는 며칠 안 가 멎었다. 그러나 그는 콜롱콜롱 기침을 깃기[78] 시작했다.

"당나귀 기침[79]이나 아니문 도캇구 만두!" 하고 어머니는 말했다.

할머니는

"당나귀 기침, 마마,[80] 홍역은 누구나 한 번 치러야 하는 구실인데, 언제 구 한번 치를 걸 무얼 그러니. 그런데 참 누구네 집에서 작년에 쑤세미 오이 를 심었드라?" 하고 말했다.

"그 왜 영복이네 집에 심것대시요." 하고 어머니가 대답했다.

"그료티 참. 내 정신 봐! 늙으문 거저 얼른 죽어야 해 내 가서 쑤세미 오이 물 받아둔 거 좀 얻어가지구 올께, 야 일어나디 못하게 하구 바람두 쐬지 않 두룩 해라."고 말한 할머니는 밖으로 나갔다.

쑤세미 오이 물을 매일 계속해서 한 숫갈씩 먹었으나 창덕이의 기침은 백일해로 들어서고 말았다.

누워 있는 창덕이에게 동무나 해주라는 듯이 할머니는 앉는 닭 둥지를 창덕이 머리맡에 들여놓았다. 알을 품은 종지닭[81]은 꼼짝 않고 종일 앉은 채 눈만 깜박거리고 있었다. 창덕이가 이 닭을 유심히 바라다보면 닭도 눈을 유난히 크게 뜨고 마주 바라다보는 것이었다. 누가 더 오래 눈 깜박거리지 않나 내기를 창덕이는 이 닭과 하루에도 수십 번씩 했다.

앉는 닭이 둥지에서 내려서 용변을 하려고 할 때마다 창덕이는 문을 열 어주어야 했다. 닭은 밖에 나가서 변을 보는 것을 가만 내버려두는 할머니 는 창덕이가 혹시 용변하려고 밖에 나온 것을 보면 불이나게 쫓아와서 창덕 이를 붙들어 방 안으로 끌고 들어가서는 요강 위에 태워 앉히군 하였다. 할 머니는 창덕이 요강 심부름은 아무리 여러 번 해도 실증이 나지 않는 모양

---

78 기침을 깃기 : 기침을 하기. '기침하다'의 옛말 '기춤깃다'의 흔적이다.
79 당나귀 기침 : 백일해나 오래된 감기를 앓을 때에 자주 하는 기침. 당나귀의 울음 소리와 비슷하다고 하여 이렇게 이른다.
80 마마 : 천연두, 두창, 포창이라고도 하며, 고열과 전신에 발진 증상이 있다.
81 종지닭 : '씨암탉'(씨를 받기 위하여 기르는 암탉)의 방언(평북, 함경).

이었다.

낮에도 수시로 자다가 깨다가 하는 창덕이는 앉는 닭은 언제나 자나 하고 지켜보기도 했으나 닭은 잠잘 줄은 통 모르는지 언제 보아도 눈을 깜빡깜빡하며 깨 있는 것이었다.

"애, 닭아, 넌 잠잘 줄 모르니?" 하고 창덕이가 물어보았다. 닭은 흠칫 놀란 듯이 머리를 치켜들고 눈을 부릅뜨면서 이리 저리 힐끗 힐끗 보살피더니 '꾸르륵' 소리만 한 번 내고는 그 어리석어 보이는 눈을 깜빡거리기만 하는 본 모습으로 되돌아가고 말았다.

창덕이는 갑갑증이 나서 죽을 지경이었다.

구멍 뚫린 데마다 덧붙이고, 덧붙이고 해서 조각보처럼 보이는 창호지 문이 훤해지자, 그는 어느 가까운 곳에서 참새 떼가 재잘거리는 소리를 들었다. 참새들은 새벽부터 무슨 잔소리가 그리 많은지! 조금 있더니 한두 놈이 후드둑 후드둑 나는 날개 소리가 나더니 금시 후드둑 소리가 크게 들려오다가 지붕 위로 살아지고 말았다. 언제까지 이렇게 누워 있게만 마련이면 차라리 저도 참새가 되었으면 싶어졌다. 그의 공상은 참새의 날개를 타고 미지의 세계, 동경의 세계로 훨훨 날고 있었다.

삐악, 삐악 하는 소리에 잠이 깬 창덕이는 호닥닥 일어났다.

새 생명의 소리!

그는 할머니가 말리건 말건 병아리를 따라 밖으로 나가보고 싶어졌다. 창덕이가 대문 밖에까지 나가 놀아도 할머니가 역정을 내지 않게 된 때는 통나무 엄이 돌기도 시작하는 무렵이었다. 그는 다리가 약간 허둥허둥[82] 하는 것을 느꼈으나 걷는 데는 아무 지장도 없었다. 그러나 차돌이 보똘이 칠성이 개똥이까지 모두가 창덕이를 놀리느라고 걸음걸이 숭내를 내는 것을 보아 그는 자기가 절름발이가 되어버렸다는 것을 깨달았다.

---

82 허둥허둥 : 여기서는 '허정허정'(다리에 힘이 없어 잘 걷지 못하고 자꾸 비틀거리는 모양)의 뜻으로 쓴 듯.

할머니는 누에씨를 부뚜막에 놓아 깨왔다.

할머니의 키는 할아버지의 어깨에 겨우 달락 말락한 적은 키였다. 할아버지는 어깨가 떡 벌어지고 배가 뚱뚱하며 사지가 모두 울퉁불퉁한데, 할머니 몸은 가냘프고 어깨가 옥으러지고, 웃통을 벗은 때 보면 갈빗대가 거죽만 입힌 양 아롱아롱 들어나 있었다. 겨울에는 할머니 눈에는 눈꼽이 끼어 있지 않은 날이 없었다. 눈꼽이 늘 끼어 있어도 아무런 불편도 느끼지 않는 모양이었다. 봄이 되면 눈 가장자리가 의례 뚱뚱 부어올랐다. 그것은 화게라고 했다. 보통강 건너 있는 용악산이 화산이기 때문에 그 화산 기운이 평양 성내까지 뻗치어서, 기운이 약한 사람은 화게에 걸리는 것이라고 했다. 화게에 즉효약은 돼지고기였다. 돼지기름을 분 자리에 한 번 바르고, 돼지고기 한 조박[83]만 먹으면 한 시간 이내에 감쪽같이 완쾌되는 것이었다.

여름이 되면 할머니 눈에서는 진물이 줄줄 흐르고 눈자위는 벌겋게 충혈이 되군 했다. 이 충혈을 가라 앉히게 하는 단 한 가지 방법은 거머리를 눈구덩에 붙이어서 피를 빨아먹게 하는 방법이었다. 여름내 웅덕이와 창덕이는 거머리 잡으려고 매일 보통강까지 갔다 와야만 했다.

할머니의 손은 할아버지 손에 비하면 그 크기나 부피가 절반도 채 못 되었다. 손잔등에는 꺼뭇꺼뭇한 점이 수두룩하였다. 손가락들은 뼈만 남듯이 빼빼 말라서, 갈궤[84] 발가락 같았다. 그러나 할머니는 그 손가락을 가지고 병아리 주둥이도 까주었고, 누에가 자고 나서 벗어버리는 허물도 골라 집어내버리고, 누에고치 실도 뽑고 여름내 가락고치로 명주실을 꼬으기도 하였다. 손주들 젖니가 흔들리면 실에 비끌어매가지고 톡 잡아 빼서는 지붕 위로 던지는 손, 손주들 밑구멍으로 기어 나오다가 걸린 회충을 뽑아주는 손가락, 돌뿌리 찬 엄지발가락에서 피가 나면 오징어 뼈를 갈가서 상처에 뿌려주는 손가락도 이 할머니의 손가락이었다.

---

83 조박 : '조각'의 북한어.
84 갈궤 : 갈게. 바위 겟과로 개털이나 갈대밭에 구멍을 파고 산다.

구데기처럼 보이는 누에 새끼가 대광주리에 담긴 것을 본 창덕이는 차돌이네 피알(피쌀 밭)을 향하여 잘룩거리며 뛰어갔다. 그는 그 밭 두덩에 서 있는 뽕나무에서 뽕잎을 따 오려고 간 것이었다.

그 하얀 자그만 벌레들이 뽕잎을 한 옆으로부터 살살 갉아먹어 들어가는 광경이 창덕이에게는 언제 보아도 재능스럽고도 귀여웠다. 재작년에도 작년에도 수십 광주리씩 누에를 치지 않은 것은 아니었으나 금년 들어서 창덕이는 누에 치는 데 대한 관심이 부쩍 늘었다. 그는 매일 매일 뽕잎을 거의 혼자 대다 싶이 했다.

일헤[85]째 되던 날이었다. 그가 뽕을 한 소쿠리 따가지고 와서 누에치는 방으로 들어가 보았더니 누에는 모두 죽어 있었다. 그의 가슴은 철렁하였다.

그는 손가락으로 죽은 누에들을 살살 건드려보았다. 옴쪽도 안 했다.

등 뒤에서 갈퀴 발같이 앙상한 손가락이 불쑥 나오더니 창덕이의 손을 꼭 붙잡았다.

"이 새끼야 손때 멕이문 누에가 죽는다 야!" 하고 할머니가 말했다.

"벌써 다 죽은걸." 하고 창덕이는 울먹울먹하며 말했다.

"죽긴 왜 죽어 첫잠이 들었디." 하고 말하는 할머니는 누에들이 잠들기 전 먹다가 남긴 시들은 뽕잎들을 살살 골라 거두어냈다.

창덕이는 새로이 뽕잎을 따 왔다. 잠을 깨면 얼른 주려고 지켜 서서 기다렸다. 지루하고 초조하기만 하고 누에들은 깨나지 않는 것이었다.

누에는 만 하루를 자고 나서야 깼다. 자고 있는 동안에 허물에 금이 가고 깨서는 그 허물을 벗고 나서야 뽕을 다시 먹기 시작하였다. 누에들은 열이틀 만에 두 밤 자고 열여드레 만에 세 밤 자고, 수무엿새 만에 네 밤을 잤다. 네 밤을 자면서 번번이 허물을 벗은 누에는 창덕이 손가락만큼식이나 컸다. 따라서 광우리도 여러 개 늘었다.

손가락만큼식이나 한 누에 수백 마리가 뽕잎을 갉아먹는 소리는 우석우

---

85 일헤 : 이레의 방언. 일곱 날.

석 방 안을 가득 채왔다. 뽕을 어떻게도 먹어대는지 창덕이가 종일 따 날라도 미처 대지 못할 형편이었다. 이렇게 되니 뽕잎 따 대는 것이 귀찮으련만 창덕이는 조금도 귀찮아하는 기색이 없었고 그의 입술은 오디를 너무 많이 먹어서 시퍼렇게 물들어 있었다.

누에들은 한 열흘간 엄청나게 먹어대더니, 앞머리를 치어들고 좌우로 흔들흔들하며 올을 자리를 두루 찾았다. 할머니는 어디서 갖다 두었었는지 마른 나무 가지들을 매개 광우리 중앙 지대에 세워놓았다. 누에들은 기를 쓰며 나무 가지에 기어올라, 하얗고, 보드럽고 반들반들 하는 실을 뽑아 자기 몸을 싸기 시작했다.

누에 몸은 통 보이지가 않고 고치가 꼭 호콩[86]만큼 커졌을 때 할머니는 고치를 따기 시작했다. 창덕이도 땄다. 꼭 호콩처럼 생긴 고치를 하나식 하나식 조심스레 따서 소쿠리에 담는 것은 일이 아니라 재미있는 장난이었다.

고치 따기가 끝나자 할머니는 부엌문 밖에 땅을 파고, 넙적한 냄비를 걸어놓았다.

차돌이, 칠성이, 보똘이, 영복이 할머니까지 와서 이 냄비를 가운데 두고 돌라 앉았다.[87] 뜨거운 물에 고치를 넣어 삶으면서 한 개식 집어내서는 손톱으로 고치 한끝을 꼬집어내서 실을 뽑기 시작하였다. 실은 술 술 술 쉽사리 풀려 나오고 고치는 점점 작아 들었다. 뽑히는 실은 제각기 옆에 놓은 소쿠리에 서리서리[88] 사려놓았다.[89] 창덕이는 물론 차돌이, 칠성이, 보똘이, 영복이도 모두 옆에 웅크리고 앉아서 구경하고 있었다.

보똘이 할머니가 손이 제일 잰 모양, 그녀가 고치 한 개 실을 다 뽑고는 누루스름한 번데기를 손자에게 주었다. 보똘이는 오물오물 번데기를 맛난 듯이 씹고 있었다. 창덕이도 그 번데기가 얼마나 고소하다는 걸 알고 있었

---

86 호콩 : 땅콩.
87 돌라앉다 : 여럿이 동그랗게 앉다.
88 서리서리 : 구부러져 얽혀.
89 사려놓았다 : 동그랗게 포개서 감아 놓았다.

다. 영복이가 그다음 번데기를 먹었다. 창덕이는 심술이 났다. 그는 할머니 손가락만 들여다보았다. 남보다 그리 느린 것같이 보이지는 않는데 그녀가 든 고치에는 아직 번데기가 나타나지 않았다.

번데기가 일찍 나타나고 늦게 나타나는 것은 손가락이 재고 덜 잴데도 관계가 있겠으나 고치에 따라 어떤 고치는 실 二千 자 길이밖에 더 못 뽑히는데, 어떤 고치에서는 三千 五百 자 이상 긴 실이 뽑힌다는 사실을 창덕이는 몰랐다.

창덕이 할머니는 가끔가다가 고치실을 뽑지 않고, 그 갈퀘 발가락처럼 빳빳한 손가락 손톱으로 고치를 발겨서 번데기만 끄집어내고는 고치 그대로 딴 소쿠리에 던져 담군 하였다.

가을날 논에서 메뚜기를 잡아다가 구어 먹는 것과 비슷한 맛이 나는 번데기를 실컷 먹고 난 어린이들은 와 밀리어 밖으로 나갔다.

장난에 취해서 점심 먹을 생각도 없이 놀다가 낮이 기울어진 때에야 집으로 돌아온 창덕이는 소쿠리마다 얼기설기 서린 명주실이 거의 가득 가득 차 있고, 번데기도 몇 사발이나 소복히 쌓여 있는 것을 보았다. 그는 번데기 사발을 들고 몇 마리씩 한꺼번에 입안에 틀어넣고 후물후물 씹었다. 할머니들은 장지 한 권씩을 앞에 놓고 앉아서 소쿠리에 서리어 있는 젖은 명주실을 한 서리씩 조심조심 틀어내서 장지 한 갈피에, 명주실 서리 한 개씩을 펴놓았다.

창덕이 할머니는 고치 채 담겨 있는 소쿠리를 들고 담께로 갔다. 그녀는 젖은 누에고치들을 한 움큼씩 집어서 뭉쳐가지고는 넙쩍넙쩍하게 비겨서 흙담에 철석철석 붙이었다. 이렇게 담에 붙여 말린 고치는 여름내 가으내 할머니가 가락꼬치에 끼어서 명주실을 꼬는 데 쓸 것이라는 것을 창덕이는 잘 알고 있었다. 나무 막대기 꼭대기에 고치 한 개가 짜개 끼우고는, 쇠 갈퀴 달린 둥근 실패 갈쿠리에다가 고치에서 뽑히는 실을 걸고 실패를 팽그르 돌리면 명주실이 꼬이는 것이었다. 꼬인 실이 한 발가량 길어지면 실패에 감고 나서는, 다시 실을 뽑으며 돌리고 나서 한발 만큼 꼬고—할머니는 이 일을 집에서는 심심푸리로 하기 좋아했고, 말[90] 가서도 두세 할머니들은 로망에 걸쳐 앉아 명주실을 꼬면서, 남의 집 며느리 서로 흉보는 까십에 시간 가는 줄 모르고 열중해 있는 모습이 그의 머리에 떠올랐다.

밤에 잠자리에 들며 보니 삶지 않은 고치를, 삶은 밤 실에 끼우듯, 끼워서 벽에 수룽수룽 걸어놓은 것을 그는 봤다.

여드레쯤 뒤, 그 벽에 걸린 고치를 뚫고 보기 숭한 나비가 하나씩, 하나씩 기어 나와서는 날지도 못하고 푸득푸득 하다가 아래 놓여 있는 소쿠리 위에 내려앉았다. 나비들끼리 푸드득거리면서 서로 타기도 하고 깔리기도 하고, 붙었다 떨어졌다 하더니 몇 놈은 금시 죽어버리고 말았다. 그냥 살아 남아서 푸드득거리는 나비들을 할머니는 붙잡아서, 엽랑같이 생긴 무명 주머니에 한 마리씩 집어놓고 주머니 끈을 꼭 맸다. 이 주머니들을 벽에 걸어두었다. 그 주머니 속에서 나비는 알을 쓸고[91]는 죽어버린다고 할머니는 창덕이에게 이야기해 들려주었다.

명주실 뽑는 일이 끝나고 나서 즉시 할머니는 잿물을 내야 했다. 벼짚 땐 재를 긁어모아 두었다가 잿물을 내 두어야 빨래 삶을 때 요긴하게 쓸 수 있는 것이었다. 땅 위에 질버주기[92]를 놓고 그 위에 채다리[93]를 걸쳐놓았다. 이 채다리 위에 시루를 올려놓고, 가는 새끼 오래기[94]로 엮어 만든 시루 밑으로, 구멍을 막고 나서 시루에 재를 담았다. 그 재 위로 물을 주면, 그 물이 재를 통하여 재머리 아래 놓은 버주기로 흘려 내려갔다. 그 버주기 물을 바가지로 퍼서 재 위에 붓고 하기를 수십 차례 하고 나면 버주기에는 잿물이 고이는 것이었다. 시루는 볼품도 없고 연약하기도 짝이 없는 그릇이기는

---

90 말 : 마을. 이웃에 놀러 다니는 일.
91 쓸다 : '슬다'의 북한어. 벌레나 물고기가 알을 깔기어놓다.
92 질버주기 : 흙으로 구워 만든 '버치'(자배기[둥글넓적하고 아가리가 넓게 벌어진 질 그릇]보다 조금 깊고 아가리가 벌어진 큰 그릇)의 구어적 표현(북한어).
93 채다리 : '쳇다리'(체로 받거나 거를 때에, 그릇 따위에 걸쳐 그 위에 체를 올려놓는 데 쓰는 기구)의 북한어.
94 오래기 : '오라기'(실, 헝겊, 종이, 새끼 따위의 길고 가느다란 조각)의 북한어.

했으나, 거기에 쌀가루를 담아 꺼내면 별미인 식량을 만드는 그릇이 되어
주었고, 재를 담아 물을 여과시키면 잿물을 만들어주는 제약기가 되었다.

묘목을 미국에서 갖다가 심은 사과나무 열매는 한국 재래 능금보다는 엄
청나게 더 컸을 뿐 아니라, 빛깔도 더 짙어 보이고, 농금보다 훨씬 더 먹음
직스러워 보였다.

미국 장노교 선교회에서 경영하는 제중원[95]이라는 서양식 병원 뜰에는
미국 사과나무가 많이 심어져 있었다.

병원 본 건물은 벌겅 벽돌 이층 양옥인데, 지붕만은 한국 기와를 이은 건
물이었다. 평양 감영 대문에 비하여 손색이 없을 만한 큰 대문과 대문간 방
은, 순 한국식 건물이었다. 대문은 언제나 활짝 열려져 있었으나, 그러나 그
문을 언제나 지키고 있는 키꺽다리 수위는 관악묘 주챙이 모습처럼 무섭게
보였다.

본관 옆 가시철사 울타리 바로 안에는 사과나무가 줄이어 서 있었다. 가
지마다 줄렁줄렁 달려 있는 다 익은 사과는 쳐다보기만 해도 입에 군침이
돌았다.

창덕이보다 한 살 위인 차돌이가 사과 서리를 가자고 창덕이를 꼬였다.
가시 돋은 철사 여섯 줄로 둘러 지어진 울타리 맨 밑줄을 차돌이가 쳐들어
주고, 창덕이는 그 밑으로 발발 기어 들어갔다.

차돌이가 밖에 지켜 서서 망을 봐준다고 약속은 했었으나, 병원 건물 안
으로부터,

"예끼눔!" 하는 고함 소리가 크게 나오자 그는 놀란 토끼처럼 조로로 달
아나 숨어버렸다.

겨우 사과 한 알밖에 못 딴 창덕이는 그 사과를 깨밀면서 허겁지겁 철사

---

95 제중원 : 濟衆院. 조선 최초로 세워진 근대식 병원. 1885년 광혜원이라는 이름으로
    서울에 세워진 왕립 근대식 병원이 제중원으로 개칭되었고, 이후 운영권이 미국
    선교부로 이관되어 서울 제중원은 세브란스 병원이 되었다. 한편 장로교 선교회에
    서 여러 도시에 설립한 의료기관들이 제중원으로 불리는 경우가 많았는데 대표적
    으로 광주제중원, 대구제중원, 평양제중원, 재령제중원 등이 있다.

울타리께로 달리었다. 울타리까지 다달으기는 했으나 철사를 쳐들어주는 사람이 없었기 때문에 밑으로 기어나가든 그의 저고리가 철사 가시에 걸리고 말았다. 그는 바둥거리다가 한인 남자 간호원한테 발목을 붙잡히고 말았다. 저고리가 걸린 가시줄을 쳐들은 간호원은 창덕이 팔을 꽉 잡고 마구 끌었다. 창덕이는 안 끌려가려고 바둥거리면서도 사과 먹기에 정신이 팔려서 울기까지 할 겨를은 없었다.

좀 어둑신한 복도에서 창덕이는 그 병원 원장인 미국 사람 웰스 박사에게 인계되었다.

"유, 나쁜 쌤(사람)!" 하고 말하는 웰스는 창덕이 바른쪽 귀를 붙잡고 끌었다.

창덕이가 먼발치로 서양 사람을 본 일은 한두 번이 아니었다. 서양인들은 남녀를 불문하고 모두 키가 장대같이 크고, 얼굴이 희고, 눈이 새파랗고, 손잔등에는 털이 부르르 돋아 있었기 때문에 사람을 대하는 것이라기보다도 무슨 짐승을 보는 것 같은 기분을 자아내군 하는 것이었다. 그래서 그는 길에서 미국 사람만 만나면 슬슬 피하군 했었다. 가끔 그 키꺽다리가 엿을 들고 창덕이에게 가까이 오면서 받으라는 시늉도 했었다. 그러나 그는 엿의 단맛보다도 털 부르르 난 손이 더 징그러워서 뺑소니치군 하였었다.

그런데 지금 막상 이 무서운 사람에게 잡히어 가게 된 그는 너무나 무서워서 이 서양 사람 손등에 털이 얼마나 길게 났는가를 살필 겨를도 없이 오들오들 떨기만 하면서 겁결에 사과 속까지 꿀꺽 삼켜버리고 말았다.

웰스는 복도 끝에 있는 또아를 열고 창덕이를 그 안에로 밀어 넣으려고 하다가,

"아, 피, 피가 났으." 하고 말하면서 창덕이 귀를 도로 잡아 끌어냈다. 창덕이는 옆방 안으로 이끌리어 들어갔다. 이상한 냄새가 그의 코를 찔렀다. 하얀 까운을 입은 한인 청년 하나가 혼자 서 있었다.

"이 아이 나쁜 쌤이지만도, 잔등에 아이오딘 좀 발라주어야겠으." 하고 웰스가 말했다.

웰스가 귀를 놓아주었으나 창덕이는 다리가 저려서 뛰어 달아날 수가 없었다. 청년이 창덕이의 저고리를 벗겼다. 창덕이의 눈은 이 청년의 동작만 따라다니었다. 청년은 책상 설합을 열고 나무 고쟁이 한 개와 솜을 조금 집어냈다.

─한인이라면 따귀나 몇 대 때리고 놔줄 것인데, 도대체 어떤 벌을 쓰려고 이러는 걸가─ 하고 창덕이는 더욱더 겁이 났다.

청년은 솜을 조금 뜯어서 나무 꼬쟁이 한 끝에 돌돌 말았다. 청년의 팔이 벽께로 갔다. 그는 유리창 달린 문을 드르르 밀어 열었다. 그 문안에는 선반이 여러 층 있는데 여러 가지 빛을 발하는 유리병들이 수없이 나란히 세워져 있었다. 이런 것을 처음 보는 창덕이는 호기심이 강해져서 벌 받을 생각까지 잊어버리고 바라다보았다. 청년은 벌겅 빛 도는 병 한 개를 집어 내리웠다. 그는 병마개를 열었다. 꼬쟁이에 말은 솜을 그 병 속에 넣었다가 꺼내는데 그 솜은 빨간 피로 물들어 있었다.

─피를 왜 병에다 넣어둘가─ 하고 생각하는 사이, 청년은 창덕이 등 뒤로 갔다. 무엇인지 선뜻 하는 것이 그의 등에 닿는 듯하더니, 그의 등은 몹시 쓰리기 시작했다.

─별한 벌두 다 쓰는구나─ 하고 생각한 창덕이는 쓰라린 정도보다 훨씬 과장하는 울음보를 터뜨리었다. 청년이 저고리를 입혀줄 때 창덕이는 얼굴을 더 찡그리면서 "아이쿠, 아이쿠" 하고 소리 질렀다.

"우는 쌤, 나뿐 쌤이오." 하면서 웰스는 다시 창덕이 귀를 붙잡고 끌었다.

창덕이는 참으로 이상한 한 좁은 방에 감금되었다. 하얀 휘장으로 가리운 창문만 내놓고는 벽이라는 벽, 천정까지도 모두 하얀 회칠을 한 깨끗한 방이었다. 한쪽 벽에는 그가 이때까지 보지 못했던 큰 면경이 붙어 있고, 그 면경 바로 아래에는 하얗고 네모난 대야가 벽에 붙어 있었다. 한 구석에는 새까만 교의[96]가 한 개 놓여 있었다. 그것은 교의임에 틀림없었으나 네발이

---

96 교의 : 의자.

달리지 않고 단 한 개의 하얀 다리가 지탱하고 있는데 그것이 상당히 굵었다. 쿨쩍쿨쩍하는 울음을 제풀에 멈춘 그는 그 까만 교의 위에 올라가서 가치다리 하고 앉았다. 방바닥에는 샂[97]도 깔지 않고, 장판도 하지 않고, 네모난 돌조각 같은 것을 쭉 깔아놓았기 때문에, 거기 앉을 생각은 나지가 않았기 때문이었다.

그는 금시 잠들고 말았다.

사과를 실컷 먹는 꿈을 꾸고 있노라니 누가 그의 어깨를 흔들어 깨왔다.

"아니, 너, 창덕이 아니가? 넌 왜 변기 뚜껑 위에 올라앉아 있니?" 하고 말하는 것은 상냥한 여자 목소리였다. 자세히 바라다보니 그녀의 얼굴은 낯이 익었다. 그러나 하얀 삼각 수건을 맵시 있게 머리에 올려놓고, 하얀 까운을 입은 이 젊은 여자는 낯이 익기는 하면서도 족이 누구인지 얼른 생각이 나지 않았다.

"아아니, 너는 어쩌다가 변소에 가쳤니?" 하고 그녀는 또 물었다.

"나 벌쓰구 있어." 하고 대답하는 창덕이는 어색한 웃음을 웃었다. 이렇게 깨끗하고 냄새도 안 나는 방이 '똥수깐'[98]이라고는 믿어지지가 않았다.

"벌을 써? 왜?"

"사과 훔치다가."

"흠, 츳츳! 못써, 그런 짓을 하면. 미국 사람은 말이다, 도둑질하는 거 하구, 거짓뿌렁 하는 걸 제일 미워한단다. 사과 한 알이락두 도둑질하는 걸 보면 가만 두디 않거든. 너 다시는 도둑질하지 않는다구 나하구 약속해. 그럼 내가 놔주께 응, 자, 새끼손가락 마주 꺾구, 자 약속"

새끼손가락을 맞꺾고 약속하면서 창덕이는 이 여간호원이 바로 영복이 망내 이모라는 것을 알아챘다.

─영복이 이모가 이처럼 고왔던가! 또 이 달콤한 숨결. 그리구 또 좀 비

---

97 샂 : 갈대를 엮어서 만든 자리.
98 똥수깐 : 뒷간(변소)의 방언.

릿하면서도 고수한 이 냄새─

간호원은 창덕이 손을 잡고 변소 밖으로 나왔다.

변소 안에서는 구린내도 안 나던데 복도에 나서니 고약한 냄새가 그의 코를 찔렀다. 그는 코를 쫑긋거리면서

"이거 무슨 냄새야?" 하였다. 영복이 이모는,

"알콜 냄새, 양약 냄새가 뒤섞여서 나는 냄새란다. 미국 약 냄새니깐 냄새만 맡아두 몸에 밴단다." 하고 말하면서 창덕이를 내려다보며 방싯 웃었다. 그러더니 다시,

"아, 참, 너 예까지 왔던 김에 재화 아저씨 좀 만나보구 가려므나." 하고 덧붙혀 말했다.

"재화가 잡했나?"

"응, 잽혔어, 너 아바지가 잡았디, 언제나처럼. 그러나 지금은 제정신이 들었어. 그래서 말이디, 지금 가두어둔 건 아니구 입원시켜두었어."

"왜? 왜 입원을……."

"재화 눈알 한 개가 그만 빠졌어. 그래 그대신 유리 눈알을 박았디. 며칠 치료해야 돼."

재화가 입원해 있는 방은 밝고 깨끗하고 아담한 온돌방이었다. 기름 잘 먹여 알른알른 광채가 나는 장판은 거울 같았다.

언제나 어둑컴컴하고 퀴퀴한 냄새가 나는 창덕이네 방에 비하면 이 입원실은 천당이라고 그는 생각했다. 여름내 빈대 소굴인 삿자리 깔린 그의 방. 가끔 가다가 그 삿자리들을 걷어서 밖에 내다가 빈대를 털어야만 했다. 작은고모는 삿자리 한 구퉁이를 쳐들고, 할머니는 몽둥이로 탁탁 때리군 했다. 그러면 크고 적은 빈대들은 우수수 땅에 떨어졌다. 암닭 숫닭 할 것 없이 모두 달려들어서, 싸와 가며 빈대를 쪼아 먹었다. 그러노라면 대문깐 옆에 있는 돼지우리에서는 돼지들도 빈대가 먹고 싶은지[99] 갑자기 꿀꿀거리

---

99 먹고 싶은지 : 원문에는 '먹지고 싶은'으로 되어 있으나 인쇄상의 오류로 보임.

군 했다.

이러한 자기 집 생각이 머리속으로 휫딱휫딱 지나가던 그의 눈은 갑자기 징그럽고도 무서운 감각으로 가득 차버렸다.

재화 아저씨의 바른쪽 눈동자!

흰자위 대신에 시커먼 자위가 굴속처럼 보이고, 그 가운데 밀퉁하고, 시퍼러둥둥한 눈동자가 무감각하게 끼어 있는 것이었다. 그것은 언듯 물 상한 생선 눈깔을 연상시키었다. 미국 의사 기술이 참 용하기는 하나 저런 개눈깔을 박아줄 바에는 차라리 째부라진 대로 그냥 내버려둘 만 못하다고 창덕이에게는 생각되었다.

복동이 할아버지도 아주 젊었을 때 외눈깔이 되었다고들 하는데. 그는 이때까지 째부라진 눈을 가지고도 아무런 불편도 느끼지 않는 모양이었다.

그가 외눈깔이 되던 내력은 새방성 동리에서는, 봉이 김선달의 이야기 못지않게, 전설화되어 있었다. 복동이 할아버지는 젊었을 때부터 매사냥에 미친 사람이었다. 그는 누구보다도 꿩을 제일 많이 잡아 오는 것도 사실이었다. 그는 매를 날려 보낸 후에는 그 매만 쳐다보며 뛰어가는 것이었다. 한번은 나무 둥걸을 차고 꼬꾸라졌다. 꼬꾸라지기는 했으나, 매 모습을 노칠새라, 그는 벌떡 다시 일어나서, 먼 하늘을 치어다보았다. 왼편 눈이 희미해지고, 왕거미 같은 것이 볼 위에 붙은 것 같은 감을 그는 느끼었다. 그는 하늘만 쳐다보면서, 볼에 붙은 거미를 잡아 팡개치고 나서 그냥 뛰어갔다.

후에 알고 보니, 그가 내던진 거미는 거미가 아니라, 그의 눈동자이었다.

재화의 두 눈이 다 온전했었을 때에도, 처녀애들은 모두 그를 무서워해서 피해 달아나군 했었는데, 인제 그가 저 몰골을 하고 나서면, 그들은 모두 기절해 나자빠지리라고 창덕이는 생각하였다.

재화는 엿장사였다. 엿장사 밑천은 창덕이 아버지가 대준다는 소문을 창덕이도 들은 적이 있었다. 재화가 엿목판을 매고 길로 돌아다니며 팔다가 여자가 지나가는 것을 보기만 하면 그는 "크흥" 하고 콧소리를 크게 내며 그 뒤를 따르기가 일수였다.

병(病)든 족속

111

과년한 여자들은 오월 단오 명절 때 사흘간 산에 오르는 일 이외에는 일 년 내내 길에 나서는 일이 통 없었다.

그러나 예수교 신자 가정에서는, 일요일에는, 과년한 딸이거나 며느리를 예배당에 보냈다. 예배당에 보내기는 하면서도 내외법을 무시할 수는 없어서 삿갓을 꼭 들리워 보냈다. 이 삿갓은 머리에서부터 허리까지 내려오는 길고 넓은 삿갓인데, 쓰고 다니는 것이 아니라 양손에 바쳐 들고 다니는 것이었다. 이 삿갓을 든 여인은 삿갓 엮은 틈사리를 통하여 겨우 앞을 내다보며 걸어갈 수 있는 것이었다.

부자집 여인들은 밖에 나갈 때에는 으레 사인교나 이인교를 타고 다녔는데 부자집으로 예수 믿는 사람은 거의 없다 싶이 했다.

일요일이 되면 재화는 엿 파는 데는 정신이 없고 예배당 근처로 배회하면서 삿갓 쓰고 가는 여자거나, 삿갓 안 쓴 어린 처녀 또는 노파들 뒤까지 따라가면서 "크흥" "크흥" 하고 콧소리를 냈다. 그리다가도 이상한 것은 창덕이 아버지가 나타나기만 하면 재화는 질겁하며 엿 목판을 출렁거리면서 가까운 골목으로 피해 달아나군 하는 것이었다. 그뿐 아니라 창덕이네 가족을 만나면 재화는 한사코 엿 한가락씩 돈 안 받고 억지로 빼 마끼었다.

가끔 가다가 재화는 갑자기 엿 목판을 아무 데나 내동댕이치고는 치마 두른 사람이면 노소막론 고 달려들어 붙잡으려고 했다. 이러한 증세가 날 때에 그의 기운은 어찌나 세지는지 그를 말리려 드는 장정들도 번쩍 들어서 내던지고는 윙 하니 멀리 달아나군 했다. 그의 걸음이 어떻게도 빨라지는지 제아무리 온 동리 남자가 다 출동해서 잡으려 들어도 용히 피해 달아났다. 그래서 재화가 미쳤다는 소문은 한 시간 이내에 온 동리에 퍼지고, 여자들은 노소막론하고 문밖에는 얼씬 못하였다. 이 미쳐 날뛰는 재화를 붙잡고 쇠사슬로 묶어서 감금까지 할 수 있는 권세를 가진 사람은 창덕이 아버지 한 사람뿐이었다. 미친 재화가 제아무리 날뛰다가도 창덕이 아버지를 먼발치에서라도 발견하게 되면, 그는 고양이 앞에 쥐인 양 꿈쩍 못하고 떨고 섰다가 순순히 포박당하는 것이었다.

사람들은 재화가 색광(色狂)에 걸렸다고 말했다. 그러나 창덕이는 색광이 무엇인지 몰랐다.

창덕이가 입원실 안으로 들어오는 것을 본 재화는 반가운 표정으로 맞고,

"창덕아, 오늘은 엿이 없어서 안됐구나. 나하구 좀 놀기나 할가?" 하고 말했다. 재화가 함께 놀자고 말하는 것은 무엇을 의미하는지 창덕이는 잘 알고 있었다. 그가 겨우 걸음마를 떼는 때부터 재화를 만나면 재화는 그에게 엿 한가락을 주고는 목판을 벗어놓고 창덕이 목말을 태와주고 껑충껑충 뛰군 했었다. 재화 목에 올라앉은 창덕이가 신이 나서 "끼랴 끼랴" 하면서 발로 재화 옆구리를 탁탁 치면, 재화도 신이 나서 "으흥흥—" 소리를 지르면서 이리저리 뛰어다니기를 몇 시간이나 계속하면서도 피곤을 느끼지 않는 그이었다.

그 무렵 재화의 나이는 스무 살 안팎이었다. 그는 숙천서 왔노라고 했지만 그의 말을 신용하거나 불신하거나 할 아무런 근거도 없었다. 평양 성내에서는 그가 혼자 와서 살고 있다는 것만은 확실한 것이었다. 그는 개화인처럼 머리를 박박 깎고 다녔기 때문에 기혼자인지 미혼자인지도 확인할 수가 없었다. 재화는 평양서 몇째 안 가는 유명한 석전(石戰)[100] 선수였다.

청류벽 위에서 대동강을 향하여 돌을 던져서, 강 건너 모래밭까지 멀리 던질 수 있는 기술을 가진 청년은 수삼 명밖에 없었는데, 재화는 그중 한 사람이었다.

평양 성내 주민들은 해마다 한 번씩 정기로 석전 시합을 열군 했다. 동남 평양 팀과 서북 평양 팀 두 팀이 우승을 다투는 경기이었는데, 서북 평양 팀의 수장은 언제나 재화가 독점했다.

년차 석전대회장은 산덩째[101] 남쪽 끝 성 밖 바로 밑이었다. 성 꼭대기로

---

100 석전(石戰) : 돌팔매질을 하여 승부를 겨루는 놀이. 고구려 때에, 대보름에 하류층에서 하던 놀이로, 고려 · 조선왕조에서도 계속되었다.
101 산덩째 : 산등재. 평양시에 있는 언덕 이름.

부터 성 밖 면에는 우승 팀이 차지하게 될 무명필 수십 필이 나란히 드리워져 있었고 성 위에서는 관찰사가 주안상을 받고 앉아서 관람하였다. 통인[102] 별배는 물론 기생까지 총출동하는 것이었다. 석전 선수 한 사람이 앞머리에 돌을 직통으로 맞게 되면 기생들은 지화자를 부르면서 관찰사에게 술을 권하였다. 맞은 사람은 곧 응급치료소로 가서, 담배 잎으로 두둑이 대고 수건으로 싸 대주는 치료를 받기는 했으나, 출전 자격은 상실되는 것이었다.

돌에 명중되고도 넘어지면 안 되었다. 만일 넘어지는 날에는 출전권 상실로 끝나는 것이 아니라, 생명 자체의 상실로 끝나는 것이었으니, 우박처럼 내려 덮이는 돌 속에 생매장이 되는 것이었다.

상대 팀이 서로 일정한 거리를 두고 돌팔매 싸움을 하는 것이어서, 피차 경계선을 넘어서면 안 되는 것이었다. 그렇기 때문에 석전에 출전할 선수는 돌을 멀리 던질 수 있는 팔뚝 힘과 상대방의 관자노리를 꼭 적중시키는 기술이, 겸전[103]하여야만 했다.

매해 석전이 끝난 뒤에는 돌무데기를 무덤으로 한 전사자도 더러 있었고, 머리에 담배잎 붙이고 수건으로 동이고 나다니는 청소년이 수두룩하였다. 이 청소년들은 창덕이 또래 소년 소녀에게는 영웅이 되었고, 어른들한테까지도 칭찬을 받는 것이었다.

"하 그 로스케(러시아) 놈들 참 미웁두 하더라!" 하고 말하는 재화 이야기를 창덕이는 수십 번이나 들었었다.

"왜병이 쳐들어오기 전, 그 아라사 병정들 행패가 어찌나 심했는디. 박치기 잘하는 자들은 박치기루 그놈들 코통을 으깨주었구, 나처럼 돌팔매깨나 던지는 자는 멀리서 돌팔매루 골려 주었디. 그놈 로스케들은 총을 가졌기 때매, 가까이 가지는 못하구, 먼 데 숨어서 돌을 던져야 하니꺼니, 정통으루 들어가 맞지 못하구, 그놈들 옆을 지나가서 돌이 땅에 떨어지는 수도 많았

102 통인 : 통행인.
103 겸전 : 여러 가지를 완전하게 갖춤.

거던. 그런데 말이디, 돌이 윙 소리를 내문성 그놈들 귀를 슷치고 지나가 떨어디문, 그놈들이 달려가서 그 돌을 집어서 귀에 대보군 하더라. 노래 부르는 돌이 있는 줄 아는 모양이야, 히히히!"

"엿두 없구 놀기나 하자." 하면서 재화는 창덕이를 번쩍 들었다.

"아니, 안 돼. 들키문 난 또 가쳐." 하고 창덕이가 말하면서 발버둥을 쳤다.

"가쳐!" 하고 재화는 신음 소리를 냈다. 그의 외눈에는 공포의 빛이 역력히 스치고 지나갔다. 창덕이를 얼른 내려놓은 그는 방 한구석으로 기어가서 벌렁 누어버렸다.

창덕이는 미안하기도 하고 겁도 나서 슬그머니 나가버리고 말가 하고 망서리고 있었다. 잠시 후 재화는 식은땀을 흘리며 부시시 일어나 앉았다. 그는 한구석에 개놓은 이부자리 밑으로 두 손을 다 넣었다. 그 밑으로부터 방쓰는 자그마한 비 한 자루와 희차리 한 개를 꺼냈다. 그는 비를 방바닥에 누여놓았다. 희차리로 그 비를 그는 때리기 시작했다.

"이놈, 디섹기야! 이눔, 디섹기야!" 하고 호령호령하면서 그는 비를 자꾸만 때렸다. 창덕이는 놀랐다.

'디섹기'[104]는 다른 사람이 아니라 바로 창덕이의 고모부이었다. 사창동에서 상당히 규모가 큰 대장깐을 경영하고 있는 지석기(池石基)였다. 창덕이 둘째 고모가 지석기와 혼인한 것은 그럭게[105] 일이었다.

땀을 뻘뻘 흘리면서 비를 자꾸만 내리갈기는 재화의 목소리는 차차 커졌다. 얼굴이 벌게지며, 외눈을 휘번덕거리면서 성낸 황소처럼 씩은거리면서, 그는 노호를 계속하며, 비를 무자비하게 내리갈기고 있었다.

입원실 또아가 방싯 열리더니 하얀 까운 소매가 휙 들어와서는 창덕이

---

104 디섹기야 : 이 새끼야.
105 그럭게 : 그러께. 재작년에.

팔을 끌고 잡아단겼다. 창덕이가 문밖에 나서자마자 간호원은 또아를 쇠채왔다.

"야, 창덕아, 큰일 났다. 너 얼른 가서 아부지 모셔오너라." 하고 그녀는 명령조로 말했다.

창덕이는 대답 대신 간호원 얼굴을 치어다보았다. 영복이의 막내 이모인 이 간호원의 올롱했든 눈이 방그레 웃음으로 변하였다. 창덕이는 급히 눈을 내리깔면서

"나 아지미가 고와!" 하고 소리 지르고는, 짤룩거리면서 횡하니 복도를 달리어 병원 문밖으로 나갔다.

5

창덕이의 아버지인 황보익준이는 궁꼴서는 다섯 손가락 안에 드는 부농가에 태어났다. 궁꼴은 평양서 서북쪽 구십 리 허[106]에 있는 자그마한 촌락이었다. 조, 옥수수, 수수, 콩, 모밀, 기장쌀, 조찹쌀, 이찹쌀, 목화, 고추 등속 다 합쳐서 매년 백 석이나 추수하는 지주 겸 자작농이었다. 이러한 부유한 집에 태어난 익준이는 어렸을 때부터도 서당에 다니지 않고 집에 독훈장을 두고 개인교수를 받았다.

익준이의 아버지는 본듸 머슴의 아들로 태어나서 가진 수모와 뼈저린 고생 끝에 자수성가한 사람이었기 때문에, 그야말로 들어누어서도 콩태자(太)[107]도 모르는 위인이었다. 그랬기 때문에 그는 늦게나마 얻은 맏아들 익준이는 꼭 공부를 시켜서 초시라도 치러볼 수 있도록 하게 할 굳은 결심을 가졌던 것이었다.

'서당개 三년이면 풍월 한다'는 속담이 있거니와, 익준이는 재주가 출중

---

106 허 : 그 거리쯤 되는 곳, 또는 그 시간쯤 걸리는 곳이라는 뜻을 더해주는 접미사.
107 콩태자(太) : 太는 '크다'의 의미와 '콩'의 의미도 있다. 클 태, 콩 태.

했기 때문이었는지 또 혹은 독훈장 밑에서 열심이 공부를 했기 때문이었는지 하여튼 三년을 가르치고 난 훈장은 익준이에게 가르쳐줄 수 있는 밑천은 다 들어나버렸다고 솔직히 고백하고 이 집을 하직해 떠나가버리고 말았다.

훈장이 나간 후에도 익준이는 혼자서 자습을 계속하였다.

그가 아홉 살 나던 해 열여덟 살 난 처녀와 혼인을 했다. 물론 본인들의 의사는 물어보지도 않고 양쪽 부모들끼리 결정한 혼사였다. 아내라고 데려오기는 했으나 익준이는 처음 보는 말같이 건장한 색씨와 단둘이 한방에서 자게 된 것이 첫날밤부터 무섭기도 하고 징그럽기도 했다.

그는 신부를 신방에 혼자 내버려둔 채 글 읽는 방 겸 사랑인 딴방에 혼자 기거하면서 밤낮 글만 왕왕 읽었다. 고추만밖에 더 안 큰 상투를 튼 머리 이마에는 망건을 밧짝 조여매고, 그 위에 말총으로 만든 관을 쓰고 책상다리 하고 앉아서 상반신을 앞뒤로 흔들면서 글을 소리내 읽는 것이 그의 일상생활이었다.

어떤 날 이른 아침 일이었다. 익준이가 변소에 가 앉아 있는데,

"어떤 사람 팔제 죠와 가만이 앉아서 글만 닑구. 나 겉은 거 팔제 사나와 밤낮 이 꼴인구." 하고 중얼거리는 소리가 대문께서 나는 것을 들었다.

"이눔, 그게 무슨 소리!" 하고 익준이는 변소 속에서 호통쳤다.

"아, 아, 아닙니다, 도련님!" 하고 삼룡이는 기겁하여 변명했다.

"무엇이 아니야? 내가 똑똑히 들었는데. 정 그렇대문 너두 글 좀 읽자, 나 하구 같이."

"아, 아니, 아니, 도련님두 원, 아니올시다."

"괜찮아, 오늘 아부님두 마침 않 계시니." 하면서 익준이는 변소에서 나왔다.

머슴살이하는 삼룡이는 도련님 영을 거역할 도리가 없었을 뿐 아니라 호기심도 앞섰다. 그리고 또 그 또약볕 아래서 하로 종일 그 말 잘 안 듣는 소와 씨름해야 되는 고역에서 하로나마 해방될 가능성을 생각하니 기뻤다.

그는 순순히 익준이를 따라 사랑방으로 들어갔다.

익준이는 자기 아버지의 깨끗한 바지저고리를 꺼내다가 삼룡이에게 입히었다. 익준이 버선은 삼룡이 발에는 엄청나게 작았다. 삼룡이의 넙적한 발이 버선목에 걸리고는 더 들어가지 않는 것을 억지로 신키고 그 위에 행견[108]까지 신키었다. 그리고 나서 익준이는 젖 먹던 힘을 다하여 삼룡이 이마에 망건을 조여 매주었다.

망건이 머리에 조여들기 전부터 삼룡이의 발은 답답하고 조이고 아파 들어오는 것을 그는 느끼었었다. 발을 뻗으면 좀 나을가 싶어 뻗치어보았더니 글 배우는 놈이 정좌해야 된다고 익준이가 호령호령하는 것이었다. 억지로 책상다리를 하고 앉아 있자니 발만 더 아픈 것이 아니라, 종아리, 무릎, 넙적다리, 엉뎅이, 허리까지 안 아픈 데가 없고, 망건 끈에 결박된 이마는 눈에서 불이 날 정도로 조여 들어왔다.

처들어본 지 여러 해가 되어 먼지가 케케 앉은 천자문(千字文)을 들어 삼룡이 앞에 펼쳐놓은 익준이는,

"자, 내가 읽는 대루 꼭 따라 읽어야 한다." 하고 말했다.

"예이."

"하늘 텬 하렸다."

"하늘 텬 하렸다."

"하렸다는 빼렸다."

"하렸다는 빼렸다."

"이 새끼야, 하렸다는 빼구 하늘텬만 하란 말야."

"이 새끼, 아, 아니, 어, 도련님, 하렸다는 빼구…."

"허, 이놈 참 바보천치로군."

"허, 이놈, 참, 바보……아, 아니, 도련님, 글이 참 어려운 줄 알았더니 욕지거리와 별 다른거 없군요."

108 행견 : 행전(行纏). 바지나 고의를 입을 때 정강이에 감아 무릎까지 매는 물건.

"네가 글만 받아 읽지 않구 딴 말까제도 받아 하니깐 욕이 제절루 나가는 거디. 내가 읽는 글짜만 따라 읽으란 말야. 자, 그림, 하늘 텬."

"자, 그림, 하늘 텬."

익준이는 천자 책을 휙 집어 들어 삼룡이 머리를 갈기었다. 이 틈에 삼룡이는 두 다리를 쫙 펴려고 했다.

한 다리는 재려서 견딜 수가 없고, 한 다리는 쥐가 일어서 꼼짝도 할 수가 없었다. 쩔쩔 매면서도 그는 속으로 "볏집을 뜯어 콧잔등에 부티문 재린 것은 나으련만" 하고 생각하였다.

그는 넙적 엎데었다.

"죽을죄를 졌아오니 이만하고 결박을 풀어주시요. 제 다시는 팔제 타령 안 하가시요." 하고 그는 빌었다.

이 일이 있은 뒤 소가 말을 잘 안 들을 때마다 삼룡이는 "이놈의 소, 버선 신키구 망건 씨울라." 하고 위협하군 했다.

얼마 후 익준이네 가족은 평양 성내로 이사 갈 수밖에 없는 운명에 봉착되었다. 멋도 모르는 동리 새댁들은 우물가에 모여서는,

"그댁 참 됴캇쉐다. 피양(평양)이 얼마나 됴흔디 병아리두 알에서 뛰어 나오자마자 피양 피양 하구 피양 가구 싶다구 하는데." 하고 부러워하는 것이었으나 황보씨댁 식구들은 피치 못할 사정이 있어서 부득이 이사 가는 것이었다.

궁골서는 몇째 안 가는 부농인지라 가우내, 겨우내, 불한당 습격은 꼬리를 물고 달려들었다.

익준이 아버지는 자수성가한 사람이었기 때문에 불한당에게 곡식을 빼앗기는 것은 남달리 아깝고 억울한 것이었다. 그는 번번히 나서서 항거하다가 칼침을 맞군 했다. 번번히 대항한다는 소문이 불한당들의 호기심을 혹은 적개심을, 자아내게 하였는지, 딴 집보다도 이 집으로 팔도강산 불한당들이 다 모여드는 것 같았다.

익준이 아버지의 가슴과 등에 칼 자리가 거미줄처럼 서리게 된 때 그의 맏며느리가 불한당에게 납치되어갔다. 며느리가 납치당해간 것은 그에게는 좁쌀 가마니나 탕두 맞는 것보다 더 심한 타격이었다. 더구나 동리에서는 해괴한 소문이 떠돌기 시작했다. 그것은 익준이 아내가 불한당에게 강제로 납치당해 간 것이 아니라, 코 흘리기 남편이 사내 구실을 못하는 데 불만을 품은 여인이 자진해 나가서, 사내다운 불한당 두목에게 헌신한 것이라는 풍설이었다. 며느리가 집안 망신을 시켜서 그 동리에서 그냥 살기는 거북하게 된 데다가, 아내는 아내대로 촌에서 그냥 뻗치고 살다가는 어느 날 자기가 과부가 되어버릴지 모른다고 성내로 이사 가자고 매일같이 졸랐다. 그는 못 이기는 체하고 농토를 팔기 시작했다. 성내로 들어와서도 눈가림하기 위하여 초가집 한 채를 사들였다.

일 년 양식이나 댈 만큼 만한 토지만 내놓고는 밭을 슬금슬금 팔아서 엽전 꾸레미를 고간 바닥에 땅을 파고 묻어 감추어두었다.

시골 살 때에는 부농이기는 했으나 자농도 하는 한편 소작인 농사도 일일히 감독하며 돌아다녔기 때문에 언제나 분주했었는데, 성내로 이사 와 가지고는 무위도식했기 때문에 줄어드는 것은 돈이요, 늘어 나가는 것은 자식이었다. 맏아들 익준이 아래 터우리는 대개 두, 세 살이었는데 성내로 이사 와서 부터는 년년 생인 데다가 쌍둥이, 삼쌍둥이까지 낳게 되었다.

홍역이니, 경풍이니, 마마니 하는 병으로 아들 딸 한 절반은 일찍 잃어버렸기 말이지 꼬박꼬박 다 살았더라면 수삼십 명에 달하는 대가족이 되었을 것이었다.

봄철마다 마마가 도는 것은 연중행사이었으나 익준이가 열다섯 나는 해 마마는, 평양성내는 물론 그 근교 어린이 한 절반을 죽여버렸다. 이 반갑지 않은 '손님'은 익준이의 몸도 습격했다. 그의 피부뿐 아니라 귀구멍, 목구멍, 코구멍 속까지 마마가 내돋았다. 코구멍과 목구멍이 맥힌 그는 숨이 끊어지고 말았다.

이렇게 허무하게 사라질 목숨인 줄 알았더라면 진작 다시 장가나 들었더면 좋았을걸 하는 후회가 치밀었다. 남아 십오 세면 대장부라 이번에는 남편 구실 못할 리도 없었을 것이니 유복자라도 받아두어 '당손'(맏손주)을 보았어야 했을 것을!

그러나 지금 와서 소용없는 후회였다. 이미 죽었으니 송장을 한시바삐 치워야 할 일이었다. 그러나 앞집에도 송장, 뒷집에도 송장, 옆집에도 송장, 송장, 송장, 송장! 누구 와서 거들어줄 사람이 없었다. 아버지가 친히 혼자서 아들 송장을 치우지 않을 수 없는 형편이었다.

힘이 장사라고 소문난 익준이 아버지는 마마도 곱게 치렀기 때문에 얼굴에는 얽은 자죽 하나 없었건만, 그가 그렇게도 귀애하던 맏아들 송장을 가마니때기에 마는 그의 손은 사시나무 떨리듯 떨리었다. 겨우 말아서 지개도 없이 맨 등에 지고 나서기는 했으나 두 다리가 후들후들 떨리기만 해서 걸음을 걸을 수가 없었다. 행길에는 가마니에 쌓인 송장이 발길에 채일 정도로 너더분하였다.

겨오 동리 어구까지 나가보니 버드나무 몇 그루가 옹기종기 모여 서 있는 밭두덩에는, 가마니는커녕 옷마져 벗겨버린 벌거숭이 송장들이 가득 차 있었다. 이 광경을 본 그는 팔다리뿐 아니라 전신이 와들와들 떨리었다.

이쪽 먼 가장자리에 서 있는 버드나무는 그의 허리께에 찰가 말가 한 높이에 곁가지가 세 갈래로 뻗어나간 것을 그는 발견하였다. 그는 이 곁가지 위에 아들의 시체를 내려놓았다. 죽기는 했지만 신동(神童)이라고까지 소문 났었던 맏아들을 다른 송장들 틈에 그냥 내버리기는 싫어서이었다.

까마귀가 까옥까옥하며 떼 지어 낮추 떠돌고 있었다. 빗방울이 처뚱처뚱[109] 떨어지기 시작했다. 마마하다가 죽은 사람이 비를 흠뻑 맞으면 도로 살아나는 수도 있다는 소문을 들었던 기억이 새삼스레 소생되었다. 그는 가마니를 헤치고 아들의 송장을 들여다보았다.

그의 등골로는 어름물이 쭉 내리흐르고 머리가 쭈뼛하였다. 뚱뚱 부어오

---

109 처뚱처뚱 : 조금씩, 자꾸의 평안도 방언.

르고 옴두꺼비처럼 된 그 얼굴이 징그럽기는 했으나 아들이 갑자기 이렇게 무서워진다는 것은 예기하지 못했던 감정이었다. 그는 주춤 물러섰다. 휙 돌아서서는 휘청거리기는 하면서도 단숨에 집에까지 뛰어갔다.

밤새도록 비가 왔다.

삼태기로 퍼붓기나 하는 듯이 비가 쏟아져 내려왔다.

익준이 아버지[110]와 그의 아내는 뜬눈으로 밤을 샜다. 옆에 누어 있는 자식들은 위험한 고개를 넘었는지 모두 쌕쌕 잠들어 있었다.

새벽녘 날이 활짝 개었다. 익준네 집과 영복이 할아버지네 집 산 옆에 울타리 대신 서 있는 포풀라 나무가지 위에 까치 한 마리가 잠시 앉아 깍깍깍 울고는 훌적 날아가 버렸다.

방문이 벌컥 열렸다. 죽었던 아들의 모습이 새벽 밝음과 함께 나타났다.

구사일생으로 살기는 살았으나 익준이의 얼굴은 맷돌처럼 우불텅 구불텅해졌고, 콧구멍 한 개는 아주 메어져서 콧날이 찌그러져 있었다. 그러나 장가는 하루 속히 보내야만 되겠다고 아버지는 생각했다. 그는 매파에게 부탁했다. 한번 선을 본 매파는 고개를 설레설레 흔들면서 곰보 중에도 으뜸가는 그런 곰보 중신을 섰다가는 뺨이 세 대가 아니라 뼈다귀 세 개가 부러질 뿐 아니라, 신용을 잃어서 밥줄이 끊어진다고 거절하는 것이었다. 다른 매파에게 부탁해보았으나 소용이 없게 되고 익준이가 흉물이라는 소문만 사방에 퍼지고 말았다.

"미친년들, 왜? 우리 갸 얼굴이 어떻다구. 벌집처럼 송굴송굴한 그 얽은 자리마다 정이 담겨 있는걸." 하고 익준이 어머니는 아들을 두호했으나 그녀 밖 딴 여인들은 그렇게 생각하지를 않았다.

아버지는 돈을 많이 주고라도 부자집 종년을 하나 사다가 며느리로 삼기로 결심하기에 이르렀다. 문서가 뚜렷한 종년을 사왔다가 그녀가 주인 겸 남편인 익준이가 싫다고 도망을 가는 경우가 생기더라도 그 문서를 가지고

---

110 익준이 아버지 : 원문에는 '익준'라고 되어 있으나 오류로 보인다.

전 주인한테 배상을 물리거나 다른 종을 끌어오면 그뿐일 것이었다. 멀리 대동강 선창께까지 가서 익준이와 동갑인 여종 하나를 사왔다. 익준이는 이미 초혼이 아닐 뿐 아니라 종년을 데리고 사는데 무슨 혼례식이 필요 없었다.

종은 종일망정 기와집 부자집에서 잔뼈가 굵은 그 여종은 팔려온 제 주인집이 너무나 초라한 데 기분을 잡친 표정을 노골적으로 나타냈다.

밤이 어두운[111] 뒤에 불도 켜지 않은 익준이의 방으로 여종을 몰아넣었다. 그랬더니 그날 밤 익준이가 그녀를 어떻게 다루었는지 이튿날 아침부터 며느리 기색은 명랑 덩어리였다.

익준이는 자기로서도 깨달은 바가 있어서 사서삼경(四書三經)을 따로 외기 시작하였다. 생원과(生員科) 과거 초시라도 치러보고 싶은 욕망에서였다. 장지[112]로 책을 매두고 시(詩)니, 부(賦)니 하는 것도 지어보았다. 진사과(進士科)도 치러보고 싶었던 것이었다.

아버지도 아들의 이 열성에 감복하여 최대한 편의를 제공하는데 아모런 아낌이 없었다. 관서(關西) 상놈이 제아모리 글을 잘하여 과거에 응해보았대사 실력으로 급제하더라도 장원급제(壯元及第)를 줄 리는 만무하다는 것을 그들 부자(父子)는 다 잘 알고 있었다. 그러나 글을 웬만큼 해가지고, 한양까지 과거 보러 올라갈 필요는 없이, 평양서도 치를 수 있는 초시(初試)라도 치루어 합격이 된다면 지방에서는 얼마던지 머물 수 있는 일이었다.

초시에 응하지 않고도 돈만 쓰면 생원이나 진사쯤은 살 수도 있다는 것도 공공연한 비밀이었다. 요로[113]에 돈을 흠뻑 먹여서 생원 벼슬을 사가지고 뽐내는 황 생원(黃生員)은 평양 명물이었다. 이 황 생원은 사람이 아니고 '누렁이'라고 불리우던 개(犬)이었다. 개까지도 돈만 쓰면 벼슬을 할 수 있는 세

---

111 어두운 : 원문은 '어무운'으로 되어 있다.
112 장지(壯紙) : 종이의 하나. 두껍고 질기며 질이 좋다.
113 요로 : 영향력이 있는 중요한 자리나 지위. 또는 그 자리나 지위에 있는 사람.

상인데 우선 진사 자리나 하나 사놓고 나서, 공부 더하여 복시(覆試)[114] 치루기 위하여 한성 구경이나 가도록 해본다고 아버지는 권고했으나 익준이는

"그럼 내가 개란 말요!" 하고 발끈 성을 냈다. 그는 실력을 길러가지고 양반들과 대결해보겠노라고 장담하기를 즐겨했다.

그러나 익준이가 열일곱 살 나든 해에 과거제도는 돌연이 폐지되고 말았다.

익준이는 몇 해 동안 썼던 관을 벗어버리고 갓을 쓰기 시작했다. 그리고 그는 종노에 지필목 가개를 버려놓았다. 사농공상(士農工商)으로 직업계급이 엄연히 존재하던 시절에 사(士)를 버리고 제일 하급인 상인으로 전락되기는 했으나 종이나, 붓이나, 먹은 모도 다 학문과 관계가 깊은 상품이라는 것이 그의 자존심을 덜 상하게 해주었고, 또 고객이 뜸한 때에는 글도 읽고 글씨를 쓸 수 있는 분위기를 제공하는 좋은 장사라고 그는 생각한 것이었다.

미국 포츠마우드라고 이름한 항구에서는 승전한 일본과 패전한 노서아(러시아) 사이에 미국 정부가 중재자로 앉아가지고 "일본이 한국에 대한 특권(特權)을 인정한다."는 조약에 서명을 하고 있는 동안, 한반도 서울에서는 친일파, 친노파, 친미파들 사이의 세력다툼 외에 여념이 없었고, 평양 감영 나졸들은 잡으라는 도적 잡을 생각은 아니하고 노동자, 지개꾼, 교군, 소매상들 옆에서는 고양이 노름을 하고, 불한당이나 상관(上官) 앞에서는 쥐 행세를 하고 있었다.

민간에서는 부득이 자위대를 조직하여서 매 다섯 가구 단위로 야경(夜警) 순번을 정하여 번가라 밤마다 장정들이 "오가작통 번다!"(五家作統 番)[115] 소리를 웨치면서 거리거리 골목골목 돌아다녀, 좀 도적을 쫓아버리는 궁여지책을 강구할 도리밖에 없었다.

---

114 복시 : 조선시대 과거제도에서 초시에 합격한 사람이 치르는 2차 시험.
115 오가작통 : 조선 시대에, 범죄자의 색출과 세금 징수 · 부역의 동원 따위를 위해 다섯 민호(民戶)를 한 통씩 묶던 호적 제도. 오가작통 번은 오가작통 당직을 말한다.

남편은 평양서 우뜸가는 곰보딱지요, 아내는 본시 종 출신이기는 했으나 그들 부부간 금슬은 남부럽도록 좋았고 자손 복도 상당히 있었다.

황보익준이의 둘째 아들인 창덕이에게는 양력 오월과 음력 오월이 다 꼭같이 기다려지는 달이었다. 양력 오월에는 서당에 다니는 어린이만 내놓은 신식학교 학생 전체가 총동원되는 대운동회가 있었고, 음력 오월 오일은 단오 명절이기 때문이었다. 형 웅덕이가[116] 진실소학교 삼등으로 진급하는 봄, 창덕이는 그 소학교 무등(無等)에 입학하였다. 무등 학생에게는 글이라고는 통 배워주지 않고 찬이[117]와 그 밖 여러 가지 노래를 배워주고, 옛날이야기도 들려주고, 춤도 배우고, 경주도 하고, 술래잡기도 하고, 그 밖 여러 가지 께임도 배우는 백판 노라리[118]였다.

설사 글을 배워 준다고 했더라도 창덕이에게는 그야말로 소귀에 경 읽기에 불과했을 것이었다. 작년까지만 해도 대운동회 때 그는 일개 구경꾼에 불과했었는데 금년에 와서는 무등생의 한 학생 자격으로 뼈젓이 한 몫 끼울 수도 있었고, 학생 지정석에 앉아 응원할 수도 있는 권리를 가지게 된 것이었다.

평양 시내는 물론 인근 사방 백 리 권내에 있는 각 급 학교가 총동원되는 연합 대운동회는 해마다 오월이 되면 진실학당 대운동장에서 열리군 하였다. 이 대운동회 구경을 창덕이가 시작하게 된 해는 그가 걸음마를 떼던 때와 동시이었을 것이다. 대운동회뿐 아니라 치운 겨울만 내놓고는 언제나 있는 축구 연습과 시합에도 그는 악착같이 구경하러 다녔었다. 축구 시합 때 그에게는 골인하는 구경보다도 풀빽이 메투리[119] 신은 발로 뽈을 빵 차서 선수들 머리 위로 멀리 보내는 것을 보는 데 더 신이 났다. 축구 연습 때에는 선수들도 공 높이 차기 내기에 열중했는데, 뽈이 곧추 높이 올라가서 포

---

116 웅덕이가 : 원문에는 '영덕이가'라고 되어 있으나 오류로 보인다. 이후 영덕으로 되어 있는 대목이 몇 번 나오는데, 모두 웅덕으로 수정한다.
117 찬이 : 찬가의 오류인 듯하다.
118 노라리 : 건달처럼 건들건들 놀며 세월만 허비하는 짓.
119 메투리 : '미투리'의 방언. 삼이나 노 따위로 짚신처럼 삼은 신.

풀라 나무 제일 높은 가지를 건드리는 것을 볼 때 창덕이의 마음은 그 공보다도 더 높이 창공을 날고 있군 하는 것이었다.

대운동회 날에도 창덕이에게 제일 신기한 것은 그 무엇보다도 바람에 펄럭이는 만국기이었다. 차일을 친 본부석 위에 그 만국기가 나부끼는데 이 세상에 나라가 정말 만 개나 있는지는 똑이 알 수 없는 일이었으나, 하여튼 별의별 모양의 기가 다 많았다. 흰 바탕에 벌겅 십자가 하나만 있는 단순한 기도 있고, 별이 몇십 개인지 온통 기폭 전부를 다 차지하다 싶이 하고 벌겅 줄을 죽죽 친 기가 있는가 하면, 기폭에 아무런 표식도 없이 기폭을 세 가지 색갈로 나누기만 한 것도 있었다. 초생달 앞에 별 한 개가 있는 청초한 기도 있었다. 가지각색 기를 띠우고 사는 나라 나라들을 모두 다 구경 가보았으면 얼마나 재미있을가 하는 동경심에 사로잡히기도 하는 그였다. 펄덕거리는 여러 모양 기에 눈이 현혹된 채로 생각은 미지요 신비스런 나라 나라에 여행하고 있노라면 신나는 군악 소리가 그의 공상을 깨뜨리는 것이었다.

번들번들 금빛 또는 은빛으로 빛나는 크고 적은 나팔들, 큰 북, 적은 북, 그리고 기기묘묘하게 생긴 피리와 퉁소들. 이것들을 불기도 하고 치기도 하는 군악대, 전원 일제히 하얀 제복을 입고 보무도 당당하게 입장하는 것이었다. 가만 앉아서 듣기만 해도 발장단을 제절로 치게 만들어주는 행진곡! 그리고 이 군악대 뒤에 따라 입장하는 수십 학교 선수들. 그들이 앞세우고 들어오는 울깃붉깃한 교기와 가지각색 빛갈과 모양으로 채린 운동복! 그 수백 명 선수가 군악대 행진곡에 발맞추어 그 넓은 운동장을 한 바퀴 도는 위관.[120]

학생 석에 끼어 앉아 있는 창덕이는 어느듯 그의 주의가 그 선수들 중에 절름발이가 한 명이라도 있는가 하는 것을 발견하려는 노력에 집중되고 있는 자기 자신을 발견하였다. 아모리 자세히 보아도 절름발이는 하나도 없

120 위관 : 훌륭하고 장엄한 광경.

었다. 그는 저도 모르는 사이에 구슬픈 한숨을 쉬었다.

운동 경기를 구경하면서도 그는 절름발이가 참가했나 안 했나 하는 것을 눈여겨 살펴보았다.

그날 밤 잠자리에 든 창덕이는 대운동회 광경을 되삭이면서 절름발이도 참가할 수 있는 종목이 혹 없을가 하고 세밀히 검토해보았다.

없었다.

그러나? 장해물 경주만은? 대운동회 때마다 제일 재미있고 인기 끄는 장해물 경주에만은 절름발이가 끼어도 무방하리라고 그에게는 생각되었다. 장해물 경주에 있어서도 뛰기는 뛰어야 하지만은, 승부는 반드시 빨리 뛰는 데 있는 것이 아니라, 사다리를 빨리 오르내리고 그 밖 여러 장해물을 묘한 꾀를 써서 빨리 돌파해가지고서 최후 난관인 구물 밑 통과를 빨리 하는 데 있으리라고 그는 생각했다.

그는 구물 밑에서 헤어나지 못해서 애를 쓰는 가위에 눌렸다가 잠을 깼다.

음력 오월 오일.

창덕이의 할머니, 어머니, 열두 살 난 애덕 누나, 그리고 세 살 난 순덕이까지 통털어 모두다 동산(東山)으로 올라갔다. 작년까지만 해도 창덕이도 할머니를 따라 五일에는 동산, 六일에는 기자림, 七일에는 만수산으로 올라가군 했었다. 애덕 누나 손목 잡고 부지런히 따라다니었다. 그러나 금년 단오에 그는 여인네를 따라가지 않았다. 비록 무등생이기는 하나 뻐젓이 남자학교 학생이 된 신분으로 아여자들만이 모여 노는 곳에 따라간다는 것은 위신이 서지 못하는 노릇이라고 그에게는 생각되었던 것이었다. 그러면서도 예년대로 닷돈(五錢)이라는 거금(巨金)을 할머니에게로부터서 한몫에 우려내는 일은 가차 없이 단행하였다. 이번에는 시퍼렇고 구멍 뚫린 엽전이 아니고 누렇고 번쩍번쩍하는 동전(銅錢) 새 돈 다섯 잎이었다. 이 닷돈은 물론 그날 군것질에만 써야 할 것이었으나, 단오 때만은 엿 말고도 그보다 더 맛이 있는 군것질이 거리에 나타나는 것이었다.

떡돌이 놓이고 버드나무가 선 광장에서는 의례 씨름판이 벌어졌다. 버드나무 밑둥에는 어린 황소 한 마리가 매어져 있었고, 광장 건너 저쪽 변두리에는 두 개의 굵은 기둥이 세워지고 거기에 굵은 삼줄이 가로 건너 매어져 있었다.

아침 일찍부터 구경꾼들이 씨름꾼들보다 훨씬 먼저 모여들었다. 창덕이도 물론 그 구경꾼 중 하나이었다. 씨름이 시작될 무렵에는 링 주위에 사람 성이 겹겹이 쌓이고 광장 뒤 낮은 언덕 위에도 사람이 하얗게 덮이었다. 동저고리 바람에 맨상투 바람, 탕건 쓴 사람, 망건만 동인 사람, 감투만 쓴 이, 갓까지 쓴 이, 심지어는 넓고 높은 삿갓을 쓰고 도포를 걸친 상제까지도 섞이어 있었고, 머리는 깎아숭이에 동저구리 바람, 맨발, 메투리, 갓신, 나막신, 가지각색 차림새가 다 모여 있었다.

"상투쟁이 잘한다." 하고 상투 튼 구경꾼들은 상투 튼 씨름꾼을 응원하고, 머리 깎은 사람들은

"중머리 이겨라!" 하고 깎은 머리 씨름꾼을 응원하였다.

"애꾸눈이 이겨라."

"말라꽁이 잘한다."

"뚱뚱보 이겨라."

응원이 백열화[121]되는데 창덕이가 휘휘 둘러보니 구경꾼들은 어느새 버드나무와 포플라 나무 가지 위에까지 올라가서 위태위태하게 앉고 서 있었다.

줄 타는 사람이 나타났다. 넓은 바지가랭이 무릎 바로 아래에도 발목에처럼 다님[122]을 매서 날씬하게 차린 중년 사나이가 줄 위에서 춤을 추기 시작하였다. 휘친휘친하는 줄 위를 버선발로 걸으면서 이리 뛰고 저리 뛰고 재주도 넘고 책상다리하고 줄 위를 껑충껑충 뛰어다니다가 금방 줄에서 떨어지는 것 같더니 어느새 홀짝 몸을 바로 세우고 줄을 출렁거리게 하면서

---

121 백열화 : 상황이 매우 열띤 상태로 되어감.
122 다님 : 대님. 한복에서, 남자들이 바지를 입은 뒤에 그 가랑이의 끝 쪽을 접어서 발목을 졸라매는 끈.

두 팔을 좍 벌리고 뛰어가면 사방에서 환호 소리가 났다.

창덕이는 씨름에나 줄타기에나 모두 흥미를 잃어버리고 말았다.

역시 동산에서 처녀 색시들이 건네 뛰는 구경을 하는 것이 더 재미있었을 것이라고 그는 생각했다. 노랑저고리에 다홍치마, 혹은 혼자서 혹은 둘이 마주 서서 하늘 높이 올라 솟았다가 휭하고 내려올 때, 바람에 풍기는 치마가 양산처럼 퍼지는 광경은 언제보나 아름답게 보였다. 그뿐 아니라 단오 때에만 특별히 나타나는 갈메기 알 장사나, 물구지 장사 노파들도 씨름터에는 많이 오지 않았다. 달걀보다 약간 적기는 하나 껍질이 알룩달룩한 죽은깨투성이인 갈메기 알이 달걀보다 무척 쌌다. 떡갈나무 잎에 싸서 파는 물구지[123]는 끈적끈적하기는 하나 달콤하면서도 새큼한 것이 별미였다. 물구지를 한꺼번에 다 먹어 치우지 않고 애껴 먹노라고 혀로 살살 핥아먹다가 마즈막 덩갈나무 잎 안쪽까지 박박 핥으면 떨분 맛이 혀끝을 망치고 마는 것이었다. 이리 되면 혀를 가시기 위하여서는 물구지를 한 봉지 더 사 먹어야만 했다. 그러노라니 단돈 오전이 금시 다 없어지고 말았다. 할머니나 누나를 따라 동산으로 갔더라면 졸라서 여벌로 사 먹을 수도 있었으련만!

토요일 오후였다.

집 마당에 서 있는 한 구루 살구나무 줄기를 발길로 냅다 차면 다 익은 누런 살구 몇 알이 우두둑 우두둑 떨어졌다. 시금털털한 빛 좋은 개살구이긴 했으나 창덕이에게는 그것도 별미였다.

"야, 이거나, 좀 받아라." 하는 할아버지 목소리가 등덜미에서 났다. 할아버지는 이상야릇한 물건들을 양손에 들고, 지게에도 번들번들 광채가 나는 이상한 통과 소쿠리를 올려 진 채 마당 한가운데 서 계시었다.

"그게 다 뭐야?" 하고 창덕이는 받아들기 전에 먼저 물어보기부터 했다.

"어서 받기나 해라." 하고 할아버지는 독촉하였다.

---

123 물구지 : 무릇. 백합과 다년생 식물로 어린잎과 비늘줄기는 삶아 먹는다.

병(病)든 족속

129

창덕이는 두 손을 한꺼번에 내밀어 받았다. 한 물건은 굵은 참대 통 한 매디였다. 다른 한 물건은 동글납작한 쇠통인데 그 위에 굵은 쇠줄이 얼기설기 엮어져 있고 꼭대기에는 역시 굵은 쇠줄 손잡이가 있었다.

할아버지가 지게를 내려놓고 작대기로 뻗쳐놓는 동안 창덕이는

"이거 다 어데서 났어?" 하고 또 물었다.

"송 서방한테서 사 왔다."

창덕이가 아는 송 서방이면 경창리에 있는 미국 선교사 댁에서 곡상(쿡) 노릇을 하는 사람이었다.

"이 통은 무에야?"

"그건 돌기름[124]이란다. 이 돌기름이 아주까리기름보다 더 밝다구 해서 사 왔다. 밤에 켜봐야 알갔디만."

"송 서방은 이런 거 어데서 났나?"

"미국 사람이 내 판댄다. 입때 미국 사람은 돌기름으루 불을 켰는데, 무슨 소린디 요새 번개 잡아 불 켜는 기계를 미국서 가져왔대더라. 그래서 양고자들은 이 돌기름이 소용없게 됐대나 보더라. 그래 이걸 송 서방 보구 팔라구 했대누만."

"돌기름은 어데서 날가?"

"돌기름이라구 하니꺼니 돌에서 짜낸 기름이갔디. 돌기름 짜내는 재주를 가진 사람은 미국인밖에 없대더라."

"양고자는 참 요지경이야!" 하고 창덕이는 감탄할 수밖에 없었다. 그리고 그는 "이건 뭐 하는 건가?" 하고 참대 통을 가르치면서 또 물어보았다.

"그건 방 안 등잔이구, 여기 이건 들구 다니는 길등이래드라."

"길등이라니?"

"초롱을 양고자는 길등이라구 한대더라."

---

124 돌기름 : 석유.

"초롱 얼거리[125]는 튼튼해 보이디만 조일[126] 바르디 않았으니 바람 조꼼만 불어두 이니 꺼질걸."

"흥, 조이보다두 멫 갑절 튼튼한 등피[127]라는 게 있거던. 자 이거 좀 봐라. 이것이 등피라는 거야." 하면서 할아버지는 소쿠리 속에서 유리 등피 한 개를 꺼내서 보였다. 그리고는 이어서 "그리구, 이거는 방 안에서 쓰는 등잔 기름 담는 데구, 이건 또 그 등잔 등피구…… 아, 야, 건들이지 마. 까닥하다간 깨지기가 쉽대드라." 하고 말하면서 할아버지는 소쿠리 안으로부터 별별 야릇한 물건들을 하나씩 꺼내 보이었다. 청인 요술쟁이가 된 소쿠리로부터 산토끼를 꺼내는 구경보다도 더 신기한 구경이었다.

"이건 돌기름 담는 유리병이구, 이건 펌펭이[128]이구, 이건 깔대기라는 거구…… 야, 부엌에 가서 칼이나 가져오너라."

"뭘 할라구?"

"쓸 데가 있어."

할아버지는 번들번들하는 장방형 쇠통을 모로 세워놓고 그 위 한 모퉁이에 칼구멍을 뚫렀다. 깔대기 한끝을 그 구멍 속으로 넣었다.

"야, 이 병 좀 들구 있거라. 이 펌펭이를 병 주데미에 꽂구. 자 이리 가까이 갖다 대."

깔대기 한끝을 펌펭이 위에 대놓은 할아버지가 깔대기 쇠고리를 잡고 올렸다 내렸다 했다. 살구릉, 살구릉 하는 쇠 소리가 나면서 펌펭이 위에 얹힌 깔대기 끝으로 석유가 솔솔 흘러 나려 펌펭이를 통하여 유리병 속으로 들어갔다.

"이게 어데 기름이가, 물이디, 아이구 이 냄새!" 하면서 창덕이는 한손으로 코를 막았다.

---

125 얼거리 : 구조물의 골자. 또는 골자로만 된 구조물.
126 조일 : 조이를. 종이를.
127 등피 : 등불이 꺼지지 않도록 바람을 막고 불빛을 밝게 하기 위하여 남포등에 씌우는 유리로 만든 물건.
128 펌펭이 : 펌프(pump).

할아버지는 장한 듯이 깔대기 쇠고리를 연성 올리고 내리고 했다. 꼭 어린이 소꿉장난하는 모습이었다.

"하르반,[129] 나 좀 해봐." 하고 창덕이는 말했다.

"야, 그 병이나 좀 똑바루 줴라. 아까운 기름 딴 데루 샌다."

방등 등잔은 심지가 빤히 들여다보이는 유리 등잔인데 그 아지[130]는 넙쩍하고 아주까리 등잔에 박는 심지보다는 엄청나게 큰 것을 창덕이는 보았다. 이 유리 등잔에 석유를 하나 가득 넣은 할아버지는 그 등잔을 참대 통위에 구멍을 박아놓았다. 길등대 드리우는 심지는 방등 심지보다 곱이나 더 컸다.

"자, 여기 이건 또 무엇인가 하면 땅성냥이리는 요술 불씨거던." 하는 할아버지는 창덕이가 난생처음 보는 조그맣고 네모난 조이 갑을 꺼내 보이었다. 할아버지가 어떻게 했는지 속 조이갑이 한옆으로 삐죽 나오는데 보니 작은 나무 꼬치가 소북이 들어 있는 것이었다.

"너 곰 놀리는 대국 사람 요술 구경했디. 이 요술은 그 대국 놈으로두 숭내두 못 내는 기막힌 요술이거든. 이 꼬챙이는 말이디, 광솔보다두 더 신기한 꼬챙이란 말이야. 요놈은 말이디, 불에 대디 않아두 짝 긋기만 하면 저 혼차 불을 내거든." 하고 말한 할아버지는 꼬지 한 개를 끄집어내서 조이 갑 뚜껑 한 자리에다 대고 빡 그으니 참말로 불이 저 혼자 일어나 가지고는 광솔[131]보다도 더 세게 훌훌 타오르는 것이었다. 창덕이는 놀라지 않을 수 없었다. 할아버지도 신이 나는 모양 후 하고 부니 한 절반만 탄 꼬챙이 불이 꺼지고 말았다.

"하르반, 나두 한 번 해봐."

"불장난하문 요에 오줌 싼다. 넌 안 돼. 자 요걸 또 봐라." 하면서 할아버

---

129 하르반 : 할아버지.
130 아지 : 심지.
131 광솔 : 소나무 송진이 붙어 있는 나무.

지는 성냥 꼬치 한 개를 또 끄집어냈다. 그는 그 꼬치를 돌에다 대고 짝 그었다. 그랬더니 그 꼬치가 또 저 혼자 불을 냈다.

갑자기 요술쟁이가 된 할아버지는 창덕이 자기보다도 더 어린 어린애 장난을 하고 있는 것이 창덕이에게는 웃읍기도 했고 슬그머니 부애도 났다.

"하르반, 나도 한 꼬치 줘."

"안 돼. 오줌 싸." 하면서 할아버지는 방등 심지에다가 불붙는 성냥 꼬치를 갖다 댔다. 불이 심지에 올라붙었다.

할아버지 손가락이 또 어떤 요술을 부리는지 심지가 저 혼자 올라오기도 하고 내려가기도 하면서 불길이 커졌다 작아졌다 하는 것이었다. 심지에서는 꺼름이 상당히 올라왔다.

"자, 이걸 봐라. 이걸 씨우문 꺼름이 안 나거든." 하면서 할아버지는 등피를 씨웠다. 꺼름이 금시 멎고 심지에 붙는 불은 대낮에 보아도 아주까리 불꽃보다는 무척 더 밝아 보이었다. 할아버지는 더할 나위 없이 만족한 모양이었다. 할아버지가 등피 위 멀리까지 입을 대고 후 부니 방 등잔불은 꺼지고 말았다.

땅에 버려진 타다 남은 성냥 꼬치 두 개를 집어든 창덕이는 불이나게 밖으로 뛰어 나갔다. 이런 요술 꼬치를 가지고 가서 자랑을 하면, 어제 저녁때 공연히 골내고 새침해서 가버렸든 옥히 '에미나이'도 눈이 똥그래가지고 창덕이에게 다시 놀자고 달라붙을 것은 빤한 일이었다.

보똘이가 제일 먼저 눈에 띄었다. 하나 남은 성냥 꼬치 두 개를 주먹 속에 감춘 창덕이는, "이게 뭐디?" 하고 대뜸 물었다.

"살구 씨." 하고 보똘이는 대수롭지 않다는 듯이 말했다.

"흥……." 하고 콧방귀를 뀌는 창덕이는 어깨를 치켜들면서 갈지자(之) 걸음을 걸었다. 지금 그는 자기가 절름발이라는 사실까지 잊어버렸다.

차돌이를 만나자 창덕이는

"이게 뭐디?" 하면서 주먹을 내밀었다.

"헛탕." 하고 차돌이는 말했다.

창덕이는 두리번거리기에 정신이 팔려 있었기 때문에 차돌이의 대답이 그의 고막은 분명 흔들어놓았으나 그러나 그 파동이 그의 정신을 파고 들어가서 인식을 환기시키는 데는 성공하지 못하였다. 그는 옥히의 모습을 두루 찾고 있는 것이었다.

옥희랑, 옥분이랑, 복실이랑, 귀남이랑, 서분네랑 모두 모둥켜 앉아서 공기받기 내기에 열중하고 있는 것이 그의 눈에 띄었다. 그는 일부러 고개를 쳐들고 먼 하늘을 보는 체하며 그 앞을 슬쩍 지나가버렸다.

"얘, 우리 발차기 하자." 하고 소리 지르면서 개똥이가 맞받아 달려왔다.

발차기는 한 다리는 뒤로 굽혀 들고 외다리로 통통 걸으면서 돌을 차는 장난이었기 때문에 이것은 창덕이에게도 아무런 핸듸캡을 주지 않는 공평한 내기이었다.

그러나 창덕이는 이 제의에는 대답 않고,

"야, 발잔등 깨디갔다." 하고, 개똥이 할머니 목소리와 표정을 숭내내어 개똥이를 놀려주었다.

개똥이는 입술에까지 내리 뻗은 시퍼런 코를 훌쩍 들이마시고는 손잔등으로 코밑을 쓱쓱 문질렀다.

"이게 뭐디?" 하고 창덕이는 꼭 쥔 주먹을 또 내밀었다. 어느새 보똘이와 차돌이가 가까이 와 있었다.

"얘, 히짜 부리디 말구 우리 발차기나 하자." 하고 개똥이가 말했다.

창덕이는 뒤를 돌아다보았다. 처녀애들은 공기받기에 골몰하고 있었다.

"이거 알아맞추문 내 상 주디." 하고 창덕이는 소리 질렀다.

"무슨 상?" 하고 코흘리기 개똥이가 다급하게 물었다.

"우리 집 개살구."

"개새끼 같으니, 너이 집 개살군 그냥 줘두 싫어."

"흥, 누가 그냥 준대기. 그런데 자, 지금 나는 대국놈 잔내비[132] 대신이다

132 잔내비 : '잔나비'(원숭이)의 방언.

잉. 아이구나…… 되놈 삽뿌(모자)가 있으야 돈을 받디. 어드칼가? 에라 돈 안 받구 공짜루 구경 시켜주디.” 하고 소리소리 지르는 창덕이는 옥희의 시선을 뒤통수에 느끼었으나 그는 억지로 돌아다보지 않았다. 그는 태연스럽게,

“자, 다, 이리 모여. 뺑 둘러서, 공짜루 보여주는 거야. 공짜.” 하고 소리 질렀다.

처녀애들도 와 모여 들었다.

창덕이는 신이 났다. 그는 자그마한 차돌 한 개를 집어 들었다.

“자, 이 차돌을 자세히 보란 말야. 그리구 또 이 주먹 속에서 나오는 요것.” 하면서 그는 손을 폈다. 한 끝이 새까맣게 탄 나무꼬치 두 개가 나타났다.

“그게 뭐가?” 하고 모두들 한꺼번에 물어보았다.

“이것이 말이디. 바루 이것이 요술을 피우거던 돈 한 푼 안 받구 그냥 보여주긴 아까운 재준데. 자, 똑똑이 봐. 눈 깜짝하문 못 볼사! 자 이 꼬치를 이 차돌에다가 빡 극는다. 그렇카문 말이디. 자 보라우.” 하고 창덕이는 연성 뽐내었다.

어린이들은 모두다 진정으로 호기심에 가득 찬 눈으로 창덕이의 두 손과, 차돌과, 나무 꼬치를 눈여겨보고 있었다. 창덕이는 타다 남은 성냥 꼬치를 돌 위에 빡 그었다. 불이 일어나지 않았다. 그는 한 번 더 힘을 주어 그었다. 불이 일어나지 않았다. 그는 한 번 더 힘을 주어 그었다. 꼬치가 빼각 부러질 따름 불이 붙지 않는 것이었다. 창덕이는 울상이 되었다. 그는 부러진 꼬치는 내버리고 다른 꼬치를 돌에다 대고 박박 그었다. 무슨 일이 생기나 하고 어린이들은 모두 손에 땀을 쥐고 숨을 죽여 가며 열심히 들여다보았다. 하여튼 생전 처음 보는 매끈한 꼬치는 꼬친데 그것을 돌에 그으면 어떻게 되는 건지 그들의 기대는 컸었다.

긋다긋다 지쳐버린 창덕이는 얼굴이 붉으락푸르락해지면서 쥐구멍을 찾았다.

무등 제이학기부터는 글을 배우기 시작했다. 그러나 그 글은 '하늘 천, 따지'가 아니고 '가갸거겨'이었다.

처음 얼마간 신기하고 재미있어서 열심이 읽고 쓰고 했으나, '자쟈저져' 줄까지 떼우고 난 창덕이가 형 웅덕이가 배우는 책을 몰래 읽어보니, 글자는 거의 다 알아볼 듯하면서도 무슨 뜻인지는 알 수가 없었다. 그는 글 배우는 데 흥미를 잃어버리고 말았다. 억지로 '하햐허혀'[133]까지 다 배우기는 했으나 '가갸' 줄부터 '하햐' 줄까지 따루 오여[134] 쓸 수 있는 학생은 하나도 없었다.

선생은 화가 났다.

하로 아침 선생은 뚤뚤 말린 백지를 들고 교실로 들어왔다. 그것을 펴서 벽에다가 밥풀로 붙여놓았다. 백지 두 장을 이은 것인데 거기에 '가갸' 줄부터 '하햐' 줄까지 차례로 먹으로 써 놓은 것이었다.

'가' 자 위에는 가위 한 개를 그리었고, '나' 자 위에는 나비 한 마리, '다' 자 위에는 다리, '라' 자 위에는 라귀(당나귀), '마' 자 위에는 마눌 한 톨, '바' 자 위에는 바늘 한 개, '사' 자 위에는 사과 한 알, '아' 자 위에는 아까시야 나무 한 그루, '자' 자 위에는 자물쇠, '차' 자 위에는 차일.[135] '카' 자 위에는 칼 한 자루, '타' 자 위에는 타래(머리타래) 한 타래, '파' 자 위에는 파리 한 마리, '하' 자 위에는 하마비(下馬碑)[136] 하나를 그려놓았다.

이 도표를 각 학생이 그려가지고 집으로 가서 한지에다가 꼭 같이 써서 벽에 붙여놓고 수시로 쳐다보며 암송하라는 것이었다.

창덕이는 이 도표를 웅덕이에게 만들어달라고 부탁했다.

형은 몇 시간 머리를 짜내더니 아래와 같은 것을 써주었다.

"가위로 머리꼬리 잘르고 매 맞고."

---

133 하햐허혀 : 원문에는 '하야허혀'로 되어 있으나 오류로 보인다.
134 오여 : 외워
135 차일 : 햇볕을 가리기 위하여 치는 포장.
136 하마비(下馬碑) : 조선시대에 누구든지 그 앞을 지날 때는 말에서 내리라는 뜻을 새기어 궁가, 종묘, 문묘 등의 앞에 세웠던 비석.

일억오천만대일

136

"나비야 청산 가자. 범나비야 너도 가자."

"다리는 짤룩짤룩 쩔둑발이 내 신세."

"라귀 타구 장가 갈 날 언제나 오나."

"마눌 먹고 냠냠."

"바눌귀 어두운 우리 할머니."

"사과 도둑질 하다가는 똥수깐에 갇힌다우."

"아가 아가 우지 마라, 개똥차메 주께."

"자물쇠 채우고 나서 열쇠 잃어버린 누나."

"차일 위에 만국기 펄럭이는 대운동회 날."

"칼 장난하다가는 손을 밴다."

"타래는 아지미 머리타래보다 고사리 타래가 더 됴티."

"파리 잡아 국 끓여 먹어라."

"하마비는 비석거리에 더 많티. 비석거리 내리서니 큰 하마비 우둑, 우둑, 작은 하마비 우둑우둑."

이와 같은 도표는 창덕이에게는 모를 글자도 많이 끼어 있을뿐더러 그를 놀리는 구절도 있었다. 그러나 형이 읽어주는 것을 듣는 그에게는 이것이 학교에서 배우는 것보다 더 재미가 있었다. 그는 이 구절들을 오여 가지고 학교로 가서 동급생들에게 자랑 삼아 들려주기도 했다.

이틀이 채 못 되어 이 구절들은 전교생이 거의 다 외며 다니게 되었다. 그중에도 특히 그 마즈막 구절인 "비석거리 내려서니 큰 하마비 우둑, 우둑, 작은 하마비 우둑우둑"을 빨리 말하다가 혀가 약간 빗나가서 "큰 하나비(할아버지) 우둑우둑, 작은 하나비 우둑우둑"이라고 말했기 때문에 수다한 학생이 박장대소를 했다. 이 구절을 빨리 말하면서도 올바로 발음하는 내기가 성행해지게 되자 상급생들은 "개구멍으로 하네바람[137] 나간다"를 빨리 부르게 하여 "개구멍으로 하루반(할아버지) 나간다."라고 부르면 손뼉을 치며 좋

---

137 하네바람 : 하늬바람. 서풍.

아하였다.

　빨리 부르면 잘못 발음하기 쉬운 구절을 발명하는 것이 학생들 간 일종 경쟁이 되었다. 그래서 "저 빨간 개천가에 발발 기여가는 발발 게가 발이 빨간 발발 게이가, 발이 안 빨간 발발 게이가?"라느니, "저 널어 말리는 풋콩 가지가 깐 풋콩 가지가 안 깐 풋콩 가지가?" 등 구절이 성행하게 되었다. 이 혀 테스트하는 유행병은 선생들에게까지도 전염되어서 어떤 선생은 억지로 "봄 김 별감, 가을 김 별감"이라는 문구를 만들어 학생들에게 빨리 말해보라고 하고는 어떤 학생이나 선생이 "봄 긴겅강, 가을 긴겅걍"이라고 발음하는 것을 들을 때에는 선생들도 학생 못지않게 박장대소하며 즐기는 것이었다.

　불과 일 년 만에 그들은 '가기구게고'니, '타치츠테도'니 하는 괴상한 글을 가르치고 배와야만 하게 될 운명에 봉착될 것을 전연 모르고 히히낙낙하고 있는 것이었다.

　하르빈[138] 정거장(기차가 놓이기 전일인지라 평양 시민들은 '정거장'이 무엇인지를 알 턱이 없었지만)에서 대한제국을 삼키려는 일본정부의 괴수인 이등박문이라는 자가 안중근이라는 한인한테 총을 맞아 죽었다는 소문이 퍼졌다.

　학교에서는 수업하다 말고 전교 학생이 모두 교정으로 나가 모였다. 교장이 이등박문이라는 자는 한국을 통채로 삼키려고 하던 고얀 놈이라고 설명해주었다. 창덕이는 '한국을 통채로 삼킨다'는 것이 무슨 뜻인지 이해할 수가 없었으나 하여튼 한인이 그놈을 죽였다고 하니까 그놈이 나쁜 놈이기에는 틀림없다고 생각했다.

　교장은 이어서 안중근이라는 애국자의 어렸을 적 시절 이야기를 해주었다.

　그리고 선생과 학생은 태극기를 들고 축하 시가 행진에 나섰다. 이번 행

138 하르빈 : 하얼빈(Harbin). 중국 둥베이(東北) 지구 북부의 정치·경제·문화 중심지

진에는 창덕이도 뻐젓이 열에 끼워서 행진하고 있었다. 잘룩거리기는 하면서도 그는 즐겁기 한이 없었다.

행진 선도자가 산덩째 꼭대기 동쪽 골짜기로 돌아서자 갑자기 환성과 비명소리가 들려오고, 행렬이 흥크러지며 학생들이 이리 밀리고 저리 밀리고 했다. 길이 급각도로 꺾이었기 때문에 그쪽에서 어떤 사태가 벌어지고 있는지 똑이 알 수는 없었으나 창덕이는 길 저쪽에서 "죽여라, 죽여라" 하는 함성과 함께 "아이쿠, 아이코!" 하는 비명 소리가 나는 것을 들을 수 있었다.

앞서 가던 행렬이 허물어지면서 상급생(그 당시에는 소학생 중에도 선생보다도 나이 더 먹은 노학생들도 많이 있었다)들은 기대[139]로 항거하면서 뒷걸음쳐 쫓기어 오고 있었고, 하급생 어린이들은 질겁하여 돌아서서 도망치기 시작했다.

일진회(一進會)[140]라고 크게 쓴 기빨을 선두에 세우고, 머리에는 수건을 질끈 동인 한 떼의 장정들이 다듬이 방망이보다 조금 적은 방망이를 들고 학생들과 선생을 막 때리는 것이었다. 선생들은

"이 매국노야. 너이들에게는 조국도 없느냐."고 소리 지르면서 대항했으나, 가는 기대가 방망이의 적수가 될 수 없었다. 기대는 부러지고, 방망이는 사정없이 내리갈기고, 기는 땅에 떨어졌다.

피가 흐르고, 꺼꾸러지고, 발길에 채우고, 밟히고!

태극기는 일진회 망난이들 발아래 무참히도 짓밟히었다.

길 가던 사람들도 걸음을 멈추었고, 길가 집집마다에서도 사람들이 뛰어나오기는 했으나 그들의 관심은 어디까지나 구경에만 국한된 양 투쟁에 가담할 생각은 통 없었다.

가을 어떤 날이었다.

---

139 기대 : 깃대.
140 일진회(一進會) : 광무(光武) 8년(1904)에 일제의 대한제국 강점을 도와준 친일적 정치 단체. 1905년에 일제가 을사조약을 강요할 때에 이에 앞장을 섰고, 1909년에 통감(統監) 이토 히로부미에게 국권 강탈을 제안하는 따위의 친일 활동을 하다가 1910년 국권 강탈 후에 해산하였다.

수업을 중지하고 학생 전원 교정으로 집합하라는 전령이 교실마다 전달되었다.

교정에 나가보니 경축일도 아닌데 기봉에는 태극기가 달려 있었다.

선생들의 모습은 어덴가 기운이 푹 죽은 모습이어서 수선거리는 학생들을 줄지어 세우는 일에도 그리 성의가 없어 보이었다.

교장도 고개를 푹 숙인 채 천천히 교단 위로 올라섰다. 천천히 얼굴을 들어 학생들을 내려다보는 그의 눈은 퉁퉁 부어 있었다.

"여러 학생들, 오늘 나는……." 하고 말을 시작하던 그의 두 뺨으로는 눈물이 주루루 흘러내렸다.

영문을 모르는 학생들은 서로 마주 보기도 하고, 교단 좌우쪽에 늘어선 선생들을 힐끔힐끔 보기도 했다. 선생들도 어쩐 일인지 모두 고개를 숙이고 있었다.

"학생들, 우리 국가를 제창합시다." 하고 교장은 떨리는 목소리로 말했다.

그러나 음악 선생이 강단으로 올라가지 않았다. 풍금이 내다 놓여 있어야 할 자리에 풍금이 보이지 않았다.

"자, 시작." 하고 교장이 말했다.

"하아님이 우우리 임군을 도우우사……." 하고 시작하던 교장은 교단 위에 쓰러지고 말았다.

학생들의 제창도 중단되고 말았다. 어느 선생 하나 교단으로 올라가서 쓰러진 교장을 일으켜주는 이 없었다.

음악 선생이 한 걸음 앞으로 나섰다.

"이것이 우리가 부를 수 있는 마즈막 국가였오. 우리나라는 왜놈에게 그만……."하다가 그도 쓰러지고 말았다.

교장이 비슬비슬 몸을 일으키면서

"학생들 다 집으로 가시오." 하고 말했다.

학생들은 와글와글 끓기 시작했다.

상급생들은 소리 내 울기 시작했으나 창덕이 또래는 곡절을 몰라서 두리번두리번하기만 했다.

고개를 억지로 꼿꼿이 세우고 두 주먹을 불끈 쥔 교장이 다시 입을 열었다.

"다들 집으로 가서 태극기를 감추시오. 학교 태극기는 그냥 띠어두겠오. 참아 내 손으로는……."

체조 선생이 날쌔게 교단 위로 뛰어 올라갔다. '호랑이'라는 별명으로 불리우는 선생이었다.

"차렷!" 하고 그는 쨍쨍 울리는 목소리로 호령하였다.

웅성웅성하면서 흩어지던 학생들은 제각기 제 위치에서 차렷자세를 취하였다.

"국기에 향하여 경례!" 하고 체조 선생은 소리 질렀다. 국기에 향하여 경례하던 체조 선생, 교장, 선생들, 그리고 성인이 다 된 상급생들은 중간에 쓸어지고 말았다. 그들은 가슴을 치고 머리를 쥐어뜯으며 통곡했다. 슬그머니 겁이 난 창덕이와 그 또래들은 교문 밖으로 나가버렸다.

거리에는 아무런 변화도 없었다.

학교 교장과 선생들과 상급생들은 통곡을 하고, 학교 개학한 지 며칠 안 되어 갑자기 방학이 되고, 태극기를 감추어야 되고, 국가를 마즈막 부르는 이런 중대한 일이 생겼건만도 거리에 부산나게 나다니는 대중은 아무 일도 없다는 듯이 분주히 왔다 갔다 하기만 했다.

돈버리에만 눈이 벌개 돌아다니는 것이었다.

하기는 나라야 망하건 흥하건 그건 왕과 대신들 노름일 따름이지, 일반 민중에게는 나라보다도 조반석죽이 조죽석미음으로 격하되지 않을가 하는 염려에 전 정신과 노력이 집중될 따름 여념이 없었다.

一千二백만 명에 달하는 한민족은 그들이 아지도 못하고 관심도 없는 동안 일본의 식민지 백성이 되고 만 것이었다.

진실학교 교장은 일본인 헌병대에게 체포당해 갔고, 정산학교 교장은 자기 집에서 칼로 목을 찔러 자살했다. 여러 사립학교 선생들은 괴나리보찜만을 허리에 차고, 가족 다 내버리고, 정처 없는 길을 떠나버렸다.

극소수인 개화인 간에는 비분감개[141]하는 의사소통이 있었으나 일반 대중은 평상 때와 마찬가지로 사고 팔고, 시집가고, 장가들고, 도둑질하고, 술 마시고, 싸우고 하였다.

─일본 놈 아니라 그 어떤 놈이 나라를 삼켰던 간에 지금보다 더 빈궁하고, 천대받고, 더 썩어빠지기야 할 수 있을라구!─ 하고 생각하는 대중이었다.

141 비분감개 : 비분강개의 오기.

민족(民族)의 수난(受難)

6

"어제밤 불한당 들었댔디. 너이 집에." 하고 정옥이가 물었다.

"아니다. 우리 집에 무어 탕두질해 갈 게 있나." 하고 성은이가 대답했다.

"그래두 재밤듕[1]에 개가 짖어대구, 총소리두 나구……."

"우리 아바지가 잽혜갔어."

"애개개! 누구한테?"

"왜놈 헌병한테."

"왜?"

"몰라."

"그런데 총질은 왜 했니?"

"우리 복술개가 총에 맞아 죽었어."

"애개개! 어떤 놈이 죽였니?"

"바루 차손이 작은 삼춘이."

"차손이 삼춘이 너이 집 갤 왜 죽였을가?"

"저 보구 짖는다구."

---

1   재밤듕 : 재밤중. '한밤중'의 북한어.

"차돌이 삼춘이 무얼 하러 왔댔길래?"

"그게 우리 아바지 잡아주려구 왔어. 그놈이 헌병 보조원이 됐더라. 내 참 별 꼴악사니를 다 봤다."

예수교 목사 장노를 중심으로 한 지성인(知性人) 수십 명이 하루밤에 체포되어 일본 헌병대로 이끌리어 갔다는 소문이 퍼졌다.

밤 자정 때부터 새벽 동이 틀 무렵까지에 서기산 남쪽 평지에 세운 널판자 집 일본 헌병대 방방에서는 매질하는 소리, 호령하는 소리, 신음하는 소리가 계속 뒤섞여 나온다는 소문도 돌았다.

평양뿐 아니라 정주에서도, 선천에서도, 차련관에서도, 의주에서도, 중화, 사리원, 재령, 황주, 송도에서도 수많은 남자들이 일본 헌병에게 체포되어 경성(漢城, 합방되자부터 京城이라고 불리웠다)으로 압송되어 갔다는 풍설도 돌았다. 한반도 十三도 각처에서 포박되어 경성으로 압송된 민족지도자 수는 一백 五명에 달하였다. 그들이 체포된 이유는 조선총독부 초대 총독(朝鮮總督府)으로 부임해 온 데라우찌(寺內)[2]라는 일본 사람을 암살하려고 음모하다가 미연에 발각되어서 일망타진되었다는 것이었다.

나라야 망했건, 말았건, 한국 지성인 거의 전부가 일본 헌병대 손아귀에서 혹독한 고문을 받고 있건 말건, 평양 개명 남문 밖 일대 배추밭 배추 포기들은 나날이 자라나고 있었다. 부지런한 농부들이 매일같이 김매주고 솎아주며, 하늘이 심심풀이로 가끔 쏟아주는 비를 맞는 배추밭은 푸른빛 탄자[3]를 깔아놓은 양 아름다웠다.

이상스런 복장을 입고, 이상한 냄새를 피우면서, 이상스런 말을 씨부리며, 이상한 막대기를 들고, 이상한 기계를 메었다 내려놓았다 하는 몇 사나이가, 반 이상 자라난 김장 배추 포기들을 사정없이 밟고 돌아가면서 이상

---

2 데라우찌(寺內) : 데라우치 마사다케(寺內正毅, 1852~1919). 일본의 군인 · 정치가. 조선 통감으로서 국권 강탈의 기초를 세웠으며 초대 조선 총독이 되었다. 조선과 중국에 대하여 제국주의 정책을 수행하고 일본군의 시베리아 출병을 강행하였다.
3 탄자 : 담요.

하게도 늘었다 줄었다 하는 자(尺)로 땅을 쟀다.

이것을 본 동리 청년들은 달려가서 박치기로 그 일인들 코통을 으깨고, 측량기 다리를 분질르고 측량대를 꺾어 내버렸다. 일인들은 항거할 생각도 못 내고 허겁지겁 도망가 버리었다.

그날 초저녁.

처음 맡는 이상한 냄새에 놀란 개들은 사납게 내달으면서 무섭게 짖어댔다.

땅, 땅, 땅, 땅! 소리와 함께 누렁이 몇 마리가 죽어 나동그라졌다. 남어지 개들은 꼬리를 사타구니에 끼고 도망가 숨어버리었다.

동리 남자라는 남자는 모두 다 무장한 일본인 헌병과 조선인 헌병보조원에게 체포되어 헌병대로 연행되었다.

그들 농민은 헌병대 격검[4] 연습장인 넓은 방에서 밤새껏 격검대(참대 몽둥이)로 얻어맞았다.

이튿날 새벽이 되자 그 농부들은 한 사람씩 사무실로 이끌리어 가서는, 무슨 소리를 썼는지 아지도 못하는 서류에 엄지손가락 도장을 찍어주고 나서야 석방되었다. 토지수용령(土地收用令)[5]이라는 총독부 첫 번 법령의 적용을 받은 이 농민들은 대대손손 물려받아 부친 농토를 하루밤 사이에 빼앗기고 만 것이었다.

평양 외성 농부들뿐 아니라 평양성 주위 사, 오십 리에 살고 있었던 농민들은 땅을 잃고 나서 품팔이 일을 찾아 평양으로 평양으로 꾸역꾸역 모여들었다.

동양척식(東洋拓植)주식회사[6] 산하 여러 기업체에서는 평양 주변에 집터

---

4 격검 : 검도.
5 토지수용령(土地收用令) : 1910년 한일합방 후 일제는 조선 반도의 토지에 대하여 공용 징수 및 공용 제한을 행할 것을 허용하고 또 그 절차 및 효력 따위를 규정한 명령을 발표함.
6 동양척식(東洋拓植)주식회사 : 1908년 일제가 '동양척식주식회사법'으로 한국의 경제를 독점, 착취하기 위하여 설립한 국책회사. 일제의 한국 농민 수탈의 선봉이

를 닦고, 신작로를 내고, 기차 궤도를 깔고, 일본군이 주둔할 병영을 건축하고, 감옥을 짓고 – 날품싹 노동은 얼마던지 있었다.

대물려 받았던 농토를 하루아침에 빼앗긴 자작농들은 보십[7] 대신에 고갱이[8]를, 호미 대신에 삽을 들고 품팔이 노동자가 되었다.

일 년 내내 피땀 흘려 가꾸어놓은 곡식을 추수할 때마다 곡식 절반은 꼬박꼬박 지주에게 바쳐야만 해온 소작농들은 소작 농사를 계속 짓는 것보다는 매일매일 싹을 받는 날품 노동이 더 유리할 것처럼 생각이 되어서 일본인 공사장으로 찾아들었다.

밥장사, 떡장사, 술장사 중년 여인들이 파리 떼 못지않게 공사장으로 모여들었고, 웃음을 파는 젊은 여자들도 나날이 늘어가기만 했다.

얼치기 일본말을 배운 젊은 사나이들은 일어 한두 마디 지껄일 줄 안다는 특권을 최대한 이용하여 통역 겸 십장 노릇을 했다. 이자들이 중간에서 통역을 제대로 해주는지 못하는지, 품싹 지불에서 이자들이 얼마나 떼먹고 내주는지를 알 수도 없고 따져볼 용기도 없이 땅 빼앗긴 죄와 일어 못 배운 '죄' 형벌로 묵묵히 일만 해나아가야 하는 장정은 나날이 늘어만 갔다.

일본이 한국을 삼킨 지 이테[9]가 다 되기 전에 일본 제국주의 대표는 영국 제국주의 대표와 한진리[10]에 마주 앉아서 "극동에 있는 영국 일본 두 나라의 권익을 러시아나 프랑스에게 빼앗기지 않을 것을 목적으로 하는" 동맹 조약[11]에 조인을 하였다는 사실을 알 턱이 없는 죠센진(일본 사람이 부르는 한인. 합방 후에 大韓(대한)이라는 이름이 없어지고 朝鮮(조선)이라고 부르게 되었다.), 헌병

됨. 현재의 서울시 중구 을지로 2가 한국외환은행 자리에 있었다.

7 보십 : 보습. 쟁기나 가래 따위 농기구의 술바닥에 끼우는, 넓적한 삽 모양의 쇳조각.

8 고갱이 : '곡괭이'를 가리키는 것으로 보임.

9 이테 : 이태. 두 해.

10 한진리 : '한자리'의 오자로 보임.

11 영일(英日)동맹 : 1912년에 영국과 일본이 러시아의 동진(東進)을 견제하기 위해 맺은 동맹 협약.

보조원들과 순사보(補)들은 그들의 상관인 일본인 헌병과 순사들의 앞잡이가 되어서 십삼도 방방곡곡 샅샅이 돌아다니면서 토지 측량, 토지 소유권 조사, 호구조사 등을 철저히 했다. 토지 문서가 없는 땅은 그 주민이 몇 대를 내리 농사지었다는 증인이 아무리 많아도 불법 소유라는 낙인을 찍어 압수하여 국유를 만들었다. 이렇게 만들어진 국유토지는 일본인 개인 혹은 동양척식주식회사에게 싼값으로 년부[12]로 팔았다.

토지문서를 뻐젓이 내보이는 농가가 있으면 그 문서 사본을 떠가지고 그 지역 관활 재판소로 가지고 갔다. 재판소 등기부에 그 토지 등기가 아직 올라 있지 않은 것이 발견되면 그 토지는 동양척식주식회사 명의로 등기에 올렸다.

이렇게 농토를 빼앗긴 농민들은 남부여대하여 읍으로 도시로 모여들었다. 웬만한 읍이나 도시에는 일본인 상인과 관리들이 정착해 살기 위하여서 건설하는 신시가(新市街)에 날품싹 일거리가 얼마던지 있는 것이었다.

평양 감영은 '헤이죠후'라는 일본말로 불리우게 되고 남문 밖부터 기차정거장까지 뻗힌 넓은 땅은 신시가가 되고 성내는 구시가가 되었다.

새방성에서 남쪽으로 빤히 바라다 보이는 바위고개 마루턱이에는 일본 대포 한 대가 자리 잡고 앉게 되었다. 매일 정오에는 이 대포 포구에서 연기가 풀신 났다. 그리고는 꽝 하는 대포 소리가 왼 성내는 물론 사방 十리 주변까지 다 들리었다. 이 바위고개는 어느덧 이름이 바뀌어서 '오정포(午正砲)[13] 재떵'이 되고 말았다.

이 오정포 재떵 서쪽 평지에 세워진 굉대한 여러 채 벌겅 벽돌 건물은 감옥이었다. 이 감옥을 짓는 데 동원된 수천 명의 '요보상'(일본 글에는 '여' 발음 나는 글자가 없었기 때문에 일인은 한인을 '요보상'이라고 불렀는데 존대는 물론 아니오, 천대하는 말이었다. 한인이 일인을 '왜놈'이라고 부르고 중국인을 '되놈'이라고 부르는

---

12 년부 : 연부. 물건 값이나 빚 따위의 일정한 금액을 해마다 나누어 내는 할부의 북한어.
13 오정포(五正砲) : 낮 열두 시를 알리는 대포.

것과 같은 멸시하는 호칭이었다.)들은, 그때로부터 십 년이 채 가기 전에 "대한 독립만세"를 부른 그들의 아들딸들이 이 건물에 하나 가득 차게 될 줄 예측하지 못했던 것이었다.

삼광산과 서기산 중간 골짜기에 지은 수십 동 벌건 벽돌집은 일본 군대 병영이었다.

이 병영 구내 산허리에 파는 비밀 굴을 파서 밥버리하는 한인들은 그 비밀굴이 완성되자마자 그들 전부는 쥐도 새도 모르게 학살되어 삼광산 기슭에 무데기 평무덤 속에 묻히게 되리라는 것을 예측 못했었고, 그들의 뼈까지가 흙으로 화한 뒤 오십 년 후 어떤 치운 겨울날 밤 그들의 아들과 손주들이 동족인 공산군에게 '반동'이라는 낙인이 찍혀가지고 바로 그 근처 구뎅이에 생매장되는 비극이 있으리라는 것도 예측할 수 없었다.

한반도가 일본에게 통채로 먹히우든 날 평양 성내 주민은 내성(內城)인 돌성과 외성(外城)인 흙성을 합하여 평민이 一만一천三백十一호이었고, 사람이기는 하면서도 사람 축에 못 드는 남자종(官奴)이 백二十명, 여종(官婢)이 五十九명, 기생(官妓)이 백八十명, 악공(樂工)이 二十八명이었다.

내성인 돌성 주위가 二만四천五백 三十九척이오, 외성인 토성 주위가 一만八천四백五척에 달하는 넓은 성내이었음에도 불구하고 그 안에 사는 인구수는 七만 명을 넘지 못했다.

그러기 때문에 내성 안에도 저자거리나 주택 지대보다도 밭, 과수원, 연못 등이 더 큰 면적을 차지하였고, 외성은 인구가 더 희박하여 황(黃)씨네 일문만이 살고 있으면서 봄에는 앵두로부터 시작하여 여름에는 참외, 수박, 호박, 가지, 감자, 가을에는 문배, 김장배추와 무우 등속을 내성 내 주민에게 공급하고 있었다. 이 황씨네 집 일문은 모두가 다 꼭 같이 인색하기로 유명하여서 성내 사람들은 이들을 '외성 황꼽재기'라고 불렀다.

성내 가장 번화한 상가(商街)는 대동문으로부터 남문 즐비하게 일대 뻗혀 뻗혀 있는 '선창'이었다. 대동강 가에 즐비하게 늘어선 기와집들은 모두가 다 대동강 가에 내리는 무역선 물품을 도매하는 상점들이었는데 물건도 위

탁받고 물주의 침식도 돌보아주는 영업이므로 물산객주(物産客主)[14]라고 불리웠다.

이 선창길로부터 종로길 사이에는 주택을 겸한 수공업 소매상이 빼꼭이 차 있었는데 한 가지 특별한 물건을 한 골목에서 전문적으로 팔기로 되어 있었다. 그래서 이 골목들의 이름이 '닭전골', '신전골', '엿전골', '죽비전골', '염전리' 등으로 알리어져 있었다.

종로는 소매상 중심지대이었으나 그야말로 글자 그대로 가가(假家)[15]이었다. 그냥 흙바닥 위에 널판자를 놓고 그 위에 상품을 막우 진렬해놓고 파는 것이었다. 변소를 가지고 있는 가가는 한 채도 없어서 소변은 요강에 누어 가지고 차는 쪽쪽 행길에 내다가 쏟아버렸다. 종로 중앙 서쪽에 공동변소가 하나 있었다. 지붕이 없는 웅뎅이로 둘레가 세 간, 깊이가 두 길이나 되었다. 가끔 용변하다가 다리를 헛짚어서 변소에 빠져 죽는 사람이 있었다.

사람이 빠져 죽으면 그 변소를 퍼내는 불가피한 이유가 되었다. 퍼내기 시작하면 수십 명 인부가 동원되어 밑까지 말끔히 퍼내는 것이었다. 변이 사람 허벅다리에 차리만큼 남았을 때에는 인부들이 밑으로 내려가서 퍼 올리는 도리밖에 없었다.

기생들은 삿갓을 들지 않고도 맘대로 거리를 활보할 수 있었는데 하루는 그녀들이 이 변소 앞으로 지나가다가 수건으로 코만 막고 서서 내려다보았다.

"저 사람들 떡을 주면 어떻게 먹을가?" 하고 한 기생이 놀리었다.

"흥, 없어서 못 먹디." 하고 한 인부가 대답했다.

"얘, 우리 떡 사다가 주어보자꾸나." 하고 소리 지르면서 한 기생이 쪼르르 떡가개로 가서 떡을 사 들고 왔다. 밑에 서 있는 인부들이 제각기 손을 내밀어 떡 한 끝을 받아 들고는 맛있게 이리저리 깨물어 먹고는 더러운 손

---

14 물산객주 : 物産客主. 물상객주. 장사치를 집에 머물러 묵게 하거나 그들의 물품을 소개하는 일 또는 흥정을 붙이는 일을 주로 하는 영업의 북한어.
15 가가(假家) : 길거리에 임시로 물건을 벌여놓고 파는 곳.

가락이 닿은 조각을 기생들께로 향하여 휙 올려 던지었다.

종로 뒷골목에는 육지에서 오는 행상들의 물품을 위탁판매하면서 물주는 물론 나귀나 노새에게까지 침식을 제공하는 큰 객주집이 즐비해 있었다.

합방되기 전해에 한인 상민(商民) 五十명이 발기하여 상업중의소(商業衆議所)라는 기관을 조직하였다. 이 조직체의 주요 목적은 一, 객주들 간의 협동, 二, 상규 문란 억제(商規紊亂抑制), 三, 관속(官屬)들의 횡침 방지(橫侵防止), 四, 외국인과의 통상 등이었고 매달 十五일에 정기회 겸 연설회를 개최하여서 세계 여러 나라 상업 실태를 연구 토론하였다.

을사보호조약이 맺어진 뒤부터 청국과 일본 영사관이 평양 성내에 설치되어 있었으나 그 나라 사람들이 경영하는 상점은 몇 개 되지 않았다. 그러나 당사실(唐絲)[16]과 물감은 청인 상점에서만 독점으로 팔았고, 곰 혹은 원숭이를 끌고 각 지방을 순회하면서 요술을 구경시켜 코 묻은 돈을 버는 업도 청인이 독점하고 있었었다.

일본인 상점이라고는 전당포와 왜떡과 알사탕을 만들어 파는 상점에 국한되어 있었었다.

평양 성내 혹은 성외에 벌겋 벽돌집을 짓기 시작한 것은 미국인 선교사들이었었다. 그들은 학교나 병원이나 그들의 사택을 대개 이층 벽돌집으로 지었다.

평양 성내에 맨 처음 세워진 서적 판매점 겸 도서관을 지은 것도 미국 선교사들이었다. 이 이층 건물은 반한반양 절충식 건물이었는데 종로 상가에서는 꽤 떨어진 창전리 근처에 건축하였다. 아래층에서는 책(주로 기독교 서적)을 팔고, 이층은 도서 열람실 겸 집회소로 사용하였다. 이층 앞면에 거는 액(額)[17]은 단순히 '書院(서원)'이라고 크게 써서 달았다. 이 역사적인 건물 개

---

16 당사실(唐絲): 중국에서 들여온 명주실.
17 액: 편액. 종이, 비단, 널빤지 따위에 그림을 그리거나 글씨를 써서 방 안이나 문 위에 걸어놓는 액자.

원식에는 미국인 선교사 전체는 물론 한인 장로 목사들이 다 참석하였고 내빈으로는 관찰사 군수 등 한국 고급관리와 청국, 일본 등 영사들도 참석하여 성대한 식을 거행하였다.

창덕이의 둘째 고모부인 지석기가 경영하는 대규모의 철공장은 바로 이 서원 뒤에 있었다.

일본 사람의 몸에서는 연한 고린내가 발산되었다.

그들 대부분의 얼굴은 청인 요술쟁이들이 끌고 다니는 잔나비 얼굴과 너무나 흡사하였다.

일본 사람들은 남녀가 다 키가 적은 것이 특색이므로 왜(倭)라는 형용은 적절한 것이었다. 그들의 옷차림을 보면 남녀가 다 바지저고리는 입지 않고 주의[18]만 걸치고 다니었다. 주의에도 고름은 달지 않고 앞자락 감싸고는 허리띠를 띠고 다니었다. 남자가 매는 허리띠는 시퍼러죽죽한 헝겊을 되는 대로 두루루 만 것으로 한국에서는 애기 업을 때 띠는 띠 비슷하였다. 이 띠를 허리에 감고는 뒤 엉덩이 위에 매듭을 지었다. 여자 역시 맨몸에 주의만 입고 허리띠를 띠는데 이 띠는 한 뼘쯤 되는 넓은 비단 띠로 역시 엉덩이 위에 찌르고 다니는 것이었다. 여자 옷과 남자 옷을 분간할 수 있는 점은 그 허리띠 외에 남자 옷감은 검은 줄이 빼곡히 내려간 퍼런 지(地)[19]요, 여자 옷감은 알록달록한 무늬가 요란스럽게 든 지이었다. 그리고 남자의 소매는 한국인 저고리 소매보다 몇 곱절이나 더 넓은데 끝에는 아래로 처지는 긴 주머니를 달아 입고 다니는 것이었다. 조끼를 입지 않는 그들인지라 그 소매끝 주머니 외에는 물건을 넣고 다닐 주머니가 없는 것이었다. 여자의 소매끝 주머니는 서너 자 되게 길어서 무릎까지 드리우는 것이었다. 더구나 해괴한 것은 일본 여자는 치마를 입는 법이 없는데 점잖 빼는 일본 남자

---

18   주의(周衣) : 두루마기.
19   지(地) : '옷감' 또는 '천'의 뜻을 더하는 접미사.

들은 '하까마'[20]라고 부르는 통치마를 두르고 다니는 것이었다.

한국 여자는 방 안에서라도 맨발로 사는 것은 큰 수치로 알고 있었고, 남자도 제아무리 미천한 사람이라고 할지라도, 맨발로 길거리에 나서는 일은 절대로 없었다. 그런데 일본인들은 남녀 막론하고 맨발에다 나막신을 신고 태연히 길로 돌아다니었다.

"에이 상것들!" 하고 한인 지게ㅅ군까지도 그들 일본 사람을 멸시하기 시작했다.

날이 궂이건 맑건 일본 남녀는 언제나 나막신을 신고, 아니 신는 것이 아니라 끌고 다니었다. '게다'라고 불리우는 일본 사람 나막신은 그 굽이 낮고 앞코숭이와 뒤축이 없는 평평한 나무 판대기였다. 이 판대기 앞 뿌다귀 한 가운데 조그만 구멍을 뚫고 사람 인(人) 자 모양으로 만든 신끈 앞코숭이를 그 구멍에 박아 밑에 매듭을 짓고, 끈 양쪽에 벌리어 판대기 좌우쪽에 못질한 이상야릇한 나막신이었다. 엄지발가락과 둘째발가락 사이에다가 그 끈 앞코숭이를 께고 질질 끌고 다니는데 그 게다가 발에 붙지 않기 때문에 그 나막신이 길 위에 끌리어서 달가락 달가닥 소리가 계속해 나는 것이었다.

밤낮 길 위에서 달가락거리는 나막신들이 일으키는 음파(音波) 때문에 한반도 공기에는 이상을 일으키었다.

겨울이 되면 한인은 솜 둔 버선을 신고 갓진[21]을 신고 다니어도 발이 시린데, 일본 사람들은 그냥 맨발로 나막신을 끌고 다니고, 일본 여자들은 혹 버선을 신고 짚신을 끌고 다니는 것이었다.

이 짚신 역시 앞코숭이나 뒤축이 없이 밋밋한 것이기 때문에 버선 앞 뿌다귀는 벙어리장갑 모양으로 짜개져 있었다. '쪽발이'라는 새로운 별명으로 일본 사람을 부르게 된 원인이 여기에 있었다.

남문 밖 일대에 짓기 시작하는 일인들의 집도 그 재료와 구조가 한인의

---

20 하까마 : 일본 옷의 겉에 입는 주름 잡힌 하의.
21 갓진 : '갖신'(가죽신)의 오기로 보임.

것과는 판이하였다. 집 기둥부터가 가늘기 짝이 없었고 대들보와 서까래 구별이 없는 평 천정이었다. 벽에도 흙 한줌 바르는 일 없이 얇은 널판자 쪽을 포개 박아서 벽을 삼는 것이었다.

지붕도 퍼러둥둥한 얇은 철판으로 잇는 것이 보통이고 간혹 기와를 잇는 집도 한국인처럼 암기와 위에 숫기와를 덮지 않고, 암기와만 포개 덮는 것이었다.

집을 목 꺾어 짓는 일도 없이 네모나게 지으면서 변소까지도 집 본채 한편에 만들어놓는 것이었다. 온돌방은 하나도 꾸미지 않고 '다다미'라고 하는 두꺼운 돗자리만을 깔고 그 위에 그냥 기거하는 것이었다.

한인은 언제나 온돌방 위에 책상다리하고 앉는 풍속을 가졌는데, 일인은 언제나 돗자리에, 꿇어앉는 것이었다.

하루 세 끼 밥을 먹는 습관은 같았으나, 한인은 조밥, 보리밥, 수수밥 피밥까지도 가리지 않고 먹는데 일인은 꼭 흰 쌀밥만 먹는 것이었다.

한인은 밥을 놋바리에 담아서 따로 따로 차지하고 먹는데 일인은 온 식구 먹을 밥을 둥그런 나무통에 한꺼번에 퍼다가 식탁 옆에 놓고는 작은 나무공기에 퍼 돌리어서 먹는 것이었다. 밥을 먹고 나서 한인은 구수한 숭늉을 훌훌 마시는데, 일인은 노란 차를 조고만 종지에 따라서 홀짝홀짝 마시는 것이었다.

한인은 음력설을 쇠는데 일인은 양력설을 쇠는 것이었다. 입춘(立春)날에는 입춘대길(立春大吉)도 써서 붙이지 않던 일인들이 설이 되니까 대문 밖 좌우편에 크고 적은 싱싱한 참대통을 여러 개 높게 얕게 묶어서 파 묻어놓고 문설주에는 귤 한 알씩을 댕공 매달았다.

일인들이 쓰고 배우는 말과 글은 '가기구게고'니 '나니누네노'니, '하히후헤호'니 하는 것이어서 그 발음만은 한글 비슷하였으나 글자 모양이 딴판달랐고, 일인들이 말하는 소리가 한인 귀에는 '하따라 마따라'로 들릴 따름 한마디도 알아들을 수가 없었다. 일인들도 글을 쓸 때에는 한문 글자를 섞어 쓰기는 하나 그 발음이 한인과는 판이하였다.

한인 사회에서는 내외법을 엄하게 지키고 있었다. 기생, 갈보, 종년 따위를 제외한 여염집 젊은 여자들은 거리에 나다니기를 꺼려했고, 또 나다닐 필요도 없었다. 만부득이한 일로 길거리에 나가게 될 때에는 가난한 집 여인들은 허리까지 내리 밑는 삿갓을 들어 얼굴과 가슴을 가리우고야 다녔고, 부자집 여인들은 사방을 폭 가린 교자 안에 전신을 감추고 앉아서 다니었다.

그런데 일본 여인들은 그 옷차림을 보아도 기생인지, 종년인지, 여염집 여자인지 분간할 수가 없었고 맨발에다가 얼굴까지 뻐젓이 내놓고 수집지도 않은지 거리로 막 싸돌아다니는 것이었다.

"흥 세도는 부려두 야만이야, 야만!" 하고 한인들은 일인들을 멸시하였다.

일인 고급관리들은 양쪽에 바퀴가 달린 인력거라는 것을 타고 다니었다.

머리에는 사철 납작한 삿갓을 쓰고, 다리는 감발하고 발에는 쪽발인 '지까다비'[22]라고 부르는 헝겊신을 신은 인력거꾼은 그 인력거 채에 단 조그만 나팔 같은 것을 손가락으로 눌러서 뿡뿡 소리를 내어 인파를 헤치면서 줄기차게 달리는 것이었다.

모습도, 의복도, 주택도, 언어도, 풍속 습관도 영 판이한 외족이 자꾸자꾸 모여들어서 남문 밖 일대에는 금시 '신시가'라고 불리우는 일본인 촌이 형성되었다.

자동차가 나타났다.

평안북도 운산금광 주인인 미국 사람이 하루아침에는 자동차를 몰고 거리를 쏜살같이 달리었다. 덩지[23]도 엄청나게 크려니와 뿡뿡 소리는 인력거 나팔소리보다 십 배나 더 크게 들리었고 속력은 비교도 되지 않게 빨랐다.

이 자동차 한 대가 평양 성중에 나타났기 때문에 인력거와 자행거로 뽐내던 일본 사람들의 코가 납작해졌다. 미국 사람들 코에 비기면 코가 있는

---

22 지까다비 : 노동자용의 작업화(일본어).
23 덩지 : 덩치.

지 없는지조차 모르게 되었던 그들의 코가 더할 나위 없이 짜부러지고 만 것이었다.

인력거는 한 사람이 타고 한 사람이 끄는데 그 속도는 인력거군의 달음박질 여하로 결정되는 것으로 제아무리 빨리 달려도 자행거를 따를 수가 없었다.

자행거는 혼자 타고 혼자 움직이어 달리는 것이었는데 그 속도는 탄 사람 마음대로 조절할 수 있는 것이었으나 그 타는 사람이 제아무리 페달을 자주 눌러도 자동차 속도를 따를 수는 절대로 없었다.

자동차라고 하는 괴물은 웬만한 방 한 간보다도 더 큰 차로 앞뒤로 자리가 있어서 한집안 식구가 다 한꺼번에 타고 다니어도 무방할 큰 차이었다. 단출한 인력거나 자행거에 비해서 그렇게도 엄청나게 육중해 보이는 그것이 탄 사람이 손만 놀리면 자행거 따위는 근처에도 못 갈 속도로 달려가는 데는 보는 사람들의 혀를 빼 놓기에 적당하였다. 그렇게 크고 넓은 차 뒷자리에는 언제나 그냥 비어둔 채로 미국인 '돼지바우'²⁴는 자동차 좌우 옆과 뒤로 뽀얀 먼지를 일으키면서 질주하는 것이었다.

인력거나 자행거도 먼지를 일으키지 않는 것은 아니었으나 뒤꽁무니에만 조금 일으키고 마는데, 이 자동차라는 것이 일으키는 먼지는 좌우쪽과 뒤로 일제히 굉장히 높이 일으키는 것이어서 짙은 먼지는 길 가는 사람의 눈을 소경을 만들고, 길 양쪽 가게 구석구석에까지 휙휙 들이 끼치는 품이 회오리바람에 일어나는 먼지 매한가지였다.

비가 오는 날 이 자동차의 행패는 언어도단이었다. 속도 빠른 자동차가 좌우쪽으로 끼얹는 진탕은 행인들의 바지가랭이는 물론 얼굴에까지 튀어오르는 것이었다. 그러기 때문에 진탕날 길 가는 사람들은 그 시꺼먼 괴물이 한 마장 저쪽에 나타나도 모두 질겁을 하여 황급히 샛골목으로 뛰어 들

---

24 돼지바우 : 우둔하고 나누어 먹을 줄 모르는 인정머리 없는 사람을 낮잡아 이르는 북한어.

어가 피신을 하지 않을 수 없었다. 샛골목으로 급히 뛰어 들어가다가 그 울퉁불퉁한 길에 나막신을 헛드디게 되면 몸이 꼬꾸러지거나 뒤로 자빠져서 전신 진탕이 되군하였다. 그러나 자동차는 덩치가 너무 커서 종로를 제외한 다른 좁은 길로는 통 다니지를 못하는 것만은 다행한 일이었다.

운산금광 주인인 그 중년 미국인은 자동차를 제가 운전하면서 뒷자리는 언제나 비어두고, 앞자리 자기 옆에 조선인 젊은 통역을 앉히고 다니었다. 자동차는 멋지고 훌륭하게 보였으나 그것을 하인에게 운전시키지 않고 주인인 자기가 친히 몰고 다니는 것으로 보아 그 미국인은 부자(富者)이기는 하나 상놈에 틀림없다는 공론이 자자했다.

"어디 그 돼지바우 한 놈뿐인가? 양고자는 모두 다 쌍놈인걸!" 하고 창덕이 할아버지는 말했다.

"쌍놈이구 말구. 글쎄 그것들은 길을 가문서도 무얼 쩝쩝 먹으문성 다닌단 말야." 하고 차돌이 할아버지가 맞장구를 쳤다. 그리자 보똘이 할아버지도 덩달아서 "과일도 깎지도 않구 껍대기채 바지가랭이에 쓱쓱 문질러서 닝큼닝큼 깨밀어 먹으문성 다닙데다가레." 하고 말하고는 가래침을 탁 배앝았다.

(노인들은 이렇게 미국인들을 흉보고 있었으나 진실소학교 선생들은 길 걸어가면서 군것질을 하는 것이 개화인(開化人)의 예법이라고 하면서 그들도 무엇이고 쩝쩝 먹으면서 다니는 것을 자랑으로 여기고 학생들에게도 그렇게 하라고 권고하는 것이었다.)

서양 사람들은 돈은 많으나 상놈임에 틀림없다고 비꼬는 이 자리에서 문욕봉이는 젊었을 적 장돌뱅이 때 줏어들었던 일화(逸話) 한 토막을 늘어놓으면서 자기는 양반집 후손이라는 체를 최대한 발휘하고 싶은 욕망에 사로잡히었다. 그래서 그는

"우리 조부님께 들은 이야기인데요, 고종황데께서 농상(龍床)에 앉아 계시던 때 일인데 말이웨다. 한양에 와 사는 양고자들이 어떤 날 임금님을 자기네 집으루 초대해 모시어 갔더래요. 신기하구두 묘흔 구경을 시켜드린다구 하문성 그 양고자들이 어전에서 공받기를 하더래요. 마당 한가운데 구

물을 타구, 채다리 같은 것 한 개씩 든 양고자 넷이서 둘씩 편이 되어 구물 낭(兩)쪽에 서서 어린애 주먹만 한 공을 그 채다리루 티구 받아 넘기구 하더랍니다. 우리 조부님두 그때 상감님을 옆에 모시구 그걸 구경했대요. 양고자들이 신이 나서 공을 티구 받으문성 이리 뛰구 데리 뛰구 하는데 구경은 참 됴티만 해괴망칙하드래요. 그리구 웬만큼 재주를 보이구 끄쳐두 됴흘걸 그 양고자들은 땀을 뻘뻘 흘리구 숨이 차 하문성도 그냥 오래오래 뛰어 다니문성 공을 티구 받구 하더래요. 너니 때엔 그르케두 점잔을 빼든 그들이 아이들처럼 뛰노는 꼴은 이쪽에서두 참 챙피 막심하드래요. 공티기를 다 하구 나더니 그자들이 땀을 씻으문성 상감님께

'어떻습니까? 참 됴티오!' 하고 말하드래요. 그래 님금님께서는

'글쎄. 재미가 있어 보이기는 하지만 그런 놀음은 구종배[25]에게 시키구 가만히 앉아서 구경이나 할 것이디, 점잔은 분들이 땀까지 흘리문서 자작한다는 건 좀 상스럽게 보이는구먼.' 하고 말씀하시더래요. 허, 허, 허." 하고 장광설을 늘어놓았다. 차돌이 할아버지는 맞받아서

"어데 그런 놀음 한 가지뿐이웨까? 양고자들은 테면(體面)도 없는디, 남네(女)가 길 걸을 때 나라니 붙어서 다니는 것만두 해괴한 노릇인데, 글쎄 남네가 팔을 척 끼구 다니니 그것들은 남네유별두 모르는 쌍것들이 분명하디요." 하고 말했다. 이에 창덕이 할아버지는 또

"남네가 다 맨발루 거리에 나 댕기는 왜놈들두 모두 쌍놈이디. 허나 그것들은 그래두 남네가 팔 끼구 다니는 법은 없던데." 하고 응수하였다.

자동차 운전을 하인배에게 시키지 않고 자작[26] 몰고 다니는 '쌍놈'인 미국인 '돼지바우'는 젊은 통역만은 언제나 태우고 다니면서도 그 차가 멋었을 때 어린이들이 차 뒤에 달린 팬더[27] 위에라도 올라타면 그 미국인은 돼지처

---

25 구종배 : 벼슬아치나 양반들을 모시고 다니는 하인. 말구종(馬驅從)에서 나온 말이다.
26 자작 : 스스로.
27 팬더 : 펜더(fender). 자동차의 흙받기. 바퀴에서 튀어 오르는 흙탕물을 막기 위하여 그 윗부분에 철판을 둥글게 씌운다.

럼 뚱뚱하고 우둔해 보이는 몸집을 뒤흔들며

"까땜,[28] 까땜" 하고 돼지 멱따는 소리 같은 소리로 고함을 지르면서 달려들어 발길로 어린이들을 차 쫓아버리는 것이었다. 그랬기 때문에 이 운산 금광 주인에게 '돼지바우'라는 별명을 지어준 것은 그의 발길에 채운 어린이들이었다. 그 미국인이 간혹 차를 천천히 몰 때에는 수십 명 어린이들이 뒤로 따라가면서 "돼지바우, 돼지바우, 까땜" 하고 놀려주었다. 그런데 그 미국인은 무엇이 좋은지 벙긋벙긋 웃기만 하고 골을 내지 않는 것이 어린이들에게는 이상스럽기도 하고 재미나기도 하는 일이었다.

일본인이 경영하는 전당포는 나날이 번창해가고 그들은 너도 나도 전당포를 새로이 냈다. 남문 밖까지 가자면 멀기는 해도 세궁민[29]이 갑자기 돈이 아쉬운 때 하다못해 헌 옷가지 한 가지라도 들고 가면 당장 돈을 돌릴 수 있는 곳은 전당포밖에 없었다. 더구나 좀도적에게는 이 일인 전당포야말로 장물 처분에 가장 쉽고 빠른 장소였다.

웅덕이나 창덕이 또래 어린이들에게는 일본인이 만들어 파는 왜떡과 알사탕이 대환영이었다. 이때까지 단 군것질이라고는 엿 한 가지밖에 없었었는데, 여름날 엿을 쥐고 먹노라면 그 긴 엿가락이 녹아서 손가락에 꺽꺽 붙어서 질색인데 일인이 만들어 파는 알사탕은 통채로 입에 넣어버리니 편리하기 그지없을 뿐 아니라 오래오래 물고 녹여 먹어도 엿처럼 입청에나 잇몸에 붙지 않고 슬금슬금 녹아서 한 알만 가지고도 오래 단맛을 맛볼 수 있는 것이었다. 그리고 그 단맛도 엿과는 별다른 단맛이 있었다. 더구나 알사탕 두 알을 한꺼번에 물고는 양쪽 볼이 불룩 나오게 하고 다니면서 동무들 앞에 뻐개는 재미도 좋은 것이었다.

왜떡은 또한 우리나라 떡과는 달리 아삭아삭하고 꿀을 안 찍어 먹어도

---

28 까땜 : "신의 저주를 받아라(God damn it)"라는 뜻의 미국인의 욕설.
29 세궁민 : 매우 가난한 사람.

왜떡에서 단맛이 제절로 났다. 집이나 동리 집에서 떡을 치지 않는 날일지라도 과자 가개로 가서 동전 한 푼만 주면 왜떡 한 개를 언제나 사 먹을 수가 있었다. 더구나 여름철에도 한국 떡처럼 쉬어버리는 일이 없고, 유리알 뚜껑을 씨운 상자 속에 넣어두고 팔기 때문에 먼지도 묻지 않고 파리똥도 묻지 않은 깨끗한 것을 언제나 먹을 수 있었다.

왜떡 중에도 제일 인기가 있는 것은 떼기떡[30]이었다. 동전 한 잎을 주고 떼기떡 한 개를 사서 쫙 쪼개보면 새까만 팟고물 속에 똘똘 말린 종이 한 장이 들어 있었다. 그 종이를 펴보아서 꽝이 나오더라도 만두 속처럼 껍데기보다도 단 팟고물이 더 많이 들어 있는 그 고물을 맛나게 먹으니 손해 나는 일은 없었고, 만일에 '일등'이라고 적힌 종이가 나오면 돈 주고 사자면 오전짜리도 더 되어 보이는 사탕인형을 공으로 받아 가지고 한 시간이나 두고 졸금졸금 떼어 먹을 수가 있는 것이었다. 설사 일등이 않 나오더라도 이등이나 삼등을 뽑으면 사탕으로 만든 개나 원숭이 같은 것을 공짜로 차지하는 횡재였다.

합방된 지 두어 달 후에 '보통학교'라고 이름한 공립 소학교는 여러 군데 문을 열었다. 그러나 예수교 미슌 계통학교들은 겨울이 다 나도록 문을 열지 못하였다. 선교사들은 쉬 다시 열게 될 터이니까 어린이들을 보통학교에는 보내지 말고 기다리라고 타일렀고 학부형들도 거의 다 기다리기로 하고 보통학교에는 자제들을 보내려고 하지 않았다.

호기심을 억제할 수 없는 웅덕이 창덕이 또래는 보통학교 근처를 기웃기웃해 보았다.

"야. 저것 봐! 보통학교 선생은 선생이 아니구 순검이루구나." 하고 웅덕이는 소리를 질렀다.

---

30 떼기떡 : '모치'(찹쌀로 만든 떡 속에 달콤한 팥고물을 넣어 만든 일본식 떡)의 평안도 이름.

"아이, 무서워."

"저것 봐. 칼을 절그럭거리문성 왔다 갔다 하누나. 선산님이 아닌데. 순검한테 무얼 배울까."

어린이들은 이렇게 말을 주고받았으나 자세히 보면 순검과 훈도(합방 후 생긴 보통학교 교원은 선생이라고 부르지 않고 訓導(훈도)라고 부르게 된 것이었다)의 복장에는 약간 차이가 있었다. 모자와 제복은 꼭 같았으나 훈도가 쓰는 모자 테두리에는 누런빛 테가 감겨 있었다. 허리에 차는 칼도 훈도의 것은 순검의 것에 비하여 좀 짧고, 순검의 칼 손잡이는 검은빛인데 훈도가 차는 칼 손잡이는 금빛이었다. 미숀 계통 예수교 사립학교들 문을 다시 여는 문제로 지방장관과 담판하기에 짜증을 낸 선교회에서는 직접 총독과 맞서 담판할 대표를 경성으로 올려 보냈다는 소문이 돌았다. 여러 해 전 평양감사가 예수교인 십여 명을 잡아 가두었을 때에는 미국인 선교사인 마포삼열 목사가 당나귀를 타고 상경하여 상감님과 담판한 결과 평양감사 참요장을 가지고 내려온다는 소문이 났기 때문에 갇혔던 기독교인들이 불야불야 석방되었다는 이야기는 평안도 일대에서는 전설화되어 있었었다.

그런데 이번 예수교 계통 학교를 다시 여는데 관한 담판을 일본인 총독과 직접 만나 하려고 떠나는 미국인 선교사 배위량[31] 목사는 쇠당나귀(기차)를 타고 상경하였다.

지난번 참요장이 내렸다는 소식은 선교사가 상경한 지 열나흘 만에야 평양에 도착하였는데, 이번에도 총독으로부터 참요장이 내렸는지 무엇이 내렸는지는 알 수 없었으나, 선교사가 상경한 바루 그 이튿날 평안남도 도장관이 인력거를 몰아 경창리까지 가서 미국인 선교사를 찾아 예수교 각 급 학교는 당장 다시 열어도 좋다고 말하였다.

---

31 배위량(裵偉良) : 윌리엄 M. 베어드(William M. Baird, 1862~1931)의 한국식 이름. 미국 북장로교의 선교사로, 1891년에 한국에 와서 선교 활동을 시작했다. 1897년에 평양에 이주하여 숭실학당을 개설하고, 이를 1906년에 한국 최초의 근대 대학(대한제국으로부터 인가)으로 발전시켰다.

진실학교는 다시 문을 열었다. 그러나 교정 기봉에는 태극기가 떠 있지 않고 그 대신에 흰 바탕 한가운데에 동그란 빨강 공이 그리어져 있는 일본기가 나붓기고 있었다. 교장이나 선생들은 보통학교와는 달리 제복도 입지 않고 칼도 차지 않은 것이었다. 그러나 교장은 처음 보는 낯선 사람이오 선생과 학생 간에도 낯선 사람이 많이 있었다.

합방이 선포되던 날 교정에 띠워 있는 태극기를 제 손으로 내리우기를 거절했던 진실학교 교장은 감옥살이를 갔고, 교장이 자살하고 만 청산학교는 폐쇄당하였다. 그래서 청산학교 선생과 학생이 진실학교에 흡수되었다는 설명이었다.

첫날부터 창덕이네 반에서는 '다찌쯔데도'니 '사시스세소'니 하는 이상한 글을 배우기 시작 했는데 이 글이 국어(國語)요 한글은 언문 또는 '죠센고'라고 부른다고 가르침을 받았다.

웅덕이 반에서는 한국 역사 지리 공부 대신에 일본 역사와 지리를 배우기 시작하였다. 어느새 인쇄했는지 역사 교과서는 언문과 한문을 섞어서 찍혀 있었으나 '단군'이나 '기자'[32] 이야기는 싹 없어지고, '천조대신'[33]이니 '소잔명지조'[34]이니 하는 신(神)들이 일본인과 '죠센진(朝鮮人)'의 조상이라고 씨어 있었다. 단군, 기자도 한문 글자로 오여 쓰기에는 상당히 어려웠었는데 천조대신이니 소잔명지조니 하는 걸 한문으로 오여 쓰자니 진땀이 흘렀다.

진실소학교는 얼마 후 장대째 꼭대기에 새로 지은 건물로 이사를 갔다. 평양 성내에서는 제일 크고 웅장한 장대째 예배당[35] 담과 길 하나를 격한 높

---

32 기자 : 은나라 말기에 조선에 와서 단군에 이어 조선을 건국했다는 중국 현자. 고려와 조선시대에는 기자조선을 인정했으나 최근에는 대부분 그 실체를 부정한다.

33 천조대신 : 아마테라스오미카미(天照大神). 일본의 신화에 등장하는 태양신적 성격의 여신.

34 소잔명지조 : '소잔명지존(素殘鳴之尊, 스사노오노미코토)'의 오류로 보인다. 일본 신화에 등장하는 신.

35 장대째 예배당 : 장대재교회 또는 장대현교회. 1894년 평안남도 평양에 설립된 장로교회이다.

은 지대에 자리 잡은 교사(校舍)이었다. 학교가 장대째 예배당 이웃이 되자 학생들에게는 주일 예배까지도 장대째 예배당으로 가서 참석하는 것이 강요되었다.

창덕이가 학교라고는 처음 발을 들여놓았던 새방성에 있는 건물은 그 집을 그 채로 떠서 두어 마장가량 되는 곳으로 옮겨갔다. 새방성에서는 제일 높은 고지에 세워진 삼층 벽돌집인 숭실학당과 그 서쪽에 세운 기계창(機械廠) 중간에다가 진실소학교 건물을 고시란히 옮겨 세워 가지고 도서관으로 쓰기로 한 것이었다. 그 고래등 같이 크고 육중해 보이는 건물을 떠 옮긴다는 광경은 제 눈으로 보기 전에는 믿을 수 없는 마술이었다.

'계자씨만 한 믿음이 있으면 태산이라도 움즉일 수 있다'고 한 성경 말씀이 진실이라고 창덕이는 생각하였다.

장대째 꼭대기까지 그 강파로운 언덕을 매일 아침 뛰어오르고 매일 오후 뛰어내려야만 한다는 일은 벅찬 일이기는 했으나 그러나 교정에 들어서기만 하면 바로 눈 아래에 종로 거리, 아련당과 연못, 대동문, 대동강은 물론 강 건너 사동 산맥까지 빤히 보이는 것이 언제나 기분을 상쾌하게 해주는 것이었다.

교사 앞 운동장도 굉장히 넓어서 휴식 시간에 맘대로 뛰어다니며 놀기도 좋았고 본격적인 체조 시간도 있어서 좋았다.

일본과 합방된 후 년차 대운동회가 금지되어 있는 것이 창덕이에게는 여간 섭섭하지가 않았었는데 이 넓은 마당에서 "앞으로 갓, 도라우편 우, 뒤로 갓" 하는 호령에 따라 행진하는 체조 시간을 절름발이인 창덕이도 즐길 수가 있었다. 더구나 그에게 위로가 되는 것은 그의 절름발이 걸음보다 더 웃음거리가 되는 걸음거리를 것는 애꾸눈 노(老)학생 하나가 있었기 때문에 창덕이는 기를 펴고 행진에 참가할 수 있는 것이었다. 이 애꾸눈 학생은 나이 이십이 다 된 노총각으로 창덕이의 동급생이었다. 이 학생은 '감사 영감'이라는 별명으로 널리 알려진 목수의 아들인데 그 나이에 아직 젓가락 쓰는 기술을 배우지 못해서 밥을 숟갈로 떠먹는 사람이었다. 그러면서도 톱이나 대패질하는 데는 손재주가 비상해서 하학 후에는 아버지를 도와 목수 일을 곧잘 하였다.

앞으로 행진할 때마다 이 애꾸눈 학생은 다리와 팔이 반대 방향으로 놀지 않고 한 방향으로 놀기 때문에 그 꼴이 학생들의 폭소 꺼리가 되었고, 또 한쪽 눈으로만 앞을 보기 때문인지 그는 언제나 대열을 떠나서 왼쪽으로 치우쳐 걸어 나가기 때문에 체조선생에게는 골치덩어리가 되었다.

애꾸눈의 아버지 본명이 무엇인지를 아는 사람은 별로 없었으나 '감사 영감'이 누구라는 것은 예수교인들뿐 아니라 목수나 미쟁이 간에는 모르는 사람이 없었다. 이 목수가 말 열 마디를 하면 그중 다섯 마디는 '감사합니다'였다.

어떤 집에서 난 지 한 달도 채 못 된 애기가 경풍으로 죽은 일이 있었다. 조상하려고 그 집 문 안에 발을 들여놓으면서 이 목수가 한다는 수작이
"감사합니다"였다.

"아니, 이 영감쟁이가 미쳤나? 남 참척[36] 당한 집에 와서 이게 무슨 망발이 웬까?" 하고 먼저 와 있던 교회 집사가 핀잔을 주었다. 목수는

"와 감사하지 않갔쉔가! 죄를 짓기는커녕 죄가 무엇인지 알지두 못할 때 죽은 이 애기는 지금 텬당에 바루 가서 주님 옆에 모시구 생명수를 마시구 있을 텐데 이게 감사하디 않으문 무엇이 감사하갔쉔까, 내 원!" 하고 말했다.

"오래 살문서라니 죄를 짓구두 회개만 하문 구원을 받을 수가 있는데, 세상 맛두 보구 나서 죽어 텬당에 가는 것이 더 됴티, 그게 무슨 소리요."

"아니디요. 죄 짓구 회개 열 번 하는 것보다 죄를 영 모르구 죽어 텬당 가는 것이 더 감사한 일이디요." 하고 목수는 제 고집을 그냥 세웠다.

'감사 영감'은 새로 진실소학교 구내 숙직실 한 채를 도급 맡아 지어놓은 일이 있었다. 온돌까지 다 놓고 나서 방 말리노라고 불을 때고 있는 동안에

---

36 참척 : 자손이 부모나 조부모보다 먼저 죽는 일.

이 집은 와르르 하고 주저앉아버리었다. 그 소리에 놀란 선생들과 학생들이 와 모여서고 교감 선생은 발을 동동 구르면서

"이거 어드카노? 이걸 어드카노!"

하고 되뇌이고 있었다. 그의 얼굴은 프르락 붉으락 금시 금시 변했다.

태연자약한 목수는

"감사합니다." 하고 한마디 크게 웨쳤다.

"이 영감이 미쳤나! 감사라니? 이런 큰일을 저즐루구서라무니." 하고 교감이 대들었다. 목수는 천천히 "감사하다뿐입니까. 감사, 감사, 감사하디요. 사람이 들어가 살기 전에 허무러진 게 그 얼마나 감사하웬까, 글쎄. 이게 내일 밤쯤 문어뎄드래문 선산님 몇 분은 디옥으루 갔을 거 아니웬까, 쯧, 쯧! ㅋ 문어진 집은 도루 세우문 되디만도 디옥에 빠진 혼이야 도루 건져낼 도리가 없디 않쉔까." 하고 말했다.

"그게 무슨 개수작이야. 우리 선생들은 모두가 진실한 교인인데." 하고 여러 입이 한꺼번에 비난을 퍼부었다. 그러나 '감사 영감'은 눈섭 한 가닥 까딱하지 않고 "진실한 교인이라구 평생 죄짓디 말라는 법 있쉔까? 녀인을 보구 음난한 생각만 품어두 그건 간음한 거나 마찬가지 죄라구 예수께서 말씀하시디 않았쉔까! 만일사 간음하는 꿈을 꾸는 동안 집에 티워서 즉사하문 디옥으루 갔디 별수 있갔쉔까, 홍!" 하고 말하고는 코를 뻥 풀었다.

어떤 일요일.

그 지루하기 한이 없는 낮 예배가 끝나자마자 창덕이 또래는 다람쥐 모양 어른들의 다리다리 사이를 요리조리 뚫고 신장이 놓여 있는 현관까지 맨먼저 나아갔다. 애초 신장에 올려놓지 않고 바닥에 되는대로 벗어놓았던 갓신이나 짚신을 휙 집어 들고는 버선발로 출입문 밖까지 나가서야 신을 신었다.

봄, 여름, 가을 같으면 예배 보는 중간에도 어른들이 모두 머리를 방바닥에 대고 엎디어서 기도를 올리는 틈을 타서 살작살작 빠져나와서 예배당 뜰

에서 숨박곡질을 하며 노는 재미가 있었는데, 이 겨울날 오후 예배는 난로 피운 방 안이 훈훈하고 밖은 너무나 춥기 때문에 그냥 참고 앉아 있기는 하나 무미 간조하고 지루하기 한이 없는 두 시간이었었다.

석양녘 찬바람이 콧속을 짝짝 얼어붙게 만들어주었다. 손으로 코를 막으면 귀가 시리고 귀를 막으면 코가 시리고 그러는 새에 두 손이 다 시려 들어오고 두 손을 주의 소매 속에 들이밀면 귀와 코가 얼었다. 오직 달음박질로 추위를 이겨보려고 팔장 낀 채 깡충깡충 뛰어 나가던 창덕이는 바로 대문 밖에서 문택수와 딱 마주치었다. 택수는 숨차하면서 창덕이의 팔을 꽉 붙잡고

"야, 강도(講道)³⁷ 누가 했니?" 하고 다짜고짜로 물었다.

창덕이는 대답해줄 생각은 없이 부뜰린 팔을 빼려고 언덕 아래쪽으로 한 걸음 내려섰다. 그러나 그보다 나이 오 년이나 더 먹었을 뿐 아니라 키가 엄청나게 크고 어깨가 떡 벌어진 택수의 거북 같은 억센 손아귀에서 해방될 수는 없었다. 더구나 약을 올려주다가는 그 쇠뭉이같이 탄탄한 주먹이 자기 이마에 대추알만 한 혹을 내주게 되고 말 것이라는 사실을 여러 번 겪은 경험에 의하여 창덕이는 잘 알고 있는 것이었다. 그래서 말을 하려고 입을 벌리는데 어느새 왜떡 한 개가 그의 입속으로 쑥 들어왔다. 말큰하고 구수하고 달콤하였다.

다른 계절 일요일이었드라면 연보³⁸ 돈 내라고 할머니가 쥐어준 동전 한 잎은 '하나님의 시재궤'로 들어가기 전에 어느새 알사탕이나 왜떡으로 변하여 창덕이 배 속에 저장되었을 것이었었다. 그러나 이 치운 날 할머니와 어머니와 누나와 모두 함께 예배당까지 같이 와서 그녀들은 모두 부인석 문으로 들어가는 것을 확인하기는 했으나, 그 멀고 강파롭고 울퉁불퉁하고 미끄러운 언덕길을 도루 내려가서 과자 가게까지 갈 용기는 나지 않고 꽁꽁

---

37 강도(講道) : 교리를 알기 쉽게 설명하는 일.
38 연보 : 헌금.

언 몸을 훈훈한 방 안에서 녹여 갈 생각이 그를 더 한층 꼬였던 것이었다. 그날 그 연보 돈 일전은 틀림없이 집사가 들고 다니는 입 터진 주머니 속으로 고시란히 들어가버렸고 입에 단맛을 못 보는 대신 활활 타는 쇠난로 바로 옆자리에서 소르르 졸음이 올 만큼 몸을 녹인 것이다. 그랬는데 지금 공짜로 생긴 왜떡인지라 그것은 맛이 훨씬 더 좋은 것같이 느끼어졌다.

그러나—왜떡 한 개쯤에 내가 매수되다니. 내가 아르켜주지 않으면 이 택수는 지 엄마한테 실컷 두드려 맞을걸—하는 생각이 그에게 났다. 그의 이런 생각이 어떻게 택수에게 전해지기나 한 듯이 창덕이가 입에 문 왜떡 한 개를 다 삼키기도 전에 그의 손에는 왜떡 두세 개가 또 쥐어졌다.

"이거 웬 거 이리 많아!" 하고 창덕이는 부지중 중얼거리었다.

"난 화수분[39]이거든. 왜떡은 얼마든지 더 줄게. 어서 아르켜줘. 어서 어서. 데기 우리 오마니가 간다. 얘. 빨리." 하고 택수는 독촉하였다.

"강도 데목은 말이야!……" 하다가 창덕이는 손에 들었던 왜떡 전부를 입에 틀어넣고 양 볼이 불룩한 채 후물후물하였다.

"이 새끼, 그만 처네쿠 어서 알으켜줘." 하고 소리 지르는 택수는 주먹을 불끈 쥐어 창덕이 머리 위로 내밀었다.

"응, 응, 가만, 아 목메……."

"어서 말해, 내 때리진 않을께, 이 속에 떼기떡은 얼마던지 있어." 하면서 택수는 자기 가슴께를 주먹으로 툭툭 치는 것이었다.

창덕이는 목에 뿌듯한 떡을 억지로 꿀꺽 삼켰다. 눈물이 났다. 그는 그날 오후 예배 시간에 설교한 목사 이름과 그 제목을 말해주면서 손도 내밀었다. 택수는 서슴치 않고 주의 자락 속 안주머니로부터 왜떡을 한 우큼 끄집어내서 창덕이 손에 놔주었다. 창덕이는

"넌 참 됴캇다. 한번에 두 냥어치두 더 될 왜떡을 사넣구 다니니." 하고

---

39 화수분 : 재물이 계속 나오는 보물단지. 그 안에 온갖 물건을 담아두면 끝없이 새끼를 쳐 그 내용물이 줄어들지 않는다는 설화상의 단지를 이른다.

부러운 듯이 말했다.

"흥, 멍텅구리 새끼. 겨울엔 도둑질하기가 쉽다는 걸 넌 모른단 말이냐 그래." 하고 말을 배앝으면서 태수는 불이 나게 달아나버렸다.

"도둑질!"

창덕이의 머리는 아찔하기는 하면서도 이 한마디가 너무나 솔깃하게 들리었다. 꿈을 가득 채운 씨(種子)였다.

"마귀야 물러가자."[40] 하고 창덕이는 웨쳤으나 그 목소리에는 힘이 없었다.

택수는 문욱봉이의 둘째 아들이었다. 그는 소학교에서도 여러 번 정학도 맞고 낙제도 하고 하였기 때문에 나이는 창덕이보다 오 년이나 맏이면서도 지금 창덕이와 동급생이었다.

장대째 예배당은 고래 같은 큰 기와집이었는데 목꺽어 ㄱ자로 지어서 두 가닥이 모인 데가 강대[41]고, 위쪽은 남자석 바른쪽은 여자석이었다. 이 건물 맨 뒤에는 이층이 있었다. 겨울날 난로는 강단 바루 아래와, 중간과, 뒤 이층 아래, 이렇게 세 개씩 놓이군 했다. 이층 아래 놓인 난로 굴뚝은 이층 마루바닥에 구멍을 통하여 이층 천정 가까이까지 올라가 가지고 목이 꺾이어 창문께로 가서 담 밖으로 뻗어나갔다. 이 굴뚝으로 빠져나가는 더운 연기로 과히 넓지 않은 이층을 뎁히는 것이었다.

겨울이 지나가면 굴뚝과 난로는 다 떼어다가 창고에 보관해두었다. 그러니까 겨울을 제외하고는 봄, 여름, 가을 내내 이층 바닥에 뚫린 굴뚝 구멍은 뎅공하니 비어 있었다. 부모 또는 선생 성화에 못 이겨 마지못해 예배에 참석하는 작란꾸레기 어린이들은 이 이층으로 올라가서 바루 그 구멍가에 앉기를 즐겨했다. 그들은 울깃불깃한 전도지(傳道紙)를 접어서 학을 만들어 그 구멍 아래로 내려 보내는 작란에 도취되군 하였다.

---

40 마귀야 물러가자 : "마귀야 물러가라"의 오기이다.
41 강대 : 책 따위를 올려놓고 강의나 설교를 할 수 있도록 만든 도구.

어떤 수요일 밤 예배 때.

이층으로 올라 간 택수는 그 구멍에다 대고 오줌을 갈기었다. 바로 그 구멍 아래 자리에 앉아 있던 갓 쓴 노인은 오줌 세례를 받았다. 집사가 달려왔으나 택수는 도망가지도 않고 유유히 그 집사에게 이끌리어 나갔다.

이 일로 인하여 택수는 세 번째 무기정학 처분을 받았다.

도화[42] 시간이었다.

학생들에게 사생시킬 소재를 거의 다 소진한 도화 선생은

"오늘은 너희들 각자가 몸에 지니구 있는 걸 맘대루 택해서 한 가지씩 그려라." 하고 화제를 내 주었다. 창덕이는 그의 왼손을 펴놓고 그것을 그리었다. 남의 얼굴을 그리는 것보다 자기 손을 그리는 것이 편리하고 쉽기 때문이었다.

도화 시간 하학 후 쉬는 시간에 택수는 교장실로 호출되어 들어갔다. 그는 또다시 무기정학 처분을 받았다. 그가 그려 바친 그림은 사람 몸의 한 부분임에는 틀림이 없었으나 그러나 그것이 너무나도 엉뚱하고 징그러운 부분의 그림이었기 때문에 정학 처분을 받게 되었다는 것이다.

택수가 창덕이 머리에 심어준 마귀는 그의 머리를 완전히 점령해버리고 말았다. 그는 할머니를 조르고 졸라서 주의 안자락에 주머니 한 개를 기워 넣었다. 예배당 갈 때 손이 시리니 찬송가책을 넣고 다닐 안주머니가 필요하다는 거짓말까지 그 마귀는 창덕이에게 귀띔해준 것이었다.

그는 주의를 입고 단골집인 과자 가게로 갔다. 어끄제까지만 해도 그는 거침없이 가게 안으로 썩 들어가서 동전 한 푼을 과자함 유리 뚜껑 위에 쩡그렁 소리가 나도록 던지고는 안방을 향하여

"할만, 난 떼기떡 한 개 꺼내요." 하고 말하고는 주인 대답이 있건 없건 뚜껑을 열고 떼기떡 한 개를 끄집어내서 뚝 잘라 먹군 하였었다.

---

42 도화 : 도안과 그림. 그림 그리는 일.

그러나 지금 마음속에 흑심을 품은 그가 가개 앞을 다달으기도 전에 두 다리가 떨리고, 그간 통 잊어버리고 있었던 그의 절름발이 걸음이 새삼스 레 어색해지는 것을 느끼었다. 가슴조차 너무나 울렁거렸기 때문에 그는 가개 안으로 들어서지 못하고 지나쳐버렸다. 그는 돌아섰다. 가슴이 두근 두근하고 무엇이 목덜미를 누르는 것 같은 공포심이 그를 사로잡았다. 그 는 몸을 떨었다. 추운 마바람[43] 때문만은 아니었다. 마귀의 유혹을 뿌리쳐보 려는 몸부림이었을런지도 모를 일이었다.

그는 아래위 길을 언듯 훑터보았다. 깊은 골짜기 아래 길이라서 벌서 어 둑신했다. 행인도 눈에 띠이지 않았다.

─남은 하는 짓을 나는 왜 못해! 내가 그래 택수만 못하단 말가─ 하고 자 기 자신에게 다짐을 두면서 그는 가개 안으로 들어갔다.

가개 안은 행길보다 더 어둑신하고 주인 모습도 보이지 않았다. 가개와 안방 사이 장지문[44]에 끼어 있는 손바닥만도 못한 작은 유리 쪼각을 유심히 노려보았다. 사방 둘러쌓인 하얀 창호지 한 중간에 외롭게 끼어 있는 그 유 리는 컴컴하였다. 안방에도 불을 켜놓지 않은 것이 분명하였다. 그의 눈은 왜떡함으로 쏠리었다. 유리 뚜껑 속에 포개져 있는 동구란 떼기떡만은 유 난히도 똑똑하게 그의 안막을 자극시키는 것이었다.

그는 침을 삼키었다. 그 침 삼키는 꿀꺽 소리가 너무나 요란하게 그의 고 막을 흔들었다.

그는 왼손 바닥에 꼭 쥐고 있는 동전을 유리 뚜껑 위에 짤랑 던지고 싶었 다. 그러나 그의 주먹은 펴지기를 거부하고 더욱더 꽉 쥐어지기만 했다.

"주인 할만, 나 떡 한 개……." 하고 태연하게 말을 하라고 그의 이성(理 性)은 독촉하는 것이었으나 마귀 손아귀에 든 그의 감정은 성대의 기능을 마비시킨 모양이었다.

---

43 마바람 : '마파람'(남풍)의 평북 방언.
44 장지문 : 방과 방 사이, 또는 방과 마루 사이에 칸을 막아 끼우는 문. 미닫이와 비 슷하나 문두가 높고 문지방이 낮다.

입술이 지독히도 말라 들어왔다.

입을 악 물었다.

그의 눈은 장짓문에 끼운 유리 쪼각에 고착되었다. 그의 바른손은 과자함 유리뚜껑을 쥐었다. 조심조심 소리 않 나게 그 뚜껑을 한쪽으로 밀어놓았다. 동전 쥔 손은 더욱더 꼭꼭 쥐어지고 바른손 손가락은 날름날름 재빨리 움즉이어 떼기떡을 몇 개 한꺼번에 집어 들었다. 왜떡을 쥔 그의 손이 그의 가슴팍까지 올라가서 이리저리 더듬었으나 주의 자락이 졸연히 잡히지가 않고 고름이 손의 행동을 방해하는 것이었다. 그의 손은 더욱더 허둥거리고 진땀이 나며 머리가 아찔하였다.

우연히 손이 안주머니 속으로 쑥 들어갔다. 그는 왜떡을 주머니 속에 놓아주고 나서 손을 빼면서 돈 든 주먹으로 주의 자락을 제끼었다.

그의 바른쪽 손은 초속도로 과자함과 안주머니 사이를 왕복하였다.

"흙!" 하고 그는 소스라쳐 놀랐다. 머리끝이 주볏하고 등골로는 소름이 내리흘렀다.

"할만, 이 돈." 하고 웨치면서 그는 왼손바닥을 폈다. 손바닥에는 땀이 고여 있었다.

창덕이는 가게 밖으로 이끌리어 나갔다. 얼결에 그는 키 큰 남자가 자기 팔을 마구 끌고 있는 것을 깨달았다. 부지중 그는 "안 그래요. 다신 안 그래요." 하고 소리를 질으면서 울음보를 터뜨리었다. 키 큰 어른은 창덕이의 주의 자락을 들치고 그 안 비밀 주머니로부터 떼기떡을 다 꺼내 들고는 가게 안으로 한 발을 들여놓았다. 이 사람은 다른 이가 아니고 바루 성경을 가르치는 황 선생이었다. 나이 거의 환갑이 된 노인이었다.

창덕이의 대뇌(大腦)는 다리 신경에게 "도망가라. 도망가라." 하고 거듭 명령을 내리는 것이었으나 그의 다리 근육은 그 지시를 복종할 수 있는 기능을 잃어버린 모양이었다. 그는 왼몸이 자즈러드는 것을 느끼면서 그냥 오뚝 서 있었다.

"앞서라. 가자, 학교루." 하고 말하는 황 선생의 음파는 그의 고막에 확실하게 전달되었다.

―종아리, 매, 정학, 아바지의 매― 이런 무서운 생각에 휘쌓이면서도 그의 잘룩거리는 걸음은 언덕 위로 올라가고 있었다.

학교까지 그리 먼 길은 아니였으나 학교 대문까지 다달았을 때 땅거미가 기어오르고 있어서 건물이 어렁귀하게 보이었다. 그 어렁귀하게 보이는 건물이 비틀비틀하는 것처럼 그에게는 보이는 것이었다. 그는 땅에 펄석 주저앉았다.

"다신 않 그래요. 한 번만 용서해⋯⋯." 하고 울음 섞인 목소리로 그는 자꾸자꾸 빌었다.

"아니, 얘가 왜?" 하는 목소리가 들렸다.

"응, 어름판에 미끌어데서 발을 삐었나 봐, 아마. 자넨 어서 가서 저녁이나 먹구 펜히 쉬게." 하고 황 선생이 말하면서 그는 창덕이를 업었다.

"저두 좀 도와드리디요." 하고 다시 말하는 사람은 젊은 일어 선생이었다.

"아니, 괜찮네. 어서 가라구. 내가 좀 늦었디. 아마." 하면서 황 선생은 창덕이를 업은 채 숙직실 안으로 들어갔다.

방바닥에 엎으러진 창덕이는 "다신 안 그래요" 소리를 연발하면서 엉엉 울었다.

창덕이 옆에는 가늘고도 회친회친[45]하는 회차리 한 묶음이 툭 떨어졌다. "헉" 하고 놀라면서 몸이 오그러 든 창덕이는 하도 겁에 질리어서 울 기운까지 잃어버리고 회차리 묶음을 푸는 황 선생의 손에서 그의 눈은 떠나가기를 못했다.

체념해버린 그는 습성대로 부시시 일어나 앉아서 다님을 풀었다.

그런데!

---

45 회친회친 : 회초리나 가늘고 긴 나뭇가지 따위가 탄력성 있게 몹시 잘 휘어지면서 자꾸 흔들리는 모양을 가리키는 북한 말.

웬일인가?

황 선생의 손이 회차리를 한 개 드는 것이 아니라 선생 자신의 다님을 풀고 있는 것이었다.

꿈인가? 도깨비에게 홀렸는가!

황 선생은 자기 바지가랭이를 말아 올리었다. 창덕이도 기계처럼 자기 바지가랭이를 말아 올리었다. 그는 일어섰다. 황 선생 손에는 회차리 한 개가 들리었다.

창덕이는 입술을 악물면서 눈을 꼭 감았다.

'휙' 하고 회차리가 울었다.

'찰싹'

종아리에 찰찰 감기는 그 아푼 매.

휙 찰싹, 휙 찰싹, 휙 찰싹.

그런데 어쩐 일인지 자기 종아리는 아픔을 조금도 느끼지 않는 것을 창덕이는 발견하였다. 그리더니

"이놈, 네가 덕이 부족해서 그런 거야." 하고 호통치는 성난 목소리가 그의 귀청을 때리었다. 그리고는 또 계속하여 휙 찰싹, 휙 찰싹.

"이놈아 네가 어뜨캐 가르쳇길래 학생을 도둑놈을 만들었단 말가. 응, 이놈."

이것은 다른 사람의 목소리가 아니라 바로 황 선생의 성난 목소리였다.

창덕이는 눈을 떴다.

황 선생 손에 들린 매는 선생 자신의 종아리를 무자비하게 내리 갈기는 것이었다. 저도 모르는 사이에 창덕이는 황 선생의 다리를 안고 늘어졌다.

황 선생은 창덕이를 떼밀었다. 창덕이는 좁은 방 한구석에 내동그라졌다.

황 선생은 매를 던지고 웃통을 벗었다. 다시 황 선생 손에 들린 회차리는 벗은 그의 어깨와 등을 사정없이 때리는 것이었다.

"이놈, 네가 잘못 가르케서 그렇게 되는 거야, 이놈." 하고 고래고래 소리

를 지르면서 때리는 회차리는 그의 등에 줄기줄기 싯뻘겋게 부풀어 오르는 선을 자꾸만 그어나갔다.

창덕이는 몸을 가누어 가지고 황 선생께로 달려가서 그의 매 든 팔을 부여잡고 늘어졌다.

"선산님, 선산님, 선산님!" 하고 그는 거듭 빌었다.

황 선생은 창덕이를 얼싸안고 좌락좌락 울기 시작했다. 창덕이도 울었다.

"자, 우리 기도하자." 하고 마침내 황 선생은 부드러운 목소리로 말했다.

기도는 무척 오랬다.

이때까지 창덕이는 수천 번, 아니 수만 번, 기도 소리를 들어왔으나 이날 기도처럼 그의 골수까지 파고 스며드는 기도를 듣는 것은 처음이었다.

기도를 끝내자 황 선생은

"창덕아." 하고 불렀다. 그리고는

"춥겠구나. 바디가랭이를 내리구 다님을 매라. 그리구 말이디, 너 나하구 맹세하디, 다시는 그런 못된 짓 하지 않는다구."

"예."

"이 일은 너하구 나하구 하눌에 계신 하나님 아바지 하구 셋이만이 아는 일이다. 네가 만일사 또 도둑질을 하면 나는 혹시 못 보더래두 하나님께서는 무소부재[46]시니까 꼭 보신다. 어데서나, 언제나. 알겠니?'

창덕이 집에는 갑자기 세 식구가 늘었다. 창덕이와 동갑인 단성이라고 하는 처녀애, 중신(重信)이라고 하는 열아홉 살 난 총각, 그리고 그들의 어머니인 중년 부인이었다. 그 중년 부인은 창덕이 어머니의 먼 일가라는 것이었다. 그녀의 남편은 그동안 천대받아온 분풀이를 한답시고 한일합방 직후

---

46 무소부재 : 無所不在. 아니 계신 곳이 없다는 뜻. 하나님의 적극적 품성의 하나로, 그 존재와 섭리가 모든 피조물 속에 미쳐 있음을 이르는 말.

부터 일어를 배워가지고 일본 헌병 보조원 자리에 취직하여 의병(義兵) 토벌 앞잡이 노릇을 하다가 깊은 산속에서 전사했다는 것이었다. 갑자기 당하고 보니 세 식구는 의탁할 곳이 없는 정도가 아니라 당장 호구지책이 없었다. 창덕이가 장성한 뒤에야 안 일이지만 종사리로 잔뼈가 굵은 그의 어머니의 심경으로는 먼 친척을 도와준다는 의미에서보다도 세 명의 종을 한꺼번에 부리면서 호사하게 지난다는 생각에 더할 나위 없는 통쾌감을 느낀 것이 사실이었다.

한국이 일본에게 삼키게 된 그날부터 깊고 험한 산마다 조선인 의병들이 웅거하고 있으면서 일본인 관청과 기업체를 습격하여 재물을 빼앗고 일인을 죽여버리는 일이 도처에서 일어나기 시작하였다. 그래서 일본 헌병은 군대와 합세해가지고, 지리에 익은 조선인들을 앞세우고 산이란 산은 모주리 샅샅이 뒤져 의병과 싸우기 시작했다.

의병이라는 혐의만 받는 사람까지도 총살해버리는 데 만족을 느끼지 못하는 일본 군대와 헌병들은 조선인 장수가 다시는 출생하지 못하도록 예방하기 위하여서 높건 낮건 간에 한반도에 있는 산봉우리 꼭대기마다 일일히 올라가서 긴 쇠뭉치를 깊이 박아 정기(精氣)를 말살시키는 일[47]에 골몰하였다.

7

'파란 물이 드나 보려고 옷고름을 담가본' 촌색씨가 있었다고까지 알려져 있는 파랗고 맑은 대동강 물 흐름 위에는 숯껌정이를 칠한 것처럼 보이는 씨꺼먼 배들이 오르내리어서 물을 흐려놓기 시작하였다. 그 배를 타고 다니는 사람들도 모두 옷 입은 채 먹물에 목욕하고 난 것처럼 옷과 손과 의

---

47 산봉우리~말살시키는 일 : 일제강점기 조선총독부는 조선 반도의 융성을 막기 위해 전국의 주요한 지역을 풍수지리설에 따라 쇠말뚝을 박았다는 설이 있었다.

복이 다 새까맜었다.

돌탄[48]을 실어 나르는 배라고 하는 것이었다.

통나무를 구어서 목탄을 만들어 쓰는 것은 상식이었으나, 일본인들은 산 밑에 굴을 뚫고 돌탄을 그냥 마구 캐낸다는 것이었다. 기차를 끌고 다니는 기관차 화력은 숯으로는 안 되고 석탄이라야만 된다는 것이었다.

창덕이의 형인 웅덕이가 소학교 七년 첫 학기를 끝내고 여름 방학이 되자(일본인 자녀만이 다니는 공립 소학교와 조선인 자녀만이 다니는 공립 보통학교는 六년제 이었고 기독교에서 경영하는 사립 소학교는 八년제이었다.) 그는 일본 수도 도꾜로 유학을 갔다.

한국이 일본에 합병되기 전부터도 한국 정부에서 학비를 대주는 관비유학생이 더러 있었었다. 합방 후에는 사비를 써가며 일본으로 유학하는 조선인 학생 수가 나날이 늘어갔다. 도꾜에서 유학하는 조선인 학생들의 영(靈)적 계도를 올바루 해야 된다구 느낀 평양 예수교에서는 북장노교파와 남감리교파가 합동하여서, 유학생을 위한 교회를 도꾜에 설치하였다.

이 교회 초대 목사로 최설 목사가 부임해 갔는데 이 최 목사는 황보익준이와 절친한 사이이었다.

최 목사가 취임한 지 一년 만에 잠시 귀국하였다. 최 목사는 기이하고도 도저히 믿을 수 없는 여러 가지 이야기를 밤새도록 쏟아놓았다. 목사의 말이니 믿어야 된다고 속으로 다짐은 두면서도 간간 목사도 거짓말을 보태서 하는 것이 아닌가 하는 의혹을 억누를 수가 없었다.

"글쎄 말이우다. 화륜선, 화륜선 하기에 그게 어떤 것일가 했더니, 그게 보통문보다두 더 웅장한 통 쇠 배입데다가레. 돛두 달디 않구 노두 젓딜 않는데두 글쎄 어떻게두 빠르디 골치가 아프구 메식낌질[49]이 납데다가레. 이

---

48 돌탄 : "돌처럼 굳은 탄(석탄)"의 뜻을 가진 북한 말.
49 메식낌질 : 메스꺼움증.

쇠배 낭(兩)쪽에는 집채만큼 큰 방아가 빙글빙글 돌구 있는데 갑판 위에 솟은 아름들이 쇠 굴뚝이 번갈아 올라갔다 내려갔다 합데다. 그 소리가 쿵덩쿵덩 하문성 배가 푸들푸들 떨더군요."

일본에 유학하는 학생 교회 상황을 들으려고 예수교 서원 원장인 정익노 장노댁 넓은 사랑 하나 가득 모인 목사, 장노, 영수,[50] 집사들은 교회 이야기와는 거리가 먼 별의별 놀랄 만한 이야기에 도취 되어 있었다.

"그리구 말이디요. 우리 피양 성내에서는 경창리 선교촌에서만 켜는 그 던기불을 말이디요, 뎅경(東京)에서는 거의 집집마다 다 켜구 살딜 않가센가 글쎄. 또 그리구 와 던화라는 거 있디 않소? 선교촌에서 쓰는 그 요술 기계 말이오. 따르릉 따르릉 저 혼자 우는 시커먼 기계를 들어 귀에다 대문 그 속에서 사람 목소리가 나구, 나두 이쪽에서 말하문 데쪽에서두 내 말을 알아듣구 하는 거 말이오. 난 그게 미국 사람들만이 가지는 귀신 붙은 물건인 줄로 알았드랬는데, 글쎄 그곳 웬만큼 큰 상덤에는 거의 다 그 기계를 놓구 쓰구 있읍데다. 그리구 또 지금은 한참 박람회라는 걸 열구 있는데, 세상 별 기기묘묘한 물건을 다 구경시키는데, 그 숫탄[51] 걸 다 구경할래문 열흘이 걸레두 모자라갔습데다, 내 원 글쎄 그런……."

"왜놈들은 양코백이 숭내는 시시콜콜 다 하는 모낭(모양)이구만." 하고 한 사람이 말했다. 최 목사는

"시시콜콜이 다 숭내내서 손해볼 껀 하나두 없디 않쉔까. 우리두 숭내 내야디요, 개화 생활을 올바루 하려면." 하고 강조하였다.

그 이튿날 밤 정 장노 사랑에 다시 모인 십여 명 유지는 일본 관광단을 조직하였다. 기독교 신자가 대부분이요, 예수 믿지 않는 상인도 서너 명 끼어 있었다.

황보익준이는 자기도 이 관광단에 한몫 끼었을 뿐 아니라 이 기회에 맘

일억오천만 대 일

50 영수 : 領袖. 장로교에서 조직이 안 된 교회를 이끌어나가는 임시 직분.
51 숫탄 : 숱한. 아주 많은.

아들 웅덕이까지를 도꾜로 데리고 가서 최 목사 댁에 기숙시키어 일본 중학교에 입학시키기로 작정했다. 그가 젊었을 시절에 과거에 응시해보려고 十년을 하루같이 공부를 열심히 하고도 과거제도가 별안간 폐지되는 바람에 十년공부 나무아미타불이 되어버린 것이 한이었었는데, 나라가 이미 일본의 속방[52]이 된 이상 이 정권하에서 출세를 하려면 식민지에서 그냥 어물어물하고 있을 것이 아니라, 그 나라 중심부에 일쪽부터 아들을 보내서 공부시키는 것이 현책이라고 생각되었기 때문이었다.

예수교서원 원장 정 장노도 같은 생각이었다. 그래서 그는 장가들어 틀었던 상투를 깎고 숭실중학에 다니던 그의 아들을 데리고 떠나기로 하였다. 그의 며누리가 임신 중이건 말건 상관 없이 아들을 축여서[53] 데리고 떠나는 것이었다.

이 관광단과 유학생이 떠나던 날 웅덕이네 남자 식구는 통틀어 정거장까지 배웅 나갔다.

남문까지는 걸어가서 거기서는 새로 부설된 밀차[54]를 타고 갔다. 일본인만이 모여 사는 신시가 상업 중심지 넓은 신작노 동쪽 가생이에다가 기차 궤도보다는 가는 쇠 궤도를 깔아놓고, 그 위로 밀차가 달리기 시작했던 것이었다. 이 밀차는 널판지로 짠 큰 궤짝 같은 꼴을 한 것인데, 三면은 나무 벽이고 한 면은 전체가 승강구로 되어 있었다. 궤속 좌우 쪽에 사람이 앉기에 알맞은 높이의 걸상을 벽에 붙혀 매고, 한쪽에 두 사람씩 걸쳐 앉게 마련이어서 손님 네 사람이면 만원이 되었다. 이 쇠바퀴 달린 나무차를 힘세고 뛰기 잘하는 청년 한 명이 뒤에서 밀며 달리기 때문에 이것을 '밀차'라고 이름 지은 것이었다.

평양역까지 나가는 일이 웅덕이에게나 창덕이에게나 이번이 처음은 아니었다.

---

52 속방 : 종속국.
53 축이다 : 추기다. 다른 사람을 꾀어서 무엇을 하도록 하다.
54 밀차 : 철도 위로 굴러가게 되어 있는 작은 짐차.

일본인 도장관[55]이나 부윤[56](시장격)이 경성으로 가고 올 때, 또는 조선총독부 고관이 평양으로 올 때나 갈 때나 학생들은 총동원되며 역까지 행진해가서 환송 또는 환영을 하군 했었다. 그러나 웅덕이나 창덕이가 플랫폼까지 들어가보기는 이번이 처음이었다. 동원되어 나온 학생들은 출찰구 밖에 좌우로 열 지어 세우는데, 출찰구 제일 가까운 곳에 일본인 학생이 서고, 제일 끝으머리에 사립학교 학생이 서는 것이 원측이었다.

이른 봄 식목일마다 묘목 심는 일에도 학생들이 의례히 총동원되었다. 나무를 심는 자리에서도 일본인 학생과 조선인 학생 간에는 차별대우가 있었다. 학교마다 할당된 묘목을 다 심고 나면 일본인 학생들에게는 '모찌떡'이라고 하는 일본 떡을 흰 것 파란 것 해서 두 개씩 논아주면서 조선인 학생에게는 한 개도 주지 않았다. 그 다음해부터 조선인 학생 중에도 특히 사립학교 학생들은 묘목을 꺼꾸로 심어버렸다. 선생들도 그것을 묵인해주었다. 이것이 차별대우에 대한 무언의 항거이었다.

기차에 올라타면서 황보익준이는
"창덕아, 너두 기차 한번 타보구 십디 않니?" 하고 물었다. 창덕이는
"자행거나 한 대 사다 줘." 하고 딴두[57]를 하였다.

새방성 한 동리에서만도 자전거를 소유한 집이 셋이나 있었다. 장손이, 차돌이, 보똘이는 자전거를 타고 다니는 지가 이미 오래였었다. 창덕이도 그 신기스런 재주를 배와 타고 다니고 싶었으나, 감히 사달라고 졸으지는 못했다. 눈치코치 보아가며, 때로는 비굴한 웃음까지 웃어 보이면서, 동무의 자전거를 잠시잠시 빌려서, 타는 법은 이미 다 배와둔 그이었다. 자전거 안장은 창덕이 그때 키에는 너무 높았기 때문에 안장에 그냥 올라앉기는 불가능했을 뿐 아니라, 혹 돌을 발아래 괴고 자전거를 높여서 올라 앉아보아

---

55 도장관 : 도지사.
56 부윤 : 부(府)의 우두머리.
57 딴두 : '딴전'의 평안도 방언.

도 발이 페달에 닿지가 않았다. 그래서 그는 한편 바지가랭이를 무릎 위까지 말아 걷어 올리고는 그 다리를 자전거 틀대 밑으로 넣어서 저쪽 페달을 밟고는, 엉거주춤 서서 자전거 타기를 배왔던 것이었었다. 그러니까 그의 머리속에 우위를 차지하고 있었던 욕망은 그 무엇보다도 자전거 소유욕이었었다.

일본 관광 두 주일을 끝내고 돌아온 황보익준이는 창덕이에게 줄 자전거 한 대를 사 가지고 왔을 뿐만 아니라 만나는 사람에게마다 몇 차례씩 되풀이해 들려주어도 실증이 나지 않고 도리어 신이 나는 이야기 주머니도 차고 왔고, 또 그의 머리속에는 도꾜에서 보고 들은 것을 기초로 한 여러 가지 경륜을 고이 간직해 가지고 돌아온 것이었다.

관광단에 참가했던 사람들의 이야기 주머니는 그야말로 화수분이었다.

"일본꺼정 갈 거 아니라 우리 한양만 봐두 인제는 양국 한 가지두구만."
하고 한 사람이 말했다.

"인제는이라구? 언제 한양에나 양국에나 가본 일이 있었댔나, 이전에?"

"한양두 첨 보니까니 거 정말 얼떨떨합데다. 촌닭 관텅(관청)에 간 것보다두 더 얼벌벌하던걸요!"

"그로티요. 농산덩기덩(용산정거장)에 척 내리서니까니, 밤이 낮터럼 밝디 않카쉔까, 글쎄. 던기불 텐디[58]입데다."

"거두 그로쿠. 난 그 인력거가 너무나 많은데 놀랐우다."

"그래, 그래요, 그리구 한양 인력거는 피양치보다 더 평안합데다가레. 바퀴가 통쇠 바퀴가 아니구 자행거 바퀴처럼 바람 낸 바퀴가 돼서 덜컹거리질 않거던요."

"그거뿐이와, 어데? 던차라는 히한한 차가 다니는데 우리 피양 밀차는 거기 대문 장난깜이디요."

---

58 텐디 : 천지.

"그러기 말요. 기차부단 좀 작디만 그 긴 던차가 사람을 수십 명씩이나 태우구두 밀꾼두 없는데 저 홈차 달리던걸."

"빨르긴 또 얼마나 빨르구. 기차보다는 좀 덜 빨르긴 하디만두."

"참, 왜놈 재주는 귀신이야!"

"여보. 내 잘 알아보니꺼니 던차는 왜놈이 놓은 게 아니구, 원채 양고자가 났던 걸 왜놈이 샀다구 합데다."

"남대문은 덩말 기둥 한 개만으루 버티어 놨읍데가?"

하고 묻는 사람은 서울 구경도 못한 늙은이이었다.

"그건 봉이 김 선달이나 할 소리구. 웅장하긴 대동문 백 곱절두 더 되겠읍데다."

"한양 니아긴 그만하구 어서 뎅경(도꾜) 니아기나 듣습세다가레."

"뎅경이래야 한성보다 더 나흘 건 없어요. 뎅경엔 왜놈만 사는 데다가 하두 커놓니 게다 소리가 더 요란할 따름이디. 말두 앉아들을 수 없구. 우리두 벌찌(벙어리)가 되구."

"아니, 그렇디두 않디요. 그 네관(여관)만 보드래두."

"하, 네관 니아긴 꺼내디두 말소, 디긋디긋하웨다."

"왜, 재민 홈차서 보구. 밑구멍으루 호박씨는 왜 까구 있쉔까!"

"내야 뭐 재미 본 거 있나 데게 데 덩 당노가……."

이 말에 관광단에 참가했던 사람들은 한꺼번에 와 웃음보를 터틀이었다. 영문을 모르는 사람들은,

"홈차들 웃디 말구 어서 속 씨언이 니아기를 하소고레." 하고 말했다.

"니아기는 서캐디."

"그르디 말구 어서."

"요절할 니아기가 하 많아노니꺼니."

"덩 당노님 양복 닙던 니아기……."

"여보들, 그만하구 관둡시다." 하고 볼멘소리를 하는 것은 뚱뚱보 정 장노이었다.

"왜? 듣기가 싫쉔까? 그래두 난 니아긴 할래요. 덩 당노님은 귀 막구 계시구레. 일본엘 갈래문 한복으룬 안 되구 양복을 닙구 가야 한다기에 우선 서울에 내려서 왜놈 집에 가서 양복을 한 벌씩 샀디요……."

"그만둬요." 하고 정 장노가 얼굴을 붉히며 소리 질렀다.

"그거 뭐 그리 성꺼정 낼 꺼야 뭐 있쉔까? 누가 없는 소릴 지어서 하나."

"그럼 실컷 하소, 해." 하고 고함을 지른 정 장노는 그 육중한 몸을 간신이 일으키어서 밖으로 나가버렸다.

잠시 어색한 침묵이 흘렀다.

"돼지터럼 뚱뚱한 게 죄디." 하고 이 좌중에서는 몸이 제일 호리호리한 익준이가 침묵을 깨뜨리었다.

모두가 한바탕 웃어댔다.

"어서 니아기하소." 하고 누가 독촉했다.

"내 니아기하디요. 외놈 양복 가개루 가서 양복을 닙어보구 맞는 걸 한 벌씩 다 샀는데 말이웨다, 덩 당노는 너무나 뚱뚱해서 맞는 것이 하나두 없읍데다가레."

"응, 그랬디. 그래서 우리꺼정 괘니 서울서 이틀이나 더 묵게 됐디오. 덩 당노는 양복을 맡겨 새루 지어야 된다는데, 덩 당노 몸찝을 줄자로 이리 재구 데리 재구 난 왜놈 말이 양복 짓는 데 이틀이 걸려야 된다는 바람에……."

"그게 뭐 그리 웃읍쉔까?"

"니아길 다 듣구 봐요. 양복을 닙는 데는 와이사스, 카라, 그리구 또 어그 무어라드라 오라 네구다이[59]라구 하던가, 하여튼 목을 매는 댕기꺼지 소용되거던요. 그래 그런 것을 모두 사 가지구 네관으루 가서 닙는데 말요, 카라가 여기 이 황보 넝수 목에는 너무 크구, 덩 당노 목에는 너무 작딜 않았쉔까 황보 넝수는 헐렁헐렁한 게 되려 펜안하다구 그냥 끼웠는데, 덩 당노

---

59 네구다이 : 넥타이.

목에는 그 짧은 카라를 끼울 재간이 있으야디요. 기차 탈 시간은 급하구, 채리기는 채려야 하겠구, 할 수 없이 나하구 데 사람하구 둘이서 덩 당노를 높이구, 우리 둘이서 타구 앉아서 억지루 그 짧은 걸 끌어다가 마주 대구 댄추를 끼웠디요. 아 그랬드니 그 낭반 상판이 빨개디구 씩씩하더니 숨을 못 쉬구 숨이 막히딜 않갔쉔까. 그냥 두문 숨 매켜 죽을 판이다. 거 정 큰일 났읍데다. 바루 그때 통변[60]이 들어오더니 목에 맞는 카라를 사 오디 않구 생사람 잡는다구 야단을 치거던요."

"그러기 말이디. 카라에 크구 적은 번호가 박혀 있다는 걸 우리가 알 턱이 있었으야 말이디. 글쎄."

"옳디, 옳아. 목이 굵구 가는 게 있으니꺼니 거기 매는 것두 적구 큰 게 있는 게 당연한 일이디요." 하고 말하면서 무릎을 치는 사람은 민 장노이었다.

"그리구 또 그 구쓰[61]……."

"그렇디, 그게 더 걸작이었디요."

"말두 마슈. 난 발이 작은 편인데두 발잔등까지 덮이는 그 구쓰를 신구 답답해서 혼이 났는데……." 하고는 제풀에 웃음이 터져서 말을 잇지 못했다. 딴사람이 말을 가로채가지고,

"덩 당노 그 큰 발에다가 구쓰를 억지루 신겨놓니 일어서다가 그냥 애쿠소리를 지르문성 주저앉았디요. 기차 시간은 닥아오구, 인력거는 기다리구 있구, 그래 할 수 없이 우리가 장지거릴 해서 인력거에 겨우 태왔디요. 덩기덩에 다달으니, 덩 당노는 인력거에서 내릴 생각은 않구 오만상을 찌푸리구 엉엉 울구 있으고래, 글쎄. 발이 아파 죽을 디경이니 제발 구쓰를 베껴달라는 거야요. 그래 내가 구쓰를 베껴줄려구 보니, 아 글쎄, 미욱두 하디. 왼쪽 바른쪽을 분간할 줄을 몰라서 구쓰를 어바꽈 신어놨으니 그 오죽했까쉔

60 통변 : 통역.
61 구쓰 : '구두'의 일본어.

까! 구쓰를 갓까스로 베껴서 짝 맞추어 신겨주려고 했더니 날 발낄루 차문 성 '구쓰 다시 신는 놈은 개새끼야' 하구 소릴 지릅데다가레. 그때 그 상판 때기 꼴이라니!"

"그래두 뎅경 가서 횡재한 건 뎡 당노 혼자뿐이 아니웬까?"

"그로카티, 그이가 누구라구. 외성 황꼽재기보다두 더한 구두쇤데. 뭘 횡 재했쉔까?"

"헌 만또 한 개를 참 눅게 샀디요."

"만또라니?"

"그 왜, 왜놈들이 겨울에 솜두루마기 대신 어깨에 두르구 다니는 거 잇디 않쉔까?"

"응, 그 소매두 없이 어깨에 그냥 늘어뜨리구 다니는 거 그거 말이구만 요, 그건 그러나 오뉴월 삼복거리에 겨울옷을 어데서 산단 말이오?"

"그러길래 뎅경이 대처(大處)가 아니웬까…. 뎅경뿐 아니라 그 나라에서 는 어데서나 춘하추동 분별없이 아무 물건이구 벌려놓구 팝데다. 그 나라 땅에 발을 드디자마자 털장갑을 다 샀는데요."

"털장갑은 또 왜요?"

"글쎄 말이디요. 부산서 화류선[62]을 타구 하루 한것을 가서 내렸는데, 뎡 당노가 화류선에서 내리자마자 하는 소리가 장갑을 사 끼구서야 그곳 기 차를 타겠누라구 생고집을 부린단 말야요. 어데서 줏어들었는지 왜땅에는 '스리'라고 하는 도둑놈이 많구 재간이 모해서 눈 깜작할 새 손구락에 낀 가락지를 빼간다구 욱이는군요 글쎄."

"그 구두쇠가 가락지는 웬 가락지?"

"그 왜 순종황데께서 서순하신 일이 있디 않쉔가. 그때 환궁하셔서 피양 유지 몇 사람에게 금가락지 한 개씩 하사하신 일이 있디 않쉔까."

"그로티요."

---

62 화류선 : 화륜선(火輪船). 기선.

"덩 당노는 자랑하구 뽐내누라구 그 가락질 밤낮 끼구 다니디오. 그래 일본 차깐에서 그 가락지 스리를 당하디 않을래문 장갑을 사 끼구 다녀야 된다구 그렇단 말이요. 그런데 너름(여름)에 장갑을 누가 낀다구 파는 사람이 있겠쉔까?"

"그래서?"

"그래두 가개엘 가봤더니 장갑을 팝데다. 털장갑이디요."

"삼복에 털장갑을 끼구 얼마나 더웠갔쉔까!"

"금가락지 도둑을 막는 장갑인데 더울 리가 있간쉔까!"

"작히 그럴 사람이디요, 덩 당노가. 그러니까 그 만똔가 뭔가 하는 것두 닙구 다녔갔으다가레."

"아니오. 닙구 다니기까지야 하갔쉔까. 너름에는 겨울치는 눅게 판대니까 그 헌옷 파는 가게로 갔디오. 그런데 참 히한두 합데다. 한 거리에는 헌옷만 파는 가개가 수백 호 줄리리 있더군요. 그둥 한 가게 안으로 들어가봤더니 양복과 만또를 좌우 벽에 줄리리 걸어놓고, 방바닥에는 그 다다미라는 돗자리를 펴고, 주인이 꿇어앉았다가 무어라구 왜말루 지꺼리문성 옆에 앉으라는 시늉을 하더군요. 통변을 가운데 두구, 덩 당노가 그 벽에 걸린 양복 가지가지마다 다 값을 물어보는데 우리는 지루하기만 해서 다른 데루 가구 말았디요. 우리는 그 긴 거리구경을 끝내구 날이 엇슬해서야[63] 아까 그 가개 앞을 다시 지나가며 보니 거기에 덩 당노가 그냥 주인하구 마주 앉아 있거덩요. 어서 가자구 하니까니 안즉 흥정이 끝 안났으니 먼저들 가라구 그러딜 않갔쉔까. 낯선 타향에서 더구나 밤둥에 길을 잃어버리문 말두 통하디 못하문성 큰일나디 않겠느냐구 했더니, 남 물건 눅게 사는데 제 걱정은 말구 어서 먼저 가래는 거야요. 넝감 고집에 화두 나구 한번 골려주려구 넝감 홈차 냄게두구 우리끼리 다 네관으루 도루 갔디요, 통변꺼정두."

이때 딴 한 사람이 말을 가로채서,

일
억
오
천
만
대
일

63 엇슬해서야 : 어슬해서야. 조금 어두워서야.

"네관 니아기가 났으니 말이디 그곳 네관은 참 신선노름입데다. 그건 보행객주가 아니구 손님만 치는 네관인데 방이 수백 개구 그 정갈하기라구는……."

"그르티요. 마루창 복도 낭쪽으루 방이 줄리리 있는데 문은 모두 창호지 바른 미다지입데다. 그리구 기절할 노릇은 아래층 문깐에만 상노[64]가 있구 방마다 예쁜 계집이 맡아서 심부림을 하는데, 그 모두가 톈상선네가 하강한 것 같더라니까요."

"하, 하, 이 넝수님 탈났군."

"탈까지야 날 게 있쉔까, 내 나이두 나이구. 또 예수교 교역자인 몸으루."

"후. 그럼 예수 안 믿는 강 진사는 톡톡이 탈 내구 왔갔구만요."

"마음은 있어두 말이 통해야 말이디."

"말만 통하문 또 무얼 하나? 그림의 떡이디." 하고 강 진사가 변명하였다. 그리고 그는 이어서,

"네관 니아긴 내게 마끼시우다. 예수쟁이가 이런 니아길 하문 죄가 될 테니까니 말이오. 문밖에서 자락자락 초신 끄는 소리가 나더니 바루 우리 방 미다지 밖에서 꾀꼬리 목소리가 무슨 말이디 하따라 마따라 하더니만, 미다지가 소리 없이 방싯 열리는데 말요, 바라다보니 짬자리(짱아)[65] 같은 산뜻한 옷을 걸친 일본 체니가 쟁반을 살작 들여놓더니 삽붓 안으로 들어서는 얼른 돌아 꿀어앉더니, 미다지를 살작 닫더군요. 뒤모습을 보니꺼니 망칙두 하게시리 뒷떼시기를 거의 어깨에까지 다 내놨는데, 분을 어찌두 지독히 많이 발랐는디 백설이 깔린 것처럼 희구 뽀얗습데다가레." 하고 나서 군침을 한번 삼키고 다시 말을 이었다. "체니가 삽분 돌아 앉으문성 방끗 웃어 보이는 것까지는 묘왰는데 그 니빠디(이빨)가 모두 새깜한 게 질색입데다. 무어라구 중얼거리는데 무슨 소린디 알아들을 수가 있으야디. 참 기가 멕

64 상노 : 밥상을 나르거나 잔심부름을 하는 어린아이.
65 짱아 : 잠자리.

히더군요. 차잔과 차종이 담긴 쟁반을 들구 살금살금 걸어오는데 보니 발은 맨발인데 머슴에 발처럼 넙찍하구, 옷자락 사이루 보이는 덩갱이는 홍두깨만큼이나 굵습데다. 그걸 보니 정이 뚝 떨어디더군요. 바루 앞에 꿇어 앉는데 분내가 물신나구 어떤지 좀 비릿한 냄새두 풍깁데다. 노라우리한 차를 차잔에 조르륵 조르륵 딸더니, 그 잔을 두 손으루 바뜰구 내 앞으루 내밀더군요."

"아, 강 진사가 서리 살살 다 녹아났군."

"아니 그건 약과야요. 밤에 자리 펴는 것꺼지두 그 체니가 보는 데는 그만……."

관광단에 참가 못했든 사람들은 모두 다 눈을 둥그렇게 뜨고 침을 삼키며 듣고 있었다. 익준이가 입을 열었다.

"잠자리꺼정 체니가 봐주는 건 괜찮은데, 밥을 먹을 때 옆에 꼭 지키구 앉아서 조마구(주먹)만 한 나무 강께(공기)에다가 밥을 살작 부쳐만 주구는 밥 많이 먹을가빠 감시하구 앉았는 데는 참 질색입데다. 쭐게(반찬)라구는 또 조마구만 한 까만 접시 밑에 발릴락 말락. 쭐게는 한 저깔, 밥은 세 저깔밖에 더 안 된단 말요. 밥 한 강께 떠주었으문 그만하구 나가주었으문 도캇는데, 고 체니가 꼭 지키고 앉아 있질 않카셴까! 면구스럽기 한이 없디만 한 강께 밥을 게눈 감추듯 하구 밥 더 퍼달라구 내밀었더니 아 글쎄 밥을 안 담아주구 노란 차물 쪼르르 따라주딜 않갔쉐까. 배 속엔 밥 기별두 안 갔는데. 그래 그 차를 단숨에 마시구 나서 강께를 또 내밀었더니 이번에두 또 차야. 자 그러니 말이 통해야 말이디요. 할 수 없이 밥통을 내가 끌어다가 놓구 뚜껑을 열구―그 밥통 나무 뚜껑이 어찌두 두꺼운디 그 체니 종다리만큼이나 굵습데다. 무척 산뜻하고 가는 것을 됴화하구 자랑한다는 그 왜놈들에게두 세 가지 두꺼운 것이 있습데다. 나무 밥통 뚜껑하구, 네자 종다리하구, 남자 얼굴 가죽하구 이렇게 세 가지. 내가 밥통―밥통이래야 우리 놋바리 두어 개 합친 것만큼밖에 더 안 되드군요. 하여튼 그 나무 밥통을 그채루 들구설라무니 퍽퍽 퍼먹기를 시작하니꺼니 그 체니는 요사스런 소리를 내더니 그냥 쪼르르 도망해 나가구 맙데. 그제사 내가 맘 턱 놓구 밥을 먹었는데 밥은 있어두 어데 쭐게가 있어야디. 그냥 맨밥으루 배를 채왔디요."

"그런 건 모두 다 고 뺀질뺀질한 통변 놈이 못된 새끼가 돼서 망신을 하개 된 거디요. 뒤에 알구 보니꺼니 그 나라 풍속에는 밥 강께에 밥알을 얼마 남군 채 내밀문 그건 밥을 한 강께 더 다오 하는 뜻이구, 밥알 한 톨 안 남구구 밴밴한 강께를 내밀문 그건 밥은 다 먹었으니 차 나 말아다오 하는 뜻이랍네다."

"고놈의 통변 새끼가 일어를 잘하는디 어떤디는 잘 모르겠으나, 그 새끼가 왜말을 좀 한답시구 뻐기구 뽐내는 게 얄밉긴 하디만두, 그놈을 앞세우구 단테 행동을 했기 땜에 우리 일행은 그래두 망신 덜한 셈이디요. 테면(체면)이 있으니깐 이등차를 타구 가자구 한 것두 잘된 일이었구."

"그로티요. 이번 일본 가서 들으니꺼니 첨 홈차서 일본 가는 우리나라 사람들이 그곳 풍속두 모르구 말두 서툴어서 망신 톡톡이 본 일이 한두 가지가 아닙데다. 지금은 와셋다 대학에 다니는 손정욱이란 늙은 학상 니아기 하나 할까요. 그 학상이 난생 처음 혼자서 뎅경까지 가는데 차깐에 들어가 보니꺼니 어느새 앉는 자리는 다 차구 서 있는 사람두 많더랍네다. 그 학상두 서서 한참 가다가 혹시 다른 차깐에는 앉을자리가 있디 않을까 하는 생각이 들데요. 그래 그 흔들거리는 차깐을 술 취한 사람 모냥 비틀비틀하문성 두서너 차깐을 지나서 한 차깐에 들어서니꺼니, 거기에는 빈자리가 드문드문 있더래요. 됴타꾸나 하구 앉았디요. 얼마를 가누라니까 차푀 검사하는 사람이 나타나더니, 매 사람 차푀를 보자구 하구는 제마다 짤깍 구멍을 뚫러주더래요. 손정욱이두 차푀를 내주었더니, 그 검사하는 사람 말이 이 차푀는 三등 푀니꺼니 뒤 차깐으루 가라구 하더래요. 기차는 같은 기찬데 등급이 있다니까 얼른 믿어지지가 않더래디요. 허나 살펴보니깐 자기가 가지구 있는 푀는 분홍색인데 옆에 앉은 일인이 내뵈는 푀는 흰색이 아니간쉔가. 차푀 검사 하는 사람은 三등 차깐으루 가던지 그러찮으문 돈을 곱절 내문 흰 차푀루 바꾸어주구 그냥 그 자리에 앉아 갈 수 있두룩 해주겠노라구 하더래요. 그러나 학상이 웬돈이 많캇센까. 헐 수 없이 닐어서서 三등 차깐으루 가는데 그 二등 차깐에 탄 사람들이 모두 빙글빙글 웃으면서 레다 보는데 어떻게두 점적[66]한디 모르겠더래요. 三등 차깐으루 도루 가서 밤새 서서 졸다가 동이 트니까야 내리는 사람들이 있어서 자리에 앉을 수 있게 됐대요. 뎅경 덩거덩에 내리기는 했는데 초행이라 길두 모르구. 그 학상보다 먼저 와 공부하는 친구가 덕어 보낸 주소루 찾어가야 하겠는데 어데가 어덴디 알 수가 있어야디요. 그래 그 주소 덕은 조이를 인력거꾼에게 주니까 고개를 끄덕끄덕하문성 타라구 하드래요. 학상인지라 생전 인력거를 타본 일이 없었디요. 가만히 보니 인력거 위에는 비단으로 덮은 방석이 깔려 있구, 밑바닥에는 방석이 펴 있디 않더래요. 그래 생각해보니꺼니 위 자리는 二등석이구 아래자리는 三등일시 분명하더라구요. 돈을 아낄려구 그 학상은 인력거 바닥에 책상다리하구 앉았대요. 일인 인력거꾼은 무어라구 지꺼리문성 자꾸만 위 자리에 올라타라는 헤눙[67]을 하디만 학상은 그냥 바닥에 버티구 앉은 채, 뎅경 거리를 달렸답네다. 그 학상 말이 지금 생각해두 점적해서 상판이 벌개지군 하누라구 그럽데다."

"흥, 말두 마슈. 우린 통변이 앞세우구 다니문성두…… 목깡탕에서 겪은 망신은 나두 평생 닛지 못하갓쉐다."

"목깡탕이라니요?"

"뎅경 네관에는 목깡탕이 있어요. 첨엔 그걸 몰랐드랬지만. 기차다, 화륜선이다, 또 기차다 메츨을 복떼기구 나니 몸이 찌뿌둥해서 보통강 생각이 간절히 납데다만 어데 강이 있어야디, 아니 강이 뵈기는 합데다만 옥작복작하는 시가디 한복판을 흐르구 있구, 또 웬놈의 배는 그렇게두 많은디. 평생 배 한 척을 집으루 삼구 사는 가족두 부지기수라고 합데다. 그리구 그 물이 어찌두 구지번한디, 그냥 똥물 한 가지야요. 자, 그러니 목욕은커녕 목물

66 점적 : 부끄럼의 평북 방언.
67 헤눙 : 시늉의 방언.

일억오천만 대 일

한 번두 못 맛구 메츨을 지나구 나니 사타구니가 끈적끈적해오구 거게가 개려워 들어오는데 어데 견델 수가 있어야디요. 그 뎅경이란 데가 날씨가 어찌두 구진디 거의 매일 비, 비가 멎두 후즉지근하구. 그래 통변에게 통사정을 했떠니 바루 네관 아래층에 목깡탕이 있다구 알켜주더군요, 그제서야 말이디요. 그래 목깡탕이라는 델 들어가보았더니 옷 벗는 방이 있구 테경[68]두 아주 큰 게 걸려 있더군요. 옷을 활활, 아니 옷이래야 별게 아니구 홋두루막이디요. 밖에 나갈 적엔 아무리 더워도 양복을 닙구 다녀야 했으나 네관에 도로 가기만 하문 네관서 주는 홋두루막이 하나만 걸치문 돼요. 그리구 밤에 거리 구경을 다닐 때에두 그 홋두루막이다가 맨발에 게다만 끌구 아무 데나 가두 괜찮더군요. 왜놈들 전부가 다 그렇카구 다니니까. 아니 어떤 놈들은 네자 앞에서두, 쪽 발가벗은 몸에 개짐[69]만 거개에 두루구두 태연하던걸요. 참 쌍놈들이야."

"목깡하던 니아기나 어서 하소."

"옷을 벗구 미다질 드르르 열구 들어서니 후꾼하더군. 무슨 놈이 고당인디 삼복거리에두 탕물은 펄펄 끓는 뜨거운 물입데다가레. 감히 탕 속엔 발두 들어노틸 못하구 나무 바가지루 물을 퍼서 시켜가문성 몸을 씻구 있누라니 벌거벗구 개짐만 찬 사나이가 들어오더니 다짜고짜루 내 등을 밀어주드구만요. 참 해괴한 밥버리두 다 있는 나라야. 등을 한참 밀리구 있누라니까 미다지가 드르르 열리기에 힐끗 내다보니꺼니, 아, 거, 참, 쪽 발가벗은 네자 둘이서 아래두 가리우지 않구 척 들어서요. 나는 얼떨결에 그만 탕 속으루 풍덩 뛰어 들어갔디요. 어찌두 뜨거운디. 그래두 참구 머리만 내놓구 견디구 있는 판이디요. 남자가 있는 걸 보문 그 네자들이 얼른 도망해 나갈 줄만 알았더랬는데, 내, 참, 나가긴커녕 나무 바가질 한 개씩 들구 탕 가생이루 오더니만 젖통을 내 코앞에다 대구 탕에서 물을 퍼서 어깨 위루 쭈룩

---

68 테경 : 체경. 몸 전체를 비추어 볼 수 있는 큰 거울.
69 개짐 : 여성이 월경할 때 샅에 차는 헝겊으로 만든 물건.

쭈룩 붓더구만. 그러더니 젖통을 흔들거리문성 탕 안으루 들어 오딜 않카시요……."

"예끼 여보, 거즈뿌렁두 유푼수디. 누가 고디 들을 줄 알구." 하구 한 사람이 말했다.

"왜놈이 야만이니꺼니 그런 일두 작히 있을 법하디요. 그것들에게 어데 내우(내외)법이 있읍데까!"

"그래 어뜨캤오?"

"어뜨카다니. 눈 딱 감구 탕에서 뛰어나와 삼십늑계했디오."

"허! 만일 그렇대문 딩 당노가 아들을 그런 고당에 홈차 두구 어뜨케 맘 놓구……."

"아니, 그 학상은 학교 기숙사로 들여보냈디요."

"딴 니아기에 팔려서 딩 당노 만또 니아기는 잊어버렸댔구만요."

"예, 그 니아기 마자 하디요. 내가 어데꺼정 니아기가 되였드라?"

"밤둥에 헌옷 가게에 홈차 남아 있는데……."

"그렇디요. 재밤둥이 되도록 딩 당노가 네관에 돌아오딜 않소고레. 이 넝감이 필시 길을 잃었거니 하구 걱정을 하구 있는 참에 그이가 어정어정 돌아와시요."

"만또 사 가지구?"

"웬걸요. 그냥 왔다오. 그리문성두 하는 소리가 '그 만또는 내가 반값에 살 자신이 있우다' 하더군요."

"반값에? 무슨 재주루……."

"넝감 말이 걸작이디요. '왜놈은 말이 참 서툴드군. 달을 래다보문성 달하구 말해 보라구 했더니 달소리를 못하구 다루라구 하더구만요. 몇 번 되풀이해요 그냥 다루, 다루, 다루. 혀가 모잘아요.'"

"허나, 달을 다루라구 한다구 만또를 반값에 산다?"

"내 말 들어봐요, 글쎄, 딩 당노가 그 이튿날 밤부터 그 가게엘 이틀 내리 갔소다가레. 주인하구 마주 앉아서 넝감이 달 하문 일인 주인은 다루 하구,

달 하문 다루, 달, 다루, 달 다루 하구 재밤둥꺼지 계속하기를 사흘 만에 그만또를 반값에 사 가지구 와시요."

이야기는 꼬리에 꼬리를 물고 계속 되었다.

그림이 한 장씩 머물러 비최어 보이는 환등(幻燈)이 아니고, 그림에 나타나는 사람들이 움직이고 춤추며 돌아가는 활동사진 이야기, 우에노 공원[70] 넓은 못 위에 걸린 케블 카를 타구 못을 건너가본 이야기. 그러나 못 가본 사람들은 움직이는 그림 이야기를 믿기를 거절했고, 시민들이 들어가 놀라고 마련되어 있는 공원이 있다는 데는 감탄하고, 그 공원 안에 평양 아련당 연못보다 몇 곱절이나 더 큰 못이 있다는 말은 과장이라고 생각하고, 그 못 한끝으로부터 다른 한끝까지 공중에 달아 맨 쇠교자를 타고 날아 건너갔다는 이야기에는 '예수쟁이두 제 자랑하려구 거짓말을 지어내는 데는 당할 재주가 없다'는 결론을 내리었다.

창덕이는 동경 갔던 아버지에게서 제 구두 한 켜레와 새 자전거 한 대를 선사 받았다.

까만 구두목이 발목 위까지 감싸주는 이상한 가죽신인데 발잔등으로부터 발목 치는 데까지에는 앞이 벌려진 것을 끈을 조였다 늦추었다 하여서 발목에 꼭 맞도록 조절할 수 있는 신이었다. 창덕이는 자랑하고가 싶어서 그 구두를 신고 학교로 갔으나 그날 하로만 신고는 아주 벗어서 집 신장 구석에 깁숙히 감추어두고 말았다. 서양 사람이나 일인 학생이나가 신는 그런 기이한 신을 신고 나선 창덕이의 꼴을 본 동창생들은 샘이 나서 그의 구두 신은 발을 일부러 밟아주고 차고 하여서 왼종일 못살게 굴었던 것이었다.

자전거를 소유하게 된 창덕이는 날씨가 영하 이십 도까지 내려가는 강추위에도 불구하고 새벽 동만 훤이 뜨면 조반도 먹기 전에 자전거를 끌고 대문 밖으로 나아갔다. 머리에는 학생모자, 귀에는 토끼털 귀걸이, 손에는 벙

---

70 우에노 공원 : 일본 최초의 공원으로 도쿄의 공원 중 가장 넓다.

어리장갑으로 무장한 그는 자전거를 타고 신작노로 나갔다. 경창문 밖까지 뻗은 넓은 신작노는 서문 밖 조금 지나서부터는 내리 내림받이가 되어서 페달을 놀리지 않고 가만있어도 자전거는 쏜살처럼 달리는 것이 언제나 상쾌하고 재미있었다.

솔깽이(소나무 가지 단 묶은 것)를 한 바리가 아니라 두 바리, 아니 세 바리도 더 되게 실은 누런 황소들이 손가락만큼씩이나 굵은 고드름이 주룽주룽 달린 수염 위 코로 허연 김을 푹푹 내쏘면서 줄지어 올라오고 있는 옆으로 찌르릉 소리를 내면서 호기 있게 내리달리노라면 솔깽이 단에 파묻힌 황소들도 신이 나는지 머리를 설레설레 흔들어서 목에 달린 종을 딸랑딸랑 울리었고, 소몰이꾼들도 호기심에 가득 찬 눈으로 바라다 봐주는 것이었다. 이 황소 행렬에 한눈을 팔며 내리달리던 그는 황소 한 마리와 병행하여 걸어 올라오는 옹기장사 틈에 마주치게 된 것을 발견하였다. 페달을 얼른 뒤로 밟기만 하면 자전거는 멈추어진다는 것을 잘 알고 있는 그이었으나 허둥지둥하다가 옹기짐 한옆을 다치고서야 겨우 멈추었다. 너무나 갑자기 멈추었기 때문에 그는 자전거와 함께 앞으로 나동그라졌다. 입에 담을 수 없는 욕소리를 인식하면서 그는 벌떡 일어섰다. 어데를 다쳤는지 미쳐 깨닫지 못하면서 그의 눈앞에 크게 클로즈업된 것은 옹기장사의 코 아래 달린 고드름이었다. 얼결에 보아도 옹기 실은 지게는 길에 세워져 있는 것을 본 그는 저윽이 안심하였다. 덥석부리 옹기장사는 지게 위에 실린 옹기들을 보살피고 있었다. 창덕이는 얼른 자전거를 타고 도망가고 싶었다. 자전거를 타려다가 보니 앞바퀴가 한쪽으로 비틀어져 있는 것을 발견하였다. 앞바퀴를 허겁지겁 다리 사이에 끼고 바로잡고 있노라니

"이 새끼. 이 동이가 깨뎄다. 물어내라." 하고 옹기장사가 호령하는 것이었다.

창덕이는 멍하니 바라다보고만 있었다. 옹기장사는 눈을 부라리면서

"이 쌍놈의 새끼, 꼭두새벽에 재수 없게스리. 동이 값 물어놔." 하고 소리질렀다.

"돈이 없어요."

"돈 없는 놈이 장앵을 타구 다녀? 잔말 말구 어서 물어놔."

"우리집으루 가자구요. 집에 가서 할만[71]한테 달래 물어줄 테니."

"너이 집이 어데가."

"뎌기 데 새방성이야요."

"거기가 어데라구 가? 이 새끼, 당장 여게서 물어놔."

"꼭두새벽부텀 무슨 일루 어린 학상님을 부뜰구 이 야단이웬까?" 하는
소리가 창덕이 뒤에서 났다. 지나가던 소몰이꾼 하나가 길을 멈추고 서 있
는 것이었다.

"이 새끼가 동이 한 개를 깨틀였기 땜에 그러는 거요."

"깨딘 동이? 깨딘 동이가 어데 있센까? 내 눈엔 보이딜 않는데."

"자, 이거 보소. 깨디딘 않았디만 금이 가디 않았센까!" 하면서 옹기장사
는 지게 맨 꼭대기에 실린 동이를 가르치었다.

"여보, 이 낭반. 당신이 이 아이 사뽀(모자)를 보구두 얘가 누군질 모르우?
학상님이야요, 학상님. 귀한 학상님이 실수해서 동이를 박살을 시켰다구
하더래두 용서해주어야 할 우리 처딘데, 금 좀 나간 걸 가지구. 무식한 건
할 수가 없어. 여보 난 농사꾼 촌놈이디만 학상님이 귀하다는 건 알구 있쉐
다. 야, 넌 어서 가서 밥 먹구 학교엘 가야디. 내 이 녕감 뽄살 뵈줄[72] 터이니
넌 어서 가거라." 하고 농군은 말했다.

아즈랑이가 알른알른하였다.

까막 조개를 껍질채로 두고 끓인 냉잇국, 생생하고 매코한 달래 한 접시,
낄짱구[73] 볶음 한 사발, 그리고 하얀 메가 콕콕 박인 메떡[74]이 식탁을 장식하

71 할만 : 할머니의 평안도 방언.
72 뽄살 뵈줄 : '본때를 보여줄'이라는 의미인 듯.
73 낄짱구 : 질경이의 북한어.
74 메떡 : 멥쌀 따위의 메진 곡식으로 만든 떡.

였다.

"공부가 다 뭔디. 너이 형 웅덕이는 왜 땅에서 봄이 와두 이런 것 구경두 못하겠구나." 하고 말하면서 할머니는 게발 같은 손잔등으로 눈을 닦았다.

부드럽게 부풀어 오르는 봄바람, 부드럽게 부풀어 오르는 구름, 부드럽게 아롱거리는 먼 언덕, 그리고 부드럽게 부푸러 오르는 마음!

그리고 봄 방학!

이번에는 강서 약수터에를 당일로 다녀올 수 있다는 기대에 창덕이의 가슴은 부푸러 올랐다. 강서 약수터에 본격적으로 사람들이 모여들 시기로는 아직 일렀다. 그러나 자전거를 타고 당일에 다녀올 수 있는 첫 기회. 그러나 한 가지 난관이 가로놓여 있었다. 약수터에 갔다 오기로 언제부터 약속한 동무는 여섯 명인데 자전거는 세 대뿐이었다. 밤새도록 궁리한 그는 이 어려운 문제의 해답을 얻었다.

새벽 조반을 해달래 먹고 도시락까지 싸달라는 창덕이의 말이, 도시락을 싸주는 단성이 어머니에게는 고지들리지가 않았다. 당나귀를 타고 갔다 오더라도 빨라야 이틀이 걸릴 길을 하루에 다녀온다는 말은 그녀에게는 잠꼬대같이 들리었다.

"빈 기름 병 두 개만 묶어달라우요. 그르카문 내가 약수를 떠 가지구 와서 오늘 밤 한턱낼께요." 하는 창덕이의 성화에 못 이겨 병을 묶기는 하면서도 그녀의 입가에는 미소를 띠우고 고개를 저었다.

창덕이가 자전거를 끌고 대문 밖으로 나서니 자전거 두 대와 동무 다섯이 웃고 있었다.

"애 우리 이르케 하자. 우리 셋이서 말이디, 자행거 먼첨 타구 십 리쯤 가서 신작노 길가 포풀라 나무에 기대 놔두구 걸어갈께, 너이 셋은 거기까지 걸어서 와서 거기서부터 타구 십 리쯤 가서 길가에 놓구 가구, 이로케 하문 우리 여섯이 다 꼭 같이 타게 되는 것이 아니니." 하고 창덕이가 제안하였다.

"그거 참 근사한 니아기다. 그러나 우리 셋이서 먼첨 타구 떠나문 애들한

텐 미안하디 않니.” 하고 차손이가 말했다.

“우리 이로케 하자꾸나. 우리 모두 가위, 주먹, 보재기를 해서 이기는 편이 먼츰 타구 떠나기루.”

“됴타, 됴와!”

셋이서는 나란히 자전거를 달리고, 남어지 셋이서는 나란히 걸었다. 걸어가던 셋은 십 리만큼 가서 길가 나무에 기대어 서 있는 세 대의 자전거를 발견하였다. 그들은 그 자전거를 타고 얼마 달리어 걸어가고 있는 동무 셋을 따라 잡았다. 자전거 탄 셋은 약속이나 했는 듯이 멈추지 않고 그냥 달려지나가면서,

“우리 십 리 더 가서 내려 걸어갈께.”
하고 소리 질렀다.

“새끼딜두!” 하고 볼멘소리를 하면서도 그냥 걷는 셋은 밈이 든 길가 버드나무 잔가지를 꺾어서 피리를 만들어 불며 불며 걸어갔다.

평강을 안주로 하여 그 짜릿짜릿하는 천연 탄산수를 한꺼번에 몇 바가지씩 계속 마시어도 속이 아프지 않고, 뒤가 까맣게 되어 나오는 것을 보면 약효과가 확실히 있다고 생각되었다.

저녁을 짓고 있던 단성이 어머니가 약수가 가득가득 든 병을 받으면서

“아이구마니나! 신식 홱괴에서는 축지법(縮地法)꺼정두 가르체주누만.”
하고 감탄하였다. 창덕이는 가슴이 흐뭇하여졌다.

갑자기 옆집에서는 닭의 푸드득 후루룩 소리가 요란스럽게 나고, 영복이 어머니의 신경질 아우성 소리가 쨍 울리었다.

이미 홰에 올라간 닭들을 영복이가 또 밖으로 내몰고 있음에 틀림없다고 창덕이는 생각했다. 그는 빨리 울타리 대신 서 있는 포풀라 나무 위로 기어 올라가서 그 집 뜰을 내려다보았다. 어린 병아리들은 삐악삐악 하면서 이리저리로 몰려다니고 암탉들은 어린것들을 보호하노라구 꼬꼬거리며 돌아가고 있었다.

울긋불긋하고 걸고 세찬 날개와 꼬리를 가진 수탉들은 후루룩 후루룩 날아서 앵두나무 위와 계사 지붕 위까지 올라가 앉아서 눈을 뚜룩뚜룩하였다. 석양 햇살을 빤히 반사하는 수탉은 가을날 꿩인 양 아름답게 보였다.

아직도 때 묻은 솜바지 저고리를 입고 있는 차 영복이는 기가막히게 즐거운 소리를 왝왝 지르면서 암탉과 병아리 떼 뒤를 쫓아다니었다. 나이 十六 세나 난 영복이의 지능은 十六개월쯤에서 정지되고 만 모양이었다. 그는 옷에 대한 관심이 도무지 없었기 때문에 이때까지 자기 손으로 옷을 벗거나 입어본 일은 한 번도 없었다. 그가 깊은 잠에 든 뒤 그의 할머니가 옷을 가라입히지 않는 한 옷을 가라입는 일이 없었다. 그는 아버지에게서나 어머니에게서나 형제자매 간에서나 미움과 멸시만 받아왔다. 그러나 그는 거기 대한 아무런 반응도 보이지 않았다. 그를 가엽게 여기고 사랑하는 사람은 이 세상천지에 할머니 하나밖에 없었다.

영복이의 히멀끔하고 투명하게 보이는 얼굴은 영원토록 두 살 난 어린이 모습이었고, 그의 멀뚱한 눈방울은 언제나 그 어떤 미래 미지의 세계를 응시하고 있는 것 같았다.

히로애락을 모르는 공허한 왕국의 왕자 같은 그에게는 어제라는 과거 시간이 없는 것 같았다. 어제, 아니 조금 전에, 생겼던 일도 하나도 기억하지 못하고 있는 그에게는 매일 새 아침, 아니 매분매초가 새로운 삶의 시작이 되는 것이었다.

"뎨 닭 이뿌다 잉. 나 그걸 그릴래." 하고 소리 지른 영복이는 노란 석비리 조각과 까만 숯 조각을 들고 땅에다가 수탉 모양을 그리기 시작하였다. 영복이 자신은 닭 모습을 고대로 그리고 있는 줄로 생각하는 모양이었으나 창덕이의 눈에 반영되는 그 그림은 아무런 형상이나 의미를 전달해주지 못하는 새까맣고 노란 줄뿐이었다. 가로 세로 아무렇게나 불규측하게 긋는 줄들이었다.

"아이구 내 팔자야!" 하고 길게 탄식하는 영복이 어머니는 부엌으로 들어가버리고, 할머니만은 우두머니 지켜 서서, 민망스럽고도 측은한 표정으로, 영복이의 그 무의미하게 보이는 행동을 주시하고 있었다.

얼마 안 되어서 영복이는 숯과 석비리를 휙 던지고 일어서면서,

"아 배고파!" 하고 소리 질렀다. 그는 안방으로 들어갔다.

할머니는 어둑신해진 닭장 안으로 들어가서 모이를 뿌리면서 "구, 구, 구" 하여 닭을 불러들이었다.

창덕이는 포풀라 나무에서 내려오면서 작년 가을철 영복이의 모습을 마음속에 그리어보았다. 수수 가을을 끝내서 수수대로 바주⁷⁵를 엮어 변소 사위에 둘러칠 때로부터 시작하여 김장독 묻은 장소에 수수대 바주를 둘러칠 때까지 영복이에게는 유일한 손장난이 있었었다. 그것은 마른 빽대를 잘라 가지고는 껍질을 뻬끼고, 동그랗고 말큰한 속을 손가락 반매리만큼씩 하게 썰어놓는다. 그리고는 베껴놓은 수수대 껍질을 세로 쪽쪽 찢어가지고, 그것을 손가락길이만큼씩 잘라놓는다. 이 칼날처럼 날카로운 껍질 끝을, 말큰한 속 알맹이에 이리 꽂고 저리 꽂고 하여서는 유리알 안 끼운 안경을 비롯하여 가지각색 짐승 모습을 다 만들고 집 모형까지도 만드는데, 그 기묘한 기술은 따를 자가 없었다. 그는 종일이라도 앉아서 이 섬세한 세공품을 수없이 만들어서는 아무개나 가서 달라고 하면 서슴치 않고 내주는 것이었었다.

영복이를 볼 때마다 창덕이는 왜 그런지 복동이를 반드시 연상하게 되었다. 작년 봄에 미친개한테 물리어서 공수병에 걸린 제 형한테 물리어서 그 역시 공수병에 들려 이틀간 미친개 행세를 하다가 죽은 복동이이었다. 복동이의 형은 그의 집 골방에 감금되어 있다가 죽고 말았기 때문에 그 꼴을 본 사람이 그 가족 외에는 없었다. 그러나 복동이는 바루 학교에서 점심 먹고 나서 물 마시다가 발병했기 때문에 그의 동창생 거의 전부가 다 그 급작스럽고도 무서운 발병을 목도했던 것이었다. 손 빠르게 달려든 선생들

---

75 바주 : '바자'(대, 갈대, 수수깡, 싸리 따위로 발처럼 엮거나 결어서 만든 물건)의 방언.

덕택에 복동이는 다른 아이를 물 사이가 없이 꽁꽁 묶이어서 숙직실에 감금되어 있었다. 치료 방법도 없고 약도 없었기 때문에 그가 미친개 숭내를 내면서 기진맥진해 죽을 때까지 그냥 내버려둘 수밖에는 속수무책이라는 것이었다.

마주 앉아 점심을 먹을 때까지도 멀쩡하던 동무가 물 마시다가 순식간에 미쳐버리는 것을 보는 창덕이의 심적 또는 감각적 타격은 너무나 심했었다.

꽁꽁 묶이어서 숙직실에 갇힌 복동이는 잠시도 쉴 새 없이 미친개 우는 것과 꼭 같은 울음소리를 연발하였다. 학생이 혹 들여다보면 복동이는 미친개와 꼭 같은 형상으로 하얀 이빨을 내밀고 아르릉 아르릉 하면서 독이 가득 찬 개 눈으로 노려보는 것이었다. 몇몇 학생들은 쉬는 시간마다 가서 미친 복동이를 들여다보는 것이었다. 그러나 단 한 번 들여다보면서 더할 나위 없는 전률을 느낀 창덕이는 다시는 숙직실 근처에 가지도 않았다.

미친개에게 물리어서 죽은 복동이 생각이 날 때마다 창덕이는 몸을 떨면서, 개 얼굴같이 보였던 복동이의 얼굴과, 꼬리를 뒷다리 사이에 꼭 끼고 도망가는 미친개 모습이 동시에 그의 안막에 아른거리군 하는 것이었다. 온 동리 장정이 제각기 몽둥이를 들고 미친개 한 마리를 때려잡으려고 서둘어도 그것이 성공하기는 어려운 것을 그는 목도하군 하였다. '꼬리를 사타구니에 낀 개는 미친개이니까 피하여야 된다'는 말이 그의 뇌리에 확고부동하게 자리 잡고 있었다. 그래서 그는 평생토록 길에서 개를 보면, 그게 꼬리가 늘어져 있는지 뒷다리 사이에 끼어져 있는지를 확인할 새도 없이 공포증이 앞서서 멀리 피해 가는 것이 습성이 되여버렸다.

영복이와 복동이. 이 두 불행한 소년이 생각날 때 창덕이에게는 또 의례히 복실이라는 노처녀가 연상되었다. 복실이는 이름 그대로 복실복실하게 생기고 얼굴이 이쁘고 마음씨도 더할 나위 없이 고왔다. 그러나 그녀는 나이 수물일곱 살이 될 때까지 결혼을 못한 노처녀였다. 그녀는 창덕이의 큰고모 댁 안방에 구겨 박혀 있었다.

창덕이의 큰고모부는 그의 처남인 황보익준이가 도와준 자본금 五원을 가지고 제약 겸 양약 소매상을 차려놓았다. 제약소는 초가집인 그의 주택 건넌방이었고 매약상점은 사랑방이었다.

무당의 굿, 한약, 옥수수수염, 자라의 오줌 등속에만 의존해 내려온 백의 민족에게 양약을 처음 소개한 사람은 미국인 선교사들이었다. 그러나 양약은 좀체로 보급되지 못하고 있었다. 그러나 일본인들이 일두[76]서 가져다가 파는 인단(仁丹)[77]이라는 환약은 날개가 돋힌 듯 팔리었다. 소화불량에는 특효라는 이 인단은 차차 만병통치약이라고 알려지기 시작하였고, 소위 "시체"[78] 사람들에게는 아무 때나 씹는 사치품이 되었다. 참말로 효과가 있는지 없는지는 꼭이 알 도리가 없었으나 좁쌀알만큼밖에 더 크지 않은 그 약을 단 한 알만이라도 씹으면 입안이 시언해지는 것은 사실이었고, 약 광고도 이만저만이 아니었다. 소로 대로 할 것 없이 어디를 가나 벽마다 인단 광고판이 못 박혀 있었다. 일본 대신(大臣)이 대예복(大禮服) 입을 때 쓰는 모자일 것이라고 소문난 남바위 비슷한 모자를 쓴 젊은 사람 얼굴이 인단이라는 글짜 위에 의젓하게 나타나 있었다.

이 인단 소매(小賣)에 재미를 본 김상욱(창덕이의 큰고모부)이는 청심단(淸心丹)이라는 알약을 스스로 만들어서 도매도 하고 소매도 하기 시작했다.

청심단 알은 인단 알보다는 세 곱절이나 크고, 은박을 올리지도 못했기 때문에 투박해 보이기는 했으나, 알은 큰데도 인단과 값은 같았고, 또 싸한 맛도 비슷했기 때문에 꽤 많이 팔렸다. 뿐만 아니라 조선인 지식층, 특히 사립학교 선생과 학생들은, 같은 값이면 제 고장 사람이 만드는 물건을 애용하는 것이 곧 항일(抗日)운동이라고 믿어, 모두 무료로 청심단 선전원 노릇

---

76 일두 : '일본'의 오기인 듯하다.
77 인단(仁丹) : 은단. 일본의 제약회사 삼하인단(森下仁丹)에서 처음 만들었고, 우리 나라에서는 은단이라는 이름으로 비슷한 상품이 만들어졌다. 이후 남한에서는 현재까지 은단으로 판매되고 있고, 북한에서는 원래 상품명인 '인단'을 계속해서 쓰고 있다.
78 시체 : 그 시대의 풍속, 유행을 따르거나 지식 따위를 받음.

민족(民族)의 수난(受難)

을 하며 돌아다니었다.

창덕이는 따재먹기 혹은 발차기를 하다가 지기만 하는 때에는 곧잘 큰고모댁 건넌방으로 들어가서 제약 조수 노릇을 해주군 하였다. 원료인 회색빛 가루는 일본서 수입해오는 것인지 신시가 일인 상점에서 사오는 것인지 똑이 알 수 없었으나, 그 가루에 밀가루 풀을 섞어서 익이는 일로 청심단 제작 공정은 시작되는 것이었다. 만두 껍데기 정도만큼 단단하게 반죽해 가지고는 조금씩 뜯어서 손바닥에 대고 살살 굴리어서 가는 지렁이 모양으로 만들었다. 지렁이 여섯 놈을 치륜(齒輪)[79]이 끼워진 넓적한 판대기 위에 가지런히 누여놓고, 역시 치륜이 끼인 판대기를 그 위에 엎어놓고 지긋이 누르면 지렁이들은 보리쌀만큼하게 똑똑 잘리웠다. 잘린 알을 손바닥에 놓고 살살 굴리면 동그란 알이 되었다.

창덕이는 장난삼아 하는 일이기는 했으나 제 또래 되는 직공들과 승벽내기[80]를 하여, 한꺼번에 몇 알씩 한 손바닥에 대고 부비여도 알들이 뭉치지 않고 따로따로 알이 형성되는 내기도 하고, 한 시간에 누가 제일 많이 생산하는가를 내기하기도 했다. 그 동그란 약 알들이 적당히 말라서 딱딱해지면 그걸 二十알씩 헤어서 종이에 싸는 공정까지 거들어주면 창덕이의 장난은 끝이 나는 것이었다. 그는 알약을 한줌 집어 조끼 주머니에 넣으면서 일어서서 밖으로 나갔다. 그는 의례히 안방으로 갔다. 안방 위목에는 복실이가 앉아서 올깃볼깃한 비단실로 수를 놓고 있었다.

바른발 엄지발가락과 둘째 발가락 사이에 바늘을 잡고 왼발 발가락으로 붓잡은 수틀에 끼운 헝겊 위에 한 바늘 두 바늘 수놓아가는 것이었다.

복실이는 두 손이 다 쵐손이[81]었다.

그래서 그녀는 발가락을 손가락 대신 사용하는 것이었다. 몽퉁한 주먹손

79 치륜 : 둘레에 일정한 간격으로 톱니를 내어 만든 톱니바퀴.
80 승벽내기 : 남과 겨루어 지지 않으려고 기를 쓰는 일.
81 쵐손이 : 쥐암손이. '조막손이'(지체장애인 중에서 손가락이 없거나 오그라져서 펴지 못하는 손을 가진 사람을 낮잡아 이르는 말)의 북한어.

을 발 아래로 돌리어서 일하는 발을 지탱해주는 것이었다. 밥을 먹을 때에도 복실이는 바른발 발가락 사이에 끼우고 몽퉁 손으로 발을 입에까지 받들어 올려주어서 먹는 것이었다. 아침마다 하는 세수까지도 자기 팔의 힘을 빌려서 바닥으로 할 수가 있었으나. 머리 위까지는 발이 올라가지 못하기 때문에 머리는 언제나 딴 사람이 비껴 주어야만 되었다.

복실이가 발가락으로 놓은 수는 보통 여인이 손가락으로 놓은 수보다도 엄청나게 잘되고 이쁘게 되었다. 그녀는 그 수놓은 것을 선교사 부인들에게 팔아서 제 밥벌이도 하고 푼푼이나마 저축도 해나갈 수 있었다. 수놓은 것을 사는 미국 부인들은 가끔 사진기를 가지고 와서 복실이가 발로 수놓는 여러 모습을 찍어가기도 했다.

이렇듯이 불우한 처지에 놓여 있는 사람들을 보거나 생각할 때마다 창덕이는 자기의 불구는 절름발이에서 그친 것이 감사하게 생각되었다. 어떻게 하면 이런 불구자들, 그것이 육체적이거나 정신적이거나 간에, 고쳐줄 도리가 없을가 하고 그는 깊은 생각에 잠기군 하는 것이었다.

안수 기도로 병을 고치는 장노나 목사가 나타날 때마다 창덕이는 할머니에게 이끌리어 가서 기도를 받았으나, 그의 절름발이 걸음에는 조금도 차도가 보이지 않았다. 앉은뱅이가 일어서고, 장님이 눈을 뜨고, 벙어리가 말을 하고 삼십 년 묵은 가슴아리가 안수 기도 한 번으로 완치되었다는 소문이 꼬리에 꼬리를 물고 전파되었으나 창덕이나, 영복이나 복실이는 믿음이 부족한 탓인지 도무지 낫지를 않는 것이었다.

창덕이가 중학을 졸업하고 서울로 가서 의과 전문학교에 다니다가 여름 방학 때 내려와서 어른 댁들께 인사를 다니는 참에 큰고모댁에도 들렀더니 그 집 안방에 한 개의 가구처럼 늘 보이던 복실이의 모습이 보이지가 않았다.

혹시나? 하는 불길한 생각의 엄습을 받을 때 큰고모는 "복실이가 시집갔단다. 턴생 연분은 덩말 있나보드라. 그 애가 거의 백원 돈이나 탁실이 데축했댔는데 촌에 사는 늙은 눈먼 넝감한테루 시집을 갔다." 하고 말하는 것이었다. ─발루 밥두 지을 수 있을가?─ 하고 창덕이는 고개를 기우리었다. 그 후 몇 해 후에 복실이가 아들을 낳았다는 소식을 들었고, 그 뒤 얼마 후에 소경 남편이 죽어서 복실이가 과부가 되었다는 소문도 풍편[82]에 들었다.

사립소학교 상급생들은 한 주일에 사흘씩 야학공부도 하게 되었다. 야학 공부는 교실에서 하는 것이 아니라 좁은 출구 하나만 가진 지하실에서 하였다. 출입구 안에는 껌정 휘장을 치고, 촛불을 켜놓고 소군소군 하는 공부였다. 그 속에서 학생들은 조선 역사와 지리를 필기해 배우고 한국 국가도 다시 속사기로 부르고, 새로이 '동해물과 백두산이 마르고 닳도록'으로 시작되는 애국가 가사와 곡조도 배워서 속사기로 불렀다. 그리고 월남 망국사니, 옛날 스팔타 어머니들이 전쟁 마당으로 나가는 자리에서 여차여차한 말을 아들들에게 말했다는 이야기며, 윌리암 텔 이야기, 하니발, 진기스칸, 나폴레옹, 비스맑 이야기, 을지문덕, 강감찬, 김유신, 이순신, 임진왜란, 병자호란, 안중근, 허준, 청일전쟁, 노일전쟁, 그리구 제일차 세계대전 이야기까지 배웠다. 가르쳐주는 선생들은 이 지하실에서 배우고 듣는 이야기는 절대로 비밀을 지켜야 한다고 누누히 당부하는 것이었다.

낮에 교실에서 하는 공부보다 밤에 지하실에서 하는 공부가 백 배나 더 재미있고 유익하였다.

하루아침 교장은 전교 학생을 교정에 모아 세웠다. 소학생이 되기에는 나이 무척 들어 보이는 학생 한 명을 교단 위에 세워놓고 소개하였다. 이 학생은 부모친척도 없는 혈혈고아로 여태까지 고학을 해온 학생인데 五등에 편입시켜 학교 숙직실에서 자취하면서 공부하게 되었다고 말하고,

"그러니까 여러 학생들도 이 불쌍하기는 하나 재주가 비상한 고학생에게 먹을 것이나 입을 것을 많이 도와주길 바라오." 하고 말을 맺었다.

이날 점심때가 되기 전에 발이 없는 말이지만, 신입한 학생은 왜놈과 싸우다가 전사한 의병대장의 아들이라는 소문이 전체 학생 간에 골고루 퍼졌

82 풍편 : 바람결에(간접적으로).

다. 바루 그날 저녁부터 된장, 고치장, 호박, 좁쌀, 찹쌀, 팟, 흰쌀, 바지, 저고리 등이 꾸역꾸역 숙직실 안으로 모여들었다.

또 어떤 날 아침 조회 때에는 공립보통학교에 다니던 학생 한 명이 자진해서 그 학교를 중도 퇴학하고, 진실소학교 四등에 편입되었다고 광포[83]하였다. 학생들은 우뢰 같은 박수로 환영하였다.

보통학교에 다니는 학생의 부형은 친일파요, 사립학교에 자제를 보내는 부형은 독립운동자라는 인상이 그로부터 이미 뿌리박혀 있었던 것이다.

8

한일합병은 한국 사람에게 민족의식을 고조하게 해주는 한 계기가 되었다. 그 이전에도 '개화인'이라고 불리우는 소수의 지성인들은 확고부동하는 민족의식을 포착하고 그 의식을 대중에게 계몽시켜주려고 무척 애를 썼었다. 그러나 절대 다대수가 문맹이오 무지몽매한 대중에게 대한 그 노력은 그야말로 소귀에 경 읽어주는 도로[84] 마찬가지로 별반 반응을 자아내지 못했었다.

그러다가 일본인이라는 외족이, 제물포 앞바다 밀물같이 빠른 속도로 한반도에 범람하여서는 정치, 경제, 사회 등 모든 분야에 있어서 토착민을 차별대우하고 질식시키기 시작하자 대중은 그제서야 짓밟힌 지렁이 모양 꿈틀거리기 시작하였다.

'행차 뒤 나팔' 격이 되기는 했으나 굼틀거리는 대중에게는 민족의식이 끓어오르고 그 결과로는 향학열(向學熱)이 열병 못지않게 끓어오르는 동시에 것잡을 수 없는 울분을 종교신앙에 퍼부어 거기서 위안과 희망을 발견하려고 몸부림치기 시작하였다.

---

83 광포 : 세상에 널리 퍼뜨리거나 알림.
84 도로 : 먼저와 다름없이.

평생 무당 노릇을 해온 신(申)씨라는 중년 여자가 개종하여 장노교에 입교하였다. 그녀는 '반석'이라는 예수교식 이름으로 세례를 받고 나서 즉시 여권사가 되어 과거 그녀가 굿꺼리 해주려고 다녔던 가정들을 일일이 방문하여 기독교 선교에 헌신하였다.

소녀 쩍부터 기생 노릇을 한 김향란이는 미이미(美以美-감리교)교에 입교하여 이름을 재선(在善)이라고 고치고 서문 안에 있는 홀 부인병원 간호원이 되었다.

일인이 Korea를 Chosen이라고 개명하고 그것을 일인 발음으로 '죠센'으로 부르기 시작하였다. 그런데 이 Chosen이라는 단어를 미국인 선교사들은 '츄즌'이라고 읽으면서 '선택받은'이라는 뜻을 가진 형용사로 사용하였다. 구약 성서에 의하면 옛날 유대민족이 여호와 하느님이 특히 택해낸 선택된 백성이어서 그 민족의 성쇠는 여호와의 섭리에 의해서 결정되어 내려왔는데 지금 한(韓)민족 역시 하느님에게 선택받은 민족임으로 그 운명은 하느님 손에 달려 있는 것이라는 암시를 그들 선교사들은 교인에게 주었다. 택함 받은 유대 족속이 옛날 에집트에서 종사리하던 비운을 현재 한민족이 일본 통치하에서 신음하는 것과 대비시키어서, 옛날 유대족을 구원해낸 모세라는 인물이 났던 것과 꼭 같이 조만간 조선에도 그런 위대한 인물이 생겨나서 하느님의 뜻을 받아 이 민족에게 자유를 도루 찾아주게 되리라는 비유가 그들 설교의 대부분을 차지하였다. 이리 되어서 예수교로 귀이하는 신도는 나날이 늘어갔다. 구시가 여기저기 크고 적은 예배당이 자꾸만 늘어갔다.

일인들은 자기네가 모여 사는 신시가 여기저기에 불교 절깐과 신사(神社)를 자꾸 지어서 구시가 예수교 흥왕에 대결하는 태세를 취하였다.

일인들이 한반도 사람을 처음에는 '죠센징'(朝鮮人)이라고 부르다가 얼마 안가서 '죠'자는 약해버리고 '센징'이라고 불렀다. 그리고 노동자나 아래 사람에게는 맞대놓고 공공연하게 '요보상'이라고 부르기 시작했고, 그들이 상대하는 점잖은 조선인도 뒤꽁무니에서는 역시 '요보상'이라고 불러 멸시하였다. 그러니까 조선 사람들도 일본인과 맞설 때에는 '니홍징'(일본인(日本人)이라고 불러주고 뒤꽁무니에서는 '왜놈'이라고 불러 멸시하였다. 그러다가 몇 해 안 가서 일인들은 조선인들에게 자기네를 '니혼징'이라고 부르지 말고 '나이찌징'(內地人)이라고 불러주어야 된다고 강요하였다. 자기네 나라가 섬나라이기는 하나 한반도를 식민지로 차지하고 있으니까 자기네 땅은 내지(內地)라는 주장이었다. 그러나 조선인들은 일본인을 겉으로는 '나이찌징'이라고 불러주면서 속으로는 '쪽발이'라고 불렀다.

신시가가 커가면 커갈수록 일인들은 자기네 자녀교육 시설을 차리는 데 정신이 팔려서, 식민지 백성인 조선인 교육에는 등한하게 되었다. 이때 예수교 측에서는 장노교와 감리교가 서로 경쟁이나 하듯이 도처에 학교, 병원, 예배당을 자꾸만 신설하였다.

평양부(府) 내만 두고 보아도 이 두 교파에서 남녀 소중학교는 물론 소경과 벙어리만을 위한 맹아학교니, 의지가지없는 늙은이와 고아들을 수용하고 가르치는 양노 고아원 같은 것까지도 세우고, 장노교에서는 숭실대학과 신(神)학교까지 세웠다. 미국인 선교사들은 선교에만 주력하지 않고, 각급 학교 선생 노릇도 하고, 의사 노릇도 하고, 또 조선 사람들에게 학교 선생 혹은 병원 의사가 될 수 있는 자격을 부여하기 위하여 사범교육도 실시하였다.

창덕이가 다니는 진실소학교로 보더라도 교장은 미국인 선교사인 모펫 박사요, 선생들 다대수가 조선인 목사와 장노 그리고 숭실대학 학생들이었다. 미국인 선교사들은 숭실대학생들의 도움을 받아 성경은 물론 각 급 학교 교과서까지도 국한문(國漢文) 혼용 혹은 순 한글로 번역하고 전수[85]하여 썼다.

종교 교역자 양성을 목적으로 하는 신학교가 설립되자 숭실대학은 자연과학계통 교육에 치중하는 학교로 만들었다. 그리고 이 자연과학 교육을 더 발달시키기 위하여서 장노교와 감리교는 합작하여 과학관인 격물학당

---

85 전수 : 책을 편집하고 수정함. 편수.

민족(民族)의 수난(受難)

(格物學堂)을 새로 지었다. 이 건물터는 장노교 경영인 숭실학당과 감리교 경영인 광성중학 중간쯤 되는 남산째 서쪽 허리에 잡았다. 이 웅장한 건물이 구시가와 신시가 접경에 서는 것을 보고 놀란 일인들은 바로 이 격물학당 남쪽에 쇠줄 울타리를 돌려 치고, 그네들 자녀만이 공부하는 '헤이죠 쥬각고'(평양 중학교) 건물을 불야불야 지었다.

숭실대학 건물은 중학과 대학이 겸용하고 있었는데 학과 과목을 점점 늘이어서 조선어, 국어(日本語를 말함), 한문, 지지(地誌), 역사, 산술, 천문, 지리, 물리(物理), 화학, 동물, 식물, 위생(衛生)까지 가르치게 되었다.

학생들에게 수공(手工) 실습 기회도 주고, 가난한 학생에게는 고학할 수 있는 길을 열어줄 의도로 숭실대학 캠퍼쓰 안에는 기계창도 설치되었다. 이 공장에는 목공부, 철공부, 인쇄부 세 부를 두어 고학하는 학생에게는 한 결은 교실 내 수업, 한 결은 기계창 작업을 하게하였다.

신시가에는 일본 요리집이 늘어가고, 구시가에는 청인 호떡집과 청요리집이 늘어갔다. 청요리집은 신시가에도 뜨문뜨문 생겼다.

한때 방방곡곡에서 인끼를 독점했던 청인 곰놀리기와 요술은 일본인이 순행 공연하는 써커스(곡마단) 때문에 자연 소멸되고 말았다.

일인 상점에서 독점으로 파는 왜잿물[86]이 구시가 주민에게도 잘 팔리는 것을 본 청인상점에서는 물깜 판매를 독점하였다. 독일서 만든 물감이 청국으로 수입된 것을 청인들이 조선까지 재수입해다가 조금씩 종이에 싸서 소매하는 것이었다.

청일전쟁 때 청병의 피와 살과 뼈로 기름지게 된 보통벌에는 청인경영 채소밭이 나날이 늘어갔다. 신시가 일인이 소비하는 채소는 보통벌 청인 채소밭에서 전부 다 대주게 되었다. 구시가 주민이 먹는 채소는 과거 수백 년 동안 의성 농민이 대주어 내려왔건만, 보통벌 청인 채소 공급이 구시가까지 침범하게 되자 의성 농민은 땅을 일인들에게 헐값에 팔아버리고는

---

86 왜잿물 : 일본 잿물. 짚이나 나무를 태운 재를 우려낸 물로 주로 빨래할 때 썼다.

압록강을 건너 만주로 이주해갔다. 의성 채소밭은 돌변하여 일인 공업지대가 되고 말았다. 창덕이네는 여름이라 의성 감자밭 감자를 몇 이랑씩 사가지고 식구가 통틀어 나가 캐 들여오군 했었는데 그 후부터는 집에 가만이 앉아서 청인이 메고 들어오는 감자를 알로 사서 먹게 되었다.

한민족이 수천 년간 대대손손 집집마다 써 내려왔던 놋기 명기들은 차차 자취를 감추기 시작했다. 그 대신 가볍고 하얀 사기그릇이 애용되었다. 밥그릇이나 국대접, 더욱이 요강 같은 것은 일인들은 통 사용하지 않는데도 불구하고 어찌된 일인지 신시가 일인 상점에서 맨 먼저 그런 부류의 사기그릇을 팔기 시작한 것이었다. 놋그릇은 대를 물려 써도 찌그러지면 찌그러졌지 깨지는 일은 없었는 데 반하여 사기그릇은 며칠 못쓰고 깨는 일이 많았으나 그러나 구시가 가정부인들은 너도나도 그 먼 신시가까지 가서 사기그릇을 사다가 썼다.

사기그릇은 놋그릇보다 산뜻하게 보이기도 하려니와 사기그릇을 쓰면 볏집에 기와가루를 묻혀가지고 빡빡 닦아야만 하는 수고가 없는 것이 게으른 아낙네들의 환심을 산 모양이었다.

황보익준이의 종이 가게에도 국산품인 한지와 먹과 붓이 차지하는 면적보다 일본서 들어온 양지와 연필, 펜, 잉크 등속이 차지하는 면적이 나날이 넓어갔다.

신장사들도 갓신이나 나막신이나 짚신 대신에 일본서 만들어오는 경제화와 남녀용 고무신을 파는 것이 더 유리하게 되었다.

신시가에만 보급되었던 전기 가설이 구시가에까지 연장되게 되자, 상점뿐 아니라 주택에까지 솔선하여 전등을 켠 사람은 황보익준이었다. 그의 집에 전등 가설하는 모양을 구경하려고 새방성 동리 남녀노소가 다 떨어 나와서 고개가 아프도록 치어다보았다. 밤이 되자 동리 할아버지들이 몰려왔다. 장짓문 열어놓은 이간 방[87]을 오촉 전구 한 개가 비쳐주는데도 신기해서

---

87 이간 방 : 두 칸이 되는 방.

할아버지들은 그날 신문을 들고 방 한구석으로 가서 펴보면서,

"아, 이거 좀 봐! 이거 여게서도 글짜가 똑똑이 보입네다가레." 하고 감탄하였다. 조선인이 읽을 수 있는 신문은 총독부 기관지인 매일신보(每日申報) 한 가지뿐이었었다.

평양 성내 서북쪽 끝으머리인 만수산 남쪽 바로 아래에는 기와골에 풀이 나고 단청이 여지없이 퇴색된 사당 한 채가 있었다. 임진왜난 때 일본 장수를 호려서 죽여버린 열녀 기생 계월향[88]이를 기념해 세운 사당이었다. 진실소학교 야간 비밀교실에서 창덕이가 들은 계월향이 이야기는 이러하였다.

일본 장수의 사랑을 독차지하게 된 기생 계월향이는 가진 아양을 다 떨어 왜장을 안심하게 하였다. 사랑이 세워져 있는 길 건너 쪽에 작으마한 연못이 하나 있고, 그 연못 속에 큰 기와집 한 채가 있는데, 그 집에서 월향이는 그 왜장과 몇 달간 함께 살았다고. 하로는 성 밖으로 부터 몰래 소식이 왔는데 조선 장수 하나가 왜장을 처치하여야 하겠으니 통행증을 한 장 만들어 보내달라는 요청이었다. 그런데 이 조선 장수는 월향이가 사모해오던 사내였다고. 월향이는 왜장에게 말하기를 큰오빠를 꼭 한번 맞나보고 싶으니 통행증을 써달라고 매일 졸랐다고. 그래 통행증을 내보내면서 모월 모일 모시에 오라고 전했다.

약속한 날 밤이 되자 월향이는 왜장에게 독한 술을 자꾸 권하여 취하게 만들었다고, 만취한 왜장이 코를 드르렁드르렁 골며 자는 것을 본 월향이는 기둥마다에 달린 방울을 솜으로 틀어막았다. 누구든지 칼을 가지고 그 방 앞에 가면 그 방울들은 제절로 딸랑딸랑 소리를 낸다는 것을 잘 알고 있는 그녀가 방울들을 솜으로 막고는 매운재까지 준비해놓고 신호를 해서 조선 장수를 불러들였다.

88 계월향 : 조선 중기 평양 최고의 기생. 임진왜란 때 적장을 유인해 애인 김응서 장군이 살해케 한다 그리고 자신도 김응서에게 죽임을 당한다.

깊이 잠든 왜장의 목은 단칼에 잘라지고, 떨어져 나간 머리가 목에 도루 와 붙기 전에, 월향이가 매운 재를 그 목에 뿌렸기 때문에 왜장은 죽었다. 왜장을 죽이고 난 조선 장수는 환도를 든 채 월향을 돌아다보면서,

"네 배를 보아하니 원수의 씨가 들어 있는 듯하니 그것마저 죽이지 않을 수 없다." 하고 월향이의 배를 갈라 죽이었다는 이야기이었다.

한일합방 얼마 뒤 왜장이 목 잘려 죽은 그 집은 일본인 고관들 전용 요리 집이 되었다. 거의 밤마다 이 집에서는 일인 '게이샤'(기생)들의 노래소리와 웃음소리가 바로 길 건너 있는 계월향 사당을 비웃는 듯 밤새도록 계속하군 했다.

합방한 지 오 년 후에는 이 사당 바로 앞을 가로 막아 굉장이 큰 목조 여 자 감옥을 지었다. 불과 사 년 후에 이 여자감옥은 계월향이보다 못지않은 애국 여성들로 가득 차 버리리라고는 그때 꿈도 못 꾸었을 것이었다.

대동문 안에는 아련당 연못이 있었고, 안에 정자가 서 있었는데 일인들 은 아련당을 헐어다가 대동문 바로 옆에 세워놓고, 연못은 매꾸어 다지고, 그 테에[89] 조선은행 지점이라는 목조건물을 지었다.

이어서 남문은 헐어버리고 바로 그 안에 경찰서 큰 건물을 지었다. 이 경 찰서 유치장에서 삼 년 후에 황보웅덕이가 똥통을 안고 자게 될 줄 누가 알 았으랴.

남문 밖에서부터 정거장까지 뻗힌 신시가 큰 거리 중앙에 새로 전차길이 깔리고, 밀차길은 뜯어 없애버리고 말았다.

전차가 생겼다는 소문을 들은 창덕이 할머니는, "나 죽기 전에 그걸 한번 타보구 죽으야지." 하고 서둘러댔다.

오 리 길이나 착실히 되는 길을 걸어서야 남문에 도착하였다. 창덕이는 할머니를 부축하여 전차에 태우고 창덕이 자신도 생전 처음 전차를 탔다.

"아, 얘 봐라! 너 차돌이 아니가. 아니, 너 배슬했구나." 하고 할머니는 자

---

89 그 테에 : 그 터에.

민족(民族)의 수난(受難)

209

리에 앉기도 전에 소리를 질렀다.

전차 차장복 위에 멋진 모자를 쓴 차돌이가 면구스러운지 얼굴을 붉히었다. 그러나 그는 얼른,

"할머님, 이리 앉으세요, 어데꺼정 가세요?" 하고 말했다.

"어데꺼정 가다니? 아무 데꺼정이구 가지. 내가 뭐 갈 데가 있어서 타갔니? 죽기 전에 이런 걸 타보구 죽어야디."

"덩거덩(정거장)꺼정 가는데 싹이 서돈이야요, 할머니"

"뭐, 서돈? 얘 이 새끼야, 너 나한테두 싹을 받구야 태와주겠단 말가. 이 쌍놈의 새끼, 버르장머리 없게스리. 네 핼비한테 닐러서 너 혼쭐을 낼랜다."

할아버지에게 일러서 혼내준다는 협박이 주요하여 창덕이 할머니는 돈 안 내고도 전차 종점에서 종점까지 여섯 번 왕복을 하고 나서야 만족감을 가지고 내렸다.

황보익준이가 일본 관광 갔다가 올 때 사 온 옥양목 한 필이 장농 속에서 좀에게 뜯기고 있었건만 그의 어머니, 아내, 그리고 단성이 어머니까지도 집에서 무명 짜는 일은 그냥 계속하고 있었다.

창덕이 할아버지는 심심풀이로 모밀, 깨, 그리고 목화를 계속 가꾸었다. 가을이 되면 왼 집안 식구 거의 다 통틀어 나가서 목화를 땄다.

목화는 본시는 한반도에는 없는 식물이었다고 하는데도 언젠가 옛날 청국 북경까지 해마다 다녀오는 동지사[90] 통변 한 사람[91]이 목화씨를 붓토갑[92]에 숨겨가지고 밀수입해다가 퍼트렸다는 귀한 식물이었다. 모밀쌀도 본태 우리나라에는 없던 것이었는데 청인들이 모밀쌀을 우리나라에 일부러 이

90 동지사 : 조선시대 동짓날을 전후해 중국 명과 청에 보낸 사절단.
91 한 사람 : 문익점(1328~1398). 고려 말기 문신으로 중국 원나라에 서장관으로 다녀
 오면서 붓 속에 목화씨를 들여왔다.
92 붓토갑 : 붓촉에 끼워두는 뚜껑.

식시켜준 것이라고들 하였다. 그 이유는 모밀을 먹으면 몸에 부작용이 나서 죽게 마련이므로 청인들이 전쟁 않고도 한인을 몰살시킬 목적이었다고들 했다. 그런데 한인들은 모밀을 무척 좋아하여 사철 냉면을 먹는데도 죽지 않는 것이 이상하게 생각된 청인은 조사단을 파견했더라는 것이었다. 조사단이 조사해보니 냉면에 반듯이 김치를 많이 넣어 먹는 것을 발견했는데 무우와 배추가 모밀의 특성을 조화시키기 때문에 중독되지 않는 것을 알게 되었다고들 말하였다.

가을내 겨우내 창덕이네 집에서뿐 아니라 새방성 동리 거의 집집에서 토리개[93]질 소리와 물레질 소리가 밤늦도록 참새 잠을 방해하였다.

깊은 잠에 들었던 창덕이도 간혹 잠이 깨면 위목에 어머니가 앉아서 토리개질하는 모습을 보군했다. 왼손으로 목화를 한 톨씩 쥐고 먹이면서 바른손으로 토리개 쥘 손을 두르면 토리개 귀는 맞먹어 돌아가면서 찌그렁찌그렁 소리가 귀가 아플 정도로 요란하게 났다. 뒤로는 하얀 솜이 여름날 구름떼처럼 뭉게뭉게 피어오르고, 앞으로는 목화씨들이 후두둑 후두둑 떨어지는 그 모양이 신기스럽기도 하고 아름답기도 하고 신비스럽기도 한 것이었다.

"우뢰 소리는 저다지 요란해두 번개불은 어이 안 보이며, 구름이 뭉게뭉게 떠오르는데 묻 별이 우두둑 우두둑 떨어지는 것은 이 어인 일인구." 하구 문득 시상(詩想) 비슷한 생각이 나기도 했다.

토리개를 한참 틀던 어머니가 잠시 손을 쉬며 허리를 툭툭 치고 있을 때, 옆방에서는 윙윙윙하는 물레질 소리가 들려왔다. 왼손 손가락에 솜 뭉텅이를 들고 먹이면서 바른손으로 물레 자루를 돌리며 솜이 가는 실로 변하여 물레바퀴에 감기는 모습이 눈앞에 보이듯 회상되었다. 유럽에서는 일즉 一七六七년에 벌써 실 여덜 줄을 한꺼번에 뽑는 물레를 쓰기 시작했다는 사실을 알 턱이 없는 창덕이에게는 솜무데기가 가는 실 한 오래기로 꼬이는

---

93 토리개 : 목화씨를 빼내는 기구(씨아)의 북한어.

민족(民族)의 수난(受難)

것만도 신기스럽기 한이 없는 일이었다.

이부자리 안과 겨울옷 안에 놓을 솜은 물레에 올리지 않고 솜 그대로 삿
자리에 고루고루 펴놓고는, 가느다란 홰채[94]로 갈기어서 솜이 부풀어 오르
게 하면서 보드럽고도 평균하게 펴놓는 것이었다. 그 넓은 솜 편을 가만가
만이 네모지게 살짝 접어서 장농 속에 고이고이 간수하였다.

물레바퀴에 감긴 실을 북이나 실패에 옮겨 감는 일은 창덕이 자신도 누
나를 거들어주는 일이 종종 있었다. 밤늦도록 실패에 심을 감으면서 졸리
는 눈을 억지로 크게 뜨고, 귀는 치운 문밖을 향하여 자연 기우려지고 있는
것이었다.

"고추 양념의 바암 엿 들이요, 에에헤에 바암 여엇!" 하는 멋진 소리가 들
려올 때, 또는 지난 겨울부터 새로 들려오기 시작한

"만쥬노오 호야 호야." 소리가 들려올 때 그는 군침을 삼키군 하였다.

그러나 이날 밤에는 토리개질도 물레질도 안 하면서도 온 집 식구가 다
밤샘을 하고 있었다.

사흘 전 갓난 애기가 경풍[95]에 걸렸기 때문이었다.

창덕이 자신의 머리 꼭대기에도 젖먹이 때 경풍 겪은 뚜렷한 증거가 일
전짜리 동전 한 푼만 하게 남아 있었다. 자기는 요행 살았거니와 경풍하다
가 죽은 애기가 얼마나 더 많다는 것을 그도 잘 알고 있는 것이었다.

애기가 갑자기 사지를 뒤틀고, 눈을 곤두밖고, 입에 거품을 물 때의 치료
방법이라고는 머리 꼭대기에 뜨거운 뜸을 놔주어서 그 뜨거움에 놀라서 정
신을 차리게 하는 한 가지 법뿐이었다. 뜸을 열 번이라도 놔서 피어나는 애
기도 있으나, 그냥 아무 보람 없이 죽고 마는 수효가 더 많았다.

십 년 후 창덕이가 의과전문학교에 다니게 된 때에야 비로서 알게 되었
는데 그 경풍이라는 병은 파상풍이라는 무서운 병이었다. 또 머리 꼭때기

---

94 홰채 : 회채. 회초리의 평북 방언.
95 경풍 : 어린아이에게 나타나는 증상의 하나. 갑자기 의식을 잃고 경련하는 병증.

에 뜬뜬 자리가 유표하게 남아 있는 사람 거의 전부가 평안도 사람이라는 것도 그때에사 알았다. 평안도에서는 애기 태줄을 수숫대 짜갠 것(뺑대)으로 배는 습관이 있었는데 파상풍균은 말똥과 수숫대에 가장 번성하는 것이었다. 그러니까 소독하지 않은 수숫대로 태줄을 짜른다는 것은 애기에게 파상풍균을 직접 주입시켜주는 일이었었다.

봄이 되면 무명을 날 준비로 몇 곱새씩 실을 베틀에 올리고, 실에 풀칠하는 작업이 의례히 시작되었다. 이 작업은 창덕이네 집 대문 밖 떡돌이 놓인 큰 마당에서 여러 날 계속하여 실시되는 것이었다. 동리 여인들이 서로 도와서 오늘은 이 집 치, 내일에는 저 집 치 일을 거들어주는 것이었다.

베틀에 감은 실을 모닥불 위로 통과시키면서 귀얄[96]로 풀을 바르는 이 작업, 단 한 틀 실만 다루는데도 그 긴긴해 하루가 다 걸리었다.

여름에는 밤마다 위 방에서는 짤까닥 짤까닥 베짜는 소리가 쉴 새 없이 흘러나왔다.

그해 여름 창덕이 할머니는 마즈막 남아 있던 이까지 다 빼고, 아래위 이가 하나도 없는 흐물때기가 되고 말았다. 거치른 피압은 고사하고 혹시 생기는 입쌀밥도 씹지는 못하고, 아래위 잇몸에 두서너 번 굴리다가 삼켜버릴 수밖에 없었다. 그리면서도 쉰 밥이니 쉰 떡 같은 것은 한사코 뒤져다가 다 먹어버리는 것이었다.

참외가 한참 날 무렵에는 동리 몇 집이 어울러서 식전 새벽에 지나가는 참외 바리를 붙잡아 한 짝씩 샀다. 백 개나 되는 참외를 다 쏟아놓고는, 네 집에서 공동으로 샀으면 제일 큰 놈부터 차례로 골라 넉 줄로 나란히 누여 놓으면 二十五개씩 크고 적은 것이 공평하게 분배되는 것이었다.

여름날 점심은 온 식구가 다 참외로 때버리는 것이 원측이었다. 할머니

---

96 귀얄 : '귀얄'의 방언. 풀이나 옻을 칠할 때에 쓰는 솔의 하나. 주로 돼지털이나 말
    총을 넓적하게 묶어 만든다.

는 속이 제일 많이 고른 참외를 의례히 골라 잡으셨다. 한 개를 세로 쪼개 놓고는, 반쪽을 들어 속과 씨를 통채 훌훌 들어 마시었다. 그리고 나서는, 누룽지를 많이 긁어냈기 때문에 칼날처럼 날카로워진 놋숟갈을 들고 참외 반쪽을 살근살근 긁어 잡수시었다. 밑바닥 참외 껍질에 구멍이 나도록 차근차근 골고루 다 긁어 잡수시었다. 손자들 중 누가 혹 참외 속을 내버리면 할머니는 그걸 얼른 그 갈게 발가락 같은 손가락으로 긁어모아서 훌훌 삼키었다. 그러나 그녀의 위장은 아무 탈도 없었다.

그해 여름에 호렬자(콜레라)가 창궐하여 수십 년 전 마마 때 못지않게 남녀노유가 죽었다. 그러나 창덕이 할머니는 설사 한 번 안 하고 건강하였다. 호렬자가 돌기 시작하자 미국인 선교사들은 교인들을 모아놓고 그릇을 쓰고 난 뒤 매번 삶아야 하고 끓인 물을 마시라고 누누이 경고하였다. 그러나 냉수 마시기가 습관이 된 조선인들에게 끓인 물을 마셔야만 된다는 이유를 잘 설명해주지 않았기 때문에, 설교를 들은 교인들 중에도 대개는 끓인 물이 약인 줄로 알고 식후 한 숟갈씩만 마시고 종일 냉수를 그냥 마셨기 때문에 효과를 보지 못했다. 또 끓인 물이 좋다는 말을 간접으로 들은 무식한 사람들은 끓인 물이 신식 예방인 줄만 생각하고 문설주에 가끔 뿌리는 정도로 끓인 물을 사용하였다.

봄에는 해방시키는 비가 내리고, 꽃이 피고, 꽃을 샘하는 바람이 불었다.

여름에는 가지각색 신기스러운 모양을 한 구름떼가 한가롭게 떠돌았고 가을에는 과일과 곡식 추수로 모두가 다 바쁜 중에 어느 때보다 훨씬 더 드높고 맑아 보이는 밤하늘에는 달이 휘영청 밝았다. 겨울이 오면 함박눈이 내리고 내려 왼 땅을 은세계로 만들어주고, 눈 위로 길을 걸으면 신 바닥 밑에서는 개구리 우는 소리가 났다. 대동강은 두 자 이상 두껍게 얼어붙고 그 위로 썰매를 타고 날뛰던 어린이들은, 어름구멍에 낚시를 드리우고 한가스럽게 앉아 있는 할아버지들한테 호통을 받았다. 강 건너 채빙장에서는 장방형으로 떠진 어름장들이 언덕 위 빙고(氷庫)를 향하여 수없이 운반되어 갔다.

　대자연은 이렇듯이 제 코쓰를 어기지 않고 그냥 밟아나가고 있는 동안, 인간사회에서는 통치자와 피통치자의 교체가 비정상적으로 또는 급속도로 진행되고 있었다.

　관청이란 관청은 전부 일본인이 독차지하였다. 말을 제아무리 유창하게 하는 사람일지라도 그가 조선인이면 관청에서 차지할 수 있는 직업은 하인 아니면 문직이 수위였다.

　경찰은 구한국 시대보다 몇十 배나 더 강화되어서 十三도 방방곡곡에 경찰관 주재소와 파출소가 설치되었고 거기에도 주임자리는 일본인이 독차지하였다.

　평양 서문거리 중간 몫에도 산듯한 파출소가 새로 지어졌다. 창덕이 할아버지는 거의 매일 이 파출소 문 앞을 다녀갔다. 파출소 문밖 벽에 걸어놓은 흑판에는 오후마다 그 이튿날 천기예보가 적혀 있었다. 창덕이 할아버지는 그 천기예보는 정반대로 해석해야 맞는다는 고집을 세워서 동리 사람들과 담배내기 내기를 거는 것이었다. 그런데 그가 이기는 빈도가 지는 빈도 보다 훨씬 더 많았기 때문에 그는 의시댈 수가 있었다.

　봄과 가을, 일 년에 두 차례씩 가가호호 청결이 강요되었다. 경찰관 파출소에서 지정하는 날에는 그 관할구역 내 집집마다 새벽에 가구를 다 뜰에 내다놓고 나서 방을 쓸고 닦고, 구정물이 흐르는 데는 말끔히 처내고 회가루[97]를 뿌려야만 되는 것이었다.

　오후부터는 순사들이 집집을 다 역방[98]하여 청결 상황을 샅샅이 살펴보았다.

　깨끗이 청결이 되었다고 인정되는 집에는 '청결제'라고 쓴 종이쪽지를 주어서 그 집 대문 기둥에 붙히게 하고, 조금이라도 순사 비위에 틀리는 점

97　회가루 : 횟가루. 산화칼슘을 말한다.
98　역방 : 여러 곳을 차례로 방문함.

이 발견되면 그 집 밖앝 주인은 따귀를 맞고, 안주인은 발길에 채우고 가구 몇 개는 박살이 되고, 청소를 되풀이해야만 되었다.

가을 대청결날이었다. 오정포가 울린 지 얼마 안 되어 일본인 순사 하나가 창덕이네 집 앞을 지나가고 있었다.

이때 창덕이 할아버지는 청소를 잠시 중지하고 담배를 피우며 쉬고 있었다. 그의 집과 옆집 사이로 흐르는 시궁창 흙을 삽으로 떠서 둔덩에 올려놓고 나서 잠시 쉬는 때이었다. 시궁창 밑 흙은 색갈이 검푸르스름한데 미끈미끈해 보이는 윤기가 돌고, 삽으로 퍼 올릴 때마다 식큼털털한 내음이 발산되었다. 이 냄새에 구역질을 느끼는 할아버지는 기사미를 장죽에 재여 한 대 피여 물고 앉은 참이었다.

이십 세가 넘었을가 말가 한 일본인 순사는 허리에 찬 긴 칼을 절절거리면서 지나가다가 발을 멈추었다. 아직 회가루가 뿌려져 있지 않은 시궁창을 발길로 가르치면서 그 순사는

"바세기, 조고시 나니까?"(바보 새끼, 저게 뭐야?) 하고 소리를 지르더니 할아버지의 장죽을 휙 빼앗아서 뚝 꺽어 덪이었다.

창덕이 할아버지는 나이 환갑에 가까왔다. 그러나 그는 이 젊은 순사 몸을 냉큼 들어서는 시궁창 속으로 내덪이었다.

때마침 창덕이가 회가루 봉지를 들고 나타났다. 물에 빠진 생쥐 꼴이 된 일본인 순사는 다짜고짜로 창덕이 멱살을 잡고 끌었다.

파출소까지 끌리어 간 창덕이는 여러 순사에게서 몰매를 맞았다. 입술이 터져 피가 흐르고, 눈에 시커면 멍이 들고, 이마에 혹이 돋은 그는 잘룩거리는 다리를 더 한층 잘룩거리면서 어두어서야 집으로 돌아왔다.

구한국 말년에 도처에서 횡행하던 불한당 떼는 대개 의병(義兵)과 합세하여 합방 후에는 조선인은 통 건들이지 않고, 일본인 우편국, 은행, 부자집만 털었다. 그러나 방방곡곡 쏘다니면서 참빗으로 이와 석해[99]를 훑터 내듯 하

---

99 석해 : 서캐. 이의 알.

는 일본군 토벌대에 견데내지 못하는 그들이라 더러는 사살되고, 더러는 체포되고, 남어지는 두만강과 압록강을 건너 만주 땅으로 피신하지 않을 수 없었다.

조수처럼 밀려드는 일본 농민에게 농토를 빼앗긴 조선 농민들은 남부여 대하여 괴나리보따리[100]에 바가지만 차고 역시 강을 건너 만주벌 황무지로 향하여 길을 떠났다.

지성인 다대수도 견데다 못하여 혈혈단신으로 길을 떠나, 더러는 청국, 더러는 러시아, 더러는 멀리 미국까지 망명의 길을 떠났다.

구한국 시대 양반(兩班) 계급이 없어지는 대신에 일본 사람은 전부가 다 '나리'가 아니면 '단나상'(主人님)이 되었고, 쌍놈이라는 계급이 없어지는 대신에 조선 사람은 전부가 다 '칙숀'(畜生 – 짐승)으로 불리워지게 되었다.

달걀은 조선인 농가에서 생산되었지만 구시가 주민들 밥상에는 전연 오르지가 못하게 되고, 달걀 꾸레미를 진 행상들은 신시가 거리를 다니면서,

"다망고 사료." 하고 웨치었다.

조선서 생산되는 쌀도 조선인 식탁에서는 찾아볼 수가 없게 되었다. 일본 사람만이 그 쌀을 먹을 뿐 아니라 일본으로 대량 반출해 갔다. 조선인은 할 수 없이 만주서 수입해 오는 좁쌀과 수수로 배를 채울 수밖에 없었다.

그러면서도 일본 상품은 신시가 시장을 넘쳐흘러서 구시가 상점에까지 범람하게 되었다.

처음에는 목조건물밖에 없었던 신시가에는 철근 콘크리트 건물과 벽돌집이 해마다 늘어가는 동안 구시가는 구태의연하게 납작하고도 고색창연한 기와집들은 퇴락 일로를 밟고 있었고 새로 짓는 집은 고작해야 목조요 대부분은 초가이었다.

그러면서도 일본인 압잡이가 되어 벼락부자가 된 몇몇 조선인은 그들의

---

100 괴나리보따리 : '괴나리봇짐'의 북한어. 걸어서 먼 길을 떠날 때에 보자기에 싸서 어깨에 메는 작은 짐.

향기로운(?) 이름을 천추[101]에 남기고 싶어서, 청인 석수들에게 거금을 안겨 주면서 청류벽(淸流壁) 바위에 자기네 이름을 삭여 넣기에 급급하였다. 구한 국 시대에 삭인 관찰사들의 이름이 무색할 정도로 글자를 더 크게 더 깊게 파 새기고 벌건 인주칠까지 하였다.

열다섯 살 나는 해 봄에 창덕이는 소학교 졸업을 하였다. 그러나 말썽꾸러기이었던 문택수는 졸업생 명단에 들어 있지 않았다. 밤에 몰래 하는 야학으로 가노라고 어머니를 속이고는 밤마다 어린이 날파람 대장 노릇을 하여 소년 간에 어깨를 재는 데 만족해오던 그는 종래 경찰에 체포되어 절도 범이라는 죄로 감옥사리를 가게 되었던 것이었다. 떼기떡 도둑질하던 그의 손버릇은 더욱더 발전하였다. 남문 거리에 새로 난 일본인 '와끼자까' 운동 구점을 자주 드나들며 정구공을 비롯하여 야구 글럽이며 운동화 등속을 자꾸만 훔쳐내다가 꼬리가 길어서 결국 들키었던 것이었다.

졸업식이 거행되기로 된 전날 오후 졸업반 학생들 중 우등생 다섯 명을 중심으로 한 학예회가 장대째 예배당에서 열리었다. 그 넓은 예배당 남녀 석 전체에 빈자리 하나 없이 청중이 가득 찼다.

역사 연구 발표 강연을 하던 장만영이라는 학생의 연설이 불온하다고 해서 임석[102] 경관으로부터 학예회 해산 명령이 내리고, 만영이는 사복한 형사에게 묶이어 경찰서로 끌리어갔다. 임석했던 정복 일본인 경부가 불온하다고 인정한 연설 내용은 이러하였다.

"옛날 스팔타에 대한 이야기를 하나 하겠읍니다. 그 나라에서는 남아들에게 굳은 신의와 용감성을 길러주는 것으로 교육의 가장 큰 목적으로 삼았읍니다. 그 나라 청년들이 전쟁으로 나갈 때 그들의 어머니들은 무엇이라고 말했겠읍니까. '야, 너는 조국을 위하여서는 목숨을 아끼지 말아야 한다.

---

101 천추 : 먼 미래.
102 임석 : 행사나 일이 벌어지는 자리에 참석함.

꼭 이기고 돌아오너라. 만일 이기지 못하는 경우에는 네 시체가 네 방패 우에 담겨 오기를 나는 바란…'"말이 끝나기도 전에 강당 한편에 앉아 있던 임석 경관이 달려들어 만영이의 뺨을 갈기고 즉각 해산 명령을 내린 것이었다.

그날 밤 진실소학교 재학생을 둔 집은 모주리 다 형사들의 급습을 받았다. 형사들이 가택 수색을 하는 통에 몇몇 집에서 노트가 발견되었다–밤에 몰래 공부하면서 필기해둔 노트였다.

그 밤이 새기 전 진실소학교 선생 과반수가 경찰에 체포되어 갔다.

이튿날 있을 예정이었던 졸업식은 취소되고, 경찰에 잡혀가지 않은 졸업생들만이 선교사 모우리 목사 댁으로 가서 졸업장을 받아오고 말았다.

창덕이는 숭실중학 삼학년에 무시험으로 편입되었다. 그러나 호기심에 이끌린 그는 중학교 입학시험장 구경을 갔다. 창문으로 들여다보니 교실하나 가득 찬 수험생 중 거의 절반이 상투쟁이인 것을 발견하였다. 시험을 치어보아서 합격되면 머리 깎고 입학하고, 만일 불합격된다면 그 귀중한 상투는 살려가지고 귀향한다는 심뽀이었다.

중학교에서는 공부하는 과목 정도가 갑짜기 높아졌을 뿐 아니라, 창가도 새로운 것을 배와 부르게 되었다.

학도야 학도야 청년학도야,
벽상에 괘종을 들어보시오.
한 소리 두 소리 가고 못 오니,
인생의 백 년 가기 하루 같도다.

라고 하는 경고 창가를 매일 아침 합창하였다. 귀한 시간을 허비하지 말고 공부에 열심 해야 한다는 다짐이었다.

인생아, 권세 있느냐?
있거던 살찌며,
인생아, 권세 없느냐?

없거던 죽어라.

이 창가는 미국 국가 곡조에 맞추어 곽 선생이 지은 가시였다. 이 노래를 가르치는 곽 선생은 '권세'라는 말의 숨은 뜻을 '자유'라고 설명해주었다.

중학교 삼학년생이 된 창덕이는 '기록학회' 회원이 되었다. 회원들은 시내 여러 교회 어린이 주일학교 선생으로 파견되었다. 오전 중 주일학교가 끝난 후 오후에는 회원들 각자가 오색찬란한 전도지 수백장식을 들고 거리로 나가 지나가는 사람들에게,

"예수를 믿어 구원을 받으서요." 하고 권하면서 전도지 한 장식을 배부하였다.

창덕이와 동급생이면서도 나이는 그보다 두세 살 더 먹은 동창생들이 주동이 되어 주일학교가 없는 동리에 주일학교를 창설하기도 하였다. 대동강 건너 동대원과 자라옷 두 교회에서 특히 환영하였다. 一분단은 자라옷 二분단은 동대원 교회 주일학교를 신설하고 매 주일 가서 어린이들을 가르치기 시작했다. 창덕이는 동대원 주일학교에 나가는 二분단에 한목 끼웠다.

두 분단 학생들은 매 주일 아침 동대문 바루 밑에서 떠나는 나무배를 함께 타고 건너갔다. 一분단은 상류로 한참 올라가서 농나도 바로 마즌편에 위치한 자라옷이란 동리로 가고, 二분단은 하류로 조금 내려가서 동대원이라는 동리로 갔다.

아침 주일학교가 끝나면 그 교회 교역자들이 서루 다투어가며 청하는 점심 대접을 받았다. 점심을 먹고 난 두 분단은 합세하여 저녁때가 되도록 픽크닉을 즐기었다.

여름에는 원두막을 찾아 참외 서리 가을에는 콩청대와 밤청대──가는 곳마다, 원두막에서나, 콩밭에서나, 밤밭에서나, 그들은 극진한 대접을 받았다. 밭주인이 기독교인이 아닌 경우에도 그들이 먹는 물건 값을 받으려 하지 않았다. 그러기 때문에 그들이 쓰는 돈은 나루배 왕복 싹밖에 더 않 들었다.

크리스마스!

금년에야 학생들 덕분에 처음 주일학교 설치를 보게 된 두 교회에서는 예년보다는 성대한 성탄축하 행사를 하기로 계획하였다. 몇 달 전부터 어른들 예배 때마다 성탄축하 행사에 쓸 특별 연보까지 받았다.

주일학교 남자반 찬양대와 여자반 찬양대를 별도로 조직해 가지고 일요일 오후마다 성가 연습을 시키기에 그들은 바빴다.

동대원 교회 박 장노는 자기 돈을 내서 풍금을 한 대 사서 교회에 기부하여 주일학교 활동을 응원하였다. 박 장노가 올간을 사도록까지 만든 데는 그의 딸인 영애의 공노가 컸다. 박영애는 숭의여중학교 재학생이었다. 그녀는 학교에서 풍금 타기를 배왔다. 그녀의 동리에는 풍금 가진 집이 하나도 없었기 때문에 풍금 연습을 학교에서 할 수밖에 없었다. 그러나 그녀가 동대원에서 평양 성내 학교까지 통학하는 데 왕복하는 시간만이 매일 두 시간 이상 걸리었다. 학교 풍금을 자주 이용할 수 있는 시간이 부족한 것이었다.

그녀의 아버지가 풍금을 사서 교회에 갔다 놓은 뒤부터는 영애가 수시로 마음대로 풍금을 연습할 수 있었다. 그녀는 주일학교 일도 도와서 여자반 선생 노릇도 하게 되었었다.

주일학교 선생들끼리는 연극단을 무어[103] 가지고 크리스마스 날 밤에 성극을 상연하기로 의견이 합치되었다.

이때까지 각 교회에서 성탄 때 상연된 성극[104]은 천편일률로 동방박사 세 사람이 예물을 가지고 별을 딸려 배들레헴 여관 오양간까지 여행하는 이야기가 아니면, 천군천사의 노래 소리를 들은 양치기 목자들이 구유에 누운 아기예수를 찾아 경배하는 장면으로 국한되어 있었다.

창덕이를 포함하는 동대원 교회 주일학교 선생들은 어떤 새로운 성극을

---

103 무어 : 여러 사람이 한데 모여서 조직, 짝 따위를 만들어. 기본형은 '뭇다'.
104 성극 : 聖劇. 『성경』에 나오는 이야기를 소재로 만든 종교극.

해보자고 논의가 되었다.

그들이 선택한 소재는 구약 창세기 제三十九장부터 제四十五장에 걸친 요섭의 에피쏘드이었다.

꿈 잘 꾸고, 꿈 해석 잘하는 요섭[105]이가 형들의 미움을 사서 에집트로 팔려가는 장면부터 시작하여, 에집트에서 바로 왕의 신하 시위대장인 보듸발의 집에서 신임을 받게 되어 그 집 가정 총무직 일을 맡게 되는 이야기, 보듸발의 아내가 유혹하는 것을 물리치기 때문에 요섭이가 누명을 쓰고 옥에 갇히는 장면, 옥에서 꿈 해석을 잘 해준 보람으로 옥에서 나온 요섭이가 바로 왕의 꿈도 잘 해석하기 때문에 일약 에집트의 정권을 장악하게 되는 장면을 거치어, 양식을 사려고 온 그의 형들을 골려주는 대목까지의 사연을 四막 五장 희곡으로 각색하였다. 이 극에 등장한 인물 중 중학생들이 가장 중요하다고 생각하는 주역은 요섭과 보듸발의 아내 역이었다. 요섭역은 오복동이라는 학생이 맡고, 보듸발의 아내 역은 박영애가 맡기로 되었다.

배역 맡은 남학생 전부가 평양 성내에 살고 있고, 영애 혼자만이 강 건너 동대원에 살고 있었기 때문에 연습은 성내 정 장노 댁 사랑방에서 하기로 했다.

크리스마스 아침.

동지 날을 지난 지 사흘 밖에 안 된 날이다. 대동강에 살얼음이 얼기 시작하였다.

나루에 배사공은 위험하다고 강 건느기를 거절했다. 그러나 그날 밤 성극을 한다고 각자가 한복을 입고, 왕궁 의상과 감옥 의상은 물론 껌은 수염 흰 수염 등속까지 만들어 싸가지고 나선 이십여 명 중학생들이 도강을 단념할 수는 없었다.

그들은 선가[106]를 삼 배나 더 주고 나루배 한 척을 전세 내 가지고 배를 띄

---

105 요섭 : 요셉. 주요섭의 이름도 목사인 아버지가 구약성서에 나오는 인물 요셉을 따서 한국식으로 지어준 것이다.
106 선가 : 뱃삯.

웠다. 배가 강 절반쯤 갔을 때 물은 꽤 얼어서 배가 오두가두 못하게 되었다. 이럴 가능성을 미리 짐작하고 배에 싫고 오던 작대[107] 십여 개를 든 학생들이 배 사면으로 얼어드는 얼음장을 꺼 가면서 강행하여 겨우 강을 건넜다.

오전에는 어린이 주일학교 특별 예배 오후에는 어른들의 특별 예배로 종일 바빴다. 저녁을 먹자마자 예배당으로 모인 학생들은 공연 전 마지막 본격적인 연습을 실시로 예배당 강대에서 해보려고 했다. 강대 전면에 조각보를 쳐서 막으로 삼고, 막 뒤 한편 쪽을 다시 휘장으로 가진 조그만 곳을 준비 급 화장실로 만들었다.

그런데 어쩐 일인지 박영애가 나타나지를 않았다.

시간은 자꾸 가고.

기다리다 못한 학생 둘이 박 장노 댁으로 가 보았다.

성이 난 박 장노는 다짜고짜로 욕부터 퍼붇는 것이었다.

"안 돼, 안 돼, 절대루 안 돼. 나쁜 새끼들." 하고 그는 호통하였다.

이때까지 자기 딸 영애가 보듸반 부인 역을 맡았다는 걸 모르고 있었던 모양이었다. 다 자란 딸을, 제아모리 성극이라 할지라도, 무대에 내세울 수 없는데, 게다가 그 음탕한 계집 역을 맡다니. 집안 망신도 유푼수라고 펄펄 뛰는 것이었다.

사태는 급해졌다.

급보에 접한 학생들은 모두 다 박 장노 댁으로 몰려갔다.

한참 동안 승갱이하고, 나중에는 제발 빌어서 영애의 겨울옷 한 벌을 겨우 빌려가지고 문밖을 나섰다.

영애의 옷이 몸에 맞을 만한 체구를 가진 학생은 창덕이 하나뿐이었다. 입어보니 저고리는 꼭 맞고, 치마는 길어서 발이 가리워졌다. 그것이 도리어 다행이었다.

---

107 작대 : 작대기.

그런데 창덕이의 중머리는!

어느새 예배당 안으로는 사람들이 뜨문뜨문 들어오는 것이었다.

"아이구, 이 중대가릴 어뜨카니?"

"수건을 쓰문 되디. 혼인한 네자(여자)니께니."

"수건이 갑짝기 어데 있나?"

"내 구해보디." 하고 한 학생이 강대 뒤문으로 나갔다.

"요섭이 형네들이나 어서 채리라구. 시간 다 됐어."

나갔던 학생이 흰 여자 수건 한 개를 들고 들어왔다. 때가 묻은 수건이었다. 깨끗한 비단옷 우에 때 묻은 수건은 어울리지가 않았다. 그러나 할 수 없는 일이었다.

맨숭맨숭하게 깎은 머리에 여자 수건을 매자니, 매기도 힘이 들었거니와 자꾸만 미끌어져 나려왔다.

한 학생은 창덕이 머리 위에 여자 수건을 제대로 매주노라고 쩔쩔 매고 있것만, 창덕이는 이상스런 아기자기한 쾌감에 도취되어 있었다. 평생 처음 입은 비단옷—처녀의 저고리. 두꺼운 내복 위에 입었기 때문에 살에 직접 대는 것은 아니었지만, 손목에 닿는 비단 저고리의 매끈매끈한 감각. 손목을 살작살작 어르만져주는 것 같은 부드럽고도 간지러운 감촉!

그는 눈을 스르르 감았다.

비단옷의 감촉이란 이렇듯이도 황홀한 것인가?

영애의 모습이 그의 안막에 아련히 나타났다. 영애가 과연 이렇듯이 고왔는가!

보디발의 아내가 무대에 나아가야 할 차례에 이르렀다. 창덕이는 긴 치마를 끌며 무대 중앙으로 가서 긴 의자에 비스듬이 눕다 싶이 하고, 수건을 흘러내리지 않도록 하기 위하여 머리를 긴 의자 등에 갖다 댔다.

막이 열렸다.

창덕이는 얼굴이 확 달았다.

그는 여자석을 내려다보았다. 자기가 빌려 입은 옷의 임자가 와 있나 보려고 함이었다. 얼른 눈에 띠이지 않았다.

요섭으로 분장한 복동이가 긴 만또를 걸치고 나타났다. 창덕이는 몸을 약간 일으키며 손을 내밀고 복동이에게 향하여 아양을 떨어야 할 판이었다.

창덕이는 언듯 자기는 보듸발의 아내가 아니고 박영애가 되었다는 착각을 느끼었다. 아니, 자기는 지금 요섭으로 분장한 복동이라고 느껴졌다. 그리고 박영애가 창덕이 자신의 만또를 글어 쥐는 것이라고 착각했다.

어느새 창덕이는 복동이의 만또를 팔에 안고 있고, 복동이의 자태는 무대 밖으로 살아지려고 하고 있는 것을 그는 발견했다.

창덕이는 부지중 후더덕 일어섰다. 그의 머리에 씨웠던 수건이 미끌어져 내려서 그의 눈을 가리웠다.

관중석에서 웃는 소리가 폭포처럼 쏟아졌다.

그 다음 창덕이는, 자기가 어떤 모양으로 보듸발이 나타나는 것을 마지하고, 또 요섭을 모해했는지, 모두가 다 어리벙한 채 기억에 남아 있지 않았다.

그날 밤 대동강은 배가 다니지 못할 정도로 완전히 얼어붓고 말았다.

그냥 걸어 건너갈 수 있으리라고 하는 것이었다.

학생들은 예배당으로부터 한 마장 가량 떨어져있는 최 장노 댁을 향하여 걸음을 옴기었다.

"야, 창덕이 너 참말루 에미나이 테가 나더라." 하고 한 학생이 놀렸다.

"정말이야, 됐어, 됐어. 수건이 흘러내리기 전꺼지는 말이다. 이 내 간장이 서리살살 다 녹았거든." 하고 복동이가 말했다.

최 장노 댁 두 간 통방 온돌방은 절절 끓는 것처럼 더웠다.

잠결에 창덕이는 뜨근뜨근하고 꽉꽉한[108] 무엇이 자기 엉뎅이를 꾹꾹 눌으는 것을 감각하고 잠을 깼다. 그는 낑낑 소리를 내면서 돌아 누웠다.

---

108 꽉꽉한 : 힘이 들어간 딱딱한.

옆의 학생이 그의 몸을 안고 돌려 눕히려고 하는 것이었다.

"이거, 왜 이래?" 하고 창덕이는 소리를 벌컥 질렀다.

"쉬, 조용." 하는 목소리는 복동이의 목소리였다.

"왜 그래?" 하고 창덕이는 다시 따지었다.

"너, 이 새끼, 아까는 나 보구 동침하자구 만또꺼정 부뜰구는 무얼 그러니." 하고 복동이는 따지었다.

먼 산에 아지랑이가 아른아른하였다.

피양피양 하면서 갈팡지팡하는 병아리 떼를 몰고 다니면서 모이를 찾고 있는 암탉을 한동안 들여다보고 있던 창덕이는 몸을 바르르 떨었다. 거의 매일 보아온 닭이었건만 지금 그는 그 오동통하고 윤끼 도는 이 닭의 몸에서 어떤 신비스러운 매력을 느끼었다. 전신이 그닐그닐해지고, 그 닭을 꼭 껴안아주고 싶은 충동을 억제하기 힘들었다.

수탉이 나타났다.

이때까지 창덕이는 암탉보다 숫탉이 더 아름답다고 느껴졌었다. 숫탉 털은 여러 가지 색채가 조화되어 있을 뿐 아니라, 몸이 건장하고, 걸음거리도 씩씩해 보이는 데 반하여 암탉의 털은 단조로울 뿐 아니라 걸음걸이도 어쩐지 볼품없게 보였던 것이다.

그런데 지금 암탉과 숫탉을 옆에 놓고 비교하여 볼 때, 숫탉은 난폭해 보이고 암탉은 더할 나위 없이 아담스럽게 보이는 것이었다.

시뻘건 변두 한쪽이 찢어져서 피가 말라붙었고 울긋불긋하면서도 거칠은 꼬리털을 곤두세운 이 수탉은 암탉 가까이로 터벅터벅 걸어갔다. 너슬너슬한 목털을 세운 숫탉은 그의 목을 길게 빼고 날개쭉지를 세우면서 몸을 비스듬이 하고 암탉 주위로 한 바퀴 돌더니 험상구진 꼴을 하고 암탉에게로 달려들었다.

얌전하기 짝이 없어 보이는 암탉이 질겁하여 피해 달아나리라고만 생각하고 있는 창덕이의 눈에는 그 암탉이 교태를 피우며 몸을 숫탉에게 내매끼는 모습이 클로즈업 되었다. 신이 난 숫닭은 푸득푸득 소리를 내면서 암닭을 덮치었다. 창덕이는 부지중 달려들어 숫닭을 발길로 찼다. 어찌하여 그 숫닭이 그다지도 미웠는지를 창덕이 자신도 이해하기 어려웠다.

먼 삼춘벌이 된다는 중년 남자가 후추[109]를 얻어 장가를 들었다. 이 삼춘의 키는 창덕이의 키보다 약간 적으면서도 몸집은 배나 더 컸고, 배는 유별낳게 뚱뚱하였다. 울퉁불퉁하고 싯누런 얼굴에는 개기름이 흘렀다. 창덕이는 할머니를 따라 잔치 구경을 갔다. 관상을 앞에 놓고 신혼부부가 나란히 앉아 있었다. 삼춘은 갓은 커녕 감투도 안 쓰고 커단 상투 바람으로 앉아서, 사흘 굶은 사람처럼, 꾸역꾸역 먹고 있었다.

삼춘 옆에 얌전하게 앉아 있는 새 숙모는 몸이 무척 호리호리해 보이었다. 후취인 만큼 쪽도리도 쓰지 않고 연지곤지도 찍지 않은 채 큰 머리만 얹고 앉아 있는 새숙모의 폭 숙으린 얼굴은 백옥같이 하얗고 매끈매끈해 보이었다. 눈도 내리뜨고 있건만 그녀의 긴 속눈썹이 빠드라 서 있는 것이 창덕이 눈에는 그지없이 아름답게 보이었다.

─ 저렇게 젊고 고운 색씨가 어찌하여 저 징그럽고 욕심꾸레기인 삼춘에게 후로로 들어와야만 하게 되었을까? ─ 하고 생각하는 창덕이에게 그녀가 불쌍하게만 보였고, 삼춘은 여지없이 밉게만 보였다.

"돼지에게 던져진 옥구슬." 하고 중얼거리는 창덕이는 밖으로 나와버리고 말았다.

"아깝다. 아깝다. 아깝다." 하고 거듭되면서 그는 땅만 들여다보고 걷다가, 주먹만 한 돌을 보고는 그 돌을 냅다 찼다. 그러나 화가 풀리지는 않았다.

며칠 뒤 토요일 오후였다. 학교 공부 한나절만 하고 집으로 돌아오니,

"야, 창덕아, 새아주머니께 인사드려라." 하고 부르는 어머니 목소리가

---

109 후추 : 후취. 두 번째 결혼해서 맞은 아내.

들렸다.

가슴이 뭉클하였다. 쪽 빠드러진 속눈썹이 눈앞에 아른거리었다.

성큼 방 안에 들어선 그는 고개도 못 든 채로 그냥 넙죽 절을 했다.

깔깔깔 너무나 크게 웃는 소리가 그의 귀를 때렸다.

너무나 호들갑스럽고 야비하게 들리는 웃음소리였다.

"자, 절값 줄껜 이리 와." 하는 목소리는 더 한층 간드러진 목소리였다.

환멸을 느끼는 창덕이는 앉은뱅이 걸음으로 주춤주춤 가서 새 숙모 옆에 앉았다. 곁눈으로나마 새 숙모의 얼굴을 볼 용기가 나지 않았다.

"자, 옛다." 하는 소리와 함께 그의 눈앞에 불쑥 나타난 것은 북디갈구리[110] 같은 손이었다.

─이거 딴 새아주마닌가?─

하는 의혹을 품고 치어다보니 빠드러진 속눈썹의 소유자임이 틀림이 없었다.

절값이라는 것은 큼직한 인절미 한 개였다. 왼손으로는 창덕이에게 떡을 내민 그녀의 바른손은 한 개의 떡을 들고 입으로 올라가고 있었다.

그는 떡을 받아 쥔 채 먹을 생각도 못하고 멍하니 숙모의 입을 보았다. 숙모는 큰 입을 쫙 벌리고 떡 반 조각을 뜯어 물었다. 쩍쩍쩍 요란스런 소리를 내면서 서너 번 씹더니 그녀는 꿀꺽 소리를 내며 삼켰다. 그리고는 남어지 반쪽을 입안에 몰아넣고는 또 금시 꿀꺽 삼켰다.

꿀꺽, 꿀꺽, 꿀꺽, 그리고는 이어서 꺼르륵 하는 트림!

창덕이는 더 참을 수가 없었다.

떡을 손에 꽉 글어쥔 채 그는 밖으로 뛰어나오고 말았다.

눈물이 핑 돌았다.

'아름다움'에게 배반당한 그는 분노와 슬픔을 참을 수가 없었다.

뜰에는 참새가 서너 마리 내려앉아 모이를 찾고 있는 것이 그의 눈에 띠

110 북디갈구리 : 북두갈고리. 허드렛 일을 많이 하여 험상궂게 생긴 손가락.

었다. 그는 떡으로 그 참새들을 때렸다.

"애들아, 데 거시기니, 카이제루(카이서)가 말이다. 독일 황데 카이제루 말이야. 그이는 나파륜(나폴레옹)보다두 더 훌륭한 군인이다. 독일 한 나라한테 말이다. 세계 연합국 군대가 모두 쩔쩔맨단 말야."

체조 시간에 잠시 휴식을 부르고 이런 말을 되풀이하는 체조 선생의 마음속에는 일본과 동맹하여 싸우는 연합군이 패배하기를 소원하는 생각으로 차 있다는 것을 학생들이 다 잘 알고 있었다.

"카이제루가 말이다. 삼국지에 나오는 묘자룡이보다두 더 용맹하단 말야. 동에 번쩍, 서에 번쩍 하기 땜에 넌합국이 갈피를 채리지 못한단 말야."
하고 노상 말하던 체조 선생이 시무룩해지고 만 것으로 보아 제一차 세계 대전은 독일의 패배로 끝났다는 것을 창덕이도 짐작할 수 있었다.

그해 겨울에 지독한 감기가 유행했다. 어찌도 독한 감기인지 남녀노소 들리지 않는 사람이 하나도 없었다. 학교의 지시대로 학생들은 제각기 까제로 만든 마스크로 입과 코를 막고 다니지만 그것이 효력을 발생하지 못했다.

"그까짓 감기가 무어야? 난 눅십 평생 고뿔[111]이라군 알아본 일이 없어."
하고 장담하며 다니던 창덕이 할아버지까지도 결국 독감이 걸리어 일주일 이나 고생하였다.

더구나 "감기에 죽는 법은 없으니까너 넴네[112]는 말아요." 하고 장담하던 양의나 한의들도 손을 들고 말았다. 이 집에서도, 저 집에서도 독감에 죽는 시체는 매일 처치가 곤란하게 되었다. 그럭게 여름 콜레라로 죽은 수효 못 지않았다. 그러나 이상한 것은 감기로 죽는 사람은 十七, 八세 나는 처녀에 게 국한되어 있는 것이다.

---

111 고뿔 : 감기.
112 넴네 : 염려. 걱정.

이 독감은 보통 감기가 아니고 스페인 감기라는 소문이 떠돌았다.

"이번 전쟁에 독일이 독까쓰라고 하는 신무기를 사용했기 때문에 그 독까쓰가 온 세계에 다 퍼데서 사람 죽이는 독감이 누행하게 됐어요." 하고 선언하는 양의가 있었다.

"이번 전쟁통에 구라파(유롭)에서 전사한 수십만 명의 총각이 데승(저승)에 가서 당개(장사)갈 체니(처녀)가 부족하기 땜에 디구상 각디에서 체니만 골라 데려가는 모냥이디." 하고 말하는 한의들도 있었다.

이러한 독감이 그 이듬해 초봄까지 전국을 휩쓸고 있는 동안 서울에서는 고종황제(高宗太皇帝)가 승하하였다는 소문이 전국에 퍼졌다.

一九一九년 一월 二十二일에 덕수궁 함영전 침전(咸寧殿寢澱)에서 고종이 세상을 떠났다.

한일합방 三년 전에 고종이 일본 정부 강압에 못 견디어서 용상을 순종에게 넘겨주고 말았다. 그 뒤 그는 줄곧 덕수궁 함영전에 연금된 생활을 해 내려온 것이었다.

어질기 한이 없는 고종의 일생은 파란곡절로 일관한 불우한 생애였다. 그의 아버지인 흥선(興宣)군은 왕실의 종친(宗親)이면서도 때를 맞나지 못하여 빈궁한 생활을 하고 있었다. 운현궁이라는 대궐에서 살기는 하나 돈이 없어서 수리도 못하고 그날그날 세 끼니 걱정에 여념이 없었다.

이조(李朝) 제二十五대 철종(哲宗)이 승하하자 조대비(趙大妃)의 용단으로 흥선군의 세째 아들인 고종이 왕위를 잇게 되었던 것이다.

열두 살 난 그가 세상 물정은 고사하고 왕실의 끊임없는 세력 다툼을 알 리가 없었다. 정원용(鄭元容)[113]이라고 하는 늙은 재상(宰相)이 그를 모시고 궁을 향하여 갈 때까지 그는 영문을 몰랐다. 길에 나서니 그가 지나가는 것을 보려는 사람들이 모여 길이 뭬워질 정도이었다. 위병들은 길을 내기 위하

---

113 정원용(鄭元容)) : 1783~1873. 조선 후기의 문신.

일억오천만대일

여 채찍으로 군중을 때려 쫓기 시작하였다. 채찍을 피하려다가 늙은이들은 넘어지고, 어린이들은 밟히는 모양을 어린 고종이 봤다. 그는 옥교를 멈추게 하고 시신(侍臣)[114]에게 물어보았다.

"노상(老相)이 지금 나를 데리고 감은 무슨 뜻이오?"

재상은

"장차 주상(主上)으로 뫼시려 함이오." 하고 대답했다.

"그러면, 임금은 백성을 가르치고 다스리는 것인데, 지금 이 모든 사람이 다투어가며 나를 보려고 함은 장차 임금이 될 나를 사랑함으로써가 아니겠오. 어찌 그들을 때려 쫓으리오. 때려 쫓으면 그것은 혹시 그들로 하여금 왕의 덕(德)을 의심하게 만드는 일이 되지 않겠오. 백성이 임금을 의심하지 말게 할지어다." 하고 말했다.

그러나 그가 왕위에 오르자마자 어린 그는 조대비의 노리개가 되어버렸고, 얼마 못 가서 그가 맡은 내외정사 일체 권리는 아버지인 대원군(大院君)에게 빼앗겨버렸다.

뒤에 민치록(閔致祿)[115]의 맏딸과 혼인하게 되자, 아내는 남편이나 시아버지보다도 정권에만 탐을 내게 되어 며느리와 시아버지 간 투쟁은 날이 갈수록 더욱더 과격해가기만 했다. 이 고부간 싸움을 말릴 줄 모르는 어질기만 한 왕이었다. 아내인 민비가 정권을 잡게 되자 아버지인 대원군이 궁에서 쫓기어 나가는 꼴도 눈감아버린 그이었다.

그가 즉위한 지 十九년 되는 해에는 임오군난(壬午軍亂)[116] 폭동이 일어났다. 폭도의 손에 죽게 될 것을 겁낸 민비는 궁녀의 복색으로 가장하고 뒷문으로 빠져 도망갔으나, 아내가 꼭 죽은 줄로만 생각한 그는 애통하면서도 자기 손으로는 수습할 줄을 몰라 아버지 대원군을 다시 모시어다가 정권을

---

114 시신(侍臣) : 근신(近臣), 임금을 가까이에서 모시던 신하.
115 민치록(閔致祿) : (1799~1858). 고종의 왕비 명성황후의 아버지.
116 임오군난(壬午軍亂) : 조선 고종 19년(1882) 구식 군대의 군인들이 신식 군대인 별기군과의 차별대우와 밀린 급료에 불만을 품고 군제 개혁에 반대하며 일으킨 난리.

맡기었다.

군대의 반난을 평정하고 난 바루 열흘 후에 인천에 상륙한 청병은 불문곡직 대원군을 납치하여 군함에 태와 천진(天津)으로 끌고 갔다가, 보정(保定)에 감금해버렸다. 그 며칠 뒤에 홀연히 환궁한 민비는 피비린내 나는 숙청을 단행하고 다시 정권을 잡게 되었다.

이런 모든 혼란과 투쟁에 속수무책이었던 고종이었다.

그 뒤 단 십 년 동안에 청일, 노일 두 전쟁을 겪고 나서는 일본 정부의 강압에 못 견디면서도 자기가 양위를 하면 이조(李朝) 사직이 무사할 줄로 믿고 왕의 자리를 내놓은 그였다.

그러나 그가 양위한 지 三년이 못 되어 아내 민비는 일본 놈에게 암살당하고, 나라는 결국 망하고 말았던 것이었다.

이조 오백 년 사직을 빼앗기고도 그 무엇이 장했던지 순종은 자기 아들 이근(二根)을 일본 황실에 데릴사위로 보냈다. 그리고도 부족했던지 순종은 폐위된 지 七년 만에 멀리 일본 도꾜까지 사둔집을 어정어정 찾아갔다.

이런 꼴을 목도하면서도 못 본 체, 못 들은 체하고 앙앙불락[117] 여생을 보내온 고종이었다.

고종의 이러한 불우한 일생을 알고 있는 사람이거나 모르고 있는 사람이거나 간에 그의 죽음을 알게 된 조선인은 전부 상복을 입었다.

일본 족속에게 근 八년 동안이나 온갖 천대와 착취를 받아오던 조선민족의 회오와 울분이 폭발되는 상징이었다.

구식 선비들은 친부모상을 당한 것이나 마찬가지로 여겨서, 백도포를 입고, 흰 헝겊 끈을 섞어 삼은 메투리를 신고, 목에까지 내리 씌우는 큰 삿갓을 썼다.

선비가 아닌 남자들도 한복을 입고 나다니는 사람들은 노란 베 리봉을 팔에 두르고 다녔다. 여인들은 머리에 흰 당기를 맸다.

---

117 앙앙불락 : 매우 마음에 들지 아니하거나 야속하게 여겨 즐거워하지 않음.

양복 입고 다니는 사나이들은 검정 리봉을 팔에 둘렀다.

각급 남녀 학생들은 검정색 천으로 나비 모양으로 만든 표식을 가슴에 꽂고 다니었다.

二월 그믐께였다.

한 삘딩에서 공부하는 대학생들 미간에는 그 어덴가 긴장해 있는 모습을 창덕이는 발견하고 이상하다고 생각했다.

여중학교를 졸업하고 나서도 마땅한 혼처가 없었던지 여자 소학교 선생 노릇을 하고 있는 맏누나 애덕이의 행동에서도 창덕이는 그 어떤 긴장미와 초조감을 느낄 수가 있었다.

학교만 파하면 즉시 꼬박꼬박 집으로 돌아와서 집일도 도와주고 침선¹¹⁸도 하던 누나가 이틀째나 밤 자정이 지나서야 집에 들어온 모양이었다. 어머니의 꾸중을 듣고서 창덕이도 안 것이었다. 그리고 보니 누나 얼굴은 푸석푸석해 보이고, 피곤이 완연이 깃들이고 있었다.

그러나 그녀의 눈에는 광채가 서리어 있는 것을 그는 발견했다.

그는 그날 밤 잠 안 자고 누나가 들어오는 것을 지켜보기로 했다. 과히 오래 기다리지 않았는데 삐걱 하고 대문 여는 소리가 들리었다. 그는 얼른 뜰을 내다보았다. 누나가 조심조심 걸어오고 있는데 꽤 어슴푸레한 속에서도 누나의 머리 위에는 광주리가 이어져 있는 것을 그는 볼 수 있었다.

"흥, 어데서 떡을 한 것이니 얻어 오누나." 하고 중얼거리면서 그는 히죽 웃었다.

누나는 방으로 들어가지 않고 저쪽 광으로 들어가는 것을 그는 봤다. 그냥 지켜 내다보고 있노라니 잠시 후 누나가 광에서 나오는데 머리에 였던 광주리는 보이지가 않았다.

갑자기 배가 출출했다.

---

118 침선 : 바느질.

동색 광덕이가 덮은 이불 속으로 기어 들어가서 누었으나 좀체로 잠이 오질 않았다.

－광에는 떡이 한 광주리 있다－ 먹어줘야지－

동생들 숨소리는 가즈런했다. 모두 잠이 깊이 들어 있는 것이었다.

밖을 내다보았다. 달빛이 꽤 환했다.

소리가 안 나도록 조심조심 문을 열고 밖으로 나섰다. 공기가 꽤 쌀쌀했으나 그냥 참기로 했다. 신발 소리도 내지 않으려고 맨발로 뜰아래로 내려섰다. 살금살금 광께로 갔다.

광문 아래또리는 달빛을 반사하고 있었다.

가만 가만 하노라고 해도 광문 고르쇠가 아무래도 달가닥 소리를 내고, 아무리 천천히 살근살근 열어도 삐걱 소리가 약간 났다.

광 속 한 절반까지는 달빛이 들이비치었다. 뒤지 위 독 위, 광주리가 놓여 있음즉한 장소를 다 둘러보아도 광주리가 눈에 띠이지 않았다.

－어데다 깊숙히 감촤 났을까? 누나도 내 참. 기여쿠 찾아내 먹어주야디－

왼쪽 구석에 놓인 높은 쌀 뒤지 뒤를 넘기어다 보니 거기에 하얀 보가 눈에 띠었다.

9

'흥, 저런 데 감췄다구 내가 못 찾을라구.'

그는 배를 뒤지 위에 대고 손을 내밀어 그 보 한구퉁이 속으로 들이밀었다.

손에 잡히는 것이 있었다. 그러나 그것은 말랑말랑하지가 않았다. 딴딴한 나무때기 같은 감촉이었다.

그는 보재기를 쳐들고 들여다보았다. 달빛이 거기까지 밎이지가 않아서 잘 보이지는 않으나 하여튼 떡은 아니었다. 손으로 만져보니 가느다랗고 탄탄한 대 같은 것도 잡히고 종이 같은 감촉도 느끼었다. 대같이 생각되는 물건을 집어 치어들었더니 종이가 짝 찢어지는 소리가 났다. 그는 당황했다. 그냥 내버려두고 나갈가 보다 하는 생각이 났으나 호기심이 그것을 허락치 않았다. 그는 조심조심 그 대를 들어 올리었다. 그것은 손에 들 수 있는 자그마한 기 한 포기이었다. 얼른 달빛이 비치는 데까지 나가서 자세히 들여다보니 그것은

아!

그것은 소학교 시절에 지하실에서 그려보고는 번번히 불태워버리군 하던 태극기이었다.

그의 가슴은 활랑활랑[119]하였다.

"대한 독립 만세."

"대한 독립 만세."

"대한 독립 만세."

"독립!"

"독립!"

"독립!"

가슴이 터지는 것 같았다.

평양 구시가에 있는 각 급 학교 교문으로는 손에 손에 태극기를 든 학생들이 줄지어 나오면서 만세 만세를 불렀다. 각 교회에서도 남녀 신도들이 모두 태극기를 휘둘면서 만세를 부르면서 문밖으로 나오고 있었다.

골목마다 남녀 학생들이 드나들면서 집집마다에 태극기를 돌려주어 띠우게 하였다. 어떤 집에서는 九년이라는 긴 세월을 장농 밑에 숨겨 고이 간직했던 큰 태극기를 꺼내다가 문에 띠웠다.

장터에 모였던 시골 농군들도 남녀 학생에게로부터 태극기를 얻어 쥐었다.

---

119 활랑활랑 : 심장이 마구 두근거리며 가쁘게 몹시 뛰는 모양(북한어).

장터도 비고, 상점도 비고, 여염집도 비고, 학교 교실도 비고, 사람이라는 사람은 모두 다 거리에 나서서 기를 휘둘으면서 만세를 불렀다.

三月 초하룻날 오후 일이었다.

하도 갑자기 사방에서 일시에 봉기했기 때문에 그 기민하기로 유명했었던 일본 경찰관들도 어리벙벙하여 멍하니 바라다보고만 있었다. 조선인 순사들은 길에서 순사 모자를 벗어 내던지고, 긴 칼을 풀어 내버리고 만세 행진에 가담하였다.

구시가를 넘쳐흐르는 군중의 행진이 신시가 근처까지 침범하게 되자 일인들은 허겁지겁 상점 문을 닫고 들어가 숨었다. 일본인 학생만이 다니는 심상소학교와 중학교 학생들도 모두 교실내로 숨고 말았다.

서기산 뒷길로 행진하던 한 떼는 말 탄 기마 순사대와 헌병대의 돌격을 받았다. 말 잔등 위에서 긴 일본도 칼날이 석양 햇발을 받아 번들번들 빛났다. 코를 벌름벌름하는 커단 말들은 군중 사이를 뚫고 돌진해왔다. 말발굽에 채우는 학생, 말 다리에 밀리어 넘어지는 학생. 창덕이도 넘어졌다. 발, 발, 발들이 혹은 밟고 혹은 그의 몸을 넘어가면서 지나갔다. 발이 좀 뜸해져서 고개를 드는 그의 눈앞에는 시꺼먼 말발굽이 달려들고 있었다. 그는 얼굴을 한편으로 기우리고 땅에 바싹 댔다. 말발굽, 말발굽이 획획 그의 몸을 넘어 갔다. 그는 눈을 즈리감았다.

아우성 소리가 그의 귓전을 스치고 계속해 지나갔다. '만세' 소리가 변하여 '죽여라' 소리가 된 것이라고 그는 느끼었다. 눈을 떠보니 아직 그는 사람들의 다리 삼짐 속에 누어 있는 것을 발견했다. 그리고는 이어서 또 말발굽. 그는 눈을 다시 꼭 감았다. 갑자기 그의 뺨에 무엇인가 선듯한 것이 떨어지는 것을 그는 감촉했다. 그리고는 뜨끈뜨끈하는 액체. 그 액체가 그의 뺨을 온통 적시어주는 것이었다.

놀란 그는 머리를 들었다. 바로 눈 아래 그는 끊어진 손목 한 개가 있는 것을 발견하였다. 손목은 피투성이오, 아직 꽉 글어쥐고 있는 태극기도 피투성이이었다. 그는 흙! 소리를 지르며 후덕덕 일어섰다. 그의 발길에 피투성이인 팔목이 채였다. 그는 뛰었다. 뛰었다. 뛰었다.

피!

피투성이가 된 얼굴들, 피가 솟는 어깨, 피를 뿜는 팔. '만세' 소리가 변하여 '죽여라'가 되어버렸다.

땅, 땅, 땅, 땅!

갑자기 쏟아져 나오는 소총 소리.

여기저기 픽픽 쓰러지는 사람, 사람, 사람. 겁에 질리어 기대까지 내버리고 이리저리 피하는 사람, 사람, 사람.

일본 군대가 출동한 것이었다. 총질은 군인에게 맡긴 순사와 헌병들은 무작정 사람들을 체포하는 데 전력을 기울이었다.

날이 어둡기 전에 파출소라는 파출소, 경찰서라는 경찰서 감방들과 격검 연습실들은 물론 헌병대 감방과 사무실까지 초만원이 되어버리었다.

긴급 계엄령이 내려 무장 군경으로 철통처럼 수비되어 있는 구시가 거리에는 날이 어둡자 사람은 커녕 개 한 마리 얼씬하지 못하였다. 그동안에 순사들은 집집마다 다니며 대문마다 걸리어 있는 태극기를 걷어챘다.

아들이나, 딸, 남편이나 아내가 밤늦도록 집에 돌아오지 않는 것이 염려되어서 찾아보려고 길에 나선 사람들까지도 깡글이 다 체포되어 갔다.

창덕이네 집에서도 맏딸 애덕이가 돌아오지 않았기 때문에 식구가 모두 잠 못 자고 밤을 새웠다. 창덕이는 누나가 어제 밤 태극기 하나 가득 담긴 광주리를 집에까지 갖다가 숨겨둔 것을 보았었기 때문에 그녀는 경찰이나 헌병대에 붙들려갔음에 틀림없다고 생각되었으나 그 말을 식구들 앞에서 입 밖에 내지는 않았다.

황보 애덕이는 그해 나이 二十二세였다. 그녀와 한 감방에 수감된 수십 명 처녀들은 대개가 그녀보다 나이 어린 여자들이었다. 수감될 때 저고리 끈과 치마끈을 다 뜯기운 그녀들은 한손은 허리춤, 한손은 저고리 앞자락을 언제나 글어쥐고 있어야 하게 되기 때문에 감방 한구석에 놓여 있는 대소변 통에서 구리고 지린내가 풍겨오는데 코를 막을 도리가 없었다. 머리

딸고 당기 들였던 처녀들은 감방에 들어오기 전에 그 당기까지 강제로 풀리우고 말았던 것이다.

그날 밤 자정에 애덕이는 제일 먼저 혼자서 취조실로 끌리어 갔다.

그녀는 억지로 마루바닥에 꿀어 앉히웠다.

취조실 한쪽에 놓인 책상 뒤에 한 형사가 앉아 있고, 우락부락하게 생긴 형사 둘이 그녀의 좌우편에 지켜 섰다.

우선 애덕이의 이름과, 나이와, 직업과, 가족 관계를 책상 뒤 교의에 앉은 형사가 물었다. 그의 발음으로 보아 그는 조선말을 꽤 잘하는 일본인 형사인 줄을 알 수 있었다.

"누가 시켰지?" 하고 묻는 것이 첫 번 심문이었다.

"제가 했어요." 하고 애덕이는 또렷또렷한 목소리로 대답했다.

"거지뿌리 고마니 하고 바른 데로 말이 해."

"제가 혼자 했어요."

"바세기[120]. 고집해 소용없어. 우리가 다 알구 있으니꺼니 바른 대루 말하는 것이 네게 유리해." 하고 옆에 선 조선인 형사가 말했다.

"제가 했다는……." 애덕이의 말이 채 끝나기 전에 철썩 소리가 나며 애덕이의 눈에서는 불이 번쩍 나고, 뺨이 얼얼해졌다.

"똑바로 말이 하뭉 노아주르 테니 말이 하라." 하고 일인 형사가 슬쩍 느꾸었다.

"똑바루 제가……."

"이년이 맛을 좀 봐야겠군. 너 여기가 네집 아랫목인 줄 아니?" 하고 고함 지르는 소리가 나더니 한 형사가 달려들어서 애덕이의 저고리를 베끼려고 했다. 애덕이는 악 소리를 질으면서 납짝 엎디었다.

그러나 억센 두 사나이의 손은 그녀의 저고리를 베끼고야 말았다.

120 바세기 : 바보(일본어).

"야. 젖통을 보니깐 체니가 아니구나. 서방이 누구냐?" 하고 한 형사가 말했다. 하도 기가 막혀서 말문이 막힌 애덕이는 젖가슴을 두 손으로 가리운 채 입술만 잘강잘강 씹었다.

"더 욕보기 전에 어서 바른 대루 말해."

애덕이는 그냥 헉헉 느끼기만 했다.

그녀는 제아모리 몸부림치고, 사내의 팔을 물어뜯기까지 했으나 기어코 애덕이는 쪽 벌거벼끼우고 말았다.

"그년 서방질깨나 했갔는데." 하면서 한 사나이가 껄껄껄 웃었다.

악이 오른 애덕이는

"그래 그렇다. 나에게는 조선이라는 남편이 있었다. 그런데 왜놈이 내 남편을 빼앗아갔기 때문에 내 본 남편을 도루 찾으려구……."

철꺽, 철꺽, 철꺽.

매가 벌거벗기운 애덕이의 맨몸에 파고들었다.

마루에 딩굴면서 애덕이는 아픔을 참으려고 입을 악물었으나 신음 소리가 잇 사이로 새어 나오는 것을 억제하지 못했다.

매는 사정없이 계속되었다.

깜박.

정신이 들어보니 전신이 목욕이나 한 것처럼 척척한 것을 느끼었다. 애덕이는 그냥 엎으린 채로 꼼작달싹 안 하고 있었다.

어떤 다른 처녀가 취조를 받고 있는 모양이었다.

"그래 꼭대기에 피두 마르지 않은 네가 태극기를 네 손으루 그릴 수가 있단 말이야?" 하는 형사 목소리가 들리었다.

"왜 못 그려요." 하는 다무지면서도 애티가 섞인 여자 목소리가 들렸다.

"그려봐라, 그럼, 이 자리에서, 여게."

"흥. 신성한 국기를 신문지에 그리는 법이 어데 있어요?"

"허, 그 에미나이 참 맹낭한데. 자, 그럼 이 조이에."

잠시 잠잠하였다.

"그만둬." 하는 성난 형사 목소리가 나자마자 종이를 구겨서 빡빡 찢는 소리가 났다.

"얘, 너두 더게 데 꼴이 돼봐야 실토하겠냐?" 하는 형사의 목소리.

"데런 짓을 한 것두 왜놈이 야만이라는 증거…… 아, 야야, 애구, 애구……."

찰싹, 찰싹, 찰싹.

"날 죽여라 죽여." 하는 처녀의 독살스러운 웨침.

이튿날 오후 두 손이 꽁꽁 묶인 애덕이는 경찰서 마당까지 끌리어 나왔다. 애덕이와 꼭 같은 꼴이 된 수백 명 여자가 마당 하나 가득 차 있었다. 남자 순사들이 그녀들을 두 줄씩 세워놓더니 둘씩 둘씩 손을 맞묶고는, 조기 두름 엮듯 이십 명씩 묶어놓았다. 목에까지 내리 덮이는 볏집 갓을 매 사람에게 씌워주고 나서, 한 두름에 순사 한 명씩 달리어서 경찰서 대문 밖으로 끌고 나왔다.

오 리가 착실히 되는 길을 걸리워서 계월향 턱 바로 앞에 지어놓은 여자 감옥소로 연행되어갔다.

머리에 쓴 볏집 갓이 약간 성기어서 애덕이는 한 눈 감고 길을 내다볼 수가 있었다. 무척 좁은 시야이기는 했으나 종노 거리에 문을 열어놓은 상점은 한 채도 없는 것을 발견하고 그녀는 안도의 한숨을 내쉬었다. 그러나 어제 띠었던 태극기는 하나도 보이지가 않는 데다가 뜨문뜨문 일본기가 도루 걸리어 있는 것을 보는 그녀는 입을 보드득 갈았다.

바로 이와 동시에 애덕이 할아버지는 그의 집 대문 밖에서 순사들에게 매를 맞고 채우고 하고 있었다.

그날 이른 아침부터 순사는 총동원되어 골목골목 집집이 다 찾아다니면서 '국기'(일본기)를 띠우라고 호령하였다. 순사들이 다시 순회하면서 살펴보니 다른 집은 다 일본기를 띠웠는데 유독 창덕이네 집 대문에는 기를 띠우지 않은 것을 발견하였다.

"고랴, 고랴."[121] 소리를 지르면서 한 순사가 발길로 대문을 자꾸 차는데 문을 열고 나선 사람은 창덕이 할아버지였다.

"바세기, 국기 걸어라 했는데 왜 아니 걸었어?" 하고 순사가 야단쳤다.

"데기 걸어놓디 않았쉔까!" 하고 말하는 할아버지는 대문 기둥 못에 걸리어 있는 물건을 손가락질했다. 그것은 사기 국사발이었다.

"그게 어데 국기야?"

"이게 국기(國器)[122] 아니문 식기란 말요? 우린 이런 그릇에 국을 담아 먹는데요."

"이 뒤상이 누굴 놀리는 거야. 국기라구 했디. 누가 국사발 띄우라고 했어?"

"국사발이 국기디, 그럼 뭐요?"

"바세기" 소리와 함께 창덕이 할아버지에게는 순사의 발길이 달려들고, 기둥에 걸렸던 국기는 땅에 내려쳐서 쨍강 깨지고 말았다.

사흘이 지나가도록 구시가 상점가는 문이 첩첩이 닫겨 있었다. 경찰관들은 가가호호 방문하여 개점 안 하면 모주리 잡아 가둔다고 협박하였다. 그 이튿날 아침부터 상점은 대개 다 열리었다. 그러나 조선인들이 입은 상복은 입은 채 그대로 다니었다. 처음 입을 때에는 고종황제의 죽음을 애도하노라고 입었지만 지금에 와서는 새로운 한 비애의 표식으로 그냥 입고 다니는 것이었다.

며칠째 계속되어 아침저녁 볏집 갓을 쓴 사람 두름이 남자는 신시가 한중간에 있는 목조건물 검사국으로, 여자는 계월향 턱 앞 목조 감옥소로 꾸역꾸역 이끌리어 갔다.

三월 一일 오후 이래 실종된 식구를 가진 가족들은 경찰서 앞과 여자 감옥소 앞과 검사국 앞에 온종일 서성거리며 지켜서 있었다. 끌려가는 남녀

---

121 고랴 : 야! 이놈아.
122 국기(國器) : 국그릇. 국사발.

민족(民族)의 수난(受難)

모두가 얼굴전체를 가린 갓을 썼기 때문에 얼굴은 알아볼 또리가 없고, 각자의 독특한 걸음거리라든지, 혹은 그날 입고 나간 옷의 특징을 살펴서 식구들이 송청[123]되는지 안 되는지를 알아내려고 애들을 썼다.

닷새가 지나가도록 집에 돌아오지 않는 애덕이도 물론 체포되어 갔을 것이라고 짐작은 되지만 그 행방과 안위를 모르는 부모는 밤낮 한숨으로 세월을 보냈다.

소문도 없이 웅덕이가 불쑥 대문 안으로 들어섰다.

五년 전에 일본 광관단에 끼어 가는 아버지를 따라 일본 도꾜로 유학 간 웅덕이는 그곳 중학교에 입학하여 최 목사 댁에 기숙하며 학교에 다니었다. 그러나 최 목사가 二년 임기를 마치고 귀국하고 다른 목사가 부임되어 오자 이 목사는 가족이 많다고 웅덕이까지 한 집에 데리고 있을 수가 없다고 하였다.

도꾜 시내에 학생 하숙집은 수없이 많았으나 그러나 일어가 좀 서툴고, 전형적인 조선인 얼굴 타입을 가진 학생이나 청국 학생은 하숙 얻는 일이 매우 어려운 일이었다. 대부분 하숙에는 공공연하게 "조선인과 시나징(청국인)은 거절"한다는 패를 써서 내걸었다. 그런 패가 걸리지 않은 하숙집 문만 두드려야 하는데, 그런데서도 몇 마디 말을 주고받아보며 학생 모습을 유심히 살피던 주인은 긴가민가하게만 보여도 빈방이 없다고 똑잡아 떼군 하는 것이었다.

하루 종일 쏘다니고도 실패한 웅덕이는 조선인 학생들만이 집 전체를 차지하고 있는 하숙집으로 가보았다. 사정사정하여 이미 세 학생이 동숙하고 있는 자그마한 방에 한 몫 끼워 잘 수 있도록 교섭이 성립되었다.

사흘이 못 가서 이 하숙집은 웅덕이에게는 적합한 곳이 못 된다는 것을 그는 발견했다. 한방에 넷이서 기거한다는 것이 첫째 무리였을 뿐 아니라 하숙생 대부분이 고등학교 이상 전문학교나 대학생들인지라 밤마다 이 방

___

123 송청 : 수사기관에서 피의자를 사건 서류와 함께 검찰청으로 넘겨 보내는 일.

저 방에서 술 먹고 늦게까지 떠들어대는 복새통에서 정신 차리고 공부한다는 것은 거의 불가능한 일이었다.

그뿐만 아니라, 이 하숙에는 조선 학생들만이 독차지하고 산다는 사실을 아는 동리 일인 어린이들은 웅덕이가 드나들 때마다,

"조센징 쿠사이, 시나징 낭깡무시."(조선 사람에게서는 구린내난다. 청국 사람은 빈대천지) 하고 놀려주곤 하는 것이었다. 아직 소학교에도 다니지 않는 어린것들이 그러니 쌈을 걸 수도 없고, 그냥 눈을 부릅뜨고 노려봐주면 모두 도망가기는 하지만 저쪽 골목 밖에 다시 모여서서 합창이나 하듯이,

"죠센징 쿠사이"를 반복하는 것이었다.

그 다음 학기 초가 시작되기 전에 웅덕이는 학교 구내 기숙사에 들여달라는 신청서를 냈다. 신청서를 접수하는 직원은

"신청서는 받아두지만 기숙사에 들고 못 드는 것은 두고 봐야겠오. 가끔 들려보시오." 하고 말했다.

"빈방이 없어요?" 하고 웅덕이는 물어봤다.

"빈방이 있구 없구가 문제가 아니구, 한 방 정원이 二명이니까."

"그건 저두 알고 있어요. 저는 아무하구 함께 있어두 괜찮아요."

"글쎄. 하여튼 가끔 들러봐요."

웅덕이는 매일 한 번씩 기숙사 사무실에 들러보았다. 그러나 번번이 아직 결정 못 지었다는 대답이었다.

그 다음 날부터 그는 하루 세 번 기숙사 사무실에 들렀다. 직원은 머리를 극적거리면서,

"그것 참 난처한데. 조선인 학생 한 명을 더 데리구 오면 문제는 간단해지는데."

웅덕이는 금시 알아채렸다.

—역시 왜놈은 학생까지두 조선인 하구는 한방에 있기를 거부하는구나—

바로 이때였다. 나이 三十도 더 먹어 보이는 사람이 중학교 모자를 쓴 채 나타났다. 첫눈에 이 노(老)학생이 조선인이라는 것을 웅덕이도 기숙사 직

민족(民族)의 수난(受難)

243

원도 간파하였다.

이 늙은 학생이 내미는 신청서를 보니, 반은 다르지만 웅덕이와 동급생이었다.

사무직원은 그제서야 반색을 하면서,

"좋아두요. 학생 제十七호실에 들기루 하시오." 하고 말했다.

한숨이 제절로 나왔다. 안도감과 분노가 섞인 한숨이었다.

두 학생은 그 자리에서 조선말로 통성명했다. 노학생의 이름은 홍관식이었다.

기숙사에 입소하는 날 고리짝 한 개를 둘러메고 가서 지정된 방으로 들어가보니 관식이는 벌써 와서 짐을 다 풀어놓고 있었다.

홍관식이는 자기 나이를 캄풀라쥬하기 위해서인지 그는 하루 세 번 면도를 하였다.

황보 웅덕이는 이발소에 가서 이발할 때 이발사가 면도해주는 외에 제 손으로 자작 면도를 해본일이 아직 없었다.

손바닥만 한 둥근 면경을 책상 위에 세워놓고 제 손으로 제 얼굴 면도를 하는 모양을 보는 웅덕이에게는 그것이 신기스럽게 보이기도 했고 또 위험하게 보이기도 했다. 아니나 다르리 가끔 관식이는 턱 아래를 베고는 거기에 '멘소레담'을 바르군 하는 것을 웅덕이는 봤다.

관식이는 괴팍스러울 정도로 정갈한 사람이었다. 그러면서도 아침저녁 방 소제는 웅덕이더러 혼자 하라고 강요하는 것이었다.

웅덕이는 관식이가 자기 동급생이기는 하나 원체 나이에 엄청난 차이가 있었기 때문에 그를 존장[124]으로 대접할 수밖에 없었다.

관식이는 기숙사 방에서 하는 복습과 예습 공부를 하는데 꼭 같은 분량이면서도 웅덕이보다는 시간을 곱절이나 잡았다. 밤 열 시 정각에 기숙사

124 존장 : 자기의 나이보다 16세 이상 많은 사람을 높여 이르는 말. 스승과 제자, 친 척, 주인과 하인 사이 따위의 특별한 경우는 제외.

전체 소등(消燈)이 되면 웅덕이는 그 즉시 잠자리에 들건만, 관식이는 '오시이레'[125] 안으로 들어가서 장짓문을 꽉 닫고는 회중전등을 켜놓고 밤늦도록 공부를 계속하였다. 거의 밤마다 소등 후에는 사감 자신이 각 방 임검을 하기 때문에 방에서도 불빛이 새나가서는 안 되는 것이었다.

사감이 수시로 방마다 불시 임검을 하는 이유는 기숙생들의 동성연애를 감독하기 위해서였다. 중학부 학생들은 전부 一, 二층에 들어 있고, 고등부 학생들은 三층에 들어 있었다. 그런데 소등 후 밤이 의식해지면 三층 학생들이 二층이나 一층까지 몰래 내려오고, 중학생들이 三층으로 몰래 올라가서 자리를 바꾸어 자는 일이 빈번하였다. 고등부 학생 간에는 중학부 학생 하나를 두고 질투들이 열렬했고 때로는 칼부림까지 있었다. 밤늦도록 '오시이레' 속에 숨어서 공부하던 관식이도 임검하는 사감에게 들킨 일이 한 번 있었다. 그러나 기대에 어긋난 광경을 보는 사감은 어색한 웃음을 띄우면서,

"장하군!" 하고 격려의 말 한마디를 남기고 나가버렸다. 그 뒤로 웅덕이의 방은 임검에서 제외되고 말았다.

토요일 오후부터 월요일 새벽까지 웅덕이는 관식이의 괴팍에서 해방되는 기쁨을 맛볼 수가 있었다. 홍관식이는 매주일 토요일 오전 수업이 끝나자마자 어데론지 나갔다가 월요일 조반 시간이 되서야 돌아오군 하는 것이었다.

웅덕이는 동급생 중에서 대만 학생 하나와 친하게 사귀었다. 이 대만 학생은 일어를 일본인 뺨치리만큼 유창하게 했다. 그러나 그의 이름이 '나까무라 시게루'도 아니고 '야마다 지로'도 아닌 곽국기였기 때문에 그는 황보 웅덕이 마찬가지로 교실에서나 교정에서나 '개밥의 도토리' 격이 되어 있었다.

웅덕이는 이 곽국기와 단짝이 되어서 일요일 하로는 온 종일 거리로, 공

---

125 오시이레 : 일본식 벽장.

원으로, 극장으로 쏘다니었다. 둘이서 번갈아 '호루'도 한턱씩 내군 했다. '밀크 홀'이라고 하는 과자집이 굉장히 많았는데, 일본발음으로 '미루꾸·호루'라고 간판을 써 달았기 때문에 학생들은 모두가, "호루 먹으러 가자." 하고 말하는 것이었다. 그리고 가서 우유 한 잔에 빵 한 개 사 먹는 것이 기숙사 음식에 진력이 난 웅덕이에게는 더할 나위 없는 진미였다.

웅덕이한테나 혹은 국기한테 학비가 오는 때에는 일요일 온종일 멀리 '아사쿠사'라는 동리로 갔다. 거기에는 수십 동의 영화관과 극장이 모여 있었고 그 사이사이 싸구려 음식점이 즐비했다.

대만 학생과 조선 학생 둘이서는 그들이 통할 수 있는 일어로 이야기하며 온종일 이 영화관에서 저 영화관으로 들고 나며 일본 시대영화와 현대영화는 물론 미국 영화도 싫컷 감상 할 수 있었다.

〈마담·뺏터플라이〉니 〈파우스트〉니 하는 오페라에 웅덕이가 혹해버린 것도 이 시절이었다. 〈파우스트〉를 구경할 때에는 선 자리(서서 구경하는 자리는 입장료가 쌌다)에서 내쳐 세 차례나 계속해 보면서도 다리 아픈 줄도 몰랐다.

홍관식이와 황보웅덕이가 중학교 졸업을 앞둔 두 달 전 일이었다. 연말연시 짧은 겨울방학이 끝나고 수업을 시작한 지 며칠 안 된 날이었다.

월요일 아침이면 의례히 기숙사로 돌아오던 관식이가 이날에는 돌아오지 않았다. 이상하다고 생각하기는 하면서도 웅덕이는 그날 하루 공부를 제대로 마치고 식당으로 가서 저녁을 먹고 있는 참에 밖에 누가 와서 찾는다고 급사가 알려주었다. 나가 보니 모습은 꼭 일본인인데 안면이 없는 중년 사나이이었다. 이 사람이 웅덕이보고 무턱대고 나가자는 것이었다. 머밋머밋하고 있는 웅덕이에게 그 사나이는,

"나는 아오야마 서(경찰서)에서 온 사람인데 잠시 물어볼 말이 있으니 서에까지 가세." 하고 말하였다.

웅덕이는 질렸다.

―아차! 일본 대정(大正) 천황은 명치(明治) 천황의 아들이 아니고, 재상 이

등박문이가 명치 왕후와 간통해서 난 아들인데, 대정이는 폐가 하나 없는 병신일 뿐 아니라 바보 천치라는 풍설을 곽국기와 더부러 이야기한 일이 있었는데, 그것이 탄로된 것인가— 하는 겁이 났다. 소름이 끼쳤다.

"아, 추워." 하고 웅덕이는 일어로 말하면서 따라 나섰다.

전차를 타고 한참이나 갔다. 웅덕이한테는 표를 받는 차장이 형사에게는 표 내라는 말도 못하는 것이었다.

경찰서라는 말만 들어도 무시무시했었는데 파수가 서 있는 육중한 문 안을 들어서자 육체뿐 아니라 마음까지 떨리었다. 어둑신한 마루 복도를 지나 좀 더 어둑신한 나무 층층대를 걸어 올라가는 그의 마음은 산란하기 그지없었다.

작으마한 문을 연 형사가 손짓하는 대로 방 안에 들어서니 방 안은 꽤 훈훈하였다. 마루바닥에 놓인 쇠 화로에 숯불이 뻘겋게 타고 있었다.

형사는 아무 말 없이 밖으로 나갔다.

언 손을 화로 불에 쪼일 경황도 없이 우두머니 서 있노라니 경찰관 복장을 입은 늙스구레한 사나이가 들어와서 책상 뒤에 앉았다. 그는 설합에서 종이를 꺼내 책상 위에 놓고 나서 손짓으로 웅덕이더러 책상 가까이 오라는 시늉을 했다.

웅덕이의 성명, 주소, 생년월일과 가정 관계를 물으면서 그 경관은 웅덕이가 대답하는 것을 일일이 종이에 적었다.

"기숙사에 자네와 한방에 있는 학생 이름이 무어지?" 하고 경관은 물었다.

"홍관식이올시다." 하고 웅덕이는 일본 발음으로 이름을 댔다.

"이 홍 군과 언제부터 알게 되었나?"

웅덕이는 저도 모르게 약간 주저하였다.

"자네는 이런 데 온 게 몇 번째인가?" 하고 경관이 또 물었다.

"처음입니다."

"응, 그래? 그럼 내 아르켜주지. 여기서는 우물쭈물이나 거짓말은 통하지가 않아. 그러니까 숨김없이 고백해야 되는 거야 알겠나?"

"네."

"언제부터 알았지?"

"기숙사에 들어가서 첨, 아니, 아니오, 신청서 낼 때 사무실에서 첨 만났읍니다."

"같은 고향 사람으로 같은 학교 같은 급에 다니면서 기숙사 사무실에서야 처음 만나다니? 그런 거짓말이 통할 줄로 생각하는가?"

"거짓말이 아닙니다. 참말입니다."

"왜 하필 그런 늙은 학생하구 한방에 있기루 했나?"

"져, 어, 그것은…."

"바른 대루 말해."

"사감님이 조선인끼리 있어야 한다구 그랬읍니다."

"흠. 일본인 학생들도 자네를 싫어하든가?"

웅덕이는 대답을 못했다.

"홍 군 심부럼은 몇 차례나 다녔나?"

"심부럼이라니요?"

"심부럼이라는 말을 몰라? 그런 쉬운 말을 모르면서 공부는 어떻게 하나?"

"무슨 심부럼인지 알 수 없어서 그러는 것입니다."

"편지 심부럼 말이야."

"편지 심부럼 한 일 없읍니다."

"바른 대루 말 해."

"없읍니다."

"자, 내 얼굴 똑바로 바라다보면서 말해."

"없읍니다."

"홍 군이 자백을 했는데 자네가 부인한다구 무사할 줄 아는가?"

"그럴 리가 없읍니다."

"홍 군이 이미 다 자백한 이상 자네가 부인했대야 소용없는 일이야. 자, 어서 자백해라. 자백만 하면 자네는 곧 석방할 테니. 자네는 아직 미성년이니까 자백해두 벌은 받지 않으니까. 홍 군의 편지를 누구누구에게 전했나?"

"편지 전한 일 없습니다."

"대단한 고집통이로군. 자, 내 말을 자세히 들어. 지금 순순히 자백하면 이 자리에서 곧 석방하구, 만일 자백 않으면 며칠이구 몇 달이구 유치장에 가두어둔다. 네 입에서 바른 말이 나올 때까지."

"편지 전한 일 없습니다."

"보기엔 그렇지 않아 보이는데 무척 미련한 놈이로군. 그럼 내 이 자리에서 홍 군과 대질시켜줄까?"

"그것 좋습니다."

"겁나지 않아."

"아니오."

"지금 홍 군이 어데 있는지 아나?"

"어데 있는지 모릅니다."

"한방에 살면서 몰라?"

"오늘 돌아오지 않았습니다."

"어델 갔을까?"

"그건 모릅니다."

"짐작두."

"짐작도 안 갑니다."

"홍 군은 기숙사에 들어와 자지 않은 일이 종종 있었지?"

웅덕이는 머밋머밋하였다.

"그것 봐. 자네는 숨기려구 해두 우리는 다 알고 있거든. 인제두 바루 대지 않구 배길 텐가?"

"토요일과 일요일에는 의례히……."

"그렇지 그렇게 순순히 말하면 좋지 않은가. 토요일과 일요일에는 홍 군이 어데루 가군 했나?"

"그건 제가 모릅니다."

"한방에 기숙하면서도 그걸 몰라? 물어본 일도 없나?"

"그이가 저와 존장 벌이나 되어서 어려워서 말두 변변히 못 올렸어요."

"할 수 없는 놈이로군. 너무 따끔한 맛을 좀 봐야겠나." 하고 소리 지르는 경관은 책상을 탁 때리면서 성큼 일어서서 밖으로 나가버렸다.

불안감이 웅덕이를 포로로 하였다.

사방이 조용했다. 기분 나쁠 정도의 조용이었다.

화로에서 나는 숯이 탁 튀는 소리까지에 웅덕이는 흠칫 놀랬다. 그는 두 손바닥을 깍지 끼고 서 있는 자신을 발견했다. 손바닥에 땀이 뱃다.

갑자기,

"이놈아, 이놈이 생사람 잡으려구……" 하는 노호 소리가 어데 가까운 데서 들려왔다. 웅덕이의 등골로는 얼음이 흘러내렸다. 그 목소리는 홍관식이의 목소리였다. 틀림없는 그의 목소리였다.

"이놈이……" 하는 그의 고함 소리가 또 시작되다가 갑자기 중단되고, 와지근 와지근 하고 의자 같은 것을 던지는 것 같은 소리가 크게 났다.

웅덕이는 전신이 자즈러지는 것 같았다.

침묵이 흘렀다.

웅덕이의 귀는 날카로워졌다. 무슨 소리가 들리었다. 자세히 들으니 그것은 자기 자신의 숨소리였다.

쿵쿵쿵 발자죄 소리가 밖에서 들려왔다. 웅덕이는 긴장해졌다.

문이 벌컥 열렸다.

처음 보는 사나이가 머리를 쑥 디밀고,

"이리 나와." 하고 말했다.

웅덕이는 이 사나이 뒤를 따라 아까 왔던 복도를 걸어 층층대 아래까지 내려갔다.

앞서 가던 사나이가 휙 돌아서면서 웅덕이의 팔을 꽉 잡았다.

일억오천만 대 일

"이놈아, 너 오늘 여기 왔던 일을 입 밖에 내서는 안 된다. 재미없다."

"네." 하며 웅덕이는 안도의 숨을 쉬었다.

"가라." 하면서 팔을 놔주었다.

그날 밤도 그 이튿날도, 또 그 이튿날도 홍관식이는 돌아오지 않았다.

二월 九일 아침이었다.

신문을 보니 바로 어제 조선인 유학생들이 조선 독립 선언을 하고 많은 학생이 체포되었다는 기사가 크게 나 있었다.

그날 하학 후 웅덕이는 조선인 학생 기독교 청년회관으로 가보았다.

문간에 사복 형사가 지키고 서서 이름과 학교명과 주소를 물어 수첩에 적어 넣고,

"부질없는 선동에 현혹되지 말구 공부나 열심히 해." 하고 타일르고 어서 가라고 하였다.

그 뒤부터 일본 형사가 미행(뒤로 졸졸 따라 다님)하는 조선인 학생 수가 갑자기 많이 늘었다는 소문이 웅덕이의 귀에도 들려왔다. 그리고 밤낮 가리지 않고 지긋지긋하게도 그림자처럼 미행하는 형사들을 미행 받는 학생들이 별의별 방법을 다 써서 골려주기도 하고, 떨구어버리기도 한다는 이야기가 조선 학생들이 모인 곳마다 가장 만개되군 하는 꽃이 되군 하였다.

三월 초하루 밤중에 신문 호외가 나왔다는 웨침 소리와, 딸랑딸랑하는 종소리가 일본 수도 도꾜 거리거리의 고요한 적막을 깨뜨리었다.

학교 구내 깊숙한 기숙사 안에서 잠자고 있었던 웅덕이는 원래 잠귀가 밝지도 못하였기 때문에 호외를 제때 읽지 못했다.

그러나 이튿날 이른 아침 식당에 들어서면서 집어든 신문에 크게 난 기사 제목만 보고도 웅덕이는 가슴이 뭉클하였다.

"조선 각지에 만세 소동."

웅덕이는 식탁으로 갈 생각도 잊어버리고, 이 신문 저 신문 들치어보니 신문마다 사단, 오단 제목으로 '만세 소동' 뉴쓰가 보도되어 있는 것을 그는 보았다. 기사 내용을 읽어 내려가자니 가슴이 얼마나 벅찼는지 아무리 읽

어도 눈앞에 활자만 얼른얼른할 뿐, 기사 내용이 머리에까지 전달되지가 않았다.

조반을 먹는 둥 만 둥 한 그는 교실로 들어가지 않고 교문 밖으로 나섰다.

─기독교 청년회관으로─ 하고 그의 머리는 두 다리에 명령하는 것이었다.

청년회관에 다달아보니 굳게 닫힌 문 밖에 정 사복 경관 수십 명이 지키고 서서 근처에 얼씬도 못하게 하는 것이었다.

이틀 뒤 웅덕이는 학생이 직접 전해주는 통지서 한 장을 받았다. 조선인 유학생 전체 긴급 총회를 연다는 통지였다. 총회 회장은 청년회관이 아니고 유학생 교회당이었다.

웅덕이가 회의 장소에 정각에 대 갔건만 그리 넓지 못한 교회 안은 초만원이 되어 있었고, 건물 밖에까지 겹겹이 학생들이 둘러싸고 있었다. 눈초리에서 독살이 발산되는 일인 사복 형사들도 여기저기 섞이어 서서 감시하고 있었다.

"여러분 학도여, 펜을 잠시 던지고 총을 들 때는 드디어 왔습니다!" 하는 열변이 창문 밖에까지 똑똑이 흘러나왔다.

"최후 일인, 최후 일각까지." 하고 웨치는 소리도 들렸다.

"조국 독립운동 투쟁에 즉각 가담합시다."

"지금 우리 모두 다 귀국동맹을 동의합니다."

"재청이오, 제각기 고향으로 갑시다. 고향을 가서 고향 동지들과 합세하여 끝까지 투쟁합시다."

"옳소. 옳소. 돌아가 싸웁시다."

귀국동맹 결의는 만장일치로 가결되었다.

웅덕이는 기숙사로 돌아갔다. 가는 길에 눈에 띠이는 신문이란 신문은 다 한 장씩 사가지고 갔다.

'조선에 있는 신문이라고는 총독부 기관지인 매일신보 하나밖에 없으니까 이런 거족적인 독립운동 기사는 게재가 금지되었음에 틀림없으리라.' 하는 생각이 들었기 때문이었다.

그는 짐을 싸기 시작했다. 고리짝 속으로 포개 넣는 이부자리와 옷 사이사이에 독립운동 기사가 게재된 일본 신문들을 갈피마다 넣었다.

대학부에서 공부하는 유학생 하나가 찾아왔다.

"참 장하군. 벌써 짐을 싸는구만. 그렇지, 하루라도 속히 가서 투쟁해야지. 이번 독립은 틀림없어. 지금서야 이야기이지만 이 방에 같이 있던 홍관식이는 지난 정월 말에 경찰에 붙들려갔어. 허나 그는 단 한마디도 불지 않았기 때문에 이월 八일 기사가 무난히 거행되게 되었었지. 나두 곳 귀향하겠지만 여기서 유치장 생활을 하구 있는 동지들에게 차입 드려주는 일 외에 두 몸 숨기구 있는 동지들과 연락해야 할 일두 있구. 독립되면 자네는 우리나라 대학에 무시험 입학시켜줄 것이니까 아무 염려 말구 싸우라구." 하고 그 대학생은 말했다.

대학생이 나가자마자 대만인 곽국기가 들어섰다. "요, 축하, 축하!" 하고 소리 지르는 그는 와락 달려들어 웅덕이를 얼싸안았다.

"조선 사람은 용감해, 용감해. 우리 대만 사람은 모두 비겁하구. 허나 조선이 독립되는 것을 보면 우리 대만 사람들두 가만있지는 않을 거야." 하고 국기는 일본말로 말했다. 조선 사람이나 대만 사람이나 일본 통치를 떠나서 독립하고 싶은 의욕은 마찬가지이면서도 그들이 의사를 통하려면 웬수의 언어인 일어로야 통한다는 것은 웃을 수 없는 희극이었다.

그날 밤 떠나는 급행차를 타려고 웅덕이는 중앙역으로 나갔다. 언제나 그런 것처럼 역 대합실 안팎은 사람 천지요, 세멘트 바닥에 울리는 '게다' 끄는 따르락 소리가 사람들의 웅성 소리보다 더 한층 요란했다.

웅덕이는 '시모노세끼'행 기차표를 파는 구멍 앞에 늘어선 사람들 맨 뒤에 가서 섰다. 차례가 오기를 기다리면서 두리번두리번 살펴보니 그 북새통에서도 낯익은 얼굴, 낯선 얼굴 할 것 없이 조선 사람 타입의 얼굴을 가진 중학생이 상당히 많이 눈에 띠었다.

곽국기가 인파를 헤치며 오는 것이 보였다. 웅덕이가 서 있는 곳까지 와서 그가 들고 있는 손가방을 빼앗았다. 차표를 사고, 수화물계로 가서 고리짝을 수화물로 붙이고, 개찰이 되어 플랫폼으로 들어갈 때까지 국기는 웅덕이 뒤를 꼭 따랐다.

"장도에 오르는 자네에게 내가 지금 도와줄 수 있는 것이라고는 약소한 요것밖에 없으나 투쟁에 보태 써주면 영광이겠네." 하면서 국기는 얄팍한 봉투 접은 것을 웅덕이의 포켙에 넣어주었다. 그리고는,

"성공을 비네." 하면서 손을 내밀었다. 두 학생의 손은 서로 꽉 글어쥐어지고 언제까지나 놔줄 줄을 몰랐다.

웅덕이가 기차에 올라탄 뒤에도 국기는 창문가로 와서 지키고 서 있었다. 발차 벨이 울자 국기는 손을 번쩍 들고 또 악수를 청했다. 그는 천천히 움직이는 차를 따라오면서 웅덕이의 손을 놔주려 들지 않았다. 웅덕이는 국기의 눈에 이슬이 맺히는 것을 보았다.

황보웅덕이가 곽국기를 다시 만나게 된 것은 그들이 그날 작별한 지 만 三十八년 뒤였다. 그때 웅덕이는 대한민국 국민이었고, 국기는 중화민국 국민이었다. 그 둘이 만난 곳은 본토에서 쫓기어 나온 중화민국 정부가 임시 수도로 쓰고 있는 대북시(臺北市)였다.

집에 돌아온 웅덕이는 맞누님 애덕이가 체포되어 간 것을 알게 되었다.

그는 소학교 때 동창생들을 찾아보았다. 붙들려간 학생들도 있고 잡혀가지 않은 학생들도 있었다. 웅덕이를 만나는 동창생들은, 선배건 후배건, 모두 다 그를 환영하였다. 매일신보라고 하는 총독부 기관지 신문 단 한 가지밖에 못 읽는 그들은 도꾜에서 갓 돌아온 웅덕이의 입에서 이번 만세운동에 대한 세계적 반응에 대한 뉴쓰가 나오기를 예기하는 것이었다. 웅덕이는 자기가 고리짝 속 이불 갈피에 감추어 가지고 온 일본 신문 수십 종을 다 내놓았다. 바다 건너 먼 도꾜에서 발행하는 신문들을 읽고서야 이번 독립운동은 평양과 서울에서만 봉기된 것이 아니라 웬만한 도시나 읍에서는 三월 一일 동시각에 일어났고, 동떨어진 촌에서도 하루, 이틀, 사흘 뒤 계속 일어나고 있었다는 사실을 그들이 확인할 수 있었다. 이것은 그들에게 새로

운 용기를 북돋아주었다.

그리고 외신(外信) 보도로는 그해 一月八일부터 프랑스 수도 파리에서 三十二개국 대표가 모인 강화회의[126]가 시작되었다는 사실도 뒤늦게나마 읽을 수가 있었다. 미국 대통령 윌슨이 이 강화회의에 내건 十四조에 달하는 '세계평화 계획안' 전문도 다 읽을 수가 있었다. 이 十四조 항목 중에도 이 소년들의 가슴을 가장 뛰놀게 한 항목은 합방불허(合邦不許)와 민족자결(民族自決) 두 항목이었다. 이 안이 강화회의에서 가결된다면 일본이 구한국을 합병한 것이 무효로 돌아갈 것이오, 민족자결 원측에 입각하여 조선민족의 자주독립도 세계적으로 확보되리라는 신념을 그들은 얻게 되었다.

그리고 또 웅덕이의 입을 통하여 이 '민족자결' 원측 가결에 박차를 가하기 위하여서 중국 상해에는 임시정부가 수립되고, 해외에 망명하던 지도자 몇몇은 파리에까지 가서 독립 주장을 하고 있던 참인데 때마침 조선반도 방방곡곡에서 총궐기된 이 만세운동은 그 지도자들 자신에게도 커단 고무와 자신을 주게 되는 동시에 세계만방에게도 옳바른 인식을 주게 되었다는 소식까지 알게 되었다.

"야, 당장 우리가 하여야 할 일이 생겼다. 이러한 세계대세를 우리나라 사람들에게두 알려주는 일 말이다." 하고 한 학생이 말했다.

"그렇디, 그래. 우리 비밀 신문을 만들자." 하고 김동인[127]이가 말했다.

"찬성, 대찬성." 하고 모두 말했다.

"신문 이름은 독립신문이라구 짓자." 하고 웅덕이가 제의하였다.

"됴와. 그리구 독립신문을 발행하는 단체를 하나 매련하자."

---

126 파리에서 三十二개국 대표가 모인 강화회의 : 1919년에 제1차 세계 대전의 종결을 위하여 승전국들이 파리에서 개최한 강화회의.

127 김동인 : 金東仁(1900~1951). 소설가. 평양 출신의 작가로 1919년 2월 일본 도쿄에서 한국 최초의 순문예 동인지 『창조』를 창간하였다. 3·1운동 직후에 일본에서 귀국하여 주요섭과 등사판 신문 『독립신문』을 발간하다 일경에 체포되어 옥고를 치르기도 했다.

"흑딥[128]단이라는 이름 어때?"

"흑딥이라니?"

"우리 가슴에 달구 다니는 이 상장이 껌덩 나뷔가 아니가?"

"응 그렇군. 찬성. 흑딥단 만세."

그날 밤부터 웅덕이도 지하신문 논설위원 겸 기자겸 필공(筆工) 겸 직공 겸 배달부 겸 직무를 맡게 되었다. 흑접단이 발행하는 독립신문 등사기에 민 작으마한 삘[129]이었다.

밤에 몰래 모여서 원고를 쓰고, 원지에 옮겨 쓰고, 등사판에 밀어서는 단원 각자가 딴 구역을 맡아가지고 밤중에 가가호호에 무료로 배달하였다.

낮에는 시침 뚝 떼고 웅덕이는 아버지의 상점으로 나가군 했다.

"야, 거, 참 귀신이란 말야. 그 털통 겉은 경계망을 뚫구 어뜨캐 묘하게 하는디, 새벽에 나가 보문 삘라가 대문 안에 떨어데 있군 하거든." 하구 감탄하는 사람들의 말을 듣는 웅덕이는 겉으로는 역시 신기하다는 표정을 가장하면서, 속으로는 즐겁기가 한이 없는 동시에 용기가 배가 되었다.

며칠 못 가서 흑접단에서 발행해 뿌리는 독립신문 외에 다른 삘도 밤중에 배포되고 있다는 사실을 웅덕이는 발견했다. 바로 자기 집 뜰에 밤새 떨어져 있는 삘을 발견하고 집어 읽어보니 그 내용이 흑접단에서 발행한 신문과는 딴판이었다. 자기네 외에도 지하운동을 하고 있는 동지들이 있다는 사실은 흑접단 단원들의 마음을 든든하게 해주었다. 또 그리고 남보다 신문을 좀 더 잘 해보겠다는 경쟁심도 고취되었다.

웅덕이가 도꾜서 올 때 모아가지고 왔던 외신 보도 재료는 독립신문 간행 열흘 만에 소진되고 말았다.

유일한 조선문 신문인 매일신보에 실리는 외신기사는 흑접단 멤버들의 눈으로 볼 때에는 위곡[130]투성이었다. 그러나 옳바른 기사를 받아들일 수

---

128 흑딥 : 흑접(黑蝶). 검은 나비.
129 삘 : 삐라.
130 위곡 : 왜곡.

있는 루트는 없었다. 그들은 편즙 플랜을 고쳐 가지고,

'매일신보는 거짓 보도만 한다'라는 난을 두었다. 매일 그 매일신보에 나는 외신 보도를 공박하는 글이 독립신문에 실리었다. 며칠 후 독립신문에는 '독립문에 새긴 태극기가 새 단장을 했다' 하는 제목이 커다랗게 나타났다.

서울 서대문 밖에 서 있는 독립문 위 설주에 새겨진 태극기가 그동안 여지없이 퇴색했었더랬는데 그 태극기가 새로 단장이나 한 것처럼 제절로 빨갛게 선명하게 되었다는 기사였다. 이 소설 같은 기사를 집필한 학생은 김동인이었다. 이 기사가 독자에게 준 효과가 크다는 것을 확인한 그는 그 다음호부터 파리에서 열리고 있는 강화회의에 관한 근사한 뉴쓰를 조작해 가지고 회의 진행이 조선 독립에 유리하게 진전되고 있다는 창작 기사를 실리었다.

'참새가 조선 독립을 예언'이라는 제목이 붙은 독립신문이 배부되었다. 그 내용은 이러했다.

서촌 사는 농부 두 사람이 성내에 들어와 볼일을 보고 저녁때 집으로 돌아가고 있었다. 그들이 칠성문 밖 신작로로 걸어가노라니, 길가 성터 허리에 꾸부러져 서 있는 소나무 가지에 참새 수십 마리가 모둥켜 앉아서 조갈거리고 있는 것을 그들은 봤다. 새들이 배가 부르니까 나무가지 위에 모여앉아서 새나라 잡담을 하고 있나 보다 생각하고 지나가던 농부 중 한 사람이 갑자기 걸음을 멈추었다.

"여보, 데 새새끼들이 이상한 니아길 하는데 우리 들어봅시다." 하고 그가 친구의 소매를 잡으면서 말했다. 소매를 잡힌 농부는 그 친구가 새소리를 알아듣는 재주를 가진 사람이라는 것을 알고 있었다. 그래서 그도 발을 멈추고 새의 재재 소리에 귀를 돌리었다.

"되선[131] 독립이 말이디 꼭 되기는 되겠는데 말야 되선 사람들의 독립운

---

131 되선 : 조선.

동 열이 식어가는 것이 탈이란 말야." 하고 한 새가 말했다.

"꼭 된다는 건 어뜨캐 아누?" 하고 한 참새가 물었다. "넌, 참, 소식불통이구나. 파리 강화회의에서 말이디, 일본 대표들이 한사쿠 우기기를 말이디, 되선 독립을 시켜달라구 조르는 사람들은 말이디, 외국에만 떠돌아다니던 사람들이기 때문에 말이디, 되선 백성의 실정을 모르구 떠드는 거니꺼니 그 소수 사람의 선던술에 넘어가디 말라구 코백이들한테 선던하구 다닌단 말야."

"그게 무슨 소리가? 만세 부르다가 총칼에 맞아 꺼꾸러디는 사람을 수없이 내 누깔루 봤는데."

"그건 나두 봤어. 허나 말이야, 지금은 모두 조용하디 않니? 하여튼 말이디, 일본 대표들의 말이 긴가민가하게 넉이는 코쟁이들이 도사단(調査團)을 되선에 파견해보기루 결뎡했대. 그 조사단이 비행길 타구설나무니 낼 모레 이리루 온댄단 말이거뎡."

"비행길? 비행길이가 대관절 뭐가?"

"넌, 참, 소식불통이구나. 비행길이 아니구 비행기 말야."

"비행기가 뭐구?"

"인제는 말이디, 사람덜두 우리 새터럼 공둥 날아다니는 재주를 배왔어."

이상과 같은 소설체 기사가 게재된 그 다음날 밤 독립신문 사설 제목은

'상점은 전부 철시하라' 하고 큰 글자로 내세우고, 그 옆에 '철시하지 않는 자는 이완용[132]이 같은 놈이다'라는 부제목이 달려 있었다.

그 이튿날 아침 구시가에는 문 연 상점이 하나도 없었다.

흑접단 단원들은 기고만장이었다.

그러나 그 다음날 새벽 두 시에 웅덕이의 집은 형사대의 급습을 받았다.

---

132 이완용 : 李完用(1858~1926). 을사오적의 한 사람이며 일본에 나라를 팔아먹은 최악의 매국노라 불린다. 고종을 협박하여 1905년 을사조약 체결과 서명을 주도했고 의정부를 내각으로 고친 후 내각총리대신이 되었다. 헤이그 특사 사건 후 고종에게 책임을 추궁하여 물러날 것을 강요했고, 순종을 즉위시켰다. 총리대신으로 일본과 한일병합조약을 체결했다.

피곤해 떨어진 그가 묶어 가도 모를 만큼 깊이 들었든 잠이 구두발로 들어온 형사의 발길에 채여 잠을 깼다. 그는 경찰서로 연행되어 갔다. 경찰서 문 안 복도에서 그는 나까무라라고 하는 중년 일본 형사와 마주쳤다. 평양 구시가 주민 중에도 특히 예수교인으로는 이 나까무라 형사를 모르는 사람이 별로 없었다. 이 형사는 일본 사람이었지만 발음만 조금 틀렸지 조선말을 유창하게 했고, 예수교인 가정 부엌에는 수저가 몇 벌 있는 것까지도 다 알고 다니는 명형사라구 소문난 사람이었다.

"요노무 섹기, 나가 모르즈루 아르구!" 하고 소리 지르는 나까무라 형사는 다짜고짜로 웅덕이의 뺨을 갈기었다. 웅덕이의 눈에는 불꽃이 튀었다. 얼얼한 뺨을 손으로 덮으면서 웅덕이는

"난데스까?"(무슨 일이오?) 하고 일어로 대들었다.

"난데스까가 무시기야, 요노므색기. 여게가 너이 지브 아레모그 잉주루 아니?" 하고 고함지르면서 나까무라는 유도식으로 웅덕이를 메어 마루 복도에 내동댕이쳤다. 나까무라는 밖으로 나가 버리고 제복을 입은 순사가 웅덕이를 일으켜 끌고 작으만한 방으로 데리고 갔다. 웅덕이는 그 방에 혼자 있게 되었다.

두어 달 전 도꾜에서 일본 경찰서 맛을 처음 본 경험이 있는 그이었으나 그때에는 아모 저즈른 일도 없었을 뿐 아니라, 매 한 대 안 맞고 무사이 나왔었는데, 이번에는 매를 맞은 것으로 보아 혹시나? 하는 걱정이 생겨서 안절부절을 금할 수 없었다. 간이 콩알만 해져서 문 밖으로 지나가는 발자국 소리에도 흠칫흠칫 놀랐다.

삼십 분 가량 뒤에 그는 사복 형사에게 다시 이끌리어서 그 방을 나왔다. 복도 저쪽으로 가서 형사가 열어주는 문 안으로 들어서든 그는 흙 하고 몸을 떨었다. 흑접단 단원 거의 전원이 체포되어 온 것을 그는 봤기 때문이었다.

바로 몇 시간 전까지 동지였던 그들은 서로 의심하지 않을 수 없게 된 것이었다.

─어떤 놈이 고자질을 한 것인가?─

웅덕이는 이러한 불유쾌한 생각이 머리에 떠오르는 것을 믿지 않으려고 애를 썼다.

—아니다, 누가 아마 신문을 돌으다가 현장에서 체포된 것이겠지— 하고 그는 믿고 싶었다.

—그러나 불긴 왜 불어? 이렇게 일망타진이 되도록— 하는 분노감이 치밀어 오르는 것을 금할 수 없었다.

"자, 다 붙들어 왔다. 이밖에 누구 또 있나?" 하고 형사는 강태섭에게 향하여 물었다. 태섭이를 보니 입술이 터져 피가 엉기었고, 양쪽 볼이 볼굴 앓는 것처럼 뚱뚱 부어 있었다.

"더 없어요." 하고 대답하는 태섭이의 목소리는 떨리었다.

—응, 매에 못 견데서 활활 불었구나— 하고 생각하는 웅덕이가 자세이 둘러보니 단원 중 보이지 않는 얼굴이 셋이 있는 것을 발견했다.

"단가? 또 없나?" 하고 물어보면서 형사는 매명의 얼굴을 하나하나씩 살펴보며 물었다. 개개가 다 고개를 끄덕이었다.

한 명씩 주소, 성명, 나이, 학교 관계 등을 물어 취조서에 적고는 하나씩 따로따로 문밖으로 내보냈다. 웅덕이도 차례가 되어 문밖으로 나서니 정복 순사 하나가 따라오라고 하고 앞서 갔다.

경찰서 본 건물 뒷뜰을 지나 감방 건물로 들어갔다. 감방 사무실로 가서 조끼 주머니가 다 뒤지이고, 저고리 고름이 다 뜯기이고, 다님도 풀고, 허리띠까지도 풀어놓고 나서 감방까지 끌리어 갔다.

앞면은 벽이 아니고, 한 뼘씩 굵은 나무 기둥 창살로 되어 있는 감방 외양 자체가 벌써 무시무시하였다. 너무나도 요란스럽게 쩔꺼덕하는 잠을쇠 여는 소리에 웅덕이는 공포에 사로잡히고 말았다.

새벽녘이 되었건만 감방 안에는 누워서 자는 사람은 하나도 없었다. 모두다 쫑쿠리고 앉은 채 더러는 머리를 가드러트런 무릎 위에 밝고, 더러는 서로 머리를 맞대고 자고 있었다. 그 요란스런 잠을쇠 여는 소리에도 놀라 깨는 사람이 드물었다.

문을 열고 웅덕이더러 들어가라고 하지만 다리 들여놓을 수 있는 공간이 없었다. 순사는 억지로 웅덕이를 들이밀고 문을 닫았다. 웅덕이는 발만 겨우 세운 채 서 있을 수밖에 없었다.

"이리 비비대구 앉으려마." 하고 말하는 것은 태섭이었다.

태섭이 바로 옆에 겨우 비비고 쫑그리고 앉으니까야 그의 후각은 기능을 발휘하기 시작했다. 똥내 지린내가 비위를 거슬리는 것이었다. 사방 둘러보니 소년보다 성인이 더 많았고, 흑접단 단원으로는 태섭이와 웅덕이 둘 뿐이었다.

"미안해." 하고 태섭이는 속사기었다.

"어드카다가 이 디경 됐니?"

"서투루 돌르다가 그만 붙잡혀서." 하고 태섭이는 속사기었다.

한참 후에 웅덕이는 입을 태섭이 귀에 바싹 대고,

"그래두 너 용타. 셋은 불딜 않았으니." 하고 속사기었다.

새벽이 훤하자마자

"기상(起床)." 하는 소리가 쨍쨍 울리었다.

제일 먼저 하는 일이 저쪽 구석에 놓여 있는 변기를 들어내다가 쏟아 오는 일이었다. 감방에 갇힌 사람들이 모두 다 허리춤을 잡고 일어섰다. 양복을 입은 사람이 두세 명 있는데 그들도 혁대는 빼앗겼으나 허리춤을 붙잡을 필요는 없었다.

텁석부리 영감 하나가 웅덕이와 태섭이를 지목하여 변기를 내가라고 호령하였다. 두 학생이 머밋거리고 있으니까 바로 변기 옆에 서 있는 양복 입은 중년 사나이가, "이 새끼. 빨랑빨랑 못해? 방당(房長)님 말씀을 들어야 해. 너이들이 초입생이니꺼니." 하고 소리 질렀다.

두 학생은 허리춤을 쥔 채로 어정어정 변기 놓인 쪽으로 갔다.

"그 바딜 벗으야디. 두 손으루 맞들어야 하니깐." 하고 방장이 소리 질렀다. 바지 벗으면 아래도리는 나체가 되는 판이었다.

"어서, 어서." 하고 방장이 호통했다.

두 학생은 바지를 홀랑 벗어 개켜놓고 변기를 맞들었다. 굉장히 무거웠다. 하나 가득 찬 변기는 출렁출렁 넘치었다. 똥과 오줌이 두 학생 손에, 정강이에 마구 튀고 마루바닥에 줄줄 흘렀다.

가까수로 변기를 놓치지 않고 문밖까지 들고 나가서 복도에 놓았다. 옆 감방에서도 변기를 들고 나섰다. 앞선 변기 뒤를 따라가면서 세 번 쉬고서야 경찰서 뒷마당 한구석에 있는 변소까지 갔다. 변소 바루 옆에는 세수와 빨래와 변기 씻기를 겸한 세면소가 있었다. 변기에 든 대소변을 변소에 쏟고 나서, 빈 변기를 씻고, 손과 발과 다리에 묻은 똥물을 씻으면서, 흑접단 단원을 거의 다 만나볼 수 있었다. 그들은 공범자이기 때문에 딴 감방에 꼭 한 사람씩 나누어 가두는 것인데 감방이 열 개밖에 없기 때문에 웅덕이와 태섭이는 한방에 있게 되었다는 것을 알게 되었다.

씻은 변기를 태섭이가 혼자 들고 웅덕이는 빈손으로 감방까지 도루 갔다. 감방 안 사람들은 그냥 서 있는데 감방장이,

"새끼덜두. 방바닥 훔칠 걸렐 왜 안 가지구 왔어." 하고 꾸짖었다. 두 학생은 다시 세면소로 뛰어가서 걸레를 한 개씩 들고 왔다. 걸레를 들고 감방 안에 들어서자마자 순사는 문을 꽝 닫고 그 요란한 소리를 내며 자물쇠를 채웠다.

걸레질을 다 하고 나서 사람들은 우루루 주저앉았다. 두 학생이 걸레를 들고 어릿어릿하니까 양복 입은 중년 사나이가

"뎨기 뎨 아래 구멍으로 내던제에라." 하고 말했다.

변기를 제일 먼저 타고 앉는 사람이 그 양복 입은 사나이이었다. 방 자리는 다 차고 바루 변기 옆에 두 학생의 바지가 놓여 있었다. 그들은 바지를 입고 변기 옆에 웅쿠리고 앉았다.

변기를 타고 앉은 그 사람은 오만상을 찌푸리고 신음하면서 눈물을 죽죽 흘리고 있었다.

"자, 오늘 아침도 여전히 비극 뎨막이 열렸읍니다." 하고 젊은 사나이 하나가 연극조로 말했다. 감방 안 모든 사람이 키득키득 웃었다. 두 학생은 멋

도 모르면서 따라 웃었다.

"데리케 만날 니별을 해서야 어데 견델 재주가 있나, 원. 심순애두 너무나 매정하다." 하고 하고 한 사람이 말했다.

"대동강변 산뽀하는,

심 순애와 니 수일이 낭인이로다.

둘이 함께 산뽀함도 오늘뿐이요,

둘이 함께 담화함도 오늘뿐이라." 하고 어떤 사람이 독창을 했다.

변기에 앉은 사람의 이그러진 얼굴에도 잠시 웃음기가 도는 듯하더니 금시 이를 악물며 신음하는 것이었다.

거의 오 분마다 한 번씩 이 사나이는 변기를 타고 앉아 신음하며 우는 것이었다. 웅덕이와 태섭이는 그렇게도 자주 변기를 타고 앉아 쩔쩔매는 이 사나이가 웨 그러는지를 알 수가 없었다. 뒤에 들으니까 그 사람은 임질에 걸린 사람인데 소변을 자주 누어야 하고 눌 때마다 국부가 쑤시고 아파서 그러는 것이라는 것을 알게 되었다.

─세상엔 별 병두 다 있군─ 하고 웅덕이는 생각했다.

아까 똥걸레를 내보냈던 그 구멍으로 밥이 들어왔다. 조그마한 양재기에 담긴 노란 밥이었다. 그 구멍 옆에 앉은 사람이 첫 번 밥그릇을 받아서 그 옆 사람에게로 전하였다. 둘째 번 들어오는 밥을 받아 든 그 사람은 이 그릇을 손에 넣어 밥을 한 웅큼 집어 첫 번 그릇 밥 위에 덧놓았다. 셋째 번 그릇에 담긴 밥도 한 웅큼 집어내서 첫 번 그릇에 덧놓았다. 이렇게 하니까 첫 번 그릇은 밥으로 가득 찼다. 이 수북히 쌓은 밥그릇은 손에서 손으로 릴레이 되어 제일 상석에 앉은 방장에게로 가고, 반 그릇뱅이 두 그릇은 제일 말석에 앉아 있는 두 학생에게로 전달되었다.

밥이 차례로 다 전달되기도 전에 먼저 받은 사람이 든 그릇은 벌써 빈 그릇이 되었다.

밥이 옹근[133] 그릇이건 반 그릇이건 간에 두 학생은 그 밥을 먹을 식욕이 생기지 않았다. 두 학생 바로 옆에 앉은 사람들은 어느새 밥을 다 먹고 나서는 빈 그릇을 든 채, 학생들이 들고 앉아 있는 밥에 눈독을 들이고 있었다.

"그릇 내놔." 하는 커단 목소리가 밖에서 났다. 이 소리가 나기가 무섭게 밥이 그 채로 두 학생의 손에 들리워 있던 그릇은 솔개에게 채여 가듯이 그들의 손을 떠나고 말았다.

조반이 끝나자 밖에서는 이름 부르는 소리가 났다. 감방 안에 있는 사람들의 귀는 모두 그 소리에 쏠리는 것 같고, 모두가 긴장한 얼굴을 하고 있었다. 이 감방 저 감방에서 "예", "예" 하는 대답 소리가 나고, 웅덕이가 갇히어 있는 방에서도 다섯 명이나 "예" 소리를 질렀다. 호명이 끝나자 이름 불리운 사람들은 얼굴에 기쁜 빛이 감돌고, "예" 소리를 못한 사람들은 우울한 표정으로 한숨도 쉬고 "제길할거" 하는 욕도 나왔다.

그 소름끼치도록 요란한 소리를 내면서 이 감방, 저 감방 자물쇠가 열리고 호명된 사람들은 밖으로 나갔다.

잠시 무릎을 좀 펼 수 있었다. 그러나 금시 또 새 사람들이 들어 왔다. 새로 들어오는 사람이 의례히 말석인 변기 옆자리로 인도되었다. 한쪽 옆은 임질병 환자가 꼭 지키고 앉아 있는 특등석이었다. 한 시간이 다 가기 전에 두 학생도 변기에서는 약간 멀리 있는 자리에 앉을 수 있게 되었다.

―낼 아침 변기 소제 일은 면했구나― 하고 생각하는 웅덕이는 감방 안 기률을 체득했다는 자부심을 느꼈다.

그날 오후.

흑접단 관계로 구금된 학생 전원이 감방 밖으로 불러워 나갔다. 예치실에 들리어서 허리띠만 도루 찾아 맨 그들은 꽤 넓은 마당으로 인도되었다.

그 마당 하나 가득 콩나물시루처럼 사람이 가득 차 있었다. 이 사람들 정면 벽에 대 세운 나무 단(檀) 위로 학생들은 하나씩 올라가서 일렬로 군중과

───────
133 옹근 : 조금도 축나지 않고 다 있는 것을 일컫는 북한어.

맞세워졌다.

금테두리를 두른 모자를 쓰고 누런빛 견장을 찬 서장이 단 위에 올라섰다.

"상민(商民) 여러분, 여기 서 있는 이 어린아이들을 똑똑이 보시오." 하고 서장은 일어로 말했다. 조선인 순사 하나가 조선말로 통역을 했다.

"여러분에게 철시를 하라고 협박하는 삐라를 찍어 돌린 장본인은 여기 이 어린아이들입니다. 이런 철부지 어린애들 장난에 농낙당한다는 것은 여러분의 수치입니다. 그러니까 지금 곧 돌아가서 개점하시오. 만일에 개점하지 않는 상점이 발견되면 본관(本官)은 단호한 처단을 내릴 수밖에 없습니다. 그만." 하고 서장은 단에서 내려갔다.

서장이 훈시(?)를 하고 있는 동안 웅덕이는 자기 아버지도 와 계신가 하고 살피었다. 하도 얽은 얼굴, 매돌처럼 얽은 얼굴이었기 때문에 아버지의 얼굴은 얼른 눈에 띠었다.

그의 눈과 아버지의 눈은 마주쳤다. 아버지의 눈이나 얼굴은 무표정이었다.

10

흑접단 관련자들은 며칠 뒤 검사국으로 넘어갔다.

머리 꼭대기로부터 목에까지 드리우는 삿갓을 쓰고 비웃두름[134]처럼 묶이어 신시가 뒷길을 걸어가는 웅덕이의 다리는 후들거렸다. 열흘 동안이나 밤낮 사람 틈에 끼어 앉았던 다리가 갑자기 걷는 자유를 얻게 되자 걷는 것이 어색하리만큼 거북하였다. 그러나 똥내가 풍기지 않는 맑은 공기를 마시게 되는 것이 상쾌하기 그지없었다.

검사국 뜰 안에 들어서자 삿갓을 벗고 몸도 풀리었다. 단 한 사람씩만 수용하는 단간방 판자집으로 나뉘어 다시 갇히었다. 넓은 마당 여기저기 지

---

134 비웃두름 : 청어 두름. 청어(靑魚)를 짚으로 한 줄에 열 마리씩 두 줄로 엮은 것.

은 판자집인데 사방이 벽이었다. 한 면은 통채 다 문이었으나 웅덕이가 뒷 걸음질로 들어가 걸상에 앉은 뒤 그 문은 닫기고 밖으로 잠을쇠가 잠겨졌다. 문 밑은 한 자가량 짧았기 때문에 광선은 웅덕이 정갱이 아래까지만 비치어주었다. 딱딱한 나무 걸상에 오래오래 혼자 앉아 있노라니 무료하기 그지없었고 걸상 아래 느러뜨린 다리가 거북해 들어왔다. 다리란 주체하기 어려운 물건이라는 걸 다시 한 번 그는 느끼었다.

웅덕이가 도꾜에 왕래하노라고 삼등기차를 타고 이틀, 사흘식 앉아 있노라면 다리 주체가 무척 힘들었었다. 달리는 기차 속에 밤새도록 앉아서 새울 때,

'이런 때에는 두 다리를 똑 떼서, 가방처럼 저 선반 위에 얹어놓았다가 내릴 때 내리워서 도루 달고 다닐 수 있다면 얼마나 편리할가!' 하는 생각을 하군 했었다.

검사의 심문은 흑접단 일행 전부가 한방에서 받았다. 목수집 상갈이 생긴 긴 걸상에 피고 전부가 나란히 앉고 한명씩 불리워 걸상 앞으로 가 서서 따로따로 심문을 받았다.

저보다 먼저 심문받는 동지들의 대답을 웅덕이는 한 마디도 놓치지 않으려고 귀를 기우렸다. 모두가 웅덕이 자신보다는 일어가 서툴었으나 대답하는 태도는 모두가 늠늠하다고 보여졌다.

웅덕이 차례가 되었다. 검사는

"너는 누구 꼬임에 넘어가서 이런 일을 저질렀는가?" 하고 물었다.

"제 자의로 한 것입니다."

"자의로 했다구 고집하면 벌이 더 중해진다는 건 알겠지."

"중하건 경하건 간에 벌을 받을 일은 하지 않았습니다."

"그래 지금도 잘했다구 생각하나?"

"예. 잃어버린 조국을 도루 찾으려구 하는 것은 당연한 일이지요."

"악질인걸, 이 학생들은. 너는 내지(일본)까지 가서 공부하면서 무엇이 못마땅했단 말인가?"

"차별대우에 분개했습니다."

"앞으로 차별대우가 없어지면 독립사상은 포기할 것인가?"

"그럴 수 없습니다."

"어째서?"

"우리는 四千 년 역사를 가진 백의민족입니다. 우리는 독립할 권리를 가지고 있습니다. 그리구 만국 평화회의에서도 민족자결……."

"묻는 말만 대답해. 지금이라도 잘못했다고 빌고, 앞으로는 선량한 국민이 되겠다고 서약하면 불기소될 수도 있는데."

"잘못한 일이 없습니다."

"전도가 양양한 장래를 가진 네가 그래 감옥에서 평생 썩을 심산인가?"

"독립은 꼭 될 것이니까 며칠 안 가서 우리는 자유의 몸이 될 것입니다."

"그런 어리석은 소리 그만둬. 독립은 전연 가망 없다는 사실을 알아야 돼."

"독립이 못 되면 삼천리강산은 전부가 감옥입니다."

검사는 책상을 탕 때렸다.

"그거 참 맹낭한 자식들이군. 검사 앞에서 자기네게 불리할 말만 고집한다는 건 히한한 일인데. 개준될[135] 희망이 통 없군. 그럼 좋와. 골탕 좀 먹어 보아라."

검사정 심문이 끝난 뒤 다시 외간짜리 판자집에 감금되었다.

몇 시간이나 지나갔는지 배가 고팠다.

다 저녁때 웅덕이는 다시 삿갓을 쓰고 조기두룸이 되어 서기산과 일본군 병영 사이 신작로 위로 끌리어 갔다. 길 좌우 쪽으로는 흰옷 입은 남녀노소가 앞서거니 뒤서거니 하면서 따라왔다. 그 수탄 군중 속에서 웅덕이는 어머니와 할머니 모습을 발견했다.

눈물이 핑 돌았다.

---

135 개준될 : 개전될.

감옥소 미결수 감방은 경찰서 유치장처럼 앞면이 창살로 되어 있지 않았다. 앞면도 육중하게 보이는 나무 벽이 출입문 위 사람의 키에 및일가 말가 하는 위치에 작으마한 장방형 구멍이 뚫려 있을 따름이었다. 감방 안이 초만원이 되어 있는 것은 경찰서 유치장 한가지였으나 방안에 변기가 놓여 있지 않았기 때문에 웅덕이가 들어서면서도 구린내는 맡지 않고 퀴퀴한 땀때만 인식할 수 있었다. 그러나 웅덕이가 들어서고 문이 닫기자 그 속 사람들이 모두 "아이구 구려" 하면서 코를 막는 것이었다. 웅덕이 몸에 유치장 똥 냄새가 밴 것이었다.

"조선인 구리다." 하고 놀려대던 도꾜 거리 일본 어린이들 모습이 웅덕이의 머리에 새삼스레 회상되었다.

수감자들은 어른 아이 할 것 없이 모두 머리가 키를 덮도록 덥수룩했고, 나이 많은 사람들 얼굴은 수염투성이이었다.

"어구구구!" 하는 신음 소리가 들리었다. 감방 한쪽 구석에는 한 사람이 궁뎅이를 치켜들고 어프러져 있었다. 그 옆에 무릎을 세우고 앉은 사람 하나가 그 어프러진 사람의 한쪽 엉뎅이를 주물러주고 있었다.

"아이구, 그만, 그만." 하고 어프린 사람은 빌었다.

"좀 참으소. 그래두 지금 주물르야디, 내버려두문 골병 들리요." 하고 주물러주는 사람이 마치 어린이를 달래듯 하면서 그냥 살근살근 그 엉뎅이를 문질러주는 것이었다.

태형(笞刑) 三十대를 맞고 온 사람이라고 누가 웅덕이에게 아르켜주었다. '만세'를 부르다가 잡혀온 사람일지라도 검사국에서 검사에게 남이 부르기에 멋모르고 덩달아 불렀노라고 말하는 사람에게는 즉결 판결로 태형 九十 대 벌을 준다는 것이었다. 첫날 왼쪽 궁뎅이에 三十대 다음 날 바른쪽 궁뎅이에 三十대, 그리고 마즈막날 다시 왼쪽 엉뎅이에 三十대를 맞고는 즉시 석방되는데 모두가 친척에게 엎여서 집으로 돌아가 며칠씩 앓는다고 하였다. 그리고 보니 "아이구구" 신음을 하면서 감방 중간 복도로 벌벌 기어가는 사람들이 연락부절[136]이었다.

저녁 식사가 들어오기 시작하였다. 밥그릇 들이미는 구멍은 경찰서 유치장의 그것과 위치와 크기가 꼭 같았다. 밥그릇 한 개씩만 드나들 수 있는 크기였다. 식사를 도르는 사람들은 간수(看守)가 아니고 벌겅 주이를 들은 기결수들이었다. 간수는 매 감방 앞에 지켜 서서 밥이 수감자 수효보다 다문 한 명이라도 더 들어가지 않도록 감시하였다. 첫 그릇이 들어오자 수감자들은 전부 엉거주춤 일어섰다. 그래야 밥그릇을 놓을 수 있는 자리가 생기기 때문이었다.

"하나이라 가서는 둘이로구나, 셋이라 넷." 하고 타령조로 부르면서 밖에서는 한 그릇씩 들여보냈다. 자그마한 양재기에 담겨 들어오는 밥은 밥이라기보다도 떡이라고 할 만큼 딴딴하고 네모난 것인데, 검붉고 납짝한 꼭대기에는 八자라는 수자가 깊숙히 찍혀 있었다. 이 딱딱하게 판에 박은 밥은 한 그릇씩 들어와서 리레이식으로 차례로 돌아가는데 웅덕이 코앞을 지나갈 때마다 구수한 냄새가 그의 구미를 당기었다. 경찰서 유치장에서 주는 노란 조밥보다 이 검붉은 콩수수밥이 더 구미를 동하게 하는 것이었다.

八자 찍힌 콩밥 한 그릇과 시레기 국 한 그릇씩 받아서 엉거주춤한 다리 사이에 가즈런히 놓으면서 누구 하나 먼저 먹기 시작하는 사람은 없었다. 더러는 손가락으로 시레기를 집어서 빨리 입에 넣고는 입을 꼭 다물고 몰래 먹듯이 후물후물하였다.

"고랴"[137] 하는 고함소리가 문밖에서 났다. 모두 입 후물거리기를 멈추고 고개를 숙이었다. 간수의 날카로운 눈이 감시구멍 뒤에서 번쩍이고 있는 것이었다. 웅덕이에게는 밥이고 국이고 간에 차례에 돌아오기도 전에 밥 구멍은 탁 닫히고 말았다. 상석에 앉은 감방장이 웅덕이 대신,

---

136 연락부절 : 왕래가 잦아 소식이 끊이지 아니함.
137 고랴 : 야! 이놈아(일본어).

"한 그릇이 모자라는데요." 하고 소리 질렀으나 밖에서는 아무런 반응도 없었다.

김이 나던 국이 다 식도록 아무도 먹을 념을 못하고 군침만 삼키고를 있었다. 밥을 먹지 못한 웅덕이도 덩달아 군침을 삼키었다. 간수들은 복도로 연방 왔다 갔다 하면서 어느 누가 밥을 먹나 감시하는 모양이었다.

복도 저 끝으머리에서 세던 소리가 멎은 지도 한참 뒤에야,

"하이레이(拜禮)"[138] 하는 간수의 구령이 내렸다. 모두들 허리를 굽혀 절했다. "나오레(그만)"이라는 구령에 따라 허리를 펴자 좀 있다가 "속구지"(식사) 하는 구령이 들리었다.

그제서야 후룩후룩 쩝쩝, 게걸 들린 아귀들의 즐거운 오케스트라가 방 안에 가득 찼다.

경찰서 유치장에서는 난생처음 당하는 일이었는지라 이틀을 굶고 난 후에는 할 수 없이 조밥을 먹었었다. 그러나 인제는 감방 생활에도 이력이 났는지도 모를 일인 데다가 이날 점심을 굶었으니 배가 고파왔다. 더구나 남들이 구수한 내음이 나는 콩수수밥을 꾸역꾸역 먹는 것을 보니 시장끼는 더했다. 한시도 쉬지 않고 "어이구 어이구" 신음을 계속하던 태형수도 밥그릇을 비웠다.

빈 그릇들을 하나씩 세서 다 내보내자 오촉 전구에 불이 켜졌다. 날이 어두어오고 있다는 것도 인식하지 못하고 먹는 궁리에 열중되어 있었던 웅덕이었다.

허기쯩이 든 웅덕이는 잠시 졸았던 모양이었다.

"황보 웅덕이이." 하고 크게 부르는 소리에 펏덕 깬 그는 얼결에,

"예에" 하고 소리 질렀다. 밥 나르는 구멍이 열리면서 "자" 하는 소리와 함께 구수한 쌀밥 냄새가 그의 코를 찔렀다. 국도 시레기 국이 아니고 괴기 국이었다. 밥 담은 양재기는 콩밥 담는 그릇과 같은 것이었으나 흰밥이 고

---

138 하이레이(拜禮) : 배례. 절하여 예를 표함.

봉으로 소북히 담겨 있고, 그 위에 '황보웅덕'이라고 한문 글자로 먹으로 쓴 백노지가 덮여 있었다.

"속구지 명령이 있기 전 먹으문 안 돼." 하고 밥을 들여준 죄수가 말하고 갔다. 한참 뒤에 다시 "하이레이", "나오레", "속구지" 호령이 끝난 뒤에야 그는 떨리는 손가락으로 백노지[139]를 걷기 시작했다. 다 걷어지기도 전에 옆 사람 손이 달려들더니 백노지 조각을 빼앗아 갔다. 한쪽에 붙은 밥알을 뜯어먹기에 그는 바쁜 것이었다.

어머니가 차입 집에 선돈 내고 주문하여 차입해준 사식(私食)인 밥과 국을 다 먹고 나서야 그는 옆 사람에게 밥 먹기 전에 배례는 왜 하느냐고 물어보았다.

"흥, 죄 짓구 갇혀 있는 놈에게 밥을 하사해주시는 천황폐하(일본 왕)에게 감사하다는 절이랩데다." 하는 대답이었다. 그것이 사실이면 콩밥이나마 관식을 얻어먹는 사람들에게나 절을 시킬 것이지 제돈 들여 사식을 사 먹는 사람에게까지 일본 왕에게 절을 하고 나서야 밥을 먹게 하라는 것은 모순이라고 그는 생각했다. 적개심은 더 한층 끓어올랐다.

식곤증이 난 웅덕이는 금방 새우잠이 들었다.

"대한독립 만세" 소리가 갑자기 들리었다. 꿈인가? 하니 바로 그가 갇히어 있는 감방 사람들도 일제히 만세를 부르는 것이었다. 수감인 거의 전부가 일어서서 발을 구르면서 만세를 부르는 것이었다. 잠이 깬 웅덕이도 급히 일어서서 발을 구르면서 만세를 불렀다. 간수들은 복도로 뛰어다니면서 무어라고 캑캑 소리 지르면서 살기띤 눈으로 감방 안을 들여다보았으나 만세 소리는 더욱더 퍼지고 커가기만 했다. 이때까지 "독립만세"를 불러보지 못했던 웅덕이는 누구 못지않게, 아니 보다 더 신이 나서, 목이 쉬도록 만세를 불렀다. 모두가 다 지쳐 쓸어질 때까지 감방 내 수인(囚人)들의 만세 소리는 계속되었다.

---

139 백노지 : 하얀 갱지.

뒤에 안 일이지만 밤 열 시에는 각 감방 열쇠를 전부 전옥(감옥소 소장)이 자기 집으로 갖다가 보관하기 때문에 밤중에는 감방 안에서 그 어떠한 소동이 나더라도 간수가 문을 열 수가 없어서 그 당장 벌주지 못하고 아침까지 기다려야 한다는 것이었다.

아침이 되자 수감자 무리 매질이 시작되었다. 웅덕이가 갇히어 있는 감방으로도 회차리를 든 간수가 들어왔다. 수감자들을 모두다 줄줄이 꿇어앉히고는 차례로 등을 회차리로 내리갈기었다. 찰싹, 찰싹, 찰싹. 맨 먼저 맞는 몇 사람은 세 대씩. 그다음 몇 사람은 두 대씩, 팔 힘이 점점 줄어드는 간수는 마즈막에는 한 대씩만 때리는데도 맥이 없어졌다. 세 대씩 맞은 사람들은 한 대밖에 안 맞는 사람들보다 미상불 더 아팠을 것임에는 틀림없었으나 간이 조리기는 나중 맞는 사람이 더했다. 남의 등에서 찰싹 소리가 날 때마다 몸서리가 쳐지는 것이었다. 더군다나 밤새도록 참아온 소변이 마려운 웅덕이는 앞줄 사람이 맞을 때마다 오줌이 졸금졸금 나오는 것을 억제할 수가 없었다.

매질이 끝나자 벌겅 옷 입은 기결수들의 조력을 받는 간수들은 굵은 쇠사슬을 들고 감방 안으로 들어와서 두 사람씩 짝지어 팔과 다리를 함께 쇠사슬로 묶었다. 짝으로 묶다가 외홀로 남은 사람은 끌고 나갔다. 이 이끌리어 나간 사람은 감방 복도 십자 중앙에 있는 철창 끼운 형벌실에 벌거벗겨 집어넣었다. 하루 종일 간수들은 심심하면 긴 쇠창으로 형벌 실에 감금된 사람의 몸 아무데나 쿡쿡 찔렀다.

쇠사슬에 결박된 채 감방에 갇히어 있는 수감자들은 그날 온종일 콩 한 톨 물 한 모금 못 먹었다. 종일 팔과 다리를 움직이지 못하고 굶고 목마르면서도 참다 참다 못한 오줌은 그냥 바지에 싸버릴 수밖에 없고 대변은 기어코 참는 수밖에 없었다.

잡범(雜犯) 피의자들 간에서는 만세 부른 사람들 때문에 무고한 자기네까지 이 고생을 겪게 되었다고 투덜거리는 사람들도 더러 있었다. 그러나 만세범들은 맞받아 욕은 하지 않고 독립만세를 불러야 하는 이유를 간곡히 설명해주었다. 그래서 한 감방에서도 사상범과 잡범은 구별이 서게 되었다. 그러나 잡범 중에도 불평을 토하지 않고 사상범을 존경하고 친절하게 대해주는 사람이 더 많았다.

밤에 잠자는 일은 더 큰 고통이었다. 누어 잔다는 것은 상상도 할 수 없고 서로 끼어 쫑그리고 앉은 채 자야 했는데, 서로 살이 닿는 것은 불유쾌하기는 하나 고통은 아니었는데 몸을 어느 쪽에 기대거나 굵은 쇠사슬이 살을 파고드는 것은 견딜 수 없는 고통이었다.

이튿날 아침에야 수감자들은 쇠사슬도 벗고, 용변도 하고 조반도 먹게 되었다. 용변하는 것은 감방별도 따로 따로 차례로 가서 누게 마련인데, 복도 한 끝에 있는 변소까지 가서 빨리빨리 하라는 간수의 독촉을 받아가며 급히 서둘러야 했다.

태형 받고 신음하던 사람들은 사흘 동안에 九十대를 맞고는 가족에게 엎이어 집으로 돌아가고, 아침마다 재판소로 간 사람들 대부분도 같은 감방으로 돌아오지 않았으나 저녁마다 딴사람들이 자꾸 들어와서 자리는 언제나 비좁았다. 새로 들어오는 사람들은 열의 아홉은 사상범이오 잡범은 극소수였다. 며칠 뒤에는 웅덕이가 있는 감방에도 중머리 중학생이 열 명이 더 새로 들어왔다. 멀리 선천신성학교와 청주오산학교 학생이 그 대부분이었다. 잡범으로는 나이 열세 살밖에 더 안 난 상투쟁이가 한 명 들어왔다. 시골에서는 몰라도 도시에서는 상투 튼 사람을 보기 힘든 시절이었는데 꼬마가 상투 튼 것을 보는 수감자들은 모두 이 장가간 아이가 재롱스럽다고 했다. 그리고 이 소년은 그야말로 '촌닭 관청에 왔다'는 속담 그대로 어릿어릿하였다.

"이 새스방 어데서 왔쓔?" 하고 감방장이 물어보았다.

"숙천서두 백 리나 더 들어가는 산골에서 와시요." 하고 소년은 대답했다.

"무슨 못된 짓을 하군 잽헸니?"

"못된 짓 안해시요."

"그럼 왜 쩝혜왔니?"

"나릿님(순사)이 저보고 여기 와서 며칠 있으문 우리 네펜네(아내)를 놔준다구 그래시요."

"네펜네도 잽혔니?"

"예."

"네펜넨 어데루 갔니?"

"나릿님이 숨게둬시요."

"순사가 숨게둔다. 그거 수상한데. 그래 네펜넨 무슨 죌 젔니?"

"우리 오마닐(어머니) 죽일라구 했대요."

"그래 돌아가셨니?"

"아니, 죽딘 아나시요."

"네펜네 나이가 몇 살이가?"

"열아홉이야요."

"흠, 시오마니 살인 미수범이라. 사형깜이군, 틀림없이. 그런데 마리디 오마니는 네펜네가 죽이려 했는데도 네자(여자)는 칼치(순사)가 데리구 있구, 사내는 감옥소루 갖다 갇우구. 응 야, 네 네펜네가 그 칼치하구 눈이 맞았다. 음, 짐작이 간다. 네 자지 좀 보자."

"이잉."

"너 자지 거게 꽂아봤니?"

"어데다 꽂아봐요?"

폭소가 터졌다.

이 어린 남편의 말은 두서가 없었기 때문에 과연 어떤 사탄이 생겼는지 똑이 포착할 수는 없었다. 그러나 그의 정숙한 아내가 남편에게 불만하여 어떤 순사와 배가 맞아가지고, 시어머니 살해 미수죄를 철부지 어린 남편에게 뒤집어 씌우는 계략에 빠졌음에 틀림없다고 그들은 결론을 내렸다. 그리고 나니 감방장뿐 아니라 다른 수감자들도 모두 다 이 소년의 국부를 보고 싶은 충동을 억제하지 못하는 모양이었다. 그들은 돌려가며 여러 말로 이 소년을 달래도 보고 협박도 하고 강제로 바지를 벗겨보려고도 했으나 소년은 한사코 바지를 지켰다. 종내 감방장은 기결수 잡역 한 사람과 짰다.

"야, 이 안에서 데일 무서운 사람은 말이디 양복 닙구 삽뽀(모자) 쓴 사람이 아니구 말이디, 시뻘건 주이 닙구 밥 노나주는 그 사람이란다. 그걸 첨부텀 잘 알구 있으야 되는 거란 말이야. 너 그 냥반 말 듣지 않으문 말이디 당당 네 상투가 싹둑 잘린다 괘니." 하고 이 소년에게 예비 지식을 주고 난 감방장은 잡역이 나타나자 신호를 했다. 감시구멍으로 들여다보는 잡역은,

"데기 데 새스방, 네 자지 어뜨케 생겼나 좀 보자. 어디 네 상투만큼 큰디." 하고 호령하였다.

"이잉." 하면서 소년은 외면했다.

"이 개새끼, 말 안 들으문 당당 끌어내다가 상투 싹 잘라버리구 자지두 싹 잘라버릴랜다. 어서 썩썩 벗지 못해?"

수감자들도 동정이나 하는 태도로 봉변을 당하기 전에 순순히 보여주는 것이 득책이라고 꾀이었다.

마지못해 바지를 벗는 그 소년의 얼굴은 홍당무가 되었다.

자그마한 애 풋고추 고투리만밖에 더 못한 것이었다.

"흥, 조골 바라구 사는 네펜네가 바람이 난 것두 무리가 아니디." 하고 한 사람이 혀를 끌끌 찼다.

이 소년이 자기 목숨을 노리는 중대한 모략에 빠졌다는 것을 깨다른 학생들은 의분을 느끼었다. 그래서 그들은 번갈아가면서 이 소년에게 설명해주고 타일렀다. 법정에 불려나가거든 순사가 그의 아내를 숨겨두고, 애매한 그를 속여서 검사국으로 넘겼다는 사실을 그대로 말해야 된다고 누누이 말해주었다. 만일 그가 어림빙하게[140] 굴었다가는 그는 결국 사형선고를 받게 된다고 일깨워주었다.

웅덕이는 흑접단 동지들이 몇 호 몇 호 감방에 수감되어 있는지를 알 수

---

140 어림빙하게 : 성질이 야무지지 못하고 멍청하게.

있는 방법을 배웠다.

밤 열 시 후부터 자정이 지나갈 때까지 이 감방 저 감방에서는 주먹으로 벽을 규측적으로 두드리는 소리가 간흘적으로 계속되었다. 수감자들끼리 통하는 암호 연락이었다.

한 번 두드리면 '갸'자, 두 번 연거피 두드리면 '냐'자, 세 번 연거피 두드리면 '댜'자, 한 번 두드리고 잠간 쉬었다가 두 번 연거피 두드리면 '걘'자, 이런 식으로 서로 의사를 통할 수가 있는 것이었다.

맞는 사람의 이름을 옆방을 향하여 두드리어 보아서 그 방에 그 사람이 없으면 그 방에서는 그 다음 방으로 리레이 해주었다. 이렇게 하여서 한 동(棟)에 있는 어느 감방에 동지 누구누구가 갇히어 있는지를 알 수 있게 되었다. 딴 동에 수감되어 있는 동지의 안부를 알아보는 데는 식사를 나르는 잡역들의 도움을 얻을 수가 있었다. 사상범으로는 아직 기결수가 없었으나, 파렴치한 죄를 범하고 몇 해씩 징역사리를 하는 그들도 사상범은 존경하고 가능한 한 편의를 보아주노라고 애썼다.

하루 저녁 사식 국을 먹던 웅덕이는 멈춧 놀라 입을 꼭 다물었다. 파 한 토막을 씹고 있었는데 그 속에 무엇인지 잘 씹히지 않는 딱딱한 것이 있었다. 혀끝으로 후물후물하여 연한 파는 삼키고, 손을 입술에 대고 그 딱딱한 것을 배앝어서 주먹 속에 꼭 감추어 쥐었다. 그것이 무엇인지를 손바닥 감촉으로는 모르는 그는 떨리는 가슴을 겨우 억누르면서 밥을 허둥지둥 빨리 먹어치웠다.

주먹을 꼭 쥔 웅덕이가 빈 그릇 내가기를 기다리는 시간은 그야말로 중국식 과장 표현 그대로 일 각이 삼 년이나 되는 것같이 지루하고 초조하였다.

웅덕이의 이 긴장한 태도를 눈치챈 선천신성학교 학생은 이날 저녁 자진하여 빈 그릇 세어 내보내는 일을 맡았다. 마즈막 그릇이 나간 후 그는 밖에서 받는 잡역에게 신호하여 그 구멍 문밖에서 빗장을 찌르지 말아달라고 했다.

각 감방에서 나가는 빈 그릇 덜그럭 소리와 목청 좋게 세는 목소리와 복도에 왔다 갔다 하는 발자국 소리까지 없어지고 조용해지자 그는 그 구멍문을 열어 제치고 고개를 거기에 바짝 갖다 대고 복도 망을 보기 시작했다. 그가 망보는 동안에 웅덕이로 하여금 그 손에 쥔 물체를 자세히 검토시키려고 함이었다. 간수들이 가끔 구두를 벗고 슬립퍼를 신고서 발자국 소리 나지 않도록 살금살금 걸어 다니면서, 감시 구멍으로 감방을 몰래 들여다보아 감방 동태를 살피기가 일수였다. 그러기 때문에 간수한테 들키지 않고 해야 할 일이 생길 때마다 한 사람은 이 밥 구멍을 통하여 복도 망을 보아야만 하는 것이었다. 이 구멍에 머리를 바짝 대고 내다보면 복도 마즌편은 물론 좌우쪽 댓자리 밖이 시야에 들어왔다. 살금살금 걸어오는 간수의 발이라도 이 시야 안에서는 정갱이까지 볼 수 있었다. 간수의 다리가 보이면 망보던 사람이 손을 저으면서 얼른 고개를 들고 자세를 바로 하였다. 그러면 감방 안에서는 무슨 짓을 하다가도 모두 시침이 툭 떼고 묵묵히 앉아 있군 하는 것이었다.

신성학교 학생은 복도 망을 보고 있고, 오산학교 학생은 웅덕이 옆에 닥아앉아서 망보는 학생의 팔만 노려보고 있는 동안 웅덕이는 맘 턱 놓고 주먹을 폈다.

아주 딴딴하게 꼬박꼬박만 두꺼운 종이였다. 웅덕이는 조심조심 그 말린 종이를 폈다. 딱지치기하는 딱지 반밖에 안 되는 조그마한 쪽지였다. 깨알밖듯 쓴 글이 눈에 띠었다. 웅덕이는 조용히 소리 내 천천히 읽었다.

"상해에 임시정부 수립. 독립은 곧 된다. 오래 걸리게 되면 탈주. 자정께 총소리 세 방 연거퍼 나면 옥문을 부수고 탈옥하라. 더 오래 걸리게 되면 사식 밥 덮는 성명 글씨 획에 바늘구멍을 뚫러 알림."

동생 창덕이의 글씨였다.

울렁거리는 가슴을 겨우 진정시키면서 그는 편지를 발발 찢었다. 조그만 조각 하나하나씩 손가락 사이에 비벼서 가루를 만들어 내버렸다.

그날 밤 열 시가 지나자 웅덕이는 벽에다 대고 주먹을 뚜드리기 시작하였다. 자정이 지나서야 옆방에서 "알았다" 하는 회답을 뚜드리어주었다.

그 이튿날 밤부터 번을 갈아 자면서 밖에서 총소리 세 번 나기를 귀를 기우려 기다렸다. 한 달이 다 지나가도록 총소리 신호는 나지 않았다.

아침, 저녁 차입 밥이 들어올 때마다 밥 덮은 종이를 베껴 쳐들고 진한 먹으로 쓴 성명 획에서 바늘구멍을 찾기에 진땀을 흘렸다.

거의 한 달 만인 저녁,

"하, 예 있다, 여기!" 하고 웅덕이는 속사기로 웨쳤다.

"여기 보 자에 구멍. 아마 두 달 뒤면 독립이 된다는 신호인가 보다."

"아이구, 아직 두 달이라니!!" 하고 옆 학생이 한숨을 쉬었다.

"두 달인디, 한 달인디 어뜨케 아니?"

"글쎄 정 둘째 자에 뚫렸으니 두 달이라는 소리가 아닐까?"

검사의 문초를 받고 구치감에 감금되어 있은 지 한 달 만에 흑접단 일행은 지방법원으로 가서 재판을 받았다.

판사의 신문과 검사의 논고가 오전 한겹 걸렸고, 휴정 세 시간 뒤에 언도가 있었다. 최고가 열 달, 최저가 여섯 달 징역 언도였다. 죄명은 '출판법 위반'이었다. 일은 모든 피고가 다 꼭 같이 했는데 언도에 차등이 있는 것은 이상한 일이었다. 나이 더 먹은 자와 덜 먹은 자를 구별한 것이 아닌가 하고 웅덕이는 생각했다. 웅덕이는 나이 제일 어린 축에 들기는 했지만 자기보다 더 장기 언도를 받은 동지에게 대하여 미안한 생각을 금할 수 없었다.

"만일 억울하면 닷새 안으로 공소해라." 하는 판사의 선언으로 폐정되었다.

감옥소로 돌아온 그들은 본래 있었던 감방으로 되돌아가지 않고 높은 벽돌담 하나를 사이에 둔 아래채 유년감(幼年監)으로 가서 감금되었다. 그들은 모두가 다 만 十八세 미만이었다. 유년감이라고 해도 감방 구조나 초만원은 매한가지였다. 수감자 거의 전부가 사상범인 학생이오 잡범 소년은 한두 명밖에 없었다.

이날 밤 유년감 조선인 간수끼리는 쑥덕공론이 오고 갔다.

"역시 공부한 학생이 달라." 하고 이날 공판정에 대동했던 간수가 말을 꺼냈다.

"무에 달라?"

"하나두 빌붙는 자가 출연[141] 없단 말이거던. 어른들은 대개가 다 그저 남이 만세 부르니꺼니 멋 모르구 따라 불렀으니 제발 용서해달라구 빌던데. 아 이 꼭대기에 피두 마르지 않은 학생들은 글쎄 모두 마구 대든단 말이거던. 그리구 우리부담 참 모두 유식하구 일본말두 참 잘들 한단 말이야. 독립을 하면 군대가 필요한데 너희는 무슨 수로 군대를 기를 수가 있나? 하고 묻는 판사 말에 말이디, 한 학상이 뭐라구 하는고 하니 일본 군대는 어뜨캐 기르우? 하고 판사에게 물어본단 말이야. 내 간이 다 서늘해지더구만. 판사 말이 그건 국민이 내는 세금으루 하디 하구 대답을 하니꺼니, 한 학상은 우린 뭐 세금 안 내구 사나요? 하고 대들구 한 학상은 지금 감옥소에 갇혀 있는 수만 명 애국자가 다 독립군이 될 꺼니 꺼니 피양만 해두 일본 병대보단 두 수가 더 많다구 말하더라니, 글쎄……."

"쉬, 왜놈 엿들을라."

"오늘 밤 조선 말 아는 왜놈 간수는 하나두 없어."

이러는 동안에 웅덕이는 다른 감방에 갇힌 동지들과 벽 두드리는 신호로 의견 교환을 하는 데 바빴다.

유년 구치감은 한 동밖에 없었기 때문에 의견 교환은 세 시간 내에 다 되고 의견의 일치까지 보았다.

상고를 해야 할지 말아야 할지 하는 어려운 문제는 조만식[142] 선생에게 여쭈어보고 결정하기로 합의가 된 것이었다. 그들은 조 선생이 三월 一일에 체포되었다는 사실을 알고 있었던 것이었다. 의견은 일치되었으나 멀리 벽

---

141 출연 : '졸연'(쉽게)의 오기인 듯.
142 조만식 : 曺晩植(1883~1950). 평안남도 강서 출신 독립운동가. 기독교인이 되어 오산학교장을 역임하고 1922년에 조선물산장려회를 조직하였다. 후에 조선일보 사장도 지냈다.

돌담 저쪽에 위치한 성년감에 구치되어 있는 조 선생에게 무슨 방법으로 연락을 할 수가 있는가 하는 것이 어려운 문제였다.

웅덕이는 식사 나르는 잡역의 힘을 빌리기로 했다. 이튿날 조반부터 그는 잡역에게 부탁했으나 식사 나르는 잡역이 자꾸 바뀌기 때문에 이틀이 다 가도록 조 선생과의 연락이 닿지 못하였다. 끼니마다 웅덕이뿐 아니라 다른 감방에 수감되어 있는 동지들도 잡역에게 부탁했다.

나흘째 되는 날 저녁 한 잡역의 입을 통하여 조 선생의 지시가 전달되었다. 지시를 전하기 전에 그 잡역은 조 선생은 밤에만 감방에 갇히고 낮에는 복도를 거닐 수 있는 우대를 받고 있기 때문에, 복도에 노상 왔다 갔다 하는 간수들의 눈이 꺼리어서 조 선생과 접선하기가 무척 힘들었다고 말하였다.

조 선생으로부터의 지시는,

"억울하다고 만일 공소를 하면 그것은 일본 법률을 인정하는 것이 되니 불가하다. 일본법으로 징역을 매우건 말건 너희들은 간여할 바 아니다. 힘이 없으니까 항거하지는 못하지만도 억울하다 말다 하는 것은 결국 일본 정치를 승인하는 것이니까 독립정신에 위배되는 일이다."

그날 밤 벽 신호로 이 지시는 흑접단 전원에게 전달되었다.

조만식 선생은 학생들이 일즉부터 숭앙하는 인물이었다. 그는 토산품(土産品) 애용과 생활 개선을 부르짖다가 그치는 분이 아니고, 남이야 숭을 보건 말건, 몸소 실천하는 사람이었다.

자시는 것 입으시는 것 춘하추동 언제나 전부 국산품만 사용하고 일본 것은 단추 한 알도 사 쓰지 않았다. 겨울에는 무명옷만 입고, 명주옷은 토산품이건만 배제했다. 검소한 생활의 시범이 되기 위하여서이었다. 여름옷은 베옷 일색, 모시는 입지 않았다. 모자는 겨울에는 남마우, 여름에는 말총으로 엮은 것인데 갓은 아니고 중절모 비슷하게 만든 것을 쓰고 다니었다. 몇해나 계속해 썼는지 그 질긴 말총이 군데군데 끊어진 찌그러진 모자를 그냥 쓰고 다니었다. 신은 언제나 갓신이었다. 언제나 한복만 입되 고름은 전폐했다. 저고리에도 두루막이에도 고름을 매지 않고 꼭 단추를 채왔다. 단추는 거리에서 산 것이 아니고 실을 겹겹이 꼬아서 집에서 만든 몽투락한 단추였다. 바지가랭이는 재래식 모양으로 헐렁헐렁하지가 않고 탱탱하고 좁은 홀때바지를 언제나 입고 다녔고, 두루막이도 언제나 짧게 해서 무릎팍까지에 밖에 더 늘어지지 않았다.

그 어떤 좌석에 섞이어서도 술 한 방울 입에 대지 않고, 담배 한 목음 피우지 않는 그이었다.

학생들이 아무 때나 예수교 서원 이층으로 가면 조 선생을 언제나 뵈올 수 있었다. 조 선생은 다정하게 대해주며 교훈될 말씀을 무한정 들려주군 하는 것이었었다.

언도 받은 지 엿새 되던 날 오후,

"황보웅덕" 하고 이름 부르는 소리에 대답하고 감방 밖으로 나간 그는 옷 바꿔 입는 방으로 갔다. 며칠 전에 집에서 차입 들여주어서 입었든 한복을 벗고, 알 몸둥이에 시퍼런 죄수복을 입었다. 일본인 남자가 입는 '기모노' 같은 두루막이인데 양쪽 소매에 늘어지는 주머니는 없는 옷이었다. 이 옷 왼쪽 깃에는 一〇五六이라는 번호가 붙어 있었다. 흰 무명천에 먹으로 쓴 번호였다. 이 시각부터 그는 황보웅덕이가 아니고 一〇五六호가 되었다. 흑접단 일행은 一〇五一에서 一〇六〇호까지의 새 이름으로 불리우게 되었다.

자그마한 마당으로 나섰다. 마즌편에는 창문마다 철창을 끼운 큰 창고가 서 있고 왼쪽에는 한국식 광 비슷한 건물, 바른편에는 감방처럼 보이면서도 굉장히 넓어 보이는 건물이 서 있었다. 창고 앞에는 쎄멘트로 만든 큰 쓰레기통이 있었다. 이 쓰레기통 앞에 동글 의자가 여러 개 놓여 있고, 벌겅 옷 입은 성년 죄수들이 이발 기계 하나씩을 들고 대기하고 있었다.

번호로 불리우는 소년들은 한명씩 그 동글의자에 걸쳐 앉아서 머리를 박박 깎았다.

바른쪽 감방 문이 열리고 간수가 호령하는 번호순으로 "하이"(예) 소리를 지르면서 소년들은 감방으로 들어갔다. 한 백 명가량은 넉넉히 수용할 수 있을 만큼 넓은 감방인데 안에는 아무도 없고 텅 비어 있었다.

출입문이 있는 면은 구치감 마찬가지로 감시구멍 하나만이 뚫린 절벽이었으나 북쪽 면에는 전부 유리창문이 달려 있어서 감방은 상당히 밝았다. 유리창께로 가보니 밖은 마당인데 창 바루 앞은 철창으로 방비되어 있었다. 마당에는 일본서 수입해다가 심은 '사꾸라'가 만개되어 있었다. 서쪽 면은 변소, 남쪽 벽에는 국수집 밥상처럼 생긴 길죽길죽한 나무 상이 겹겹이 쌓여 있었다. 바로 그 옆에는 시퍼런 담요 수십매가 얌전하게 접히어 쌓여 있고, 그 위에 퍼렁 수의(囚衣)가 수십 벌 포개져 놓여 있었다.

체포되어 온 그날부터 여태까지 근 두 달 동안 하루도 다리를 뻗고 편안히 앉거나 누어본 일이 없었던 그들은 참으로 오래간만에 네 활개 쭉 펴고 누어 딩굴었다.

"고랴" 하는 성난 고함소리가 밖에서 났다. 이어서 "여기가 너의 집 사랑인 줄 아니? 매 맞기 전에 썩썩 똑바루 앉아." 하였다. 이 간수의 호령은 출입문 감시구멍을 통하여 들어오는 것이 아니고, 마당에 편한 유리창 밖에서 오는 것이었다.

석양녘이 되자 밖에서는 어수선하는 여러 사람 인기척이 나고 철그렁거리는 쇠사슬 소리도 요란스럽게 났다. 좀 있더니 감방 출입문이 활작 열렸다.

마당 한가운데 허벅다리에 찰 만큼 높은 상자가 한개 놓여 있고, 마즌쪽 광으로부터 감방 문까지 투실투실한 돗자리가 죽 깔려 있었다. 나무 상자 좌우 쪽에 간수가 서 있었다. 마즌쪽 광문 밖으로 벌거숭이 소년들이 하나둘 나타났다. 앞선 자가 성큼성큼 뛰어오다가 상자 앞에 다달으자 두 팔을 좌우 쪽으로 좍 뻗히고는 "센 후다쥬 이찌고"(一〇二一호) 하고 웨치면서, 마치 육상경기에서 높이뛰기 경기하듯이 상자를 후덕덕 뛰어넘어서 감방께로 달려왔다. 연이어 차례로 벌거숭이들이 제 번호를 부르면서 상자를 뛰어넘어 오고 있고 감방으로 들어온 자는 수의가 개켜 쌓여져 있는 곳으로 가서 자기 번호가 달린 옷을 찾아 입었다. 웅덕이 일행은 이 진기한 광경에 정신이 팔리어 입들을 헤 벌리고 서서 구경하였다. 어떤 자는 감방 안으로 들어서기가 무섭게 옷 입을 생각보다도 변소로 먼저 달려가기도 했다.

한곳에 모둥켜 서서 멍하니 바라다보고 있는 신입죄수들을 슬슬 곁눈질로 볼 뿐 누구 하나 말을 거는 자는 없었다. 옷을 입은 자는 척척 마루바닥에 가 앉는데 가만히 보니 아마 정해진 제자리가 각각 있는 모양이었다.

웅덕이 일행은 비슬비슬 뒷자리로 가서 줄지어 앉았다. 전부 사십 명 가량 되는 유년수이었다.

얼추 정돈이 되자 문밖에서 간수가 점명을 했다. 번호가 불리우는 대로 "하이"(예) 하고 대답하였다. 점명이 끝나자 즉시 "식사 준비" 하는 구령이 내렸다. 소년 여덟 명이 일어서서 밥상을 내리워 한 개씩 둘이서 맞들어다가 四열로 배치해놓았다. 이 식탁 앞뒤로 소년들이 줄지어 마주 앉았다. 밖에서

"세이자"(정좌, 正坐) 하는 구령이 내렸다. 모두가 일본식으로 꿇어앉았다.

밥 들여보내는 구멍은 구치감의 그것에 비하여 사 배 이상 커 보였다. 판에 찍고 글자 밖은 딱딱한 밥이 담긴 양재기가 들어오는 것이 아니라 열 개씩 포갠 빈 공기가 들어오고 뒤이어 일본식 나무 밥통 네 개와 국이 담긴 뻐켓[143] 두 개가 들어오고 구멍문이 닫혔다.

바로 구멍 옆에 앉아 들이던 소년이 감방장인 모양인데 나이는 열댓 살, 그의 얼굴은 전형적인 일본인 타입이었다. 그가 "구바데"(노나) 하고 말하자 각 열 상머리에 앉았던 소년들이 밥통을 한 개씩 들어다놓고, 포개진 공기도 집어다 앞에 놓고, 밥통 뚜껑을 열고 일본식 주걱으로 밥을 퍼 공기에 담기 시작하였다. 밥은 역시 수수가 좀 섞인 콩밥이었으나 김이 문문 났다. 밥이나 국을 푸는 소년들의 솜씨는 날개가 돋힌 양 삽시간에 사십여 명 앞에는 밥과 국이 배급되었다.

---

143 뻐켓 : 바케츠(bucket, 양동이).

시종 감시구멍으로 들여다보고 있던 간수는 "배례" "그만", "식사" 구령을 연거퍼 불렀다.

그날 아침까지 쌀밥에 두부국을 먹어온 흑접단 일행은 콩밥 한 공기씩만 겨우 먹고 시래기국은 다치지도[144] 않았으나 다른 소년들은 밥을 두세 공기, 국도 두 공기씩 더 청해 먹는 것이었다.

한 공기씩만 먹고 마는 웅덕이 일행에게 감방장 소년은 일본 말로 더 먹어야 한다고 말했다. 웅덕이가 일본 말로 더 먹을 배가 없다고 대답했더니 그 일본 소년은 반색을 하며 오늘 새로 들어온 죄수들은 다 일본 말을 할 줄 아느냐고 물었다. 모두가 고개를 끄덕이었다. 일본 소년은 일어로 친절한 어조로 설명하였다.

오늘 새로 들어온 그대들 몫으로 밥 한 통이 더 들어왔는데 그걸 다 싹 쓸어먹고 빈 통을 내보내야지 만일 밥을 남겨 보내면 내일 아침부터 보내주는 밥 양(量)이 그만큼 줄어진다는 설명이었다. 그래서 그들은 억지로 밥을 한 공기씩 더 먹었다. 구치감에서 사식 못 먹는 사람들이 콩 한 알을 가지고도 다투는 광경과는 너무나 거리가 먼 광경이었다. 이미 복역 중인 소년들은 남는 밥을 한줌씩 노나 가지고 손바닥에 놓고 주물러서 떡을 만들어 가지고는 침구 쌓인 곳으로 향하여 패스뽈 던지듯 던지었다.

식사가 끝나고 "정좌 그만" 구령이 나고 빈 통과 그릇들을 다 내보내고 난후 일본 소년은 웅덕이에게로 가까이 와서 손을 내밀어 악수를 청했다. 웅덕이는 악수를 거절했다. 얼굴이 파래진 그 일본 소년은

"나마이끼다나, 오모시도구 나이조."(건방진 자식 재미없어) 하고 욕을 했다. 웅덕이는 아무 대꾸도 하지 않았다. 얼굴이 여드름투성이인 소년 하나가

"고노야로."(이 자식) 하고 소리 지르면서 자리를 차고 일어섰다. 웅덕이에게로 달려들어 다짜고짜로 웅덕이의 얼굴을 발길로 찼다.

---

144 다치다 : 몸이나 물건을 건드리다.

웅덕이가 손을 쓸 새도 없이 동지들이 와 몰려들어 여드름 소년을 때리고 차고 하였다.

다른 소년들은 이 싸움에 거들어주지도 않고, 말리지도 않았다. 그러나 그들의 표정은 이 여드름 소년이 무리 매를 맞는 것을 고소하다는 기색으로 응시하고 있었다.

"야, 이 새끼들아." 하는 고함 소리와 함께 감방 문이 벌컥 열렸다. 싸움은 뚝 끊어졌다.

"싸운 놈들 다 이리 나와." 하고 소리 지르는 간수는 나인 오십이나 되어 보이고 얼굴 모습이 순해 보이는 조선인 간수였다.

감방장인 일본 소년이,

"그 자식 매 좀 맞아 싸요." 하고 간수에게 일어로 말했다. 간수는 들은 체 만 체 하고,

"쌈 한 놈들 어서 나와." 하고 소리 질렀다

웅덕이가 솔선하여 일어서 나갔다. 그의 동지는 다 따라나섰다. 무리 매 맞아 느른해진 여드름 소년은 얼른 꿇어앉은 채 가만 앉아 있었다. 감방장인 일본 소년이 눈에 독을 올리고 여드름 소년을 노려보면서,

"비겁한 자식." 하고 일어로 쏘아붙였다. 여드름 소년은 아무 대꾸 없이 꿇어앉은 채 고개를 푹 숙이고 있었다.

흑접단 전원이 문께로 모여드는 것을 보는 간수는 일어로,

"이렇게 많이 소용없어. 쌈 시작한 놈 두세 놈만 와." 하고 말하는데 그의 일어 발음은 엉망진창이었다.

"우리가 다 함께 시작했어요." 하고 몇이 한꺼번에 말했다.

간수는 조선 말로

"너하구, 너하구, 너하구 셋만 나와." 하면서 웅덕이와 태섭이와 동인이를 지적했다.

세 소년은 맨발로 마당을 지나 광으로 갔다. 광문을 열어논 채 간수는 큰 목소리로 욕을 한참 퍼부었다.

"이 새끼들 본때를 좀 뵈줘야디. 자 좀 맞아봐라." 하면서 간수는 매를 들었다. 길이가 석 자, 폭이 한 치가량 되는 짜갠 참대에 삼노끈을 촘촘하게 감은 대였다. 간수는 그 매로 광 한구석에 놓인 가마니 떼미를 한 대 내리갈겼다. 먼지가 물씬 났다.

간수는 속사기었다.

"야, 태섭아, 웅덕아, 동인아, 난 너희들 아버지를 잘 안다. 너희들 부모님이 얼마나 걱정하구 게시는지 아니! 딩역(징역)두 억울한데 싸우다 매꺼정 맞아서야 되겠니. 자, 내가 여길 때릴 테니 태섭이 너 막 엄살해라."

가마니 위에 매가 세차게 내려쳤다. 태섭이는 "아구구구" 하고 죽는 소리를 했다.

간수는 다시 속사기로

"너희들이 때린 그 새끼는 내디(일본) 애란다. 내디 애가 둘이 있으니꺼니 조심해야 해. 자 웅덕이 너 엄살해라."

가마니가 또 매를 맞았다. 웅덕이는 "아이구, 아이구 다신 안 그래요." 하고 소리 질렀다.

"자, 이번엔 동인이 차례." 하고 속사기면서 간수는 가마니를 또 때렸다.

"아구구구."

간수는 고래고래 소리 지르면서 가마니를 자꾸자꾸 때리고, 소년들은 번가라 죽는 소리를 연발하였다.

간수는 숨이 차서 헐떡거리고 얼굴이 땀투성이가 되었다.

"너희들 감방에 들어가서두 아픈 흉내를 내야 된다." 하고 간수가 속사기었다.

매를 몹시 맞은 것처럼 상을 찡그리고, 어개와 엉덩이를 비비는 세 소년을 앞세우고 마당에 나서자, 저쪽 모퉁이에 모자에 누런 테를 두른 일본인 간수 부장이 나타났다. 간수는 기척자세를 취하고 군대식 경립을 붙이는데 모자 창에 대는 그의 손은 너무 뒤로 재쳐저 있었다. 이 꼴을 보는 소년들은 웃음을 참노라고 입술을 악 물었다.

"이마 난지까?"(지금 몇 시인가?) 하고 부장이 물었다.

"노꼬지데스." 하고 간수는 대답했다. 더욱더 웃음을 참을 수 없는 소년들은 키득 소리가 제절로 나오는 것을 억지로 낑낑 소리로 캄플라쥬하며 배를 쥐고 아픈 시늉을 했다. 간수는

"이놈들이 쌈을 했기 때문에 호되게 벌을 줬습니다. 그 밖엔 별 이상(異常) 없습니다." 하고 보고하는데 그 일어 발음이 거의 알아들을 수 없을 정도였다.

부장은 무표정한 태도로 주위를 한 번 휙 둘러보고는 돌아서서 가버리었다.

이 마음씨 고운 조선인 노인 간수는 이날부터 '노꼬지'라는 별명으로 불리우게 되었다. '여섯 시'는 일어로 '록구지'라고 했어야 할 것을 '노꼬지'라고 발음했기 때문이었다.

감방 문 안에 들어선 세 소년은 오만상을 찡그리고 엉금엉금 기어가면서 신음 소리를 연발하였다. 한구석으로 가서 어프리었다.[145]

여드름투성이 일본 소년은 의기양양하고 흑접단 동지들은 이를 갈았다.

전등불이 들어왔다.

"고랴, 웬일이야, 거기 어프러져 있는 놈들." 하는 일어 고함 소리는 날카롭게 쌍쌍 울리었다.

"예, 그 자식들 싸우다가 벌 받았어요." 하고 여드름 일본 소년이 일어로 말했다.

"응 그래. 싸지 싸. 그러나 죽진 않았으니까 일어나 앉아." 하고 간수는 일어로 호령하였다. 새파랗게 젊고 신경질 얼굴을 가진 일본 간수였다.

아홉 시가 되자 "취침" 하는 구령이 내렸다.

담요를 노나 깔고 다리 펴고 따로 따로 누었으나 방은 절반밖에 차지 않았다.

---

145 어프리었다 : 어프러졌다.

잠이 오지 않았다. 잠자리는 편안하였으나 마음이 뒤숭숭했다.

이튿날 새벽 다섯 시, "기상"(起床) 구령 소리에 모두들 한꺼번에 일어났다. 담요를 개키는 자 변소로 가는 자로 잠시간 법석을 했다.

문이 열리자 감방장인 일본 소년 一○四○호가 혼자 밖으로 갔다. 좀 뒤 잡역 임무를 맡은 그가 물 담긴 뻐켓 하나와 걸레 수십 개를 들여보냈다. 감방 마루바닥을 물걸레질하여 깨끗하게 소제하였다.

다시 문을 연 간수는 지켜 서서 한목에 다섯 명씩만 나가서 세수하라고 했다. 한 절반 이상이 세수를 끝내고 돌아온 뒤에야 웅덕이도 돗자리 깔린 길을 맨발로 걸어갔다. 세면소와 목욕탕을 겸한 한 방에 다달았다. 수도물을 맘대로 쓸 수 있었으나 양추질할 소금이니 비누니 따위 사치품이 있을리가 만무했다. 고양이 세수하듯 하고 나니 타올이 몇 개 있기는 있었으나 모두가 새까맣고 척척하였다.

아침 식사가 끝나자 一○四○호 잡역이 한 소년을 데리고 밖으로 나갔다. 그들은 책상 한 개와 의자 한 개를 가져다가 창문가에 놓았다. 몇 소년은 긴 밥상을 맞들어다가 책상 앞에 줄지어놓았다. 소년들이 하나씩 밥상 뒤에 앉았다. 교실(敎室)을 꾸미는 것같이 보였다.

이윽고 잡역이 책을 한아름 들이밀었다. 책은 매 소년에게 한 권씩 배부되었다. 남들이 하는 대로 뒷자리에 앉았든 웅덕이는 그 책이 보통학교용 국어(일어) 독본이라는 것을 발견했다.

다시 문이 열리자 금테두리 두른 모자를 쓰고 제복을 입고 칼 손잡이에 누런 끈을 감은 칼을 찬 사나이가 들어섰다. 보통학교 훈도임에 틀림없었다. 그가 문안에 들어서자 소년들은 일제히 일어서서 절을 하면서 "오하요 고자이마스." 하고 아침 인사를 합창하였다. 훈도는 빙그레 웃으면서 손을 모자챙에 대면서

"오하요." 하고 답례하면서 구두 신은 채 걸어가서 교의에 앉았다. 소년들은 마루바닥에 앉았다.

훈도는 뒷자리를 넌짓이 바라다보면서

"에에또, 학생이 많이 늘었군." 하고 일어로 말했다.

훈도와 흑접단 일행과 간에 몇 마디 말이 오가구 난후 훈도는 이 소년들은 모두 다 고등보통학교 학생들이었다는 사실을 발견하였다. 훈도는,

"너희들은 정도가 높으니까 이 시간 공부는 소용이 없겠구먼. 이 두 시간 동안 수양될 만한 무슨 책을 읽어야 할 텐데. 음. 오이, 一○四○호, 너 읽는 책 좀 빌려줄 것이 없나?"

"두, 세 권밖에 없습니다."

"그래. 자아, 어떻게 하나. 옳지 방법이 있지. 너희들 모두 집에 편지를 써서 정도에 맞고 수양될 만한 책 차입을 받도록 하지."

훈도는 감방 문께로 가서 간수를 불렀다.

"이 만세범 수효대루 엽서를 신청해주시오. 그리구 지금 당장 먹붓과 헌 신문지를 좀 들여보내주시오." 하고 훈도는 간수에게 말하였다.

一○四○호가 빌려주는 세 권 책은 모두가 남양군도[146] 흑인종 생활에 대한 책이었다. 그로테스크한 그들의 얼굴과 풍속 습관 사진도 꽤 많이 들어 있었다.

그 이튿날 밤은 엽서에 먹글씨로 집에 편지를 써 보내고 책이 사흘 뒤에 차입될 때까지 흑접단 일행은 남양군도 흑인과 친해지는 동시에 일본 글 먹글씨 습자씩 매일 두 시간씩 보냈다. 여덟 시에 공부가 끝나자 곧이어 그들은 옷을 벗고 벌거숭이가 되었다. 제각기 옷을 개서 담요 위에 얹어놓고 나서 한 명씩 차례로 감방 문 밖으로 나섰다. 돗자리 깔린 길로 뛰어가다가 사지 쭉 뻗고 각자 번호를 일어로 웨치면서 상자를 넘어 뛰어 광께로 갔다. 광 안으로 들어가서는 시퍼런 바지저고리로 된 작업복을 입었다. 때 묻은 '지까다비'라는 신을 한 켜레씩 발에 엔간히 맞는 것으로 골라 신었다. 벙어리장갑인 양 엄지발가락이 따로 들어가는 불편한 신발이었다.

---

146 남양군도 : 현재의 태평양 제도. 제1차 세계 대전 종전 이후부터 태평양전쟁 때까지 일본 제국의 지배하에 있던 미크로네시아의 섬들을 말한다. 그 범위는 미국령인 괌을 제외한 마리아나 제도, 팔라우 제도, 캐롤라인 제도, 마셜 제도였다.

작업복을 입고 마당에 나서 보니 마당에 깔렸던 돗자리는 치워져 있었다. 마당에 집합된 소년들 둘씩 짝이 되어 손목과 발목에 쇠사슬이 매어졌다. 한 소년의 바른 손목과 발목을 그의 짝의 왼 손목과 발목에 매는 것이었다. 쇠사슬이 꽤 길어서 손발을 놀리는 데는 별 지장이 없었으나, 일거수일투족에 쩔렁쩔렁 소리가 요란스럽게 나고 상당히 무거웠다. 담총[147]한 간수 두 명의 호위하에 그들은 감옥소 대문 밖으로 나갔다. 한 마장가량 떨어져 있는 채소밭으로 그들은 갔다. 여러 가지 채소가 파랗게 무성해 있었다.

그들이 하는 일은 주로 개천으로 가서 물을 퍼다가 이랑마다 고루고루 물을 주는 일과 똥 구덩이로 가서 똥물을 퍼다가 거름 주는 일이었다. 웅덕이 짝은 키가 그의 어깨에 차는 키 작은 아이인데 나이도 열서너 살 정도로 보이는 어린이였다. 물통이나 똥통을 맞드는 데 균형이 잡히지 않기 때문에 똥 나르는 일은 웅덕이가 도맡아 할 수밖에 없었다. 뿌리는 일은 짝에게 맡기고 그는 사방을 둘러보았다.

감옥소 벌겅 벽돌담이 엄청나게 높다는 것을 새로이 인식하였다. 여기 저기 담보다 한 길이나 더 높은 망대가 있는 것도 그는 처음 인식하였다. 그 망대에마다 총을 든 간수가 서서 몸을 빙빙 돌리면서 감옥소 안팎을 감시하고 있었다.

신작노 위로는 남녀노소, 소, 개까지도 자유스럽게 오가고 있었다. 저만치 보이는 초가집 동리 살구나무 꽃은 이미 진 모양 잎이 무성했다. 동리 앞에서는 어린이들이 발차기 노리하고 있는 것이 보이었다. 줄줄 흐르는 개천가에는 빨래 방망이를 휘둘으는 여인들이 있고, 언덕 위 바위와 풀밭에는 하얀 빨래가 널리어 있었다. 병아리 떼를 몰고 다니는 암탉들은 채소밭 가까이까지 와서 꼬꼬거리며 돌아다니고, 병아리들은 삐악삐악 하면서 조르르 조르르 뛰어다니었다.

웅덕이의 짝인 一○三五호는 건시 한 개 도둑해 먹다가 들키어서 잡혀

---

147 담총 : 어깨에 총을 멤.

왔는데 석 달 징역 언도를 받고 복역 중이라고 말했다. 자기 생각에는 석 달이 다 지나간 것 같은데 왜 놔주지 않는지 모르겠다고 투덜거리었다.

보통강 뚝 위로 기차가 지나갔다. 기차가 삼광산 뒤로 돌아가자 차체는 보이지 않고 기관차 굴뚝으로 올라오는 한 줄기 연기만 보이는 것까지 멍하고 바라다보고 있노라니 삐익 하는 기적 소리가 멀리서 들려왔다. 집 생각이 왈칵 났다. 그와 동시에 간수의 몽둥이가 그의 어깨를 갈기었다. 똥통을 들고 오가는 그의 머리속에는 추억이 꼬리에 꼬리를 몰고 지나갔다. 기차 타고 멀리멀리 여행했던 일이 까마득한 옛날 일처럼 생각되기도 했다.

한참 물을 긷고 나서 허리를 펴며 먼 언덕을 바라다보았다. 그 언덕에는 흰 옷 입은 남녀 수십 명이 서고 앉고 하여, 이쪽을 열심히 바라다보고 있으며, 더러는 손가락질을 하고, 더러는 수건으로 눈을 닦기도 하는 모습이 보이었다. 그쪽을 눈여겨보던 웅덕이는 흠칫 놀랐다. 남보다 유표하게 키가 큰 아버지 모습을 그는 그 군중 가운데서 발견한 것이었다. 부지중 그는 바른손을 쳐들었다. 쇠사슬이 씰렁거리기만 하고 높이 쳐들어지지가 않았다. 그는 왼팔을 높이 들어 홰홰 저었다. 언덕 위에서 아버지도 손을 저었다. 아버지 옆에 앉아 있던 두 여인이 손짓을 하며 일어섰다. 할머니와 어머니였다. 웅덕이의 눈에서는 눈물이 꽉 솟았다. 태섭이도, 동인이도, 그 밖 동지들도 언덕을 향하여 손을 내저었다. 저쪽에서도 모두들 손을 저었다.

두 명밖에 안 되는 간수는 몽둥이를 이리 치고 저리 치고 했다. 어깨에도, 무릎에도, 복사뼈에도 몽둥이는 사정없이 내려쳤다. 저 멀리 신작로 가로수인 키꺽다리 포풀라 나무 그림자가 뚝에서 꺽이어저 가지고 보리밭 변두리를 물들이게 되자 소년 죄수들은 농사일을 그만두고 귀로에 올랐다. 잡범 소년들은

"웬일인가? 이렇게 일즉 들어가니." 하고 이상한 일이라고 떠들었다.

그들이 감옥소 정문을 향하여 걷기 시작하자 언덕 위 부모들도 빠른 걸음으로 걷기 시작하였다. 소년들과 친척들 사이 거리가 가까와지자 친척들은 제각기 소년들의 이름을 부르면서 손에 손에 떡을 들고 뛰어왔다. 두 간

수는 죄수 호송 임무는 잊어버린 듯 친척들을 쫓느라고 이리 뛰고 저리 뛰었다. 그러나 중과부적인지라 몇몇 소년은 떡을 받아 마구 입에 틀어넣었다. 흙과 똥 투성이인 손으로 받아먹는 떡이었지만 맛이 별미였다.

갑자기 감옥소 문으로부터 간수가 수십 명 뛰어나왔다. 모두 격검대 한 개씩을 휘둘으면서 친척들에게 육박하였다.

소년수의 야외 노동은 이날로 끝이 나고 말았다.

유년감 뜰로 들어간 소년들 몸에서 쇠사슬이 풀리고 남어지 시간은 창고 안에 쌓인 물건들을 끌어내는 데 소비하였다. 그 이튿날도 거의 종일 걸리어서 창고 물건은 다 꺼내 성년감 창고로 운반되었다.

창고는 공장이 되었다. 담배갑을 붙이는 작업이었다. 이날부터 그들은 '지까다비'를 신을 필요가 없이 언제나 맨발로 돗자리 위를 걷게 되었고, 쇠사슬도 다시 차지 않게 되었다. 그러나 아침, 저녁 벌거벗고 마당 한가운데 놓인 상자를 뛰어넘는 일은 매일 계속되었다. 옷을 갈아입을 때마다 벌거숭이 몸으로 네 활개를 펴고 상자를 뛰어넘게 하는 이유를 웅덕이도 알게되었다. 그것은 복역자들이 방을 옮길 때 자그마한 쇠부치 같은 것을 겨드랑이에나 항문에 몰래 끼고 가는 것을 막기 위한 조치라는 것이었다. 복역 시작한 지 두어 주일 후에는 웅덕이도 이 감옥에 대한 상당한 지식을 획득하기에 이르렀다.

한 감방에서 먹고 자고, 한 공장에서 담배갑을 붙이는 잡범들 중 가장 경한 죄를 지은 자는 건시 도둑이요, 가장 중한 죄를 범한 자는 살인이었다. 살인죄로 종신 징역을 진 一○一五호는 잡범 중에는 제일 얌전하고 입이 무겁고 영리해 보이는 소년이었다. 이런 성격의 소유자가 사람을 죽였다는 사실은 믿을 수 없다고 웅덕이는 생각했다. 그의 설명에 의하면 그가 죽인 소년은 그의 절친한 친구였다는 것이었다. 둘도 없는 술친구. 하로밤 둘이서는 주거니 받거니 만취토록 술을 마셨다. 술이 대취하여 서로 농지거리를 하다가 一○一五호가 친구에게로 달려들었는데 그가 모르고 도끼자루를 밟은 모양인데 그 도끼가 날아가서 친구의 골수를 때려 친구는 즉사했다는 것이었다. 그의 이 고백은 사상범 一○六六호에게는 한 개의 훌륭한 전도 대상자가 되었다. 一○六六호는 나흘 전에 새로 입감한 다섯 명 사상범 중 한 사람이었다. 그는 식사 전에 꼭 혼자서 눈 감고 기도를 올렸고, 그가 차입해 온 책은 신구약 성경 합판한 단 한 권이었다. 매일 아침 두 시간씩 공부하는 동안에 골똘이 읽는 것도 이 성경책이오, 밤에 "취침" 구령이 내리기 전에도 그는 전등 아래로 가서 성경을 읽었고, 잠 잘 때에도 성경 든 두 손을 가슴 위에 얹고 자는 것이었다. 잠이 들기까지 그는 옆에 누운 소년에게 소근소근 전도를 하였다. 살인수가 고백을 하던 날 밤부터 一○六六호는 매일 밤 그 살인수 옆에서 자면서 전도도 하고, 그를 위하여 간절한 기도도 올리군 하는 것이었다. 이 두 소년은 동갑이라는 것이 알리어졌다. 살인수는 두 달 뒤면 만 十八세 생일이 되어서 성년감으로 옮기어 가게 마련인데 一○六六호도 넉 달 뒤면 성년감으로 옮겨가야 할 것이라는 것이었다. 이 두 달 동안에 그는 一○一五호를 신사를 만들고야 말겠다는 결심이었다. 살인수는 가끔 자다 말고 흐느껴 울군 했다. 이것은 그가 주님에게로 가까히 가는 증거라고 一○六六호는 대단히 기뻐했다. 그 남어지 삼십여 명 잡범은 모두가 다 좀도적이었다. 그들은 틈 있을 때마다 머리를 맞대고 서로의 도둑질 기술을 비판하고, 서로의 출감 일자를 꼭 기억하였다. 누가 먼저 출감하던지 간에 아무 달 몇 시에 어데서 만나자고 약속하였다. 좀 더 여럿이 합작해서 좀 더 큰 도둑질을 꾀하자는 것이었다.

밤에 돈지갑이나 금 또는 은가락지 등속을 도둑질하는 데는 일본인 집이 제일 쉽고, 조선인 집이 제일 어렵다는 것이 그들의 공통된 결론이었다. 일본인 집에서는 밤에 잘 때 돈이나 패물을 부엌 찬장 안에 엎어놓는 사기 공기 속에 감추어두고, 중국인은 자는 방 장 속에 깊숙히 감추어두는데, 조선인은 누구나 다 자기가 베고 자는 벼개 아래 감춘다는 것이었다.

여드름투성이 일본 소년은 성미가 고약한 바보천치인데 강간미수범으로 삼 년 징역을 사는 중인데 六개월 뒤면 성년감으로 옮겨 가야 할 나이라고 했다.

잡역인 一〇四〇호 일본 소년은 하로밤 웅덕이에게 자기 내력을 모두 설파해주었다. 그는 조실부모하고 외삼춘 댁에서 자랐는데 소학교만 겨우 졸업하고는 일본 꾜도시에 있는 어떤 시계 상점에 점원으로 들어갔다. 우연히 그는 남양군도 야만인종의 생활을 쓴 책 한 권을 읽게 되었다. 그 책뚜껑을 덥기 전에 그는 야만인종 부락으로 가서 추장이 되겠다고 결심했다. 그래 여기저기 수소문해보았더니 남양으로 가려면 여행권이 필요한데 조선으로 가는 데는 여권이 필요하지 않은 것을 발견했다. 그는 조선도 남양과 꼭 같은 야만 나라인 줄로 알았기 때문에 조선으로 와서 어느 부락 추장 노릇을 하리라고 마음먹은 것이었다. 하로밤 그는 편지를 썼다.

"주인님, 저는 조선으로 가서 추장이 되겠습니다. 노비가 없어서 시계 세 개를 빌려가지고 떠나오니 양해해주시기 바랍니다. 제가 추장이 된 후에는 시계 몇백 곱절 되는 금은보석으로 보답하겠습니다."

그는 이 편지를 포켓에 넣고, 시계 세 개를 훔쳐가지고 새벽에 도망해 나왔다. 그는 세 군데 전당포에 들러서 시계를 현금과 바꾸어가지고는 시모노세끼행 급행차를 탔다. 시모노세끼에서 연락선을 타기 직전 그는 편지를 주인에게 우편으로 발송했다. 그런데 그가 부산에 내려보니 거리거리는 일본 사람 천지였다. 그래서 그는 야만인 부락을 발견하려고 시외로 자꾸자꾸 걸어가보았으나, 사람들의 옷은 일본 것과 판이했으나 야만인이나 야만 부락은 눈에 띄지가 않았다. 그는 며칠이고 걸었다. 산에도 들에도 싸돌아다니다가 실패한 그는 만주로 가려고 기차를 타다가 경찰에 체포되었다. 六개월 징역 언도를 받았는데 二개월 뒤면 석방될 터이니까 그때 만주로 가서 추장이 되겠노라고 말했다. 웅덕이는

"너이들이 시나징 낭껑무시니, 짱꼬로니 하고 무시하고 천대하지만 중국은 五천 년 전에 벌써 세계 최고 문명의 발상지였고 너이들이 지금 매일 쓰는 한문 글자는 그것이 바루 중국 글이야." 하고 깨우쳐주었다.

"하, 그럼 추장 노릇 할 수 있는 고장은 남양군도뿐이란 말인가?"

"아푸리카두 있지. 하지만 거기는 남양보다두 더 멀지."

"남양이구 아푸리카구 간에 지구 끝에까지 가서라도 난 추장이 되고야 말 테니 두고 봐." 하고 一〇四〇호는 뽐내었다. 그 이튿날 조반이었다. 웅덕이가 밥 두 젓갈을 뜨자 그 속에는 하얀 밥이 담겨 있었다. 그는 놀라서 一〇四〇호를 쏘아보았다. 一〇四〇호는 눈을 꿈뻑하였다.

그날 밤 웅덕이는 一〇四〇호로부터 새로운 한 지식을 얻었다. 감옥에서 주는 밥은 콩 반 수수 반 섞어서 삶지만 싸래기도 전체의 一부가량 섞는다는 것이었다. 그런데 어제 저녁부터 유년감으로 오는 밥통 한 개 속에는 콩밥 속에 싸래기만 뭉친 것이 한 공기쯤 숨기어 왔다는 것이었다. 一〇四〇호는 잡역이었기 때문에 공장 안에서 담배갑 붙이는 일은 하지 않고 마당에서 풀을 쑤고 그 밖에 다른 일을 하였다. 어끄제 전매국 담배공장에서 담배갑을 담아 가려고 실어 온 빈 나무 상자에 담배갑을 포개 넣으려고 들여다보았더니 밑에 권연[148] 대여섯 개가 들어 있었다. 그는 그 담배를 감추어두었다가 식사 나르는 성년 잡역에게 몰래 전해주었다. 싸래기 밥덩이가 숨겨져 오는 것은 그 담배에 대한 보답이라고 그는 말했다. 一〇四〇호는 계속해 말했다. 밥을 배부르도록 먹이는 죄수는 유년감 복역자뿐이다. 성년 죄수에게 먹이는 밥은 모두 판에 찍어내는 것인데 一자부터 八자까지 밥의 三곱이나 되고 차례로 양이 줄어든다. 一자 밥은 철공장에서 일하는 죄수들에게 먹이고, 二자 밥은 농사짓는 죄수, 三자 밥은 목수, 四자 밥은 인쇄기술자, 五자 밥은 양복 공장에서 일하는 죄수, 六자 밥은 노끈과 그물 뜨는 사람들, 七자 밥은 잡역과 이발사 등, 그리고 八자 밥은 미결수와 처벌 감방에 갇힌 죄수에게 준다고 하는 것이었다.

며칠 뒤 공장을 내놓고 작업도 감방 안에서 그냥 하게 되었다. 성년 사상범 미결수가 너무나 많아졌기 때문에 이 공장을 그들의 감방으로 대용할 수밖에 없이 되기 때문이었다. 이 공장에 二백여 명 애국자가 수감되었다.

一〇四〇호가 만기가 되어 출감하게 되자 웅덕이가 잡역으로 임명되었

---

148 권연 : 궐련의 옛말.

다. 일본 소년수가 아직 한 명 남아 있어서 그가 의례히 잡역 후보자이었으나, 조선인 간수는 물론 일인 간수들까지도 그를 미워하였다. 그리고 전체 유년수 중 웅덕이가 일어를 제일 낮게 하기 때문에 그가 잡역으로 임명된 것이었다. 그날부터 그는 낮이면 감방에 있지 않고 밖으로 나가 마당을 맴돌며 풀도 쑤고 다른 잡일도 맡아보게 되었다. 그는 풀을 쑤고 앉았을 때마다 공장에 수감된 어른들의 동태를 볼 수가 있었다. 그의 소학 시절 선생이었던 윤 목사도 그 수감자 중 하나인 것을 그는 발견했다.

공장에 수감된 수백 명 애국자는 八자에 없는 八자 밥을 먹으면서, 어쩌다가 콩 한 알이라도 마루에 떨어지면 그걸 서로 다투어 집는 것을 목도하는 웅덕이는 마음이 괴로웠다. 자기보다도 더 큰일을 한 애국자들, 그리고 자기 선생, 이런 이들이 꼬챙이처럼 말라만 가고 있는데 자기는 콩밥이기는 마찬가지나 그래도 매일 배부르게 먹는 것이 죄송스럽기 한이 없었다.

第一部 完. 第二部 題는 『亡國奴 群像』(망국노 군상)

조선 말 민족 수난기의 병든 인간들 이야기

— 역사 대하소설의 시작

정정호

> 해방 뒤 써서 발표한 작품들 중 중요한 것은… 장편으로는 『자유문학』지에 『1억5천만 대 일』과 『망국노 군상』 2부작이 연재되었는데 이것은 지나간 80년 동안 우리 겨레가 경험해온 수난을 소개로 한 것인데 5부작에 달하는 대하소설을 꿈꾸었으나 발표되기는 2부작까지이다. 이것이 연재 도중 다수 독자들의 평은 "스케일에서 방대하고 역사적 고증이 거의 원만에 가깝지만 가끔 잔소리가 많이 섞인다"는 것이었다.
>
> — 주요섭 「재미있는 이야기꾼 — 나의 문학적 회고」(『문학』 1966년 11월호)

들어가며 : 조선 말기에서 일제강점기를 거쳐 해방에 이르는 역사 대하소설의 시작

작가 주요섭은 만 18세가 되던 해인 1920년 단편소설 「깨어진 항아리」를 『매일신보』에 응모하여 당선되어 상금을 받았다. 이듬해 그는 우리나라 최초의 동인지 『개벽』에 단편 「추운 밤」을 발표하며 본격적인 작가로 등단하였다. 그 후 상하이 후장대학에 유학을 가서도 꾸준히 중국과 한국의 근대화로 진입하는 자본주의 초기의 빈부격차 등 사회 문제들을 비판하고 풍자하는 작품을 발표하여 '경향파' 작가로 불리기도 했다. 수십 편에 이르는 단편소설 창작은 주요섭이 타계하기 전까지 꾸준히 이어졌으며 단편소설 「사랑손님과 어머니」(1935)와 같은 주옥같은 작품도 내놓았다. 이런 이유로 주요섭은 아쉽게도 주로 단편작가로만 널리 알려지게 되었다.

주요섭은 『미완성』(1936) 같은 중편소설도 썼으나 최초의 본격적 장편소설 『구름을 잡으려고』(1935)는 1920년대 후반 미국 스탠퍼드대학 유학 후 그곳에서 경험한 생활을 토대로 써서 『동아일보』에 연재한 작품이다. 1938년 연달아 『동아일보』에 일제강점기 지식인의 삶을 그린 중편소설 『길』(1938)을 연재하였으나 분명치 않은 이유로(아마도 일제의 검열로 인해) 중단되었다. 그 후 6·25전쟁이 끝날 무렵인 1950년대 부산 피난 시절 중에는 6·25전쟁 중 한국 지식인의 삶을 다룬, 같은 제목의 다른 장편소설 『길』(1953년 2월)을 『동아일보』에 연재하였다.

1950년대 후반 주요섭은 조선 말기에서 일제강점기를 거쳐 해방 공간을 넘어 6·25전쟁 이후의 한국 사회를 역사적으로 조망하는 다섯 권의 역사대하소설을 야심차게 계획하였다. 제1부인 첫 번째 장편소설이 『자유문학』에 연재된 『일억오천만 대 일』(1957~58)로, 이 소설은 조선 말기에서 3·1운동까지 황보익준, 문욱봉과 그 가족 이야기다. 제2부인 두 번째 장편소설이 『망국노군상』(1958~1960)이다.

제1부 『일억오천만 대 일』이 시작되는 시기는 대략 청일전쟁(1894~1895)이 끝난 뒤인 1895년 전후다. 평안도 출신 주요섭이 이 역사소설의 주인공으로 내세운 황보익준의 아버지는 부농(富農)이었지만 조선 말기에 평안도 일대를 노략질했던 "불한당"들의 잦은 출몰을 못 견디고 평양 성내로 이사한다. 과거 시험 준비를 했으나 제도가 없어져 뜻을 이루지 못한 익준은 자녀들을 제대로 교육시켜 입신양명시키고자 했다. 500년 이상 계속되었던 조선이 1910년 일본에 강제합병당한 후 그는 예수교인이 되었고 딸 애덕과 두 아들 웅덕, 창덕을 모두 미션 계통 학교에 보냈다. 그 자제들은 개화사상에 발맞추고 독립운동에 나섰다. 한편 또 다른 주인공 문욱봉은 "사고무친한 장돌뱅이" 집안 출신으로 청일전쟁 후에 일확천금하여 부자가 된다. 그러나 외아들 택수는 어려서 도둑질을 하며 지내다가 만주에 가서 일본군을 괴롭히는 마적이 되었고 1932년 일본의 괴뢰정부인 만주국의 장군이 되어 친일 행각을 벌인다. 작가는 가까이

지냈던 두 가문을 대비시키면서 조선 말기와 일제강점기라는 한민족의 수난 속에서 그들의 자녀들이 걸어가는 2개의 다른 길을 보여주고자 한다.

첫 소설의 제목 『일억오천만 대 일』은 어디에서 온 것인가? 둘째 아들 황보창덕이 재학하는 의학전문대 교수는 그에게 인간 생명이 어떻게 만들어지는지의 수태 과정을 설명한다. 남자가 성교할 때 쏟아내는 정액 속 정자의 수가 최소 1억 5천만 마리 이상이다. 정자는 오랜 장거리 마라톤에서 1등을 하여 여자의 난자와 만나야 생명이 시작되기 때문에 1억 5천만 대 1이라는 엄청나게 치열한 생존 경쟁을 뚫어야 비로소 생명체 승리자가 된다. 따라서 인간 생명은 존귀하고 신비하기까지 한 것이다. 그렇게 중요한 존재인 인간 개체들이 민족과 역사의 수난기를 살아가며 얼마나 천대를 받고 있는가. 작가는 조선 말기와 일제강점기에 조선민족이 "병든 족속"으로 당한 수모와 억압을 개인별 생명체의 고귀함과 대비시키고자 한다.

이 소설은 황보익준의 둘째 아들 황보창덕의 이야기로 시작한다. 창덕은 경성에 있는 에비슨 의학전문학교 본과 1학년 학생으로 안혜경이라는 전문대 여학생과 사랑에 빠졌다. 창덕과 쌍둥이로 태어난 아들은 태어난 지 며칠 만에 의문의 행방불명이 되고 창덕은 여섯 살 때 발목을 뼜는데 치료하지 못해 절름발이가 되었다. 그는 어렸을 때 고향에서 보았던 정신병자들, 그리고 사람들이 미신으로 각종 병을 치료하는 모습에 자극을 받아 서양 의학을 공부하기로 결심한다. 사귀던 안혜경은 장애자 창덕을 버리고 떠난다. 실연의 고통에 빠진 창덕은 자신이 불구자라서 그런 것이 아닌가 깊은 절망에 빠진다. 그의 누나 황보애덕은 당시 조선 유일의 여자대학인 근화학당의 졸업반이었다.

절망에 빠진 창덕은 친구 박광해와 함께 사창가에 가서 처음 이성과 성관계를 경험하고 성병인 임질에 걸린다. 어려서부터 계속 기독교 미션 계통의 학교만 다녀 술이나 여자 경험은 전혀 없었기에 창덕은 자신이 동정을 잃었고 성병까지 걸렸다는 사실에 큰 충격과 좌절을 맛본다. 이런 중에 의전에서 세균학자 곽웅전 교수를 만나 창덕은 세균학을 전공하여 자신과 같은 불치병에 걸린 환자들을 치유하고 약도 발명하겠다고 결심한다. 이 소설은 당분간 황보창덕을 중심으로 이어지는데, 앞으로 이 해설은 앞서 말한 두 가족을 중심으로 몇 개의 주제들을 나누어 가능하면 소설에서 직접 인용을 많이 하면서 진행할 것이다. 청일전쟁 이후의 조선의 혼란상, 일본의 한반도 침략 과정, 그리고 수탈 과정과 동시에 조선반도의 근대화 과정들, 나아가 일제강점에 대해 저항한 3·1운동이 그것이다.

청일전쟁 후 평안도 지역의 혼란상

이 소설에서 작가는 황보창덕의 경성에서의 대학 생활을 일단 소개한 뒤 그의 어린 시절인 청일전쟁 후 고향 평안도 일대의 사회 혼란상을 묘사한다. 황보 가족은 시골에 살았는데 당시 사회 혼란을 틈타 창궐했던 "불한당"에 대한 창덕의 기억은 그 일대에서 갑부로 소문난 문천댁 할아버지와 연결되어 남아 있다. 당시 불한당들은 20명이 한 패가 되어 부잣집을 싹쓸이로 털어가곤 했지만 평안도 관찰사 같은 지방 관리들의 횡포 역시 이에 못지않았다 : "아이구 말두 마슈. 관찰사는 무엇 불한당보다 나은 것이 있웬까?" 당시 평안감사 등 지방 관리들의 민중들에 대한 수탈도 만만치 않았음을 알 수 있다.

이런 와중에 "양고자"(서양인)가 들여온 야소교(예수교)가 중국을 건너 평안도 지역에 널리 퍼져 있었다. 그 이전 대원군 시대에는 천주쟁이(가톨릭 신도)들을 탄압하고 참형도 시행했지만 지금은 상황이 많이 달라졌다. 노인들이 모인 곳에서 한 노인이 평안도 사투리로 말한다.

> 그게 몇 해 전 일이더라? 와, 그 민 감사가 김 목사랑 박 장노랑, 몇 몇 야소교인을 잡아 가두었던 일이. 그때 민 감사가 야소교인을 잡아 가두자, 선교사 마포삼열 목사가 민 감사에게 항의를 했는데, 그 세도 당당한 감사가 말을 들을 리가 있웬까. 그래 마포삼열이가 당나구 타구 한양으루 올라갔디요. 얼마 있더니 소문이 오는데, 마 목사가 상감님을 뵈옵고 피양감사 참요장(斬腰狀)을 들구 내려온다구 했디요. 이 소식을 마 목사가 오기 전에 몬춤 받은 감사가 기겁을 해서 죄다 놔주질 않았웬까! 그 뒤루는 민 감사두 양고

자래문 슬슬 기었디요."

이런 연유로 당시 많은 백성들이 기독교 교인이 되었으며, 대문 밖에 '미국인 소유'라고 쓴 비석을 세워놓으면 일본 군인들이나 아라사(러시아) 군인들도 범접하지 못했다.

여기에서 흥미롭게도 독립운동가 도산 안창호(1878~1938) 선생이 쾌재정에서 행한 연설에 대한 이야기가 소개되고 있다.

> 난 내가 딕접 들었디요. 그 청년 말 참 잘 합데다. 그저 청산류수같이 말이 술술 나오는데 듣는 사람을 대국 요술쟁이 공기 놀리듯 합데다. 웃게두 하다가는 울게두 하구. 그리구 하는 말이 모두 학박사입데다. 입에 거품을 물고, 주먹으로 가슴을 쾅쾅 때리문성 연설을 하는데, 감복 안 당할 사람이 어데 있간쉐까! 바루 그날 밤 머리 깎구, 집에서 쫓겨난 청년들이 부지기수디요.

이 유명한 연설에서 안창호는 18조목의 쾌재와 18조목의 불쾌를 들어 무능한 정부와 부패한 관리들을 비판했다. 당시 민족지도자로 떠오르기 시작한 도산 선생의 면모가 여기에 잘 나타나 있다. 청일전쟁(1894~1855)과 러일전쟁(1904~1905)을 다 겪은 후 조선 인민들은 자조적으로 무능하고 부패한 고종의 대한제국보다 입에 풀칠이라도 해줄 청국 병정과 노국 병정을 한반도에서 쫓아낸 일본에 먹히든가 아니면 미국에 붙는 것이 더 좋다고까지 생각하기에 이르렀다.

문욱봉 가의 이야기를 소개해보자. 청일전쟁이 일어나자 평안도 일대도 아수라장이 되었다.

> 가난한 사람들도 남부여대하고, 대동강변 소로를 끼고, 또는 칠성문 밖 감부기로 가는 언덕 위에 하얗게 덮여 있었다. 제아무리 가난한 집에서도 과년한 처녀와 젊은 며느리들은 걸려서라도 피난을 시키기에 바빴고, 그거나마 할 수 없는 여자들은 남복을 하고 다니기 시작했다.
> 총각도 처녀와 꼭 같은 머리를 치렁치렁 땋고, 당기까지 드리고 다니던

시절이라, 옷만 가라입히면 캄플라지가 가능했던 것이었다.

그들 절대 대다수는 그야말로 '낫 놓고 기억 자도 모르는' 문맹이었다. 그러나 임진왜란과 병자호란 때 민간이 겪은 참담한 이야기는, 대에 대를 이어 기억하고 있는 그들이었다.

이 혼란의 와중에서 나이 40세가 된 무일푼이며 혈혈단신의 문욱봉은 장돌뱅이 노총각이었다. 이 난리통에 빈집 도둑질을 하며 전쟁을 구경하고 있었던 그는 후에 청군 보급품을 나르는 통역 겸 용병이 되었다. 청군의 패색이 짙어지자 많은 용병들은 왜군으로 넘어갔다. 청군이 본격적으로 패주하여 흩어지자 문욱봉도 탈주하는 중에 우연히 청병들의 시신에서 수습한 다량의 금은붙이로 순식간에 부자가 되었다. 그 후 욱봉은 문천읍으로 가 개화인처럼 머리를 깎고 그전에 점찍어두었던 어린 처녀를 아내로 맞아 살았다. 그러나 러일전쟁이 터지자 그는 예수교인이 되어 집 대문 앞에 '미국인 소유'라는 비를 세워 러일전쟁의 참화를 넘기기도 하였다.

일본 제국의 한반도 침략과 수탈 : 을사보호조약(1905) 전후

대한제국 초대 황제 고종은 1905년 일본의 을사조약이 강압적임을 세계에 알리고자 1907년 네덜란드 헤이그에서 열린 만국평화회의에 밀사를 파견한 사건으로 일본인들에 의해 폐위당했다. 그의 아들 순종이 1907년 2대 황제가 되었고, 순종은 즉위 2년(1909)에 전국의 민심을 달래기 위해 전국 순회하며 개성, 평양, 의주를 순방하였다.

순종이 등극하자마자, 오동지 섣달 추위를 무릅쓰고 서순(西巡)을 떠나 개성, 황주를 거쳐 평양에 들렀던 것이었다. 평양서 하로밤 감영에 머므면서 평양 민간 유지들을 만찬에 초대하여 민심을 무마하고저 했다. 이 기회에 성내 사립, 관립을 막론하고 전체각급 학생이 총동원되어서 환영 시가행진을 하는 것이었다. 『천자』니 『통감』이니 하는 순 한문 교과서를 암송시키는 데

만 주력하는 단간방 서당 훈장들이 선두에 나선 목적은 아전에게 곱게 보이기 위해서 나선 것이었고, 개화한 한인 유지 혹은 미국인 미숀 계통에서 운영하는 사립학교 당국자들은 이 기회를 이용하여 일반 국민에게 민족사상과 자주독립 정신을 고취해주기 위한 목적으로 대대적으로 참가시켰다.

일본은 한일보호조약 체결 전후로 조선을 병합하기 위해 여러 가지 사전 작업을 하였다. 이 소설에 제시된 사건들을 연도순으로 제시해보면, 1904년 8월 20일 일진회(一進會)를 결성하여 친일파를 중심으로 한 민간 부분의 협력을 유도했고 1905년 11월 17일 강제로 체결한 을사늑약으로 외교권을 박탈하였으며 1906년 서울에 통감부를 설치하였다. 장지연은 1906년 11월 20일자 『황성신문』에 「시일야방성대곡」이라는 글을 실어 을사늑약을 장렬히 성토하였다. 1907년 7월에는 강제로 한일신협약(정미7조약)을 맺어 내정간섭권을 확보하여 차관정치를 시행하였고 재정부족의 이유로 조선 군대마저 해산해버렸다. 1908년 동양척식주식회사라는 국책회사를 세워 조선 농민을 수탈했고 1909년 7월에는 기유각서로 사법권마저 빼앗아갔다. 1909년 10월 26일 북만주의 국제도시 하얼빈역에서 안중근 의사가 일본 식민제국주의의 원흉 이토 히로부미를 암살하는 민족적 쾌거를 이루었으나 한일합방을 막지는 못했다. 이제 남은 것은 공식적인 절차로 1910년 8월 29일 한일 합병조약이 강제로 체결되며 아아! 대한제국은 속절없이 멸망하였다!

이 소설에는 침략 과정이 잘 묘사되어 있는데 그중 친일 전위대인 일진회의 횡포를 보자.

일진회(一進會)라고 크게 쓴 기빨을 선두에 세우고, 머리에는 수건을 질끈 동인 한 떼의 장정들이 다듬이 방망이보다 조금 적은 방망이를 들고 학생들과 선생을 막 때리는 것이었다. 선생들은

"이 매국노야. 너이들에게는 조국도 없느냐."고 소리 지르면서 대항했으나, 가는 기대가 방망이의 적수가 될 수 없었다. 기대는 부러지고, 방망이는 사정없이 내리갈기고, 기는 땅에 떨어졌다.

피가 흐르고, 꺼꾸러지고, 발길에 채우고, 밟히고!

태극기는 일진회 망난이들 발아래 무참히도 짓밟히었다.

길 가던 사람들도 걸음을 멈추었고, 길가 집집마다에서도 사람들이 뛰어 나오기는 했으나 그들의 관심은 어디까지나 구경에만 국한된 양 투쟁에 가담할 생각은 통 없었다.

나라의 수치스러운 일이라 국치일(國恥日)로 불리고 국제법적으로도 불법인 한일합방 후 학교 풍경도 슬프고 비장하다.

가을 어떤 날이었다.

수업을 중지하고 학생 전원 교정으로 집합하라는 전령이 교실마다 전달되었다.

교정에 나가보니 경축일도 아닌데 기봉에는 태극기가 달려 있었다.

선생들의 모습은 어덴가 기운이 푹 죽은 모습이어서 수선거리는 학생들을 줄지어 세우는 일에도 그리 성의가 없어 보이었다.

교장도 고개를 푹 숙인 채 천천히 교단 위로 올라섰다. 천천히 얼굴을 들어 학생들을 내려다보는 그의 눈은 뚱뚱 부어 있었다.

"여러 학생들, 오늘 나는……." 하고 말을 시작하던 그의 두 뺨으로는 눈물이 주루루 흘러내렸다.

19세기 말 프러시아와의 전쟁에서 패해 국토와 언어를 빼앗긴 나라 프랑스의 비애를 다룬 프랑스 작가 알퐁스 도데의 단편소설 「마지막 수업」의 한 장면을 연상케 한다.

일제는 1910년 10월 소학교를 보통학교라고 명칭을 바꾸고 일본 제국주의 식민 통치를 합리화하는 교육기관으로 만들었다. 진실소학교에 다니던 창덕이는 선교사들이 세운 미션 계통 학교가 다시 문을 열면 다니고자 기다리고 있었다. 학교에서 배우는 것도 합방 후에 달라졌다.

첫날부터 창덕이네 반에서는 '다찌쯔데도'니 '사시스세소'니 하는 이상한 글을 배우기 시작 했는데 이 글이 국어(國語)요 한글은 언문 또는 '죠센고'라고 부른다고 가르침을 받았다.

웅덕이 반에서는 한국 역사 지리 공부 대신에 일본 역사와 지리를 배우기 시작하였다. 어느새 인쇄했는지 역사 교과서는 언문과 한문을 섞어서 찍혀 있었으나 '단군'이나 '기자' 이야기는 싹 없어지고, '천조대신'이니 '소잔명지조'이니 하는 신(神)들이 일본인과 '죠센진(朝鮮人)'의 조상이라고 씨어 있었다. 단군, 기자도 한문 글자로 오여 쓰기에는 상당히 어려웠었는데 천조대신이니 소잔명지조니 하는 걸 한문으로 오여 쓰자니 진땀이 흘렀다.

많은 학생들의 일본 유학이 시작되었고 일반 국민들의 일본 관광도 본격화되었다. 창덕의 형 웅덕도 일본으로 유학을 떠났다. 일부 선각자들이나 지식인 교육자들은 한일합방에 대해 비분강개하고 저항하였으나 대부분의 일반 서민들은 누가 통치하든 자신들의 앞가림하기에 바빴다.

거리에는 아무런 변화도 없었다. (중략)
하기는 나라야 망하건 흥하건 그건 왕과 대신들 노름일 따름이지, 일반 민중에게는 나라보다도 조반석죽이 조죽석미음으로 격하되지 않을가 하는 염려에 전 정신과 노력이 집중될 따름 여렴이 없었다.
一千二백만 명에 달하는 한민족은 그들이 아지도 못하고 관심도 없는 동안 일본의 식민지 백성이 되고 만 것이었다.
진실학교 교장은 일본인 헌병대에게 체포당해 갔고, 정산학교 교장은 자기 집에서 칼로 목을 찔러 자살했다. 여러 사립학교 선생들은 괴나리보찜만을 허리에 차고, 가족 다 내버리고, 정처 없는 길을 떠나버렸다.
극소수인 개화인 간에는 비분감개하는 의사소통이 있었으나 일반 대중은 평상 때와 마찬가지로 사고 팔고, 시집가고, 장가들고, 도둑질하고, 술 마시고, 싸우고 하였다.
一일본 놈 아니라 그 어떤 놈이 나라를 삼켰던 간에 지금보다 더 빈궁하고, 천대받고, 더 썩어빠지기야 할 수 있을라구!— 하고 생각하는 대중이었다.

이러는 사이 통치 계급도 일본인들로 급속도로 바뀌어갔다. 치안이 강화되고 전국 방방곡곡에 주재소와 파출소가 넘쳐났고 책임자들은 모두 일본인들이었다.

1907년 동양척식주식회사가 설립되어 토지개혁 등으로 한반도의 토지와 농민 수탈이 시작되었다. 많은 일본인 농민들이 한반도로 유입되었고 농지의 소유주가 바뀌어갔다. 다음 인용에서 이 당시 조선인들이 한반도를 탈출하여 만주 등으로의 이주가 대대적으로 시작되었음을 알 수 있다. 한반도에서 일본 제국주의의 수탈 정책이 본격적으로 작동되기 시작한 것이다.

> 구한국 말년에 도처에서 횡행하던 불한당 떼는 대개 의병(義兵)과 합세하여 합방 후에는 조선인은 통 건들이지 않고, 일본인 우편국, 은행, 부자집만 털었다. 그러나 방방곡곡 쏘다니면서 참빗으로 이와 석해를 훑터 내듯 하는 일본군 토벌대에 견데내지 못하는 그들이라 더러는 사살되고, 더러는 체포되고, 남어지는 두만강과 압록강을 건너 만주 땅으로 피신하지 않을 수 없었다.
>
> 조수처럼 밀려드는 일본 농민에게 농토를 빼앗긴 조선 농민들은 남부여대하여 괴나리보따리에 바가지만 차고 역시 강을 건너 만주벌 황무지로 향하여 길을 떠났다.
>
> 지성인 다대수도 견데다 못하여 혈혈단신으로 길을 떠나, 더러는 청국, 더러는 러시아, 더러는 멀리 미국까지 망명의 길을 떠났다. (중략)
>
> 조선서 생산되는 쌀도 조선인 식탁에서는 찾아볼 수가 없게 되었다. 일본 사람만이 그 쌀을 먹을 뿐 아니라 일본으로 대량 반출해 갔다. 조선인은 할 수 없이 만주서 수입해 오는 좁쌀과 수수로 배를 채울 수밖에 없었다.
>
> 그러면서도 일본 상품은 신시가 시장을 넘쳐흘러서 구시가 상점에까지 범람하게 되었다.

의병과 불한당들도 일본제국 경찰의 토벌작전을 못 이기고 만주로 내몰렸고 농민들도 두만강 넘어 간도지방 등으로 넘어갔고 지성인들도 중국, 러시아, 미국 등으로 떠나갔다. 이렇게 조선민족의 디아스포라(민족대이주)가 시작되었고 이 주제는 제2부인 『망국노군상』의 주요 내용이 된다. 상권 등 경제권도 급속히 일본 제국주의로 넘어갔다. 친일파들은 일본을 등에 업고 부와 권력을 축적해가고 있었다. 일본의 이러한 식민지 수탈 정책은 언제까지 갈 것인가?

조선 근대화의 장면들 : 서북 또는 평안도 지역

이 소설에서 조선 근대화 과정에 나타나는 가장 두드러진 상황들 중 하나는 기독교(개신교)의 유입이다. 원래 서북 지역은 조선 정부의 오래된 지역 차별정 책 등으로 소외감을 느껴 중앙정부에 불만이 많았고 오래전에 홍경래 난이 일 어났고, 중국과 국경이 맞닿아 있어 기독교의 전파가 용이했다. 오래전에 영 국 웨일스 출신 로버트 토머스(Robert J. Thomas, 1839~1866) 선교사가 선교를 위 해 평양에 잠입했다가 붙잡혀 1866년 9월 3일 대동강 백사장에서 27세 나이로 순교한 일도 있었다. 그 후 평양에는 1893년에 이미 미국 장로교 선교사들에 의해 대동강이 내려다보이는 높은 언덕 위에 장대현교회가 세워졌다. 이 소설 의 주인공 소년 창덕의 진실소학교도 "장대째 예배당"과 숭실학당(숭실대학의 전신) 옆에 있었다고 기억하고 있다.

진실소학교는 얼마 후 장대째 꼭대기에 새로 지은 건물로 이사를 갔다. 평양 성내에서는 제일 크고 웅장한 장대째 예배당 담과 길 하나를 격한 높은 지대에 자리 잡은 교사(校舍)이었다. 학교가 장대째 예배당 이웃이 되자 학 생들에게는 주일 예배까지도 장대째 예배당으로 가서 참석하는 것이 강요되 었다.
창덕이가 학교라고는 처음 발을 들여놓았던 새방성에 있는 건물은 그 집 을 그 채로 떠서 두어 마장가량 되는 곳으로 옮겨갔다. 새방성에서는 제일 높은 고지에 세워진 삼층 벽돌집인 숭실학당과 그 서쪽에 세운 기계창(機械 廠) 중간에다가 진실소학교 건물을 고시란히 옮겨 세워 가지고 도서관으로 쓰기로 한 것이었다. 그 고래등 같이 크고 육중해 보이는 건물을 떠 옮긴다 는 광경은 제 눈으로 보기 전에는 믿을 수 없는 마술이었다.
'계자씨만 한 믿음이 있으면 태산이라도 움즉일 수 있다'고 한 성경 말씀 이 진실이라고 창덕이는 생각하였다.
장대째 꼭대기까지 그 강파로운 언덕을 매일 아침 뛰어오르고 매일 오후 뛰어내려야만 한다는 일은 벅찬 일이기는 했으나 그러나 교정에 들어서기만 하면 바로 눈 아래에 종로 거리, 아련당과 연못, 대동문, 대동강은 물론 강 건너 사동 산맥까지 빤히 보이는 것이 언제나 기분을 상쾌하게 해주는 것이었다.

이번에는 창덕이 서구식 병원이란 곳에서 서양인을 처음 만난 장면을 살펴보자.

좀 어둑신한 복도에서 창덕이는 그 병원 원장인 미국 사람 웰스 박사에게 인계되었다.
"유, 나뿐 쌤(사람)!" 하고 말하는 웰스는 창덕이 바른쪽 귀를 붙잡고 끌었다.
창덕이가 먼발치로 서양 사람을 본 일은 한두 번이 아니었다. 서양인들은 남녀를 불문하고 모두 키가 장대같이 크고, 얼굴이 희고, 눈이 새파랗고, 손잔등에는 털이 부르르 돋아 있었기 때문에 사람을 대하는 것이라기보다도 무슨 짐승을 보는 것 같은 기분을 자아내군 하는 것이었다. 그래서 그는 길에서 미국 사람만 만나면 슬슬 피하군 했었다. 가끔 그 키꺽다리가 엿을 들고 창덕이에게 가까이 오면서 받으라는 시늉도 했었다. 그러나 그는 엿의 단맛보다도 털 부르르 난 손이 더 징그러워서 뺑소니치군 하였었다.

그리고 창덕이 서양 선교사들이 만든 생소한 병원에서 치료받는 경험을 묘사한다. 서양식 화장실을 사용할 줄 몰라 변기 뚜껑에 올라앉아 서성이는 웃지 못 할 풍경도 연출된다.
평양 시민들이 야소교로 몰리는 상황은 앞서 지적했다. 특히 평민 여성들이 기독교 예배당에 많이 모였다. 이것은 남존여비 사상으로 억압되었던 조선 사회에 기독교의 남녀평등 교리가 새로운 충격과 신선한 감동을 주었기 때문이다. 나아가 당시 기독교가 평양 지역에 가져온 새로운 문화를 살펴보자.

신시가가 커가면 커갈수록 일인들은 자기네 자녀교육 시설을 차리는 데 정신이 팔려서, 식민지 백성인 조선인 교육에는 등한하게 되었다. 이때 예수교 측에서는 장노교와 감리교가 서로 경쟁이나 하듯이 도처에 학교, 병원, 예배당을 자꾸만 신설하였다.

평양부(附) 내만 두고 보아도 이 두 교파에서 남녀 소중학교는 물론 소경과 벙어리만을 위한 맹아학교니, 의지가지없는 늙은이와 고아들을 수용하고 가르치는 양노 고아원 같은 것까지도 세우고, 장노교에서는 숭실대학과 신(神)학교까지 세웠다. 미국인 선교사들은 선교에만 주력하지 않고, 각급 학교 선생 노릇도 하고, 의사 노릇도 하고, 또 조선 사람들에게 학교 선생 혹은 병원 의사가 될 수 있는 자격을 부여하기 위하여 사범교육도 실시하였다.

창덕이가 다니는 진실소학교로 보더라도 교장은 미국인 선교사인 모펫박사요, 선생들 대다수가 조선인 목사와 장노 그리고 숭실대학 학생들이었다. 미국인 선교사들은 숭실대학생들의 도움을 받아 성경은 물론 각 급 학교 교과서까지도 국한문(國漢文) 혼용 혹은 순 한글로 번역하고 전수하여 썼다.

중학생이 된 창덕도 어린이 주일학교 교사가 되어 전도까지 하게 된다. 이당시 기독교의 영향을 많이 받은 평안도 지방에서 기독교는 일본 제국주의에 저항하는 수단으로 여겨졌다. 나아가 조선인들은 일본을 통하지 않고 직접 서구의 기독교를 통해 근대화를 이루려는 의도도 있었다.

중학교 삼학년생이 된 창덕이는 '기록학회' 회원이 되었다. 회원들은 시내여러 교회 어린이 주일학교 선생으로 파견되었다. 오전 중 주일학교가 끝난후 오후에는 회원들 각자가 오색찬란한 전도지 수백장식을 들고 거리로 나가 지나가는 사람들에게,

"예수를 믿어 구원을 받으세요." 하고 권하면서 전도지 한 장식을 배부하였다.

창덕이와 동급생이면서도 나이는 그보다 두세 살 더 먹은 동창생들이 주동이 되어 주일학교가 없는 동리에 주일학교를 창설하기도 하였다. 대동강건너 동대원과 자라웃 두 교회에서 특히 환영하였다. 一분단은 자라웃 二분단은 동대원 교회 주일학교를 신설하고 매 주일 가서 어린이들을 가르치기 시작했다. 창덕이는 동대원 주일학교에 나가는 二분단에 한목 끼웠다.

이 밖에도 이 소설에는 다양한 교회 활동의 일환으로 성탄 축하 행사, 구약

의 요셉의 에피소드를 만든 성극 공연도 소개되고 있다. 이것은 목사 주공삼(朱孔三, 1875~?)의 아들이었던 소설가 주요섭의 어린 시절 직접 경험에서 나온 것이다.

또한 서양의 근대문물이 대거 유입되는 과정이 흥미롭다. 물론 대부분 일본인들을 통해서이다. 특히 왜떡("떼기떡", 모찌떡)과 알사탕이 조선인들에게 인기 있었고 석유등잔불과 성냥도 신기하였다. 그러나 무엇보다 자동차라는 괴물의 등장이 압권이었다.

> 자동차가 나타났다.
> 평안북도 운산금광 주인인 미국 사람이 하루아침에는 자동차를 몰고 거리를 쏜살같이 달리었다. 덩지도 엄청나게 크려니와 뿡뿡 소리는 인력거 나팔소리보다 십 배나 더 크게 들리었고 속력은 비교도 되지 않게 빨랐다.
> 이 자동차 한 대가 평양 성중에 나타났기 때문에 인력거와 자행거로 뽐내던 일본 사람들의 코가 납작해졌다. 미국 사람들 코에 비기면 코가 있는지 없는지조차 모르게 되었던 그들의 코가 더할 나위 없이 짜부러지고 만 것이었다.
> 인력거는 한 사람이 타고 한 사람이 끄는데 그 속도는 인력거군의 달음박질 여하로 결정되는 것으로 제아무리 빨리 달려도 자행거를 따를 수가 없었다.

이 밖에 기차, 전기, 전차, 전화, 전당포, 공중변소, 서점, 도서관, 벽돌집, 대동강의 석탄배 등이 들어왔다.

무엇보다도 평양 시내에는 일본인들이 대거 한반도에 유입되다 보니 조선인 문화와 일본인 문화 그리고 선교사들이 세운 교회를 중심으로 한 서양인 문화까지 혼재되기 시작하였다. 특별히 이 소설에서 조선인과 일본인들의 차이 나는 삶의 방식이 두드러지게 대비된다. 의복(기모노), 신발(게다), 주택 구조, 변소는 물론 그 밖에도 다른 것이 많았다.

> 한인은 언제나 온돌방 위에 책상다리하고 앉는 풍속을 가졌는데, 일인은 언제나 돗자리에, 꿇어앉는 것이었다.

하루 세 끼 밥을 먹는 습관은 같았으나, 한인은 조밥, 보리밥, 수수밥 피밥까지도 가리지 않고 먹는데 일인은 꼭 흰 쌀밥만 먹는 것이었다.

한인은 밥을 놋바리에 담아서 따로 따로 차지하고 먹는데 일인은 온 식구 먹을 밥을 둥그런 나무통에 한꺼번에 퍼다가 식탁 옆에 놓고는 작은 나무공기에 퍼 돌리어서 먹는 것이었다. 밥을 먹고 나서 한인은 구수한 숭늉을 훌훌 마시는데, 일인은 노란 차를 조고만 종지에 따라서 홀짝홀짝 마시는 것이었다.

한인은 음력설을 쇠는데 일인은 양력설을 쇠는 것이었다. 입춘(立春)날에는 입춘대길(立春大吉)도 써서 붙이지 않던 일인들이 설이 되니까 대문 밖 좌우편에 크고 적은 싱싱한 참대통을 여러 개 높게 얕게 묶어서 파 묻어놓고 문설주에는 귤 한 알씩을 댕공 매달았다.

일인들이 쓰고 배우는 말과 글은 '가기구게고'니 '나니누네노'니, '하히후헤호'니 하는 것이어서 그 발음만 한글 비슷하였으나 글자 모양이 판판 달랐고, 일인들이 말하는 소리가 한인 귀에는 '하따라 마따라'로 들릴 따름 한 마디도 알아들을 수가 없었다. 일인들도 글을 쓸 때에는 한문 글자를 섞어 쓰기는 하나 그 발음이 한인과는 판이하였다.

이러한 조선과 일본의 문화 차이에 대한 인식은 조선인의 정체성을 지키는 하나의 방식일 것이다. 또한 이질적인 외래문화 특히 일본 문화의 홍수 속에서 일본의 식민 통치는 날로 확대되고 심화되고 있었다. 이와 동시에 이에 대한 문화적, 정치적 저항도 만만치 않았음도 당연하다.

저항의 물결 : 3·1 만세운동에 이르는 길

1910년 한일합방은 조선에 너무나 큰 충격이었다. 조선인들은 순식간에 어이없이 당했지만 정신을 차리기 시작했고 민족의식을 서서히 깨우기 시작했다.

한일합병은 한국 사람에게 민족의식을 고조하게 해주는 한 계기가 되었다. 그 이전에도 '개화인'이라고 불리우는 소수의 지성인들은 확고부동하는 민족의식을 포착하고 그 의식을 대중에게 계몽시켜주려고 무척 애를 썼었다. 그러나 절대 대다수가 문맹이오 무지몽매한 대중에게 대한 그 노력은 그야말로 소귀에 경 읽어주는 도로 마찬가지로 별반 반응을 자아내지 못했었다.

그러다가 일본인이라는 외족이, 제물포 앞바다 밀물같이 빠른 속도로 한반도에 범람하여서는 정치, 경제, 사회 등 모든 분야에 있어서 토착민을 차별대우하고 질식시키기 시작하자 대중은 그제서야 짓밟힌 지렁이 모양 꿈틀거리기 시작하였다.

'행차 뒤 나팔' 격이 되기는 했으나 꿈틀거리는 대중에게는 민족의식이 끓어올르고 그 결과로는 향학열(向學熱)이 열병 못지않게 끓어오르는 동시에 것잡을 수 없는 울분을 종교신앙에 퍼부어 거기서 위안과 희망을 발견하려고 몸부림치기 시작하였다.

조선을 강제로 침탈하고 합방까지 한 일제에 대한 저항은 처음부터 있었다. 일반 대중은 생업에 쫓겨 살았지만 일부는 의병(義兵)이 되어 일본에 저항하였다.

한국이 일본에게 삼키게 된 그날부터 깊고 험한 산마다 조선인 의병들이 웅거하고 있으면서 일본인 관청과 기업체를 습격하여 재물을 빼았고 일인을 죽여버리는 일이 도처에서 일어나기 시작하였다. 그래서 일본 헌병은 군대와 합세해가지고, 지리에 익은 조선인들을 앞세우고 산이란 산은 모주리 샷샷히 뒤져 의병과 싸우기 시작했다.

의병이라는 혐의만 받는 사람까지도 총살해버리는 데 만족을 느끼지 못하는 일본 군대와 헌병들은 조선인 장수가 다시는 출생하지 못하도록 예방하기 위하여서 높건 낮건 간에 한반도에 있는 산봉우리 꼭대기마다 일일히 올라가서 긴 쇠뭉치를 깊이 박아 정기(精氣)를 말살시키는 일에 골몰하였다.

그러나 또 다른 일부는 한일합방 직후부터 일어를 배워 친일파로 일본 헌병 보조원이 되어 의병 토벌에 앞장서기도 했다.

학생들 역시 조선 학생과 일본 학생 사이에 차별이 있었고 이에 따른 저항도 있었다.

평양역까지 나가는 일이 웅덕이에게나 창덕이에게나 이번이 처음은 아니었다.

일본인 도장관이나 부윤(시장격)이 경성으로 가고 올 때, 또는 조선총독부 고관이 평양으로 올 때나 갈 때나 학생들은 총동원되며 역까지 행진해서 환송 또는 환영을 하군 했었었다. 그러나 웅덕이나 창덕이가 플랫폼까지 들어가보기는 이번이 처음이었다. 동원되어 나온 학생들은 출찰구 밖에 좌우로 열 지어 세우는데, 출찰구 제일 가까운 곳에 일본인 학생이 서고, 제일 끝으머리에 사립학교 학생이 서는 것이 원측이었다.

이른 봄 식목일마다 묘목 심는 일에도 학생들이 의례히 총동원되었다. 나무를 심는 자리에서도 일본인 학생과 조선인 학생 간에는 차별대우가 있었다. 학교마다 할당된 묘목을 다 심고 나면 일본인 학생들에게는 '모찌떡'이라고 하는 일본 떡을 흰 것 파란 것 해서 두 개씩 논아주면서 조선인 학생에게는 한 개도 주지 않았다. 그 다음해부터 조선인 학생 중에도 특히 사립학교 학생들은 묘목을 꺼꾸로 심어버렸다. 선생들도 그것을 묵인해주었다. 이것이 차별대우에 대한 무언의 항거이었다.

이 당시 야학 공부가 성행하였고 이곳에서 조선 학생들은 일본의 내선 일체 황국신민 양성 교육에 소극적으로나마 저항할 수 있었다.

사립소학교 상급생들은 한 주일에 사흘씩 야학공부도 하게 되었다. 야학 공부는 교실에서 하는 것이 아니라 좁은 출구 하나만 가진 지하실에서 하였다. 출입구 안에는 껌정 휘장을 치고, 촛불을 켜놓고 소군소군 하는 공부였다. 그 속에서 학생들은 조선 역사와 지리를 필기해 배우고 한국 국가도 다시 속사기로 부르고, 새로이 '동해물과 백두산이 마르고 닳도록'으로 시작되는 애국가 가사와 곡조도 배워서 속사기로 불렀다. 그리고 월남 망국사니, 옛날 스팔타 어머니들이 전쟁 마당으로 나가는 자리에서 여차여차한 말을 아들들에게 말했다는 이야기며, 윌리암 텔 이야기, 하니발, 진기스칸, 나폴레옹, 비스맑 이야기, 을지문덕, 강감찬, 김유신, 이순신, 임진왜란, 병자호란, 안중근, 허준, 청일전쟁, 노일전쟁, 그리구 제일차 세계대전 이야기까지 배웠다. 가르쳐주는 선생들은 이 지하실에서 배우고 듣는 이야기는 절대로 비밀을 지켜야 한다고 누누히 당부하는 것이었다.

낮에 교실에서 하는 공부보다 밤에 지하실에서 하는 공부가 백 배나 더 재미있고 유익하였다.

1914년 7월 시작된 1차 세계대전은 1918년 11월 11일 독일의 항복으로 끝났다. 유럽의 한복판에서 모든 유럽 제국주의 국가들이 참여한 이 전쟁은 1천만 명 이상이 희생되고 2천만 명이 부상당한 미증유의 대전쟁이었다. 파리 베르사유 조약으로 독일은 모든 식민지를 빼앗기고 엄청난 배상금을 냈다. 파리 강화회의에서 미국 대통령 우드로 윌슨은 항구적 세계평화를 위해 14조항으로 된 '민족자결주의'를 주장하여 식민지 피지배국민들에게 커다란 희망을 주었다. 그 직후인 1919년 2월 1일 만주에서 우리나라 최초의 「대한독립선언」(음력으로 무오독립선언)이 나왔다. 만주와 러시아의 항일 독립운동가들이 모여 작성한 이 선언과 함께 1919년 2월 8일 도쿄에서 조선인 유학생들의 조선 독립 선언과 귀국 동맹 선언이 있었고 조선반도의 3·1독립만세운동의 봉화를 올렸다. 유관순 열사의 예에서 볼 수 있듯이 개화된 여성들도 3·1만세운동에 대거 참여하였다. 1919년 4월 11일에는 중국 상하이에 대한민국임시정부가 수립되었으며, 대한제국의 첫 황제 고종이 승하하자 민족 저항 운동의 새로운 전기가 마련되었다.

1919년 1월 22일 고종은 덕수궁에서 세상을 떠났다(일본인들에게 매수된 나인들에 의해 독살되었다는 풍문도 돌았다). 명성황후 역시 비참하게도 그 이전에 일본인들에 의해 피살당했다. 1917년 강제로 폐위당해 아들 순종에게 황위를 물려주고 고종은 울분과 슬픔 속에 지냈다. 태극기를 손에 들고 봉기한 평양에서의 3·1만세사건을 창덕은 다음과 같이 설명한다.

그것은 소학교 시절에 지하실에서 그려보고는 번번히 불태워버리군 하던 태극기이었다.
그의 가슴은 활랑활랑하였다.
"대한 독립 만세."
"대한 독립 만세."
"대한 독립 만세."

"독립!"

"독립!"

"독립!"

가슴이 터지는 것 같았다.

평양 구시가에 있는 각 급 학교 교문으로는 손에 손에 태극기를 든 학생들이 줄지어 나오면서 만세 만세를 불렀다. 각 교회에서도 남녀 신도들이 모두 태극기를 휘둘면서 만세를 부르면서 문밖으로 나오고 있었다.

골목마다 남녀 학생들이 드나들면서 집집마다에 태극기를 돌려주어 띄우게 하였다. 어떤 집에서는 九년이라는 긴 세월을 장농 밑에 숨겨 고이 간직했던 큰 태극기를 꺼내다가 문에 띄웠다.

장터에 모였던 시골 농군들도 남녀 학생에게로부터 태극기를 얻어 쥐었다.

장터도 비고, 상점도 비고, 여염집도 비고, 학교 교실도 비고, 사람이라는 사람은 모두 다 거리에 나서서 기를 휘둘으면서 만세를 불렀다.

三월 초하룻날 오후 일이었다.

하도 갑자기 사방에서 일시에 봉기했기 때문에 그 기민하기로 유명했었던 일본 경찰관들도 어리병벙하여 멍하니 바라다보고만 있었다. 조선인 순사들은 길에서 순사 모자를 벗어 내던지고, 긴 칼을 풀어 내버리고 만세 행진에 가담하였다.

누나 애덕은 집에서 은밀히 태극기를 만들며 만세운동을 준비하였다. 이번 3·1만세사건은 평양과 서울뿐 아니라 조선 대부분의 시와 읍 등 각지에서 일어났다. 놀라운 일이었다. 미국 대통령 윌슨의 민족자결 원칙에 용기를 얻어 강제로 이루어진 한일합방을 무효로 만들어 머지않아 독립되리라는 희망이 있었다. 그러나 3·1만세사건에 놀란 일본은 긴급계엄령을 내려 전국적으로 수많은 사람들이 무차별 체포되어 수감되었고 당시 많은 여학생들과 함께 창덕의 누나 애덕도 그 중에 속했다.

반도 내에서 3·1운동이 일어나기 전에 만주 지린성에서 1919년 2월 초에 「대한 여자 독립선언서」가 제작되어 배포되었다. 이 선언서는 "슬푸고 억울하다 우리 대한동포시여 우리나라 이 반만년 문명역사와 이천만 신성민족으로 삼천리 강토를 족히 자존할 만 하거늘 침략적 야심으로 세계의 공법 공리를 무시하는 저 일본이 추세적 만성으로… 형식에 불과한 합방을 성립하고"로 비장하게 시작한다. 선언서는 중간에 "우리 [여자들]도 비록 규중에 생활하야 지식이 몽매하고 신체가 연약한 아녀자의 무리나 국민됨은 일반이오 양심은 한가지라"로 계속되고 "간장에서 솟는 눈물과 충곡에서 나오는 단심으로써 우리 사랑하는 대한 동포에게 엎드려 고하오니 동포 동포여 때는 두번 이르지 안이하고 일은 지나면 못하나니 속히 분발할지어다 동포 동포시여 대한독립만세"로 끝맺는다. 3·1운동 당시 전국 각지에 어린 여학생들로부터 기생에 이르기까지 수많은 여성들이 3·1운동에 적극적으로 참여했던 사실이 속속 밝혀지고 있다. 이는 전세계사에서도 희귀한 경우일 것이다.

황보익준의 맏아들 웅덕은 5년 동안 일본에서 차별당하며 어렵게 공부하고 있었다. 그는 일본에서 같이 공부하던 대만 유학생 곽국기와 친구가 되어 일제 식민지였던 조선과 대만의 해방과 독립을 토론하였고 한방을 쓰는 연배 높은 유학생 홍관식 때문에 의심을 받아 경찰서에 끌려가 취조를 받기도 했다. 그러던 중 조선에서 3·1운동이 일어나자 귀국동맹 결의에 따라 웅덕도 졸업 2주일을 남겨놓고 3월 1일 평양에 나타났다. 웅덕은 후일의 소설가 김동인 등과 함께 비밀 결사대 흑접단(검은 나비)을 조직하고 지하신문인 『독립신문』을 등사판으로 발행했다. 이것이 발각되어 웅덕은 체포되어 평양 감옥 유년감에 투옥되었다. 지리한 취조와 고통스러운 고문이 시작되었다. 다음은 웅덕이 취조실에서 일인 검사와 나눈 일문일답이다.

"그래 지금도 잘했다구 생각하나?"
"예. 잃어버린 조국을 도루 찾으려구 하는 것은 당연한 일이지요."
"악질인걸, 이 학생들은. 너는 내지(일본)까지 가서 공부하면서 무엇이 못마땅했단 말인가?"
"차별대우에 분개했읍니다."
"앞으로 차별대우가 없어지면 독립사상은 포기할 것인가?"
"그럴 수 없읍니다."

일억오천만 대 일

"어째서?"

"우리는 四千 년 역사를 가진 백의민족입니다. 우리는 독립할 권리를 가지고 있읍니다. 그리구 만국 평화회의에서도 민족자결……."

"묻는 말만 대답해. 지금이라도 잘못했다고 빌고, 앞으로는 선량한 국민이 되겠다고 서약하면 불기소될 수도 있는데."

"잘못한 일이 없읍니다."

"전도가 양양한 장래를 가진 네가 그래 감옥에서 평생 썩을 심산인가?"

"독립은 꼭 될 것이니까 며칠 안 가서 우리는 자유의 몸이 될 것입니다."

"그런 어리석은 소리 그만둬. 독립은 전연 가망 없다는 사실을 알아야 돼."

"독립이 못 되면 삼천리강산은 전부가 감옥입니다."

웅덕이 온갖 고초와 수모 끝에 6개월 언도를 받고 수감 생활을 시작하는 것으로 이 소설은 끝을 맺는다. 소설가 주요섭은 후일 자신이 직접 참여하고 옥고까지 치른 3·1운동을 회고하는 자리인 「공약삼장(公約三章)의 3월」(『사상계』, 1966년 3월호)이란 글에서 다음과 같이 정리하고 있다.

일본에게 합병당한 후 9년 동안 일본제국주의, 식민주의의 학정과 수탈과 민족적 차별대우는 우리의 지성인들은 물론 일반 대중에게까지 일제에 항거하고 싶은 분노를 일깨워 주었던 것이다. (중략)

행동을 시작한 뒤에도 전체 대중의 단결에 균열이 생기지 않았던 일 역시 크게 평가할 만하다. 그날로부터 47년이 지나간 오늘날 우리 대중의 꼴을 살펴볼 때, 그때 우리 선배들의 미덕이 새삼 부러워진다. (중략)

우리 선배들의 이 운동이 불과 두어 달에 중국 대륙까지 흘러 들어가 중국 청년들, 특히 북경대학 학생들이 영도하는 5월 4일 데먼스트레이션 [5·4운동]을 유발시켜, 그 당시 일본 세력에 굴복하려는 중국정부로 하여금 자극성을 되찾게 해준 점을 오늘날 우리는 회상하고 자긍의 마음을 품어야 한다.

주요섭은 특히 3·1운동의 특색을 폭행이 없는 "평화적인 시위·반항 운동 (손에는 태극기만 들고 입으로는 독립만세만을 부르며 시가행진하는 우리 군중에게 일본헌병과 경찰은 총칼로 무자비한 살육을 감행했음"에 지적하며 높이 평가하고 있다. 당시 영국 지배하에 있었던 인도의 간디가 제창한 "무저항 반항주의"와 연결시키며 매우 자랑스럽게 생각하였다.

이 소설은 작가가 의도한 청일전쟁(1894~1895) 후 해방(1945)까지의 기간을 다룬 역사대하소설 제1부에 불과하다. 여기서 끝나는 것이 아니라 제2부는 『망국노군상』이란 제목으로 『자유문학』(1958년 6월호~1960년 5월호)에 연재된 또 다른 장편소설에서 계속된다.

나가며 : 역사적 상상력과 서사적 재현의 문제

주요섭의 장편소설은 청일전쟁 전후부터 3·1운동에 이르는 한반도 조선 최근 역사의 다양한 사건들과 장면들을 복합적으로 재현하고 있다. 작가는 이 시대를 민족의 수난시대로 정의내리고 이 전환기의 조선인들을 어떤 의미에서 "불구자"와 "병든 족속"으로 규정한다. 전지적 시점으로 진행되는 이 소설의 플롯 전개는 복잡다기한 사건들과 등장인물들로 통일성과 집중성이 결여된 부분도 있다. 그러나 작가 자신이 후기에서 언명한 대로 이 소설은 파노라마적으로 역사를 그리는 대하소설이다.

이 소설은 매우 사실적인 허구로 거의 다큐멘터리라 할 수 있을 정도로 구한말의 일제 강점기 한반도에 일어난 구체적이고 미세한 사건들을 재현해내고 있다. 작가는 이 소설 결미 부분에서 당시 유년 감옥 생활을 소상하게 그려내고 있는데, 이 부분은 역사 사료로서 가치가 있을 것이다. 이 소설의 상당 부분에 작가의 자서전적 요소가 강하게 배어 있다. 주요섭은 세상을 떠나고 한참 후 1919년 평양에서 중학생으로 등사판 독립신문을 발행하는 등 독립운동에 적극 참여하여 10개월의 감옥 생활을 했다는 사실이 인정되어 대한민국 정부에서 독립운동가로 훈장을 받았다. 현재 그의 묘는 대전 현충원에 부인과 함께 안장되어 있다.

우리의 어둡고 슬픈 역사를 소설이란 문학담론으로 재현하기 위해 작가 주요섭은 여러 사실들을 단순하게 나열하지 않고 총 10편으로 나누어 앞의 5편 중 3편은 "병든 족속"이란 제목으로 일제강점기의 구체적인 개인들의 불구자적 삶을 중심으로 그렸다. 나머지 5편은 "민족의 수난"이란 제목으로 좀 더 큰 맥락에서 사건 중심으로 개인들의 삶을 조명하고 있다. 이런 구성을 통해 이 소설은 역동적으로 플롯을 전개시키고 있다. 인간은 어떤 구체적인 시공간에서 살아가는 역사적 존재이며 동시에 사회적 존재이기 때문이다. 결국 역사 속의 조건지어진 사회 안에서 한 개인이 사회와의 갈등 속에서 어떻게 그 영향을 받아 변화되는가라든지 한 사회가 개인들의 의지와 행동들에 의해 어떻게 다시 만들어지는가라는 복잡한 문제들을 이 소설은 균형감을 유지하며 잘 다루고 있다. 이것이 이 암울한 시대에 대한 어떤 역사적, 사회적, 정치적인 학술 연구보다 소설 한 편을 통해 훨씬 생생하고도 구체적으로 보편적 문제들을 탐구해내고자 하는 작가의 치열한 '역사적 상상력'의 결과다.

주요섭 연보

▊1902년(1세) 11월 24일, 평안남도 평양에서 아버지 주공삼(朱孔三)과 어머니
양진심(梁眞心) 사이의 5남매 중 둘째 아들로 태어남. 아버지는
목사로서 부유한 편이었음. 형은 시인으로 「불놀이」라는 시로
유명한 주요한(朱耀翰)인데, 많은 문학적 영향을 받음.

▊1915년(14세) 숭덕소학교를 졸업하고 숭실중학에 입학.

▊1918년(17세) 숭실중학교 3학년 때 일본으로 유학을 갔고 도쿄 아오야마(靑山)
학원 중학부 3학년에 편입.

▊1919년(18세) 3·1만세운동이 일어나자 귀국하여 평양에서 소설가 김동인(金
東仁) 등과 어울려 등사판 지하신문 『독립운동』을 발간하며 독립
운동에 가담. 이로 인해 체포되어 10개월간 옥고를 치르게 됨.

▊1920년(19세) 중국 상하이(上海)로 건너가 후장대학(扈江大學 호강대학) 중학부
3학년에 편입. 독립운동을 하기 위해 중국으로 간 것이었으나,
도산 안창호의 가르침에 따라 학업을 계속하기로 결정.

▊1921년(20세) 『매일신보』에 단편 「깨어진 항아리」가 입선. 4월, 형 주요한과
김동인이 주관하던 우리나라 최초의 동인지 『개벽』에 「추운 밤」
을 발표하면서 문단에 정식으로 등단.

▊1923년(22세) 상하이 후장대학 교육학과에 입학함. 이후 본격적인 문학 활동
을 시작.

▊1925년(24세) 단편소설 「인력거꾼」(『개벽』 4월호), 「살인(殺人)」(『개벽』 6월호),
중편소설 「첫사랑 값 1」(『조선문단』 8~11월호) 「영원히 사는 사
람」(『신여성』, 10월호) 등을 발표해 신경향파 작가로서 명성을 얻
음.

▊1926년(25세) 상하이로 유학 온 8세 연하의 피천득을 만나 일생 동안 가깝게
지냄.

▼1927년(26세) 상하이 후장대학을 졸업. 곧장 미국으로 건너가 스탠퍼드대학 대학원 교육학과에 입학함. 미국에서의 생활은 매우 어려워 접시 닦기, 운전수, 청소부 등의 일을 하면서 고학.

▼1929년(28세) 스탠퍼드대학 대학원에서 교육학 석사과정을 수료하고 귀국. 평양에 머물며 황해도 출신의 여인 유씨(劉氏)와 결혼.

▼1930년(29세) 유씨와 이혼.

▼1931년(30세) 『동아일보』에 입사함. 새로 창간된 『신동아』지의 주간으로 있으면서 같은 잡지에 짧은 수필과 단편소설을 발표. 이은상, 이상범 등과 친교. 아동잡지 『아이 생활』 편집장.

▼1932년(31세) 『신동아』 주간 취임.

▼1934년(33세) 중국 베이징에 있는 푸렌대학(輔仁大學 보인대학)에 영문학과 교수로 취임하여 1943년까지 재직. 이때부터 그의 작품은 초기의 신경향파적이고 자연주의적 경향에서 벗어나 여성편향적이고 내면화된 순수문학으로 전환. 이 기간 중 당시 중국을 침략하던 일제 경찰에 의해 검거되어 펄 S. 벅의 소설 『대지』의 영향으로 쓴 영문 장편소설도 압수당하고 수개월의 옥고를 치름.

▼1935년(34세) 첫 장편소설 『구름을 잡으려고』를 『동아일보』에 2월 17일부터 연재하기 시작. 대표작이라 할 수 있는 단편소설 「사랑손님과 어머니」를 『조광』 11월호에 발표. 이 작품으로 새로운 전성기를 맞음.

▼1936년(35세) 『신가정』지 기자로 있던 8년 연하의 김자혜(金慈惠)와 재혼.

▼1938년(37세) 장편소설 『길』을 『동아일보』에 9월 6일부터 연재했으나 얼마 안가 알 수 없는 이유로 중단. (아마도 일제의 방해와 검열 때문일 것이다.)

▼1941년(40세) 장남 북명(北明) 출생.

▼1942년(41세) 차남 동명(東明) 출생.

▼1943년(42세) 일제의 식민지 군국주의가 극에 달해 있던 이 시기에 일본의 대륙 침략에 협조하지 않는다는 이유로 중국 정부로부터 추방당해 귀국.

▼1945년(44세) 장녀 승희(勝喜) 출생. 평양에 머물며 감격의 해방을 맞음. 해방이 되자 월남해 서울에 정착.

▼1947년(46세) 상호출판사 주간 취임. 영문 중편소설 *Kim Yu-Shin*(김유신)을 출간.

▼1950년(49세) 10월, 영자신문 『코리아 타임즈』의 주필로 취임.

▼1953년(52세) 부산 피난 시절 2월 20일부터 『동아일보』에 장편소설 『길』 연재 시작. 경희대학교 영문학과 교수로 취임.

▼1954년(53세) 국제 펜(PEN)클럽 한국본부 사무국장, 부위원장, 위원장을 역임함. 한국문학 번역협회장 선임.

▼1957년(56세) 장편소설 『1억 5천만 대 1』을 『자유문학』 6월호부터 연재 시작.

▼1958년(57세) 『1억 5천만대 1』의 속편인 장편소설 『망국노군상(亡國奴群像)』을 『자유문학』 6월호부터 연재 시작.

▼1959년(58세) 국제 펜(PEN)클럽 주최 제30차 세계작가대회(프랑크푸르트) 한국 대표로 참가.

▼1961년(60세) 코리언 리퍼블릭 이사장을 역임.

▼1962년(61세) 작품집 『미완성』을 을유문화사에서 출간.

▼1963년(62세) 1년간 미국으로 가서 미주리 대학 등 6개의 대학을 순회하며 '아시아 문화 및 문학'을 강의. 영문 장편소설 *The Forest of the White Cock*(『흰 수탉의 숲』)을 출간.

▼1965년(64세) 경희대학교 교수직을 사임. 사임과 함께 7년여의 침묵을 깨고 다시 작품을 발표하기 시작. 단편소설 「세 죽음」과 「비명횡사한 유령의 수기」를 『현대문학』 10월호에 발표함. 한국 아메리카학회 초대회장 역임.

▼1970년(69세) 단편소설 「여대생과 밍크코트」를 『월간문학』 6월호에 발표. 그 뒤 건강상의 문제로 더 이상 창작 활동을 계속하지 못함.

▼1972년(71세) 4월 전신 신경통으로 세브란스병원에 잠시 입원. 11월 14일, 서울 연희동의 자택에서 심근경색으로 갑작스레 사망.
[2000년대 들어서 주요섭은 1919년 3·1만세운동에 참여하고 등사판 신문 「독립운동」을 발행한 죄로 10개월간 유년강에서 옥고를 치른 것이 뒤늦게 인정받아 독립운동가로 추서되었다. 현재 대전 현충원 독립유공자묘역에 안장.]

1920. 1. 3	「이미 떠난 어린 벗」(『매일신보』)
1921	「깨어진 항아리」(『매일신보』)
1921. 4	「추운 밤」(『개벽』)
7	「죽음」(『新民公論』)
1924. 3	「기적(汽笛)」(『신여성』)
10	번역시 「무제(無題)」(『개벽』)
11	수필 「선봉대」(『開闢』)
1925. 3. 1	시 「이상(理想)」(『新女性』)
4	「인력거꾼」(『開闢』)
6	「살인」(『開闢』)
9~11.	『첫사랑 값 1』 중편소설(『朝鮮文壇』 연재)
10	「영원히 사는 사람」(『新女性』)
1926. 1	「천당」(『新女性』)
5	평론 「말」(『東光』)
10	시 「물결」, 「진화」, 「자유」(『東光』)
1927. 1	「개밥」(『東光』)
2~3	『첫사랑 값 2』 중편소설(『조선문단』 연재)
6	시 「넓은 사랑」(『東光』)
7	수필 「문명(文明)한 세상?」(『東光』)
11	희곡 『토적꾼』(『東光』)
1928. 12	수필 「미국(美國)의 사상계(思想界)와 재미(在美) 조선인(朝鮮人)」(『별건곤』)
1930	동화 『웅철이의 모험』
1930. 제4호	「할머니」(『우라키』)

---

1 장르 표시가 없는 것은 모두 단편소설임.

2.22~4.11	산문 「유미외기(留美外記)」(『동아일보』)	
8	시 「낯서른 고향」(『大潮』)	
1931. 4	평론 「교육 의무 면제는 조선 아동의 특전(特典)」(『東光』)	
10	평론 「공민 훈련(公民訓練)에 관한 구미 각국(歐美各國)의 시설(施設)」(『新東亞』)	
11	수필 「웰스와 쇼우와 러시아」(『文藝月刊』)	
1932. 3	수필 「음력 설날」(『新東亞』)	
3	수필 「상해 관전기」	
4	수필 「봄과 등진 마음」(『新東亞』)	
5	수필 「혼자 듣는 밤비 소리」(『新東亞』)	
5	수필 「문단 잡화―아미리가(아메리카)계의 부진」(『三千里』)	
6	수필 「마른 솔방울」(『新東亞』)	
9	수필 「미운 간호부」(『新東亞』)	
10	「진남포행」(『新東亞』)	
12	수필 「십년과 네 친구」(『新東亞』)	
12	수필 「아메리카의 일야(一夜)」(『三千里』)	
1933. 1	수필 「사람의 살림살이」(『新東亞』), 「마담 X」(『三千里』)	
3	동화 「미친 참새 새끼」(『新家庭』)	
5	「셀스 껄」(『新家庭』)	
8	수필 「금붕어」(『新東亞』)	
10	평론 「아동문학 연구 대강(研究大綱)」(『學燈』)	
1934. 4	수필 「안성 중학 시절」(『學燈』)	
5	수필 「1925년 5 · 30」(『新東亞』)	
7~8	수필 「호강(扈江)의 첫여름」(『學燈』)	
11	수필 「상해(上海) 특급(特急)과 북평(北平)」(『동아일보』)	
1935. 2	수필 「심양성(瀋陽城)을 떠나서」(『新東亞』)	
2.17~8.4	『구름을 잡으려고』(첫 장편소설)(『동아일보』 연재)	
4	「대서(代書)」(『新家庭』)	
7	수필 「취미생활과 돈」(『新東亞』)	

11	「사랑손님과 어머니」(『朝光』)
1936. 1	「아네모네의 마담」(『朝光』)
3	「북소리 두둥둥」(『조선문단』)
4	「추물(醜物)」(『신동아』)
9~1937. 6	『미완성(未完成)』 중편소설(『朝光』 연재)
1937. 1	수필 「봉천역 식당」(『사해공론』)
6	수필 「중국인들의 생활을 존경한다」(『朝鮮文學』)
1937. 6	수필 「북평 잡감」(『백민』)
11	「왜 왔던고?」(『女性』)
1938. 5. 17~25	「의학박사」(『동아일보』)
1938. 6~7	「죽마지우」(『女性』)
1938. 9. 6~11. 23	『길』 (중편소설)(『동아일보』)(61회 연재 이후 일제 검열로 갑자기 중단)
1939. 2	「낙랑고분의 비밀」(『朝光』)
1941	『웅철이의 모험』 (장편동화)(『조선아동문화협회』)
1946. 11	「입을 열어 말하라」(『新文學』)
1946. 11	「눈은 눈으로」(『大潮』)
1947	「극진한 사랑」(『서울신문』) 영문소설 『Kim Yu-shin(김유신)』(중편)
1948. 9	「대학교수와 모리배」(『서울신문』)
11	수필 「과학적 생활」(『學風』)
1949. 7	「혼혈(混血)」(『大潮』)
1950. 2	「이십오 년」(『學風』)
1952. 4	번역 「미국의 모험적 군수생산」(타임誌에서)(『자유세계』)
1952. 8~9	번역 「자유의 창조자」(버트랜드 럿셀)(『자유세계』)
1953. 2. 20~8. 17	『길』 (장편소설)(『동아일보』 연재)
1954. 8	「해방 1주년」(『新天地』) 번역 『현대미국 소설론』(프레데릭 호프만)(박문출판사)
1954. 10	"One Summer Day" 「어느 한 여름날」(『펜』)
1955. 2	「이것이 꿈이라면」(『思想界』)

1955	번역 『서부개척의 영웅 버지니언』(오웬 위스티어) (진문사(進文社))
1955. 9. 11~1956. 1	번역 「오레스테」(헨리 슐츠 소설)(『새벽』)
1956. 8	번역 「영미 현대 극작가들의 동태」(영국 편)(『자유문학』)
1956. 12	번역 「영미 현대 극작가들의 동태」(미국 편)(『자유문학』)
1957. 6~1958. 4	『1억 5천만대 1』(장편소설)(『自由文學』 연재)
1957	번역 『불멸의 신앙』(윌라 캐더)(을유문화사) 번역 『현대 영미 단편선』(공역)(한일문화사)
1958. 4	「잡초」(『思想界』)
1958. 5	「붙느냐, 떨어지느냐」(『自由文學』)
1958. 6 ~ 60. 5	『망국노 군상(亡國奴 群像)』(장편소설)(『自由文學』 연재)
1958. 9	수필 「閑山島·頭億里」(『자유문학』)
11	수필 「내가 배운 호강대학」(『思潮』)
1959. 1	평설 「다이제스트 『의사 지바고』」(『자유문학』)
1959. 3	권두언 「상은 좋으나 공평하게」(『자유문학』)
1959. 6	수필 「나의 문학 편력기」(『신태양』)
1960	『미완성』(중편소설)(을유문화사)
1962	번역 『펄 벅 단편선』(펄 벅)(을유문화사) 「제3차 아세아 작가회의 소득」(『현대문학』) 번역 『연애 대위법』(올더스 학스리)(을유문화사) 영문 장편소설 The Forest of the White Cock : Tales and Legends of the Silla Period(『흰 수탉의 숲 : 신라시대 이야기와 전설』 어문각)
1963. 3	수필 「이성·독서·상상·유머」(『自由文學』)
1964	번역 『천로역정』, 『유토피아』(을유문화사)
1964. 10	수필 「다시 타향에서 들여다 본 조국」(『문학』)
1965. 10	「세 죽음」, 「비명횡사한 유령의 수기」(『現代文學』)
11	수필 「죽음과 삶과」(『現代文學』) 번역 『크리스마스 휴일』(서머씻 몸)(정음사)
1966. 3	수필 「공약 삼장(公約三章)의 3월」(『思想界』)

11	수필 「재미있는 이야기꾼 – 나의 문학적 회고」(『文學』)
1967. 5	「열 줌의 흙」(『現代文學』)
1968. 7	「죽고 싶어 하는 여인」(『現代文學』)
1969	『영미 소설론』(한국영어영문학회편 공저)(신구문화사)
1969. 6	「나는 유령이다」(『月刊文學』)
1970. 6	「여대생과 밍크코트」(『月刊文學』)
1972	『길』(장편소설)(삼성출판사)
1972. 4	「마음의 상채기」(『月刊文學』)
1973. 1	「전화」(『문학사상』)
1	「여수」(『문학사상』)
1974	번역 『나의 안토니아』(윌라 캐더)(을유문화사)
1987. 4	「떠름한 로맨스」(『현대문학』)